BASTEI
LÜBBE

Von Leonie Bach sind bei BASTEI LÜBBE erschienen:

16175 Reiche Männer küssen besser
16207 Gran Canaria – all inclusive
16233 Fiesta Fatal

LEONIE BACH

Auf Mallorca liebt sich's besser

BASTEI LÜBBE

BASTEI LÜBBE TASCHENBUCH
Band 25828

Vollständige Taschenbuchausgabe

Bastei Lübbe Taschenbücher ist ein Imprint
der Verlagsgruppe Lübbe

Originalausgabe

Einbandgestaltung: Herrlich & Herrlich
Titelfoto: Bavaria
Satz: hanseatenSatz-bremen, Bremen
Druck und Verarbeitung: Ebner & Spiegel, Ulm
Printed in Germany, August 2002
ISBN 3-404-25828-2

Sie finden uns im Internet unter
http://www.luebbe.de

Der Preis dieses Bandes versteht sich einschließlich
der gesetzlichen Mehrwertsteuer.

Für Monika »Wippie« Wipperfürth. Mutter und Chaosmanagerin. Vielleicht schaffen wir's ja mal bis nach Mallorca. Ohne Familie.
P. S. Aldi hat nächsten Mittwoch digitale Brotbackmaschinen und Strandhandtücher im Angebot. Wie wär's damit?

1. Kapitel

Es war am Abend vor dem ersten Klassentreffen. Siebzehn Jahre nach dem Abitur und ein Monat vor meinem fünfunddreißigsten Geburtstag. Zeit für Rückblicke. Neben mir auf dem Schlafzimmerparkett standen eine Flasche Rotwein, ein Glas und eine riesige alte Villosa-Bonbon-Büchse: rotblaues Blech mit weißen Schneetupfern und erkältetem Schneemann darauf. Sie stammte noch aus meiner Studentenzeit. Damals hatte ich darin Wollknäuel und Stricknadeln verwahrt. Damals war 1981, also Hochsaison für strickende Studentinnen.

Ich mußte lächeln, als ich an die Kreationen Marke »Schlabberschick« dachte, die zu jener Zeit unter meinen Händen entstanden waren. Vor allem während des Seminars »Spanische Gotik und maurische Inspiration« von Dr. Karsten Schaleen, Dozent für Architekturgeschichte an der Fachhochschule Köln. Dann hatte ich nur Augen für ihn gehabt, der ein bißchen aussah wie Harrison Ford. Um mein jugendliches Herzklopfen im Rahmen zu halten, hatte ich jedesmal zu den Stricknadeln gegriffen und Pulloverärmel heruntergeklappert, die mir bis in die Kniekehlen reichten. Dr. Karsten Schaleen hatte über diese Pullover gelächelt. Und was für ein Lächeln! Ein Clark Gable wäre darüber neidischgrün geworden.

Mein Herz tat bei dieser Rückblende einen ungelenken, etwas müden Hopser. Ich seufzte. Wie lange das alles schon her war! Ein ganz leichtes Ziehen in der Herzgegend hätte mich warnen sollen: Rückblicke können gefährlich sein.

Trotzdem. An diesem Abend wollte ich in der Bonbon-Büchse nach alten Schulfotos und sentimentalen Erinnerungen kramen, wegen des Klassentreffens. Ich war allein, trug meinen allerliebsten Flauschpyjama und konnte mich ausschließlich mit mir und meiner Vergangenheit befassen. Als Familienmutter hat man solche Gelegenheiten nicht oft. Irgendwer muß immer zum Sportverein gefahren, von der Disco abgeholt, bei den Schularbeiten betreut, außer der Reihe bekocht oder ordnungsgemäß beschimpft werden – und sei es nur unser darmsensibler Hundewelpe Brownie. Dann die Großeinkäufe bei Aldi, die Wäsche, die Bügelei, der Hausputz. Nebenher arbeitete ich ab und an als Grafikerin und Texterin für verschiedene Werbeagenturen und Zeitschriften. Bevor da Mißverständnisse aufkommen: Werbung klingt bei weitem zu aufregend. Ich gestaltete und textete die Wurfsendungen einer örtlichen Baumarktkette oder schrieb und zeichnete für Fachzeitschriften wie *»Der Badprofi – Verbandsnachrichten für den Sanitärgroßhandel«* und *»Der Fliesenleger«*. Im Klartext: Ich befaßte mich mit Kloschüsseln und Badewannen, und das meistens im Namen meines Mannes, weil er aus der Branche war und sich gern mit journalistischen Federn schmückte. Immerhin finanzierte ich mit dieser Tätigkeit meine Haushaltshilfe, ohne die mir Haus und Kinder und das andere Chaos über den Kopf gewachsen wären.

Ich war und bin KEIN Superweib im Sinne der Jacobs-Werbung für »Krönung light«, wo eine megasexy Blondine durch den Tag joggt, nebenher noch wichtige Politgrößen kritisch interviewt oder aussichtslose Gerichtsprozesse gewinnt, um abends ihren Lover bei Candlelight zu verführen. Von wegen *»Ich bin aktiv den ganzen Tag, mir geht es gut.«* Nee, so eine war ich nicht.

Gut ging es mir an diesem Abend trotzdem. Mein Mann

war bei einem Meeting mit spanischen Geschäftsfreunden, um über die Lieferung von 500 Waschbecken und die Gestaltung der Badezimmer für eine Luxushotelkette auf Mallorca zu verhandeln. Meine Tochter Zoey blockierte – typisch fünfzehn, typisch Teenie – bereits seit zwei Stunden unsere Haustelefonanlage. Von Janosch, meinem zehn Jahre alten Quengel-Bengel, war nichts zu hören und zu sehen. Sogar unser drei Monate alter Hund Brownie tat keinen Wuff. Ich öffnete also mit großen Erwartungen die Villosa-Dose, nicht ahnend, daß sie sich als eine Art Büchse der Pandora erweisen sollte. Eine Büchse, die jede Menge Übel enthielt.

Zunächst fiel mir ein inzwischen sepiafarbenes Polaroidporträt von mir in die Hände: Ich stehe auf dem Placa Olivar in Palma, vor einem Marktstand mit beleuchteten Madonnenfiguren aus buntem Gips. Ich liebe Madonnen und Sakralkitsch. Schon damals bei der Studienfahrt »Spanische Gotik« im Frühsommer 1982. Unter einem blumengeschmückten Strohhut quillt mein langes Haar hervor. Ich hoffe, wie ein sanfter Botticelli-Engel auszusehen, indem ich von innen die Haut meiner Backen einsauge, was mein Gesicht schmaler erscheinen lassen soll. Umsonst. Schon meine Stupsnase ist einem Botticelli-Gesicht im Weg. Leider, denn der Fotograf war Dr. Karsten Schaleen. Ach Karsten!

Er wußte so wunderbar über das Raumgefühl der gotischen Kathedrale von Palma zu erzählen, über die Lichtarchitektur der Mauren oder die klimatische Funktion der spanischen Innenhöfe. Und als feinfühliger Romantiker unter dem nächtlichem Sternenhimmel in Palmas Gassen war er ... einfach unbeschreiblich gewesen.Und ich war verliebt – und wie!

Einen Moment lang kreisten meine wehmütigen Gedanken noch über der Baleareninsel, landen ließ ich sie nicht. Diese Mallorca-Erinnerungen gingen mir zu nah. Nicht, weil ich nicht gerne tagträumte – im Gegenteil –, aber Mallorca und mein Liebestraum waren einmal Wirklichkeit gewesen, und nun war meine Wirklichkeit von diesem Mallorca und dem Liebestraum Lichtjahre entfernt. Nicht etwa nur zwei Flugstunden.

Das Ziehen in der Herzgegend wurde zu einem kurzen wehen Reißen. Ich griff nach der Rotweinflasche, schenkte ein und nahm einen tiefen Schluck. Seit mein fünfunddreißigster Geburtstag näherrückte, war ich unruhig geworden. Ich hatte das akute Gefühl, mein Leben wie einen Bus einfach verpaßt zu haben.

Ich stellte mir beim Bodenwischen plötzlich Fragen nach dem Sinn meines Lebens – was mit einem Wischmop in der Hand und einem Putzeimer voll Schmuddelwasser vor Augen automatisch zu trübsinnigen Antworten führen mußte. Ich ertappte mich immer häufiger bei erotisch eingefärbten Tagträumen, in denen ich mich an der Seite von Joschka Fischer im Weißen Haus sah, wo ich Bill und Hillary gerade eine sensationelle Idee zur Sanierung der Slums von Rio de Janeiro erläuterte. Das kommt davon, wenn man seine Pubertät nicht zu Zeiten von Boygroups und Girliefieber, sondern zu denen von Friedens- und Frauenbewegung und Sting, dem singenden Robin Hood des Regenwaldes, verbracht hatte. Damals, als Schafwollstrümpfe trendy waren und Weltverbesserer und Woody Allen als echt sexy galten.

In meinen weniger ehrgeizigen und weit weniger peinlichen Traum-Versionen war ich Hollywoodstar Demi Moore, die Leonardo di Caprio zum nächtlichen Kaffee »danach« einlud. Mit anderen Worten: Ich war ein Tagtraum-Junkie geworden, süchtig nach Kino im Kopf. Beim Friseur ertappte ich mich außerdem dabei, daß ich Artikel über die Fortschritte der Schönheitschirurgie verschlang: *»Für immer jung – ein winziger Schnitt in die richtige Richtung«*. Das Mädchen auf dem Polaroidfoto aus Palma hätte über solche Anwandlungen nur den Kopf geschüttelt.

Ich trank einen weiteren Schluck Rotwein. Dann wagte ich es, meinen Blick von dem Foto der knapp Neunzehnjährigen zu dem Spiegelbild der fast Fünfunddreißigjährigen schweifen zu lassen. Wegen des Klassentreffens. Würde man mich überhaupt noch erkennen? Okay, die unvermeidlichen Falten waren hinzugekommen. Trotzdem, dachte, ich, sie werden mich wiedererkennen. Schon der Haare wegen. Die waren seit dem Abitur keinen Zentimeter kürzer geworden, die Stupsnase nicht gerader und ich insgesamt nicht auffälliger, aber immerhin auch nicht fülliger. Ich hatte mich nicht groß verändert, dachte ich, und dieser Satz machte mich seltsamerweise sehr traurig.

Die ersten paar Takte von Beethovens »Hymne an die Freude« rissen mich aus meinen Erinnerungen. So meldete sich unser schnurloses Schlafzimmertelefon. Auf allen vieren machte ich mich auf die Suche nach dem verflixten Teil, malträtiert von Beethoven, fluchend über meine eigene Vergeßlichkeit. Wo, zum Teufel, lag das Ding nur wieder? Ich fand es unter dem Bett neben einem sorgfältig zerkauten Lederpantoffel meines Mannes – ein Werk von unserem Welpen Brownie. Genervt riß ich den Hörer, der merkwürdig klebte, an mein Ohr und drückte die Sprechtaste.

»Für dich, Mom«, maulte meine Tochter Zoey streng. »Aber beeil dich, auf der anderen Leitung wartet Lara mit ziemlich dringenden News über ihre Ätz-Mutter.«

»Nun aber mal langsam«, warf ich ein. »Du blockierst die Anlage schon seit mehr als zwei Stunden und ...« Meine Tochter hatte sich längst wieder aus der Leitung geklinkt. Wir hatten eines dieser modernen Telefonsysteme, bei denen man in einem Gespräch »anklopfen« kann. Es war meine Freundin Cordula, die Zoey unterbrochen hatte.

»Hallo Carolin, was machst du?«

»Alte Klassenfotos anschauen.« Ich nahm einen großen Schluck Rotwein.

»Und Trinken!«

»Nur einen wönzigen Schlock«, ahmte ich das Walroß aus der Augsburger Puppenkiste nach.

»Vorsicht!« warnte Cordula mit eindringlich-salbungsvoller Stimme – so, wie der Sprecher von der Autofahrer-Aufklärungsserie »Der siebte Sinn«. »Wein, vermischt mit Jugenderinnerungen, kann gefährlicher sein als überhöhte Geschwindigkeit bei Nässe. Ein paar Stundenkilometer zuviel beim Ausflug in die dunkle, vergessene Vergangenheit, und man gerät leicht ins Schlingern.«

»Bis jetzt hat's mich noch nicht aus der Bahn geworfen«, log ich. »Ich habe gerade ein altes Foto von mir in Palma gefunden. Macht Laune.«

Cordula seufzte zustimmend. »Dir schon. Du hast dich schließlich kaum verändert. Von Gott mit einem ewigen Mädchengesicht bedacht. Wahrscheinlich, weil du immer ein braves Mädchen warst. Die gute alte sanfte Carolin. Die beneidenswerteste Frau, die ich kenne.«

Ich wußte, daß Cordula das alles ehrlich und als Kompliment meinte, aber irgendwie ärgerten mich diese Sätze aus ihrem Munde gewaltig. Schließlich hatte ich mich gerade so richtig schön in meine Geburtstags-Sinnkrise hineingearbeitet und wollte nicht hören, daß ich immer ein »braves Mädchen« gewesen war. Schon gar nicht von Cordula, die so ziemlich die mondänste, aufmüpfigste und beneidenswerteste Frau, die *ich* kenne. Eine von denen, die Männerköpfe zum Rotieren bringen, wenn sie ein Restaurant betritt. Und zwar nicht, weil sie etwa auffällig schön ist – sie ist mehr der mittelmäßige Barbra-Streisand-Typ mit Silberblick und krummer Nase – dafür besitzt sie das einmalige Talent, sich wie eine ausgemachte Schönheit zu benehmen, und das WIRKT. Cordula kennt alle Tricks. Kein Wunder, denn sie schreibt als freie Autorin und gegen unanständig hohe Honorare für alle möglichen hochglanzlakkierten Frauenmagazine. Als studierte Psychologin ist sie für Tests und weibliche Seelenkrankheiten zuständig, von A wie Angstneurose bis Z wie Zellulitisphobie oder was auch immer. Sie hat jedenfalls ordentlich zu tun und ist nie um einen Ratschlag verlegen.

Außerdem jettet sie ab und an um den halben Erdball, um ein psychologisch einfühlsames Starporträt zu schreiben. Etwa: *»Brad Pitt liebt unscheinbare Hausfrauen«*, also Frauen nach Art der *»Für Sie«*-Leserin, Frauen wie mich. HAHA! An Zeitschriften wie *»Vogue«* verkaufte Cordula das Porträt dann unter der Überschrift »Brad Pitt liebt modisch interessierte, ausgereifte Frauen mit Kunstverstand« oder so. Mit anderen Worten, Cordula ist eine Art Superweib, eines, das jeden wichtigen Trend kennt und mitmacht. Keine wie ich, die brav ist und sich nie verändert.

Spitz fragte ich deshalb nach. »Was meinst du mit ›ich habe mich nie verändert‹? Hältst du mich für eine öde Landpomeranze, nur weil ich immer noch in Neuss lebe und nicht in Düsseldorf wie du? Oder siehst du mich als letzte Überlebende der Friedensbewegung, eine ewige Öko-Strickliesel?« Mein Blick streifte die Villosa-Bonbon-Dose.

»Hey, hey, steckst du schon wieder in deiner Sinnkrise? Das war kein Angriff. Nur eine Generalprobe. Ich wette zehn zu eins, daß sie dir diesen Satz morgen tausendfach um die Ohren hauen. Was auch der Grund für meinen Anruf ist. Es geht um die beiden überlebenswichtigen Fragen vor jedem Klassentreffen: Was ziehst du an? Und schminkst du dich endlich mal auf strahlend schöne, erwachsene Frau?«

Ich schüttelte den Kopf und sagte gelassen: »Über die Klamotten mache ich mir frühestens morgen um sechs Uhr Gedanken. Also kurz bevor du mich abholst.« Ein spitzer Schrei stach mir ins Ohr.

»Bist du des Wahnsinns! Ich sehe dich schon in deinen

ewigen Jeans und im Sweatshirt vor mir stehen, ungeschminkt und fern der Heimat.«

»Na und?« gab ich entnervt zurück. »Ich habe mich eben wirklich nicht groß verändert.«

»Na und, na und?« äffte Cordula mich nach. »Hey, das morgen wird kein gemütlicher Kameradschaftsabend unter Männern. Das morgen wird ein gnadenloser Weiberkrieg. Nur Frauen, dazu 80 an der Zahl, die sich entscheidende 17 Jahre nicht gesehen haben. Was meinst du, warum die morgen zusammenkommen?«

Ich zuckte die Achseln und bemühte mich, den klebrigen Hörer aus meiner Hand zu lösen. Ziemlich schwierige Angelegenheit. Ich kam nicht umhin, darin ein Werk meines Sprößlings Janosch zu vermuten. Zerstreut antwortete ich gleichzeitig Cordula. »Na, die kommen, um Erinnerungen auszutauschen, um zu lachen, um Spaß ...«

»Carolin!« Cordula imitierte die strenge Gouvernante, die zum hundertfünften Mal eine Algebraformel erklären muß. »Wo lebst du eigentlich? Die meisten kommen morgen, um mit ihren schlanken Taillen, ihren teuren Klamotten, ihren Männern, ihren Jobs, ihren Häusern, ihren Kindern, ihren Ausbildungen oder ihren Einbildungen anzugeben. 80 Frauen, von denen sich die Mehrzahl aus gegebenem Anlaß mörderisch in Schale geworfen hat und bis unter die gezupften Augenbrauen kosmetisch bewaffnet, warten nur darauf, über einen ungeschminkten Unschuldengel wie dich herzufallen.«

Mein Mund begann zu schmollen, ich schmollte mit. »Du tust geradezu so, als sähe ich aus wie eine Mischung aus Schlampe oder Pippi Langstrumpf.«

Cordula stöhnte. »Ich weiß nur, daß du zur Zeit in einer hochsensiblen Phase steckst. Ein bißchen Maske täte dir gut. Das schützt nicht nur den Teint, sondern manchmal auch die Seele.«

Ich schwieg sehr laut und sehr beleidigt in den Hörer,

der sich in meinen warmen Händen wie eine geplatzte Patextube anfühlte.

»Carolin, ich will dir doch nur sagen, daß das morgen ein Haifischbecken ist, und du bist ein naives Seelchen. Du bringst es auch fertig, deine Version der ungeschminkten Wahrheit und nichts als die Wahrheit über dich, deinen Ehemann, deine Kinder und deine verlorenen Träume preiszugeben.«

»Du tust ja geradezu so, als würden meine Familie und ich unter der Brücke schlafen und die Sozialhilfe versaufen. Moment mal, Cordula.« Mit einem beherzten Ruck riß ich den Hörer aus meiner Handfläche, ein bißchen Haut blieb, glaube ich, daran kleben, mit spitzen Fingern führte ich den Hörer an mein anderes Ohr. Janosch zur Rede stellen, notierte ich innerlich. Cordula hatte ihren Redefluß nicht unterbrochen.

»... glaubst du nicht auch? Ich rede nur davon, daß du es wahrscheinlich nicht mal schaffst, mit deinem Ehemann, dem international tätigen Großunternehmer und Stardesigner, anzugeben.«

»Er ist vor allem Großhändler in Sachen Fliesen, Kacheln, Kloschüsseln, Wannen und Waschbecken«, korrigierte ich.

»Genau das meine ich!« triumphierte Cordula. »Kloschüsseln. Wie das schon klingt! Ich sehe die Klatschmäuler jetzt schon triefen. Sag Bad-Design, rede von seinen exklusiven Badeinrichtungen, Innenarchitektur.«

»Das meiste Geld verdient er mit Toiletten«, warf ich müde ein. »Klos sind wie Särge, sie werden immer gebraucht.«

»Du kannst ihm einfach nicht verzeihen, daß er nun mal der bodenständige Typ ist, der nach der Formel ›Eins und eins ist zwei‹ lebt. Wie auch immer, lächele die anderen mit deinem Glück in Grund und Boden. Du wirst sehen, wie fabelhaft gut es dir hinterher geht. Versprich es mir.«

Cordula ist nicht das, was man eine bedingungslose

Frauenfreundin nennen würde, aber eins wußte ich sicher, sie kannte sich aus mit unseren Geschlechtsgenossinnen. Zaghaft und um Versöhnung bemüht, warf ich darum ein: »Also immerhin gehe ich morgen nachmittag zum Friseur.«

»Um dir doch nur wieder die Spitzen um 0,005 Millimeter abschneiden zu lassen, kenn' ich doch! Dabei könntest du mit einer flotten Frisur um Jahre jünger aussehen.«

»Oder wie Angela Merkel«, maulte ich dazwischen. Meine langen Haare waren für mich der Inbegriff von Jugend und weiblicher Sinnlichkeit.

»Paß auf«, fuhr Cordula ungerührt fort, »ich komme dich morgen eine halbe Stunde früher abholen, wegen Gesichts- und Outfitkontrolle. Okay?« Bevor ich antworten konnte, schaltete meine Tochter Zoey sich in das Gespräch ein und Cordula ab.

»Mom, das nervt jetzt echt. Ich muß wirklich mit Lara sprechen. Die hat nicht nur diese Ätz-Mutter, sondern auch die totale Krise wegen der Sache mit ihrer voll unheilbaren Hautkrankheit.«

»Du meinst Pickel«, korrigierte ich und erntete nur ein entnervtes Grunzen.

»Echt lustig, Mom, du hast so was von keine Ahnung. Übrigens könntest du deine öden Hausfrauengespräche mit Psycho-Cordula wirklich tagsüber erledigen, wenn ich in der Schule bin.«

Bevor ich meiner Tochter ihre Frechheiten austreiben konnte, hatte sie längst auf Sendepause geschaltet. Statt Cordulas Stimme hörte ich nur noch den langgezogenen Signalton für freie Leitung.

Ich riß mir den klebenden Hörer diesmal aus der linken Handfläche, wusch Hände und Hörer im Bad und führte dabei ein klärendes Gespräch mit meinem Spiegelbild.

»Schminken! Blödsinn. Brauche ich nicht.« Schließlich sah ich insgesamt ziemlich unverändert aus. Brav, unverdorben, naives Seelchen ... »Ich bleib' mir eben treu. Jawohl«. Das erfüllte mich mit Stolz.

So lange, bis ich zu meinem Rotwein zurückkehrte, wieder in die Villosa-Bonbon-Dose griff und mir ein Stück kariertes Din-A4-Papier in die Hand fiel. Ich faltete den Bogen auseinander und las die Überschrift: *»Meine Lebensliste«* und dann: *»Die folgenden Dinge habe ich in meinem Leben vor zu tun, zu erleben und zu erledigen – von Carolin Kaster.«*

Das war ich. Vor meiner Hochzeit. Im zarten Alter von achtzehn. Ich zögerte, weiterzulesen. Dabei liebte ich Listen immer noch. Einkaufslisten, Wäschelisten, Checklisten. Listen beruhigten mich. Listen konnte ich abhaken. Das verschaffte mir in meinem Hausfrauendasein täglich kleine Erfolgserlebnisse. Listen säuberten mein Gehirn von irgendeinem Müll, an den ich dringend denken mußte. Listen schufen mir Platz für mein Kino im Kopf, nach dem ich so süchtig war. Dafür brauchte ich Listen. Aber nicht solche wie die, die ich jetzt in meiner Hand hielt. Sie weckte mich aus einem langen Dämmerschlaf der Seele und befreite mich aus einem Zustand wunschlosen Unglücks. Sie stürzte mich in einen Wirbelsturm verdrängter Leidenschaften, und dieser Wirbelsturm fegte so nachhaltig durch unsere Ikea-Idylle, daß am Ende kein Billy-Regal an seinem Platz bleiben sollte.

»Meine Lebensliste«, las ich noch einmal und dann:

1. Ein Studium von Architektur, Kunstgeschichte und Völkerkunde mit einem mehrfachen Doktor abschließen. Berühmt werden – und reich!
2. Im Heißluftballon über die Niagarafälle schweben, einmal in den Grand Canyon spucken, den Kilimandscharo besteigen, die Gorillas im Nebel besuchen, vor dem Tadsch Mahal Tango tanzen.
3. Mit einem anarchistischen, wildschönen, hochbegabten und eines Tages schwerreichen Künstler (z.B. Maler,

Bildhauer) auf einer spanischen Finca, in einem italienischen Palazzo oder auf einer New Yorker Fabriketage mit Blick auf den Hudson-River leben.

4. Und abends bei Wein und Pasta über die Poesie, das Leben, Gott, Architektur, Kunst und die Welt philosophieren.
5. Danach mindestens dreimal die Woche voll verschärften, leidenschaftlichen, sinnesberauschenden Sex, nach dem mir mein Künstler jedesmal versichert, daß ich einzigartig begehrenswert bin, und er emotional, sexuell und intellektuell völlig von mir abhängig ist.
6. Außerdem unbeschränkten Zugang zu seinem millionenschweren Konto (falls ich nicht selber die Mio's habe). »Liebling«, wird mein Künstler verzückt flüstern, »Geld interessiert mich nicht, gib du es aus.«
7. Ich schwöre, Greenpeace bekommt auch was ab!

Soweit die Pfantasiewelt einer Achtzehnjährigen.

Zurück in der Wirklichkeit, betrachtete ich – vom Rotwein inzwischen leicht benebelt – unser kreuzbraves Ikea-Himmelbett »Björndal« und krauste die Stirn. New York! Nie dagewesen. Leidenschaftlicher Sex! Ich konnte mich nicht mehr an das letzte Mal erinnern, nur noch an die ziemlich sprachlosen Routinenummern nach der Tagesschau.

Wann hatte ich diese Liste vergessen? Nicht, daß da jetzt ein falscher Eindruck entsteht, ich war schon als Achtzehnjährige weit davon entfernt, eine männermordende, clevere blonde Schlampe zu sein. Vielmehr war ich eine kreuzbrave Musterschülerin aus der Provinz und – aus Solidarität mit den um 1980 aktiven Jammer-Feministinnen in lila Latzhosen – völlig ungeschminkt und unscheinbar.

Die gute, sanfte Carolin! Anders kannte mich niemand, weder mit achtzehn noch mit fünfunddreißig. Niemand wußte etwas von meiner inneren Rebellin, meiner lebensgierigen Freiheitsfanatikerin, meiner inneren Künstlerin. Hier, auf dieser Liste war sie verewigt. Ich hatte einmal Ehrgeiz gehabt, ich hatte Phantasie gehabt, ich hatte raus gewollt. Und es lediglich für drei Semester bis nach Köln geschafft und einmal bis Mallorca.

Der fast 35jährigen Provinzmutti aus Neuss am Rhein, die diese Liste las, wurde es noch sentimentaler zumute. Jeder Schluck Rotwein (Rioja von Aldi für DM 4,98) vertiefte das Seelenloch, in das sie hineinplumpste, um mehrere Meter. Diskussionen über Poesie, Kunst, Gott und die Welt. Pah! Die Wahrheit sah anders aus. Unsere Diskussionen gingen in etwa so: »Wo sind meine grünen Socken, Liebling?«

»Keine Ahnung! Schau mal in den Trockner.«

»Aber da muß ich ja bis in den Keller!«

»Ich geh' ja schon und hol' sie dir.«

Seufzend ließ ich das Blatt sinken und starrte in den bleigrauen, grieseligen Septemberhimmel. Typisch Niederrhein. Wer auf den deutschen Sommer schimpft, kennt den am Niederrhein nicht. Ich kannte ihn zur Genüge, denn mein Mann hielt nicht einmal viel von Reisen.

»Muß das sein? Das ganze Jahr über die elenden Geschäftsreisen, und dann soll ich auch noch in den Urlaub jetten? Am liebsten würde ich die Ferien in aller Ruhe zu Hause verbringen.«

Was wir regelmäßig getan hatten, während die Kinder bei meiner Mutter oder in Feriencamps urlaubten. Nein, weit war ich nicht über Neuss hinausgekommen. Außer einmal bis nach Mallorca. Mit meinem Traummann. Dr. Karsten Schaleen. Allerdings mit anderen Ergebnissen und anderem Ausgang als es auf der Liste stand. Scheiß-Liste.

Stand darauf vielleicht etwas von meiner ersten Schwangerschaft mit neunzehn, sofortiger Heirat und Studienabbruch? Nein. War etwa Janosch, der ebenfalls ungeplante Nachzügler erwähnt, der die Wiederaufnahme meiner Studien bis auf weiteres vereitelte? Nee. Genausowenig wie meine entsetzliche Schwiegermutter oder mein altersschwachsinniger Schwiegervater vermerkt waren, die inzwischen regelmäßig die Sommerferien und Weihnachten und Ostern und sämtliche gesetzliche Feiertage bei uns verbrachten, weil wir gnädigerweise IHR schönes Haus mit Rheinblick bei Neuss bewohnen durften. Auch unser darmkranker Mischlingshund Brownie war nicht aufgeführt, den ich mir ebensowenig ausgesucht hatte wie meine Schwiegereltern.

Zoey, die mich, seit sie laufen konnte, zur unfreiwilligen Mutter von Kaulquappen, Kröten, weißen Mäusen und Molchen gemacht hatte, hatte auch Brownie angeschleppt, um ihn, seine Bedürfnisse und seine Ausscheidungen bald darauf mir zu überlassen. Das Privileg aller Muttis. Wo es erstens um Essen, zweitens um Dreck aller Art und drittens um Schnupfen, Husten, Heiserkeit geht, sind wir gefragt. Wobei ich zur Rettung des Hundes sagen muß, daß er wenigstens kleine Anzeichen von Dank für meine Fürsorge zeigte.

Wie aufs Stichwort kratzte Brownie in diesem Moment an die Tür des Schlafzimmers und begleitete sich dabei mit herzzerreißendem Jaulen. Das war's. Ich verlor endgültig die Fassung. Niemand liebte mich – außer diesem Köter.

Gerührt hicksend und schluchzend und etwas angetrunken krabbelte ich zur Schlafzimmertür, griff von unten nach der Klinke und zog sie herab, stieß die Tür auf und prallte zurück. Brownie trug meine beste – und einzige – Perlenkette und war bombenfest in mein Hermés-Tuch – Duty-Free-Shop-Geschenk meines Mannes – gewindelt. Und das mit der Windel dürfen Sie so wörtlich nehmen, wie Brownie es bereits getan hatte.

»Janosch!« schrie ich mit letzter Kraft, während Brownie munter ins Schlafzimmer stürmte und es sich mit der patschnasser Windel im Bett bequem machte, um die Bißfestigkeit meiner Perlen zu testen. Knurrend verteidigte er seine Juwelen. »Verfluchter Köter!«

»Is'n los?« muffte beiläufig meine Tochter, während sie am Schlafzimmer vorbeischlurfte.

»Brownie hat das Bett naß gemacht, weil ...«

»Warste wieder nicht Gassi mit ihm? Ziemlich Scheiße diese ganze Tierquälerei.« Vorwurfsvoll runzelte Zoey die Stirn. Seit einem Monat war sie von einer fanatischen Tier-Einsammlerin zur radikalen Veganerin mutiert. Das hieß: Sie aß keinen Fitzel Fleisch mehr, zwang mich, ihr nicht lederhaltige Schuhe aus England zu bestellen, verlangte, daß Welpe Brownie vegetarisch zu füttern sei und lehnte es aus ideologischen Gründen ab, ihn Gassi zu führen.

»Is' nicht artgerecht, kann ich nicht mit meinem Gewissen vereinbaren. Hunde müssen im Rudel leben, weg von Menschen. Jede Tierhaltung ist Tierquälerei. Da mach' ich nicht mit.«

Vielleicht hatte sie damit ja recht, ich bezweifelte allerdings, daß irgendein wildes Rudel Brownies Vorliebe für »Caesar«-Häppchen in heller Soße ersetzt hätte.

In diese Gedanken versunken, verfehlte ich mal wieder den Moment einer Entgegnung auf Zoeys Frechheiten. So ging es mir oft, da ich so konfliktfreudig wie Bambi war. Erst als Zoey die unterste Stufe der Treppe erreicht und auf dem Weg zur Haustür war, fiel mir meine Erziehungsberechtigung wieder ein.

»Sag mal, wo willst du eigentlich jetzt noch hin?« rief ich ihr nach.

»Fresse!« rief sie zurück.

Was in diesem Fall keine rüde Beleidigung war, sondern ihr Freund, den ich nicht nur wegen seines Spitznamens befremdlich fand. Ich lehnte mich über die Brüstung der Galerie, die über der Eingangshalle schwebte.

»Um zehn Uhr bist du spätestens wieder hier«, befahl ich der Haustür, die bereits mit lautem Knall ins Schloß gefallen war. Nein, nicht einmal meine Tochter Zoey sah etwas anderes als die »gute, alte, sanfte Carolin« in mir. Seufzend machte ich mich

1. auf die Suche nach Reinigungsschaum und Schwamm,
2. nach neuem Bettzeug und
3. nach Janosch, um sein ohnehin schon zweiwöchiges Nintendo-Verbot um eine Woche zu erhöhen, weil er Brownie gewindelt und mein Telefon mit Klebstoff präpariert hatte.

Doch die Bestraferei fiel mir alles andere als leicht, nachdem er mir erklärt hatte, daß mit Brownies Windel sei nur ein Test gewesen, um mir das Gassi-Gehen zu ersparen. »Du wolltest doch in der alten Büchse nach Schulfreundinnen kramen, da hab' ich gedacht, ich sag' nix, weil Brownie so junkst, sondern zieh' ihm was über.« Und die Idee mit dem Telefon habe er gehabt, als er mich nachmittags mit Staubsauger und Telefon in der Hand über eine Teppichkante stolpern sah. »Weißt du, Mama, da habe ich gedacht, wenn du dir den Hörer ans Ohr kleben könntest, würde so was nicht passieren.«

Janosch ist eins von den Kindern mit diesem leicht verhungerten Blick. Ich meine, er hat große, staunende Augen und ist so spillerig dünn, daß man auf seinen Rippen Akkordeon spielen kann – obwohl man bereits Tonnen von Vollwertkost, Fruchtzwergen und Kinderschokolade in ihn hereingestopft hat. Wenn so ein verhungertes Kind dann auch noch ein Meister des treuherzigen Blicks ist – rette sich wer kann, ich konnte es nie. Statt meinem Schlitzohr also eine allzu harte Standpauke zu halten, machte ich mich an die Säuberungsarbeiten im Schlafzimmer und hielt *mir* eine Standpauke über meine Erziehungsfehler. Hatte ich schon erwähnt, daß ich eine von diesen Friedfertigen bin?

Eine Viertelstunde später kam mein arbeitssüchtiger Mann von seinem Meeting mit den spanischen Geschäftspartnern heim und reagierte ungehalten.

»Mußt du die Betten unbedingt abends frisch beziehen? Du hast doch den ganzen Tag für so was Zeit. Richtig ungemütlich hier.«

Ich schloß haarscharf, daß sein Treffen nicht besonders erfolgreich verlaufen war und ließ ihn weiterschimpfen, während ich über den Traummann von meiner alten Liste nachdachte. Bildhauer oder Maler. Seufz! Wilde Liebesnächte auf einer spanischen Finca, zärtliche Gespräche bis ins Morgengrauen.

»Wenn du nur endlich mal lernen würdest, deine Zeit besser zu nutzen und einzuteilen«, knurrte mein Mann dazwischen. »Ist doch ganz einfach. Mach dir am Anfang der Woche eine Liste, und halte dich daran, anstatt dich mit tausend Merkzetteln ständig selbst zu blockieren. Eine einzige Liste reicht doch. Man muß sich nur daran halten.«

Genau! dachte ich und schwieg.

»Du bist ja schlimmer als meine Mutter«, brummelte er und verzog sich ins Bad. Ich glaube, dieser Satz war sein Todesurteil. Kurz bevor ich mich schlafen legte, stellte ich ihn an die Wand, riß die vollautomatische Guzzi hoch und durchsiebte ihn und seinen gestreiften Seidenpyjama mit 180 Schuß aus meinem Magazin. Rein gedanklich, versteht sich. Meine Tagträume dienen hin und wieder auch der Abfuhr aggressiver Energien.

Nach der standrechtlichen Erschießung gab ich meinem Mann einen Kuß und sagte »Gute Nacht, Liebling«.

»Gute Nacht? Wie wäre es ...« Seine Hand tastete sich unter mein Nachthemd und – ganz nach Schema F – zunächst zu meiner linken Brust, zweimal streicheln, dann nach rechts, einmal kneifen, dann ...

Nein, nicht heute nacht! dachte ich trotzig. Ich war ausnahmsweise nicht in meiner üblichen »make-love-not-war«-Stimmung. Was ich heute – ein Jahr später – als erste Nachwirkung der verhängnisvollen Liste deute.

»Schatz«, hauchte mein Mann programmgemäß in mein

Ohr. Ich stellte mich kalt. »Na, nun komm schon, Liebling«, säuselte er unter Auferbietung all seiner Verführungskünste. »Jetzt, wo wir so gut wie alleine sind. Janosch spielt im Keller Nintendo, und Zoey schläft bei ihrer Freundin und ...«

»Wie bitte?« Hellwach setzte ich mich auf und knipste das Licht an.

Ärgerlich schaute mein Mann zu mir hoch. »Muß das sein? Ich hatte wirklich einen verdammt harten Tag!«

»Wie kommst du darauf, daß Zoey bei ihrer Freundin schläft?«

»Na, weil du es ihr erlaubt hast. Hat sie mir gesagt, als ich sie auf dem Weg hierher traf. Weshalb ich eben dachte, daß du Lust auf ein bißchen mehr als einen Gute-Nacht-Kuß hast, dazu die frisch bezogenen Betten ...«

Ich hörte gar nicht mehr hin, schwang die Beine über die Bettkante und griff nach dem Telefon.

»Wen rufst du denn jetzt noch an?«

»Fresse«, antwortete ich resolut. Mein Mann schaute mich an, als habe er soeben den Yeti entdeckt. »Falls es dich interessiert, so heißt der neue Freund deiner Tochter, und ich habe allen Grund anzunehmen, daß er die Freundin ist, von der sie dir erzählt hat. Und dann gute Nacht!«

»Niemals würde Zoey mich so frech anlügen!« entrüstete sich mein Mann. Nur das starke Geschlecht kann so gutgläubig sein.

»Fresse«, murmelte ich noch mal im Geiste, während ich die »Undenk-Bar« anrief. So hieß ein selbstverwaltetes Jugendzentrum, das vor allem für sozial benachteiligte Jugendliche gedacht war und in dem meine Tochter regelmäßig ehrenamtlichen Thekendienst leistete. So muffig Zoey zu mir war, so großherzig war sie gegenüber allen Außenseitern unserer Gesellschaft. Was ich im Grunde so rührend fand wie die haushaltstechnischen Erfindungen meines Sohnes. Ich war auch ein wenig geschmeichelt, weil ich in

Zoeys Sozialtick mich selber wieder fand – die ehemals friedensbewegte Weltverbessererin. Aber leider hatte Zoeys großes Herz auch Platz für Fresse, und der war sozial so was von benachteiligt und so wenig friedfertig, daß er bereits auf eine Liste von Straftaten zurückblicken konnte, die Billy the Kid alle Ehre gemacht hätte. Eine Liste, die mich ausnahmsweise nicht beruhigte.

Die Stimmung, die mich seit dem Fund meiner Lebensliste begleitete, verhalf mir zu ungewohnter Autorität.

»Guten Tag, hier spricht Carolin Schaleen«, blaffte ich in den Hörer. »Schicken Sie bitte sofort meine Tochter nach Hause. Sie ist minderjährig, und ihr Vater ist Besitzer eines Karate-Studios. Außerdem betreiben wir eine Kampfhundzucht.«

Ich legte auf. Karsten, mein Mann, rang nach Atem. »So kenne ich dich ja gar nicht, Carolin.«

»Dann wird es Zeit, daß du mich so kennenlernst«, sagte ich nur knapp, warf mir einen Bademantel über und ging nach unten, um meine Tochter in Empfang zu nehmen.

Eine halbe Stunde später war Zoey zu Hause. Allein. Allerdings mit einer neuen Hiobsbotschaft: »In den Herbstferien mache ich mit Fresse Motorradurlaub in Frankreich.«

»Im Leben nicht«, sagte mein Mann und ging sofort wieder zu Bett, um sich von diesem Schock zu erholen und mich meinen Mutterpflichten zu überlassen. Schließlich hatte ich ja in meinem Leben sonst nichts zu tun, während er morgen wieder Kloschüsseln an den Mann bringen mußte.

»Vergiß das mit dem Urlaub«, begann ich. »Du mußt doch einsehen, daß dein Vater und ich uns große Sorgen um dich machen, wenn du mit Leuten wie ...«

»Hey, keine Vorurteile! Hast du selber immer gesagt. Ich liebe Fresse, und wir fahren auf seiner Honda nach Frankreich.«

»Mit Motorrädern werden Katzen, Hunde, Kröten überfahren. Kannst du das als Veganerin verantworten?« Jaja, die gute alte Friedensbewegte in mir kam wieder zum Vorschein und untergrub die Autorität der Rebellin.

»Fresse fährt vorsichtig.«

»Die Franzosen essen Pferdefleisch«, versuchte ich es weiter auf die clever-sanfte Tour.

»Wenn ich einen dabei erwische, haut Fresse ihn platt.«

»Findest du das etwa artgerecht.«

»Findest du dich etwa komisch?« muffte Zoey zurück und drückte sich äußerst unfreundlich an mir vorbei Richtung Treppe.

Es langte. Ich spürte förmlich, wie sie ihren Triumph genoß. Diese ständigen Mutter-Tochter-Kabbeleien waren ihr neuestes Hobby. Okay, Pädagogen nennen so was »Grenzen austesten«. Ich wußte nur, daß sie meine Grenze nun verletzt hatte.

»Hör gut zu, Fräulein. Ich sag es nur einmal: Du fährst nicht, basta.« Mit diesen Worten drückte ich mich an meiner Tochter vorbei, joggte mit ungeahntem Elan die Treppe hoch und öffnete und schloß unsere Schlafzimmertür mit einem lauten Knall.

»Carolin!« schimpfte mein Mann.

»Klappe!« sagte ich laut und vernehmlich.

»Ist das vielleicht der Bruder von Fresse? Was ist denn nur mit dir los heute abend?« kam es verblüfft aus dem Bett.

»Nichts, mir geht nur dieser ewig gleiche Scheiß von Hausarbeit und Kindererziehung gewaltig auf den Geist. Dabei muß man ja verblöden!«

Mein Mann schnaubte verächtlich. »Du hast gut reden. Glaubst du vielleicht, das Kacheln und Toilettenschüsseln intellektuell anregend sind?«

»Warum hast du dich dann für die Toiletten und gegen ein eigenes Architekturbüro entschieden? Du warst so begabt, du hattest soviel Phantasie.«

»Carolin, bitte, das ist doch nun wirklich ein alter Hut, das müssen wir doch wohl nicht mehr durchdiskutieren. Wenn du meinen heutigen Tag erlebt hättest, würdest du dein Hausfrauendasein jedenfalls als Paradies auf Erden empfinden.«

»Ach ja?« gab ich gereizt zurück.

»Was hast du bloß? Du wolltest das doch immer so! Jedenfalls hast du nie etwas anderes behauptet, oder?«

Damit hatte er recht. Natürlich hatte ich – die Friedfertige, die Sanftmütige, die Möchtegern-Madonna, die er dereinst in Palma fotografiert hatte – nie etwas anderes behauptet. Schließlich war ich damals vollkommen verliebt gewesen in Karsten Schaleen und bald darauf vollkommen schwanger. Mein Mann hatte meine innere Lebenskünstlerin und Rebellin nie richtig kennengelernt. Ich selbst hatte sie ja auch erst heute abend wieder entdeckt.

Ich schwieg also. Beleidigt. Auch deshalb, weil kaum eine Sekunde später ein wohliges Schnarchen verriet, daß der Toilettenhändler und Ex-Traummann Karsten Schaleen die Diskussion für uninteressant und meinen Anflug von Rebellion für beendet hielt. Er sollte sich irren.

2. Kapitel

Am nächsten Tag standen auf meinem morgendlichen Merkzettel alle möglichen Hausarbeiten, um 14 Uhr ein Friseurtermin und für den Abend besagtes Klassentreffen. Gegen Mittag sortierte ich frisch gebügelte Wäsche und stellte eine Liste auf, um mich bei Laune zu halten. Eine Liste von Dingen, die ich an der Hausarbeit und meiner FAMILIE wirklich HASSTE.

1. Leere Kleiderbügel auf einem Haufen, weil sie sich ständig ineinander verhaken.
2. Untilgbare Milchkaffeeflecken auf meiner einzigen weißen Jeans, in der ich superschlank aussehe und die ich am Abend anziehen wollte.
3. Eine Teenietochter, die soeben – begleitet von dröhnender Technomusik – einen kleinen Hungerstreik angetreten hatte, um ihren Frankreichurlaub mit Fresse durchzudrücken.
4. Der bevorstehende Beginn der Herbstferien und der diesmal vierwöchige Besuch der Schwiegereltern, da ihr Penthouse in Düsseldorf renoviert wurde.
5. Brownie, der sich laut kläffend auf meinem echt persischen Gabbeh im Wohnzimmer erleichterte, weil er von meinem Sprößling Janosch – mit einem Wasser-Pumpgun durchs Haus gejagt wurde, angeblich, um den Hund zu duschen.
6. Mein Ehemann, der mich anrief, während ich mit einem Arm voll verkanteter Kleiderbügel meinen randalieren-

den Sohn verfolgte und dabei in die Bescherung des darmsensiblen Hundchens trat.

Und warum rief mein Mann ausgerechnet in diesem Moment an? Weil er mich daran erinnern wollte, daß ich noch »seinen« Artikel für das Magazin *»Der Badprofi«* schreiben und illustrieren mußte. »Liebling, du hast es vor drei Tagen fest versprochen! Und es macht dir doch auch Spaß! Erst gestern hast du dich über das Einerlei der Hausarbeit und die mangelnde geistige Anregung deines Daseins beklagt.«

So werden voreilig geäußerte Emanzipationsgedanken gegen einen selbst verwendet, dachte ich empört und betrachtete meinen beschmutzten Schuh.

»Du weißt doch«, fuhr mein Mann am anderen Ende des Telefons fort, »daß ich beim besten Willen nicht dazu komme. Eben hat sich die Delegation aus Spanien zur Musterbesichtigung angemeldet, Liebling. Es geht möglicherweise um eine zusätzliche Badewannen-Bestellung, und wenn ich Glück habe, wollen sie das Konzept für die komplette Gestaltung der Hotelbäder. Ein Großauftrag, den wir dringend brauchen. Bitte, sei ein Schatz, der Verbandschef hat meinen – äh, unseren, also deinen – letzten Artikel sehr gelobt und sich persönlich bedankt.«

»Nicht bei mir. Außerdem will ich noch zum Friseur, heute abend ist Klassentreffen.«

»Für lauter andere Frauen mußt du dich doch nicht hübsch machen, du warst doch auf einer reinen Mädchenschule.«

Eben drum! dachte ich in Erinnerung an Cordulas Ermahnungen. Laut sagte ich nur: »Ich mache mich ja auch für dich schön.«

»Nicht nötig«, stapfte mein Mann in das nächstliegende Fettnäpfchen. »Außerdem läßt du dir beim Friseur doch immer nur die Spitzen schneiden, das sieht man doch gar nicht groß. Äh ... ich meine, Gott sei Dank sieht man das nicht groß. Ich liebe deine langen Haare über alles. Wäre schade, wenn du dich verändern würdest.«

»Danke«, sagte ich trotzig. Von unten her roch es nach Brownies Bescherung.

»Och, Schatz, sei doch nicht so. Ich meinte doch nur, daß du schön bist, wie du bist, ehrlich. Deine langen Haare, dein Gesicht, deine, deine, deine, äh, begehrenswerte Stupsnase.«

Gerade noch gerettet, dachte ich, und mein Mann kam auf sein eigentliches Begehren zurück.

»Schätzchen, bitte. Ich brauche diesen Artikel. Sei mein liebes Lämmlein.«

Lämmlein – also ich – nickte schicksalergeben in den Hörer. Ich konnte Komplimenten und Kosenamen nicht widerstehen, egal, wie blöd sie waren. Die Rebellin in mir verstummte wieder. Für ein bißchen Liebe tat ich immer noch alles. Noch!

»Okay, ich schreib' das blöde Ding.«

»Blöd? Na, na. Bitte mit soviel Liebe wie den vorherigen, Schatz.«

Mit Liebe? Ein Editorial über neue Toilettentrends, Waschbeckenfarben und Kachelmuster? Auf einer Doppelseite? Für Sanitärgroßhändler, die alles, aber auch alles über Sanitäranlagen wissen, was ich nicht wußte und mir mühsam aus den Pressemappen der Hersteller zusammenklauben mußte. Ich, eine ehemalige Fast-Architektin. Meine innere Rebellin ging wieder auf die Barrikaden, traute sich aber nicht heraus. Meinem Mann war sie so vollständig unbekannt, daß er munter weiterplauderte, während sie ihr Gewehr lud.

»Das wird bestimmt ein schöner Artikel. Du hast doch Sinn für Ästhetik. Wenn du willst, kannst du ja auch wieder einige von deinen hübschen Zeichnungen beilegen. Die Badentwürfe im letzten Heft kamen wieder supergut an. Ich bin so stolz auf dich«, schloß Karsten das Gespräch gutgelaunt, und seiner Stimme war deutlich anzuhören, daß er vor allem brummstolz darauf war, was für nette Komplimente er seiner Frau nach fünfzehn Ehejahren noch immer machte und wie leicht er sie damit herumbekam. Um ihn war ich zu beneiden, das drückte seine Stimme unmißverständlich aus. Seit einiger Zeit war ich hellhörig für diese leicht abwertenden Untertöne.

Er legte auf. Mißmutig betrachtete ich noch einmal meinen stark verschmutzten Schuh und sorgte dann mit Schwamm und Teppichschaum für die ästhetische Wiederherstellung des persischen Gabbehs. Danach schrie ich kurz und wirkungslos meine Tochter zusammen, mit dem Ergebnis, daß Zoey ihre Anlage um etwa ein Viertel Dezibel leiser drehte. Ich gab auf und stopfte Ohropax in meine Ohren. Nach Janosch suchte ich vorsichtshalber nicht. Er war bereits gefüttert und gab keinen Laut von sich, was normalerweise Übles bedeutet. Doch in dem Moment, als ich mein Laptop aufklappte, um für den »Badprofi« zu dichten, war mir das alles egal.

Fiepend und mit akustischem Dreiklang meldete sich der Computer an. Ich klickte auf den Befehl »leeres Dokument«, der Bildschirm wurde weiß wie Papier, und ich konnte loslegen. Was ich nicht tat. Seufzend griff ich zu einem Bleistift, der immer bereit lag, wenn ich dichten mußte, damit ich daran herumkauen konnte. Ich warf einen Blick in die neueste Pressemitteilung eines Waschtisch-Herstellers, und aus meinem Seufzen wurde ein Stöhnen:

»Das neue Waschtisch-Design ›Mediterrano‹ besticht durch schlanke, edle Linienführung. Variantenreich sind die hierzu kombinierbaren Armaturen, die den Zauber maurisch inspirierter Formgebung mit der ausgefeilten neuen Tubulator-Technik vereinen«, stand da.

Wen, zum Teufel, interessierte das? Mich jedenfalls nicht. Das hatte ich nun von dem Ehrgeiz meines Mannes, der nicht nur Besitzer eines Großhandelsunternehmens für Sanitäranlagen war, sondern auch noch Chefredakteur der Verbandsnachrichten für Sanitärfachleute, genannt *»Der Badprofi«*. Um sich neue Kunden zu sichern und in der Branche einen Namen zu haben, wie er sagte.

Seufzend las ich weiter: *»Für avantgardistische Gestaltungskonzepte sind flammende Sonnentöne bei den Kacheln mit temperamentvoll-spanischer Anmutung der Joker. Vor allem das Modell ›Palma‹«* ...

»Ach, Palma. Palma de Mallorca und Karsten. Natürlich hatte ich mich vor fünfzehn Jahren nicht in den Großhändler für Toilettenbecken verliebt hatte. Egal, ob die spanisch anmuteten oder sogar Palma hießen. Nein, verliebt hatte ich mich in Karsten, den Architekturdozenten mit dem Harrison-Ford-Blick, der feurig von Fincas und Paradores, von Kathedralen, Palästen und Klöstern erzählen konnte. In Karsten, der mich – und nur mich – nach Besichtigung der Kathedrale von Palma zum Abendessen einlud. Heimlich. In eine vertäumte Bodega im Schatten des ehemaligen Konvents Sant Francesc. Vorher hatte er mir in der Kirche und dem Kreuzgang eine private Lektion zum Thema einschiffige, gotische Langhäuser und verschärftes Küssen hinter Beichtstühlen gegeben. Danach saßen wir auf der winzigen Terrasse der Bodega unter sternenbesticktem Himmel gesessen. Bei vino tinto und Tapas hatte Karsten mir Häuser, Villen und Paläste auf das Papiertischtuch gemalt, die er einmal bauen wollte. Und den schönsten Entwurf von allen hatte er nach mir benannt: »Casa Carolin«. Dazu hatte ein Zigeuner – pardon, ein Sinti oder Roma – die Geige schluchzen lassen. Ach, was war ich verliebt in meinen Luftschloß-Prinzen! Und was war Karsten, der damals 29jährige, sich seiner Sache sicher. Noch ein paar Jahre würde er als Dozent arbeiten, sich international einen Namen machen, dann könnte er sein eigenes Architekturbüro eröffnen. Dann, wenn sein Vater vielleicht einen Kredit lockermachen würde. Spätestens dann, wenn sein Vater ihm das Erbe auszahlen würde. Auf jeden Fall dann, wenn sein Vater sich zur Ruhe setzen und sein Großhandelsunternehmens für Kacheln, Fliesen, Wannen und Sanitäranlagen endlich verkaufen könnte.

Würde, hätte, sollte, könnte – ein Leben im Konjunktiv ist immer gefährlich. Gefährlich nah am Scheitern. Karstens Pläne jedenfalls waren wie Negerküsse in feuchtwarmen Kinderpfoten zerschmolzen. Sein Vater hatte mit Beginn seines 60. Lebensjahres um 1982 deutliche Anzeichen von Altersdemenz gezeigt. Was dazu führte, daß er die ein oder andere Steuererklärung vergessen hatte und sich am Ende nicht mehr recht entsinnen konnte, für was genau er denn so Großhändler und wer seine Kunden waren. Gleichzeitig hatte er wie viele Wirtschaftswunder-Patriarchen niemals für einen kompetenten Nachfolger gesorgt. Das ganze schöne Unternehmen mit seinen mehr als zehn Niederlassungen bundesweit schien aufgeschmissen, konkursreif oder nah davor. Und mit dem Unternehmen etwa 300 Angestellte. Statt die Firma aufzulösen und für eine Unterbringung seines Vaters in einem standesgemäß betreuten Wohnprojekt zu sagen, hatte Karsten die Firma und die 300 Angestellten übernommen.

Auch deshalb, weil seine Mutti Erika es gewollt hatte, die weit mächtiger und bissiger war, als ich es mit meinen neunzehn Jahren und dem zwanghaften Sanftmut einer feministischen Öko-Pazifistin nur ahnen konnte. Als sich in meinem Bauch zum gleichen Zeitpunkt Zoey zu regen begann, hatte für den gewissenhaften Karsten alles sofort festgestanden: Hochzeit, Familiengründung, Firmenübernahme – aus die Maus und Schluß mit lustig.

In der Folge hatte er eine Mischung aus Ehrgeiz, Geiz und Arbeitswut entwickelt, die das Unternehmen vor dem Untergang rettete, uns aber nicht gerade das bescherte, was man ein »Leben im Luxus« oder »happily ever after«

nennen konnte. Einmal auf Sparkurs, war Karsten davon nicht mehr abzubringen, und ich zu jung, zu brav, zu unerfahren und zu schwanger, um dagegen aufzubegehren.

Himmel, ich war eben zwanzig geworden und hatte geglaubt, daß Babys süße, puderduftende Engelchen sind, die man in dekorative Weichholzwiegen ablegt, während man sich einem Buch über »Das gotische Maßwerk und die transzendentale Gotteserfahrung« widmet. Haha. Auch meine Vorstellung, daß Kindererziehung eine idyllische, friedvolle Aneinanderreihung von Martinsfackeln basteln, Plätzchen backen und Geburtstage feiern ist, hatte sich schnell erledigt.

Mit Zoeys Ankunft in der Wirklichkeit war auch ich in der Realität gelandet. Natürlich liebte ich sie, ich vergötterte sie sogar und weinte jedesmal vor Rührung, wenn sie mir ihre Speckfinger in die Nase piekste. Aber erstens ist das nicht alles, was Babys tun, und zweitens mußte ich etwas zu plötzlich meine anderweitigen Träume aufgeben. Ich war plötzlich nichts weiter als die Nur-Haus- und -Ehefrau eines sehr sparsamen und sehr gewissenhaften Kloverkäufers.

Himmel! Die Waschtisch-Trends. Ich spuckte den Bleistift aus und verschönerte unter Mühen den aufgeplusterten Wortwust der Waschbeckenfirma. Dann suchte ich ein paar – wie ich hoffte – mediterran anmutende Badskizzen von mir aus. Was mich leider ganz davon abhielt, mich selbst zu verschönern, bevor ich zum Klassentreffen fuhr.

Nun ja, ich hätte es ohnehin nicht bis zum Friseur geschafft, denn mein stiller Sprößling Janosch hatte den Nachmittag genutzt, um die Haustürklingeln sämtlicher Nachbarn mit Sekundenkleber zu präparieren, weshalb überall an den Häusern Versandhausboten, Kaffeebesucher, Schwiegermütter und was weiß ich noch wer festklebten.

Ich hatte eben meinen Artikel an den *»Badprofi«* gefaxt,

als unser Telefon zum erstenmal klingelte, um für den Rest des Nachmittags nicht mehr stillzustehen. In unserem überschaubaren Bungalowviertel wußte jeder Nachbar sofort, wem er die anhaltend haftende Überraschung zu verdanken hatte. Der »Plage«, wie sie meinen Janosch gemeinhin nannten. Die Plage stand mit verhungertem Blick neben mir, während ich mir eine wüste Standpauke nach der anderen anhörte.

»Es langt, wir zeigen Sie an!« brüllten die einen. »Wir haben bereits unseren Anwalt eingeschaltet«, informierten andere mich in gesetztem Ton. Wieder andere machten mich zusätzlich für sämtliche Hundehaufen auf den Gehwegen im Umkreis von zehn Kilometern und in ihren Gärten verantwortlich.

Die ganze Zeit über stand mein Filius in Treue fest zu mir, seine kleine Hand ängstlich in meiner, schaute er mich völlig verhungert an. Natürlich verteidigte ich ihn wie eine Löwenmutter, schon deshalb, weil ich ein schlechtes Gewissen hatte, weil ich mich mit dem *»Badprofi«* und nicht mit Janosch beschäftigt hatte. Mütter sind so. Sie fühlen sich ständig schuldig, vor allem, wenn ihre Löwenjungen sich schutzsuchend an sie klammern.

Zum guten Schluß rief auch noch meine Schwiegermutter an, um mich daran zu erinnern, daß sie und Hans-Hermann am Samstag pünktlich um zwölf auf der Matte stehen würden.

»Wie immer zum Mittagessen, Carolin. Denk daran: Keine cholesterinhaltigen Speisen, nichts, was Vater weiter verkalken könnte, hörst du? Immer gibt es bei dir diese Cholesterinbomben, schrecklich, was sich dadurch in 76 Jahren in den Arterien von Hans-Hermann abgelagert hat ...«

Das war wieder typisch Erika, irgendwie drehte sie es so hin, daß ich am Ende auch noch die Schuld an der frühzeitigen Vergreisung ihres Mannes hatte.

»Mich wundert überhaupt«, fuhr sie angeregt fort, »warum deine Kinder nicht viel fetter sind, bei dem Essen!«

»Bei uns wird ganz normale rheinische Küche gegessen«, verteidigte ich mich, »die mag dein Sohn nämlich am liebsten.«

»Früher war das anders. Mein Karsten war ganz wild auf Gemüse.« Unnötig zu erwähnen, daß ihr Karsten und mein Karsten zwei völlig verschiedene Persönlichkeiten hatten.

»Ich sehe ihn noch vor mir«, schwärmte Erika. »Er konnte gar nicht genug davon kriegen. Blumenkohl, Möhrchen und Kartöffelchen, vor allem Kartöffelchen. Ach mein Karsten war so ein süßer, putziger Gemüsevielfraß ...«

Ich ließ entspannt den Hörer sinken, die Gemüsenummer konnte noch Stunden dauern. Janosch bemerkte, daß die Gefahr einer Bestrafung für ihn gebannt war und verzog sich Richtung Keller und Nintendo.

Meine Tochter Zoey stapfte die Treppe herab. Ich hegte den Verdacht, daß die auffallende Blässe in ihrem Gesicht und die braun-violetten Ringe unter ihren Augen dem Inhalt ihrer riesigen Kosmetiktasche entstammten. Zoey tobte ihre künstlerische Ader gerne in ihrem Gesicht aus, und diesmal wollte sie wohl die hungerleidende, mißverstandene, geschundene Tochter einer herzlosen Mutter vorführen. Mit muffigem Blick schlurfte sie an mir vorbei Richtung Keller, wo sie ihre vegetarischen Schokoriegel-Vorräte versteckt hatte, die ihr die Kraft gaben, den Hungerstreik zu überleben.

»Wer is'n dran?« kauderwelschte sie zeit- und wortsparend.

»Oma Erika«, antwortete ich knapp und bemerkte ein diabolisches Leuchten in den braunumringten Augen meiner Tochter. Mit einem plötzlichen Energieschub riß sie mir den Hörer aus der Hand.

»Hallo Oma!« rief sie mit der verzweifelten Stimme einer Sterbenden ins Telefon. Dann schob sie ein Röcheln hinterher. Ich wußte, was Schwiegermama am anderen Ende des Telefons fragte. Und Zoey antwortete mit einer Stimme am Ende ihrer Kräfte: »Ich mache einen Hungerstreik.«

Meine Augen drehten sich gen Decke.

»Wie? Jaja, auch wegen des Cholesterins ... Nein, Mama versteht mich einfach nicht ... O ja, ich liebe Gemüse, hmmm ... Kartoffeln gibt es fast nie, immer nur Pommes.«

An diesem Punkt entriß ich dem Kind, das normalerweise täglich fünfmal nach »1-2-3«-Backofen-Frites verlangte, den Hörer und beschied meiner Schwiegermutter mit allem Mut, der mir zur Verfügung stand: »Erika? Ich muß mich sputen, ich habe heute Klassentreffen.«

»Wie kannst du nur an dein Vergnügen denken, wenn dein Kind Hunger hat? Und was ist mit meinem Karsten?«

»Der ißt mit seinen spanischen Geschäftspartnern.«

»Wo?«

»Entschuldige, Erika, das weiß ich nicht.«

»Hoffentlich im Daitokai, das empfehle ich Karsten schon seit Jahren. Japanische Küche ist so gesund und stilvoll. Das wäre zur Abwechslung für ihn haargenau das Richtige. Vielleicht könntest du ja mal japanisch kochen, wenn wir am Samstag kommen. Ich bringe dir Rezepte aus der *»Elle«* mit ... oder war es die *»Vogue«*? Egal, die Mühe lohnt sich. Der Japaner versteht wirklich was von cholesterinfreier Küche. Und dazu das gepflegte Ambiente ...«

Es klingelte an der Haustür. Erleichtert beendete ich das Gespräch mit Erika.

Vor der Tür stand meine Freundin Cordula.

»Himmel, ist es schon sechs Uhr?« fragte ich entsetzt.

Cordula starrte mich entgeistert an. »Carolin, du willst doch nicht etwa so zu unserem Klassentreffen gehen?«

»Was ist denn?« fragte ich ansatzweise genervt.

»Du wolltest doch zum Friseur. Und überhaupt, diese Klamotten! Jeans.«

»Aber so renne ich doch immer rum.«

»Eben.« Cordula riß sich ihr wunderschönes Halstuch – ich tippte auf Joop! oder Jil Sander – vom Hals und warf es mir schwungvoll übers Sweatshirt.

»Nimm wenigstens das und dazu ein schwarzes Top und eine engere Hose«, befahl sie mit Kennermiene. »Hopp-hopp, das geht in Null Komma nix, und damit hast du wenigstens so etwas wie einen Basic-Schick.«

»Was soll der Aufstand?« maulte ich im Stil meiner Tochter.

Cordula ließ sich auf keine Diskussionen ein, sondern scheuchte mich die Treppe hoch. Zehn Minuten später saß ich – in schwarzem Top und Jeans und Jooptuch – auf dem Beifahrersitz von Cordulas feuerroten BMW-Cabrio, das Verdeck war zurückgeklappt, da der niederrheinische Spätsommerhimmel ausnahmsweise mild und blau war. Ich war ausgesprochen zufrieden mit mir, meinem Outfit und der Aussicht auf einen Abend mit lauter Frauen. Anders als meine Freundin.

»Diese Haare!« schimpfte sie – schon wieder kopfschüttelnd. »Hast du denn überhaupt keine Lust, dich mal zu verändern?«

»Nein«, trotzte ich auf, weil sie zielsicher wie eine Cruise Missile meinen wunden Punkt berührt hatte.

»Nimm wenigstens was von meinem Lippenstift.« Sie warf mir eine goldblinkende Hülse in den Schoß und schaltete gleichzeitig in den dritten Gang.

»Nein«, trotzte ich weiter, während der Fahrtwind mir in den Mund fuhr. Er schmeckte nach Pflaumenbäumen, Sommer und Lebensfreude. Mir war der Lippenstift in diesem Moment wirklich egal.

Leider, denn das Klassentreffen erwies sich als genau die Katastrophe, die Cordula mir prophezeit hatte.

3. Kapitel

Zum vierten Mal zogen wir jetzt schon eine Schleife auf dem Neusser Marktplatz vor der Quirinuskirche und vor dem Brauhaus, in dem unser besagtes Klassentreffen stattfand.

»Glaubst du wirklich, daß du hier noch einen Parkplatz findest?« fragte ich vorsichtig.

»Quatsch!« antwortete Cordula schroff. »Ich will nur sichergehen, daß alle das Auto gesehen haben.«

Ich rutschte tiefer in meinen Sitz und stöhnte. »Findest du das nicht ein bißchen kindisch?«

»Kein bißchen«, gab Cordula zurück, trat in die Bremsen und lenkte ihren BMW mit elegantem Schwung in eine winzige Parklücke, die noch dazu in Sichtweite des Brauhauses lag.

»Also, eine Eins in Parken ist dir jedenfalls sicher«, bemerkte ich leicht mißmutig, weil meine Freundin so unverschämt viel Glück hatte. Cordula lief bereits um das Auto herum und öffnete mir die Beifahrertür.

»Lächeln!« befahl sie mir. »Da im Eingang, daß ist Annika Caldewey.«

»Du meinst die, die ...«

»Genau die! Und denk dran, wie sie dich immer behandelt hat. So, als wärest du ...«

Ich hörte nicht zu, sondern sprang aus dem Auto, riß meinen rechten Arm hoch. »Huhu«, winkte ich.

»Luft«, beendete Cordula ihren Satz und zischte mahnend: »Carolin, versuch einmal, dich wie ein vernünftiger Mensch zu benehmen, und sei ihr gegenüber etwas mißtrauisch.«

Ich hörte nicht auf sie, sondern beeilte mich, den Marktplatz zu überqueren. Annika, die schönste Blondine unseres Abi-Jahrgangs und schon mit 15 als Fotomodell für eine Tamponwerbung entdeckt, stand da wie eine Leinwandgöttin. Auch ihr Haar war nach wie vor lang, dazu nach wie vor blond und außerdem so effektvoll gewellt wie das von Veronica Ferres als Lorelei in *»Rossini«*.

Mit unverhohlener Bewunderung schaute ich Annika an. Die hatte bestimmt jede Menge aufregender Geschichten zu erzählen.

»Meine Güte, du bist ja noch schöner geworden«, sagte ich arglos. »Grüß dich, Annika.« Ich streckte zaghaft meine Hand vor. Ganz schön gewagt, Annika hatte eine wie mich – Friedenstaube im Schlabberstrick – früher tatsächlich nicht zur Kenntnis genommen. Nicht nur früher.

»Hallo, äh?« machte sie nur und schaute mit zusammengekniffenen Augen über meine Schulter ins Leere. Plötzlich begann sie zu strahlen. »Cordula! Was habe ich gehört? Du arbeitest für die *Vogue.*« Annika trat die Eingangsstufe hinab und öffnete die Arme, wobei sie mich leicht zur Seite stieß. »Nein, wie spannend, wir müssen uns unbedingt unterhalten. Mein letztes Modeshooting für euch hat mir ja sooo viel Spaß gemacht.«

»Daß du dich daran noch erinnerst«, gab eine gefährlich lächelnde Cordula zurück. »Ich weiß nicht mal mehr, wann das gewesen ist. Vor sechs oder vor sieben Jahren?«

Mir wurde leicht mulmig, während ich das Duell des Lächelns verfolgte. Annika war nun mit honigsüßer Stimme am Zuge.

»Sieben Jahre? Echt komisch, Cordula, ich nehme an, daß du mit der Moderedaktion überhaupt nichts zu schaffen hast.« Sie ließ ihren Blick anzüglich an Cordula herabgleiten. »Jedenfalls siehst du nicht danach aus. Na ja, du warst ja immer mehr so der intellektuelle Typ.«

»Was man von dir nicht behaupten kann«, gab eine gefährlicher als Tschernobyl strahlende Cordula zurück. »Interessant übrigens, was du da anhast. Kann nicht jeder tragen, aber schließlich ist es dein Job, da muß man natürlich jede Modedummheit mitmachen, nicht? Übrigens, erinnerst du dich an Carolin? Die ist jetzt in der Werbung tätig und verwaltet den Etat von Escada. Die arbeiten ja am liebsten mit reiferen Models ...«

Ich zwickte die schamlose Cordula heftig, aber unauffällig in den Unterarm und stahl mich an Annika, die zu einer herzlichen Begrüßung ansetzte, vorbei in die Kneipe. Helles Frauengelächter, spitze Schreie des Wiedererkennens und »Huhu«-Rufe mischten sich mit dem nebeldicken Rauchgekräusel von Light-Zigaretten. Ein entnervter Köbes in blauem Hemd und blauer Schürze eilte – einen Bierkranz voll Mineralwasser in der Hand – an mir vorbei und fuhr mich mit berufsüblicher Unfreundlichkeit an: »Wir haben hier heute eine geschlossene Gesellschaft. Bedient wird sonst niemand.«

»Aber ich gehöre dazu!« rief ich ihm nach und bestellte »Ein Bier, bitte«, um ihn sanfter zu stimmen. Ich nahm mit gutem Grund an, daß ihm die wassertrinkende Weiberrunde auf die Nerven ging. Der Köbes antwortete jedoch nicht, sondern knallte Wassergläser auf geschrubbte Holztische, wobei sich die Gläser zur Hälfte leerten. Er mußte schließlich auf seine Kosten kommen.

Mir klopfte von hinten jemand so heftig auf die Schulter, daß man es für einen Hieb halten konnte. Ich wirbelte herum und erkannte die dunkelhaarige Jessica, nicht die Schönste, aber die bei den Jungs begehrteste Schülerin unseres Jahrgangs und außerdem meine ehemalige Konkurrentin in Sachen Karsten Schaleen. Bei einer Begegnung auf dem Neusser Schützenfest hatte sie mal versucht, ihn mir wegzunehmen – dumme Kuh, dumme! Ich lächelte friedfertig, fast ein wenig entschuldigend, denn tatsächlich schämte ich mich für die stumme Beschimpfung einer Geschlechtsgenossin. Anders als Jessica.

»Hallo, Carolin. Na, dich erkennt man ja sofort wieder. Kein bißchen verändert. Immun gegen jeden Trend. Toll.« Das Toll war eine glatte Lüge, genau wie Jessicas nächster Satz. »Ich wünschte, ich könnte das gleiche von mir behaupten.«

Wenn man aussah wie Jessica, konnte das nicht stimmen. Mit ihrem kurzen, modisch gefransten Pagenschnitt und dem sündteuren Etuikleid, das ihre völlig fettfreien, makellosen Konturen nachzeichnete, war sie fraglos immer noch die anziehendste Frau im Raum. Keine perfekte Model-Schönheit wie Annika, aber dafür das fleischgewordene Sinnbild für sprühende Erotik.

»Ich wünschte«, seufzte ich ehrlich, »ich wäre ein bißchen wie du, Jessica. Weißt du, daß du immer ein bißchen mein heimliches Vorbild warst?«

»Ich?« Die schrille Stimme machte Jessica zum akustischen Sinnbild für Hysterie. »Ich ein Vorbild für das Mädchen, dem es gelang, Karsten Schaleen, den Harrison Ford von Neuss-Grimlinghausen abzuschleppen?«

Ich schluckte betroffen – so also beschrieb eine wandelnde Venus meinen Mann. Dazu mit fast erleichtertem Unterton, so, als sei sie froh, davongekommen zu sein. Jessica drückte ihre Hand auf meinen rechten Arm und lachte perlend.

»Waren wir nicht vollkommen albern damals? Ich könnte jetzt noch rot werden, wenn ich daran denke, daß man für so ein Provinzei geschwärmt hat. Weißt du eigentlich, was aus diesem Vorstadt-Schönling geworden ist?«

»Mein Mann.« Ich riß dem vorbeieilenden Köbes das einzige Altbier aus dem Kranz und stürzte es herab.

»Oh, das wußte ich nicht.« Ihr zufriedenes Lächeln erinnerte an eine Katze, die gerade das Sahnekännchen ausgeschleckt hat. »Aber«, fuhr sie mit einer so sanften Stimme fort, daß man unwillkürlich an einen Internisten denken mußte, der seinem Patienten schonend die Nachricht einer lebensbedrohlichen Krankheit beibringen muß, »aber Menschen können sich schließlich ändern. Nicht wahr, man sollte sich nicht an seinen Jugendsünden messen. Was macht dein Karsten denn jetzt so? Er wollte doch auf den Bau oder so was.«

»Er wollte ein Architekturbüro eröffnen«, sagte ich schwach und entwickelte eine gewisse Routine beim Herausreißen von Gläsern aus Bierkränzen. Inzwischen hatte ich mein drittes Alt verkimmelt und entspannte mich unter der beruhigenden Wirkung des Hopfens.

»Architekt, stimmt. Und?« Ich wußte, daß mir soeben eine tödliche Falle gestellt wurde. Ich wußte, daß Jessica wußte, was mein Mann heute so machte. Und ich wußte, daß ich dennoch die Wahrheit sagen würde.

»Er«, setzte ich an, als ein heftiger Hieb Jessicas Schulter traf.

»Jessica! Nein, siehst du aber gut aus. Und das trotz allem, trotz dieser Schicksalsschläge.« Cordula senkte die Stimme: »Falls du es noch nicht weißt, ich bin Psychologin, wir können uns gerne darüber unterhalten.«

Jessicas Lächeln verrutschte ein wenig nach unten. Sie straffte die Schultern. »Schicksalsschläge? Ich verstehe nicht, was du meinst?«

»Na, deine zweite Scheidung, nachdem dein Mann mit eurem Kindermädchen durchgebrannt ist. Oder war es die Putzfrau? Na, egal. So was muß jede Frau um den letzten Funken Selbstvertrauen bringen, nicht wahr?«

Jessicas Lächeln verschwand völlig aus ihrem Gesicht. Ihr ganzer Mund verschwand aus ihrem Gesicht, denn er wurde zu einem dünnen, harten Strich.

»Wir hatten uns längst vorher zu einer Trennung entschlossen«, erklärte sie mit tonloser, mechanischer Stimme. »Ich halte nichts davon, eine Beziehung ohne Liebe fortzusetzen.«

Cordula nickte mit tiefem, einvernehmlichem Seufzen. »Wie recht du hast. Ach, wären doch mehr Frauen in unserem Alter so mutig, so aufrichtig und so entspannt in ihrer Einsamkeit. Nicht jede kann schließlich soviel Glück wie unsere Carolin haben. Fünfzehn Jahre verheiratet und immer noch verliebt. Weißt du, was Karsten ihr zum letzten Hochzeitstag geschenkt hat?«

»Oh, entschuldige Cordula. Sorry, Carolin, aber da drüben sehe ich Marion. Marion, huhu, hallo.«

Jessica entschwand in der Menge. Ich folgte ihr mit dem unsteten Blick einer leicht Betrunkenen und griff mir ein weiteres Altbierglas, das der Köbes mir inzwischen freiwillig hinhielt.

»Gerade noch gerettet, was?« flüsterte Cordula neben mir.

»Sag mal«, meinte ich kopfschüttelnd, »woher weißt du all diese Sachen über Annika und Jessica?«

»Ganz einfach, ein paar Telefonate mit anderen Schulkameradinnen und meine ausgeklügelte, psychologische Frageweise, schon hatte ich genug Munition für eventuelle Fälle von Notwehr. Ich wußte, daß du mit der Treffsicherheit einer ferngesteuerten Tomahawk-Rakete auf die gefährlichsten Frauen unseres Jahrgangs zusteuern würdest. Du bist so eine Masochistin.«

»Du bist manchmal ganz schön gemein.«

»Manchmal?« fragte Cordula sarkastisch. »Ich würde sagen, wir machen noch eine kleine Runde, und dann reicht's. Komm einfach mit mir mit, dann kann ich besser auf dich aufpassen.«

Ich nickte und wollte mich der nach vorne drängelnden Cordula gerade anschließen, als neben mir die freundliche Stimme einer älteren Dame ertönte.

»Carolin Kaster, wie nett, dich einmal wiederzusehen.«

Ich schaute zur Seite, direkt in das rosige Gesicht meiner ehemaligen Kunstlehrerin Karin Schettle. Sie war immer meine Lieblingslehrerin gewesen und ich – so hatte ich gehofft – eine ihrer Lieblingsschülerinnen.

»Ich erinnere mich noch an deine wunderschönen Zeichnungen. Ein so feiner Strich, dieser Sinn für Perspektive und Proportionen, dazu deine Phantasie. Du warst außergewöhnlich begabt, Carolin, wenn auch immer etwas zu schüchtern, zurückhaltend. Ich hoffe, das hast du abgelegt.« Ich senkte meine Augen unter dem prüfenden Blick meiner alten Lehrerin. Die fuhr freundlich fort. »Ich bin sehr glücklich darüber, wie viele erfolgreiche junge Frauen hier versammelt sind. Chirurginnen, Rechtsanwältinnen, wir haben sogar eine Bundestagsabgeordnete unter uns. Es ist schön, daß eure Generation endlich wie selbstverständlich Karriere macht. Und was hast du aus deinen Talenten gemacht?«

»Hm, ja, also«, murmelte ich. Warum, zum Teufel, schämte ich mich plötzlich? Und für was? »Ich«, setzte ich vorsichtig an, »ich schreibe für verschiedene Illustrierte und Magazine, manchmal mache ich auch Illustrationen.«

»Ach, wie interessant! Und worüber schreibst du?«

Ich schaute flüchtig nach oben und bemerkte, wieviel schmerzhafter aufrichtige Freundlichkeit gegenüber schlichter Boshaftigkeit sein kann. »Ich, hm, schreibe über ... na ja, dies und das, so ziemlich alles.«

»Zum Beispiel Innenarchitektur und Essays über Ästhetik«, rettete mich zum dritten Mal Cordula. »Sie wissen doch, Frau Schettle, wie bescheiden Carolin immer war. Sie gibt nicht gern mit dem an, was sie tut. Außerdem ist sie eine sehr gute Illustratorin.«

»Wie wahr, wie wahr! Nun ja, das ist alles sehr schön. Ich freue mich immer, wenn es Menschen gelingt, ihre Jugendträume auch zu leben. Es ist so schwierig, sich selbst und seinen Wünschen und Hoffnungen treu zu bleiben. Viel Glück auch weiterhin, Carolin.«

Frau Schettle bahnte sich ihren Weg zu einem der Tische, wo sie mit lautem Hallo begrüßt wurde. Der Abend war inzwischen so weit fortgeschritten, daß die ersten Frauen das züchtige Mineralwasser stehen ließen und sich zu ihren wahren Trinkgewohnheiten bekannten. Der Köbes balancierte jetzt Tabletts voller Weiß- und Rotweinpokale, dazwischen standen Schnapsgläser stramm. Ich griff zu und hörte mir so nebenbei die erfolgreiche Lebensgeschichte der erfolgreichen Brigitte an, die sich von der erfolgreichsten Schülerin unseres Jahrgangs zur erfolgreichsten Frau an der Frankfurter Börse entwickelt hatte und demnächst in den Aufsichtsrat einer erfolgreichen Bank gewählt werden würde. Als erste und einzige Frau. Danach erzählte ich auf Anfrage knapp von Karsten, den Klos und den Kindern, was Brigitte fünf Sekunden lang »ungeheuer interessant« fand, um dann ein neues Opfer mit ihrer Erfolgsstory zu bombardieren.

Natürlich waren auch andere Frauen zugegen, Frauen mit ebenso unspektakulären Lebensläufen wie dem meinigen, aber nach drei Fehltreffern hatte ich die Lust am Erinnerungsaustausch verloren und riß mir noch einen Schnaps vom Köbestablett.

»Ich glaube, du brauchst jetzt ein bißchen frische Luft«, meinte Cordula und nahm mir den Schnaps aus den Händen. Widerstandslos ließ ich mich von ihr nach draußen ziehen. Das Quirinusmünster hatte sich verdoppelt, und das Kopfsteinpflaster des Marktplatzes schlug seltsamerweise Wellen, wahrscheinlich kam deshalb auch meine Stimme ins Schwanken.

»Wa-warum passiert mir immer so-so was?«

»Was?« fragte Cordula und warf einen besorgten Blick zum Abendhimmel, der sich in dunklen Schwefeltönen gefiel. Es war noch lange nicht Nacht und doch fast schon dunkel. Von Ferne grollte ein Donner.

»Warum benutzen mich alle immer als ihren Fußabtreter?

Meine Scha-wiegermutter, meine Kinder, meine ganze Fa-hamilie, meine Klassenkameradinnen ...« Das letzte Wort kam so verbogen über meine Lippen, daß ich energisch den Mund zuklappte.

»Du redest grandiosen Unsinn, Carolin Kaster-Schaleen. Niemand benutzt dich als Fußabtreter. Deine Kinder sind durchaus gelungen, und um Karsten kann man dich beneiden. Er sieht gut aus und liebt dich wirklich.«

»Gar nicht!« trotzte ich auf. »Karsten is' romantisch wie eine Steuererklärung. Alles nach Schema F.«

»Das kannst du ändern. Verführ du ihn einfach mal.«

»Haha, komm jetz' nich' mit diesem Mist, kaufen Sie sich sexy Deschus.«

»Das heißt Dessous. Und die Wahrheit ist, daß du erwachsen bist. Wenn du was von einem Mann willst, dann sag es ihm oder hol es dir.«

»Ich will, daß es wieder so wie auf Mallorca ist«, greinte ich und schmiegte meine Wange ans kalte Kopfsteinpflaster, um die ganze Härte meines Elends zu spüren. Cordula machte keine Anstalten, mich zu retten oder zu bemitleiden.

»Carolin, du bist albern.«

»Jawoll, eine alberne, dusselige, unbegabte Provinzmutti. Setzen, Sechs«, heulte ich auf.

»Das ist doch Unsinn. Frau Schettle hat dich heute abend über den grünen Klee gelobt. Übrigens mit Recht. Du hast Talent und eine bemerkenswerte Phantasie.« Sie packte mich bei der Schulter und wollte mich hochreißen. Nicht mit mir, ich war gerade so schön unglücklich!

»Ja-a. Als Lügnerin. Ich und eine tolle Journalistin. Haha.«

»Du wärest eine, wenn du es wolltest. Du kannst immer noch eine werden«, antwortete Cordula streng.

»Ja, Schournalistin für Wasch-wische, äh, Waschtische, egal, Klos, darüber schreib' ich, nix Innenarchitektur.«

»Du könntest auch dein Studium wieder anfangen oder

dich der Grafik mehr widmen. Die Kinder sind doch groß genug.«

Wie ekelhaft vernünftig meine Freundin war, dazu hatte ich in diesem Moment keine Lust, mir war nach Tragödie, jawoll!

»Schöne Scheiße, schöne Scheiße. Ich bin ein Nichts, Cordula, ein Haufen Nichts.« Das Nichts sackte wieder in sich zusammen und nahm auf dem Neusser Markt Platz, der Karussell fuhr und mächtig an Tempo gewann.

»Du bist betrunken, das ist alles.«

»Nein«, entrang sich ein Verzweiflungsschrei aus meiner Brust und hallte über den Markt. Ein Rentner mit Regenschirm und sorgfältig ondulierter Frau am Arm blieb auf der gegenüberliegenden Seite des Platzes stehen. Ihm und Cordula legte ich meine Lebensbeichte hin. »Weißt du, was ich wirklich werden wollte? Weißt du das? Nee, weiß nämlich keiner. Malerin oder Dschungelforscherin oder Architektin, keine beschissene blöde Provinzmutti für einen beschissenen Klofabrikanten.«

Der Rest ertrank in alkoholhaltigem Genuschel. Der Rentner und seine Frau schüttelten sich, so was hatte der Neusser Marktplatz wahrscheinlich seit Jahrzehnten nicht gesehen. Eine vollkommen betrunkene, randalierende Hausfrau im allmächtigen Schatten der katholischen Kirche.

»Komm«, forderte Cordula und zerrte mich vom Karussell, »wir fahren jetzt mal ein bißchen spazieren, damit du klar in der Birne wirst.«

»Aber nich' im Kreis«, protestierte ich.

Cordula warf mich in das Polster des Beifahrersitzes und rannte um das Cabrio herum. Ich war schneller, krabbelte auf den Fahrersitz und verlangte lautstark die Schlüssel.

»Spinnst du?« fragte Cordula und setzte sich neben mich.

»Jawoll, ja. Schlüssel her.«

»Im Leben nicht, du bist viel zu betrunken.«

»Is' egal. Du bist mit achtzehn auch betrunken gefahren.«

»Mit achtzehn! Aber nicht mit fünfunddreißig.«

Ich warf den Kopf nach hinten und trank die abkühlende Abendluft. Der Schnaps hatte sich bereits soweit verdünnt, daß in meinem Kopf wieder Platz für Gedanken war. Ernüchternde Gedanken.

»Cordula, ich hab' mit neunzehn mein erstes Baby erwartet, mit zwanzig war Schluß mit lustig. Es ist an der Zeit, daß ich mal Dinge mache, die ich mit achtzehn verpaßt habe. Schlüssel her.«

Cordula biß sich auf die Lippen, dann kramte sie ein klimperndes Bündel hervor. »Hier, aber nur eine Runde um den Markt.«

Ich versprach nichts und hielt nichts. Einmal mit dem Fuß auf dem Gaspedal war ich nicht mehr zu bremsen, drehte drei Runden, machte dem Rentnerpaar Beine, bis es in eine Telefonzelle flüchtete und fuhr endlich durch ein kurzes Stück Fußgängerzone auf die – für Autos gesperrte – Hauptstraße. Dort jubelte ich den BMW auf etwa 120 hoch, so daß er vom Kopfsteinpflaster abhob und seine Räder wahrscheinlich Funken schlugen. Cordulas wüste Beschimpfungen beachtete ich nicht weiter, außerdem ertranken sie in dem prasselnden Regen, der nach einem Wolkenbruch auf uns und in das offene Cabrio niederging.

Erst als ich die schnurgerade und regenüberschwemmte Bundesstraße erreichte, die zu meinem Wohnviertel führte, nahm ich den Fuß vom Gas. Ich hatte es nicht so eilig, nach Hause zu kommen.

»Sach' mal, Cordula«, schrie ich gegen das Brausen von BMW-Motor, wirbelndem Regen und Fahrtwind an, »was findest du eigentlich an einer langweiligen Provinzmutti wie mir?«

Cordula antwortete nicht sofort, dafür grollte ein Donner. Als der Donner schwieg, explodierte Cordula. Klar, wegen der kleinen Extratour und den nassen Ledersitzen und all solchem langweiligen Kram – wie ich immer noch leicht benebelt fand. »Das stört doch keinen großen Geist«, zitierte ich aus »Karlsson vom Dach«, einem der wenigen Bücher, die ich in den letzten Jahren intensiv gelesen hatte – wegen Janosch.

Cordula schrie nur: »Halt an, da ist rot!«

»Und da ist blau«, schrie ich nach einem Blick in den Rückspiegel.«

»Scheiße, die Bullen. Gib Gas!«

»Was denn nun?«

Cordula antwortete nicht, sondern warf sich in den Fond und drückte meinen rechten Fuß so heftig aufs Gaspedal, daß der BMW einen Satz machte. Die Polizisten schalteten die Sirene zu. Das Cabrio schlingerte im zentimeterhoch stehenden Wasser, ich umklammerte das Lenkrad und betete mir Mut zu. »Nur keine Panik, einfach Spur halten, einfach Spur halten.«

»Bieg links ab!« kreischte derweil die hysterische Cordula.

»Wo links?« kreischte ich zurück. »Da ist nichts links.«

Cordula griff ins Lenkrad, das Heck des BMW riß kurz aus, dann hatte ich ihn wieder im Griff, und wir schossen nach links, hoben ein kleines bißchen ab, setzten mit den Vorderrädern wieder auf und durften uns davon überzeugen, daß der BMW auch hinten ausgezeichnet gefedert war. Dafür setzte der Motor aus, dem ich einfach zu wenig Saft gab. Ein Stottern, ein Röcheln – und Schluß.

Cordula schaltete die Scheinwerfer aus. Die Sirenen wurden wieder hörbar, lauter, immer lauter, noch lauter. Ich duckte mich unter das Lenkrad, kniff die Augen zu, so fest, daß ich nichts mehr spürte. Eine Sekunde wurde zur Ewigkeit.

4. Kapitel

Die Sirenen jaulten in meinem Kopf, der zu platzen drohte, dann brüllte jemand mit energischer Stimme: »Aufstehen!« Seltsamerweise tat er das mit der Stimme meines Mannes, und noch seltsamer war die Tatsache, daß aus dem BMW unser Björndal-Bett geworden war.

»Wo bin ich?« stammelte ich verwirrt und kniff die Augen zu, als mein Mann ohne Anzeichen von Erbarmen die Rollos hochschnellen und den Sonnenschein zum Fenster hereinließ.

»Weißt du überhaupt noch, wer du bist?« fragte Karsten zurück.

»Ich glaube, ich habe einen Filmriß, mir fehlen ein paar Minuten des gestrigen Abends.«

Mein Mann suchte sich eine Krawatte aus. »Paar Minuten ist gut. Cordula meinte, du hättest einen Komplettaussetzer vom Neusser Markt bis zu unserer Haustür gehabt. Und wie du aussahst!«

Ich zog die Decke bis unters Kinn und fragte vorsichtig: »Wie sah ich denn aus?«

»Wie ein nasser Straßenköter, der sich im Schlamm gewälzt hat. Einfach furchtbar. Cordula hatte wohl auch ganz schön einen getankt. Bei dem Wetter mit offenem Verdeck zu fahren. Ihr seid völlig verantwortungslos. Unfaßbar.« Karsten legte sich seine sonnengelbe Krawatte um, die er eigentlich nur dann trug, wenn er besonders gut gelaunt war. »Hätte mich nicht gewundert, wenn sie dich gesucht hätten, du sahst ja furchterregend aus, geradezu martialisch.«

Ich runzelte die Stirn und betrachtete ihn genauer. Er sah wirklich sehr fröhlich aus und irgendwie anziehend. Ein Bild flackerte kurz vor meinen Augen auf. Ein ziemlich pornographisches Bild, das mit sehr feuchten Körpern zu tun hatte. Ein sehr appetitanregendes Tagtraumbild, für das ich im Moment aber keine Zeit hatte. Die Wirklichkeit interessierte mich ausnahmsweise brennend, vor allem, weil ich mich partout nicht an sie erinnern konnte.

»Sag mal«, meinte ich vorsichtig, »wenn ich wirklich so furchtbar war gestern abend, warum grinst du dann so?«

Karsten schlenderte augenzwinkernd auf Björndal zu und ließ sich auf der Bettkante nieder. Er lächelte. Dieses alte Lächeln. Die feuchten Körper kletterten wieder in meinen Kopf, bereit, Wirklichkeit zu werden.

»So furchtbar«, raunte Karsten, »warst du gar nicht. Nicht, nachdem ich dich geduscht hatte.« Er beugte sich zu mir herab, biß mir ins Ohrläppchen und flüsterte. »Ich wußte gar nicht, daß du so was so gut kannst. Mal was anderes als die gute alte Hausmannskost.« Ein wenig beleidigt wollte ich protestieren, doch Karsten schwärmte weiter: »Es war fast wie damals auf Mallorca. Himmlisch ... göttlich ... Könntest du das bald noch mal machen? Vielleicht heute abend?«

Ich schluckte, leider wußte ich von der vorangegangenen Nacht zu wenig, aber mir gefiel der kurze Anflug von Romantik bei Karsten außerordentlich gut. Genau wie die feuchten Körper, die sich immer hemmungsloser in meinem Kopfkino räkelten. Warum nur davon träumen?

»Wenn du möchtest«, hauchte ich und schloß meine Augen zu einem – wie ich hoffte – lasziven Blick, »kann ich es jetzt sofort noch mal machen.«

Karsten runzelte lächelnd die Stirn. »Nee, Liebling, laß mal. So wild bin ich dann auch wieder nicht darauf. Morgens früh? Nee, nee laß mal.«

Enttäuscht richtete ich mich auf. »Damals auf Mallorca konntest du auch morgens nicht genug davon bekommen. Weißt du noch, damals, in dem alten Himmelbett mit den geschnitzten Medusenköpfen.«

Mein Mann runzelte plötzlich die Stirn. »Himmelbett? Nein, du irrst dich, wir haben nie eine Tortilla mit Zwiebeln im Bett gegessen.«

»Tortilla?« fragte ich und. »Zwiebeln?«

»Ja!« sagte mein Mann. »So eine, wie du sie uns gestern noch gezaubert hast. Ratzfatz, ohne großes Rezept. Einen Hunger hattest du! Na ja, kein Wunder bei dem, was du getrunken haben mußt. Okay, Liebes, ich werd' dann mal.«

»Und nach den Tortillas?«

»Nach den Tortillas bist du ins Bett geplumpst und sofort eingeschlafen. Du hast sogar ein wenig geschnarcht.«

Geschnarcht?«

»Klang ziemlich niedlich.«

Was mich nicht tröstete. Mit federnden Schritten durchmaß Karsten unser Schlafzimmer, griff nach seinem Jackett und war verschwunden. Ich blieb zurück, um die Tortillas zu verdauen. So also sahen die »wunderbaren«, die »himmlischen« Erinnerungen meines Mannes an Mallorca aus. Ich Trottel, wie kam ich nur auf feuchte Körper? Herrliche, wohlgeformte, durchtrainierte, animalisch riechende Körper.

Seufzend schloß ich die Augen, um wenigstens diese erotische Privatvorstellung zu genießen. Vergebliche Liebesmüh.

»Mama, wann gibt es endlich Frühstück?« holte mich die Stimme meines Sohnes vor der Schlafzimmertür in die rauhe Welt der Muttis zurück. Und Zoey sorgte mit ihrer anklagenden Muffelmiene am Frühstückstisch für den vollkommenen Rücksturz zur Erde, wie es beim Raumschiff Orion so schön hieß.

»Hast du die Packungsaufschrift hiervon nicht gelesen?« maulte sie.

»Welche Packungsaufschrift?«

Zoey riß eine Zwiebacktüte hoch und drückte sie mir fast ins Gesicht. »Da steht Voll-Ei unter den Zutaten. Voll-Ei?«

»Na und?« fragte ich genervt zurück und ließ ein Aspirin in das Wasserglas vor mir plumpsen.

»Voll-Ei ist eine beschönigende Beschreibung für lebendige Küken. Die machen den Teig für dieses Schweineprodukt mit lebendigen Küken, die vom Förderband in die Tröge fallen und da von den Rührern zerquetscht und ...«

»Ächt????« tönte Janosch mit einem bedenklichen Glitzern in seinen Hungerleideraugen.

»Bitte, Zoey«, unterbrach ich sie heftig, »muß das sein? Am Frühstückstisch?«

»Das muß sein, wenn du zuwenig Phantasie hast, um dir die Leiden der gequälten Karikaturen ...«

»Du meinst Kreaturen.«

»Ist doch egal, du hast jedenfalls null Phantasie und weißt gar nicht, wie die Tiere in den Industrienationen leiden. Nimm Brownie.«

»Wuff, wuff!« meldete sich unser Hund aufs Stichwort und sah irgendwie anklagend aus.

»Apropos Tierquälerei«, sagte ich müde, »hast du Brownie schon gefüttert?«

»Weißt du, wie Tierfutter hergestellt wird?« fragte im Gegenzug Zoey.

»Nein, und ich bin froh darüber, daß ich nicht genügend Phantasie habe, es mir vorzustellen. Janosch, mach voran, dein Bus fährt gleich.« Mit diesen Worten erhob ich mich, um den Hund zu füttern und die Liste meiner Haushaltspflichten abzuarbeiten.

Zuwenig Phantasie, dachte ich schnaubend, als ich eine Viertelstunde später eine gußeiserne Pfanne von den himmlischen Tortillaresten des vergangenen Abends befreite. Zu wenig Phantasie! Das ausgerechnet mir. Das Gegenteil war wahr. Ich hatte eine völlig verdrehte Phantasie, wie mir mein nächtlicher Cabrio-Traum bewiesen hatte. Und die feuchtnassen Körper ... Seufzend ließ ich die Pfanne sinken und malte mir einen leicht gebogenen Männernacken aus mit goldenen Härchen, die ich mit der Zungenspitze ganz zart aufrichten könnte.

Nein, nicht jetzt! dachte ich streng. Nicht, bevor du deine Pflichten erfüllt hast. Gerade nach einem Schlampenabend wie gestern mußt du gefälligst erst mal deine Arbeit erledigen, bevor du dich entspannen darfst.

Ich warf einen kurzen Blick auf meine Liste, was mich beruhigte. Spülen stand da, dann Aufräumen und drittens Aldi-Einkauf. Aldi! Himmel, das hatte ich glatt vergessen, heute war ja Mittwoch. Aldi-Tag, ein Höhepunkt meiner Hausfrauenwoche, hemmungsloses Schwelgen in Familiengroßpackungen und Billigluxus.

Was hatten die diese Woche noch im Angebot? Kinderpyjamas, Lady-Shaver, eine Original Gartenkralle? Ich kramte die Anzeige aus der Tageszeitung hervor.

Im nächsten Moment riß mich ein nervenzerfetzendes Geräusch aus meinen einlullenden Einkaufsträumen. Vor der Haustür stand Cordula und klingelte so laut Sturm, daß in meinem Brummschädel wieder die Sirenen aufheulten.

»Na, fertig, gekämmt, gewaschen und gebürstet?« fragte sie strahlend lächelnd und bemerkenswert wach.

»Gebürstet wofür?« fragte ich verwirrt.

»Na, um dein Leben zu verändern.«

»Mein Leben verändern? Warum denn das?«

»Weil du es gestern, nachdem die Bullen an uns vorbeigerast und du Führerscheinentzug, Knast und öffentlicher Schande entronnen bist, vor Gott und allen Feldkaninchen geschworen hast, dein Leben zu verändern, deinen Mann wieder in einen Romantiker zu verwandeln und dich in die umwerfende Klassefrau, die in dir steckt.«

»Das mit den Bullen war echt?«

»Und ob, Baby. Ich nenn' uns nur noch Thelma und Louise.« Sie drängte sich an mir vorbei in die Diele und riß mir im Vorbeigehen die Schürze herunter. »Nun mach schon, wir haben zu tun. Und zwar reichlich.«

»Ich will mein Leben aber gar nicht verändern. Ich will nur zu Aldi«, wehrte ich ab. »Die haben diese Woche Asterngestecke und Brotbackmaschinen im Angebot.«

»Quatsch, Aldi. Vergiß es. Wir fahren erst zum Friseur.«

»Ich hatte erst gestern meinen monatlichen Termin bei Stupp in Reuschenberg.«

Cordula lief um mich herum, als sei ich der Eiffelturm. »Davon sehe ich aber nichts.«

»Kunststück ich habe den Termin doch auch verpaßt.«

»Gott sei Dank.«

»Wieso Gott sei Dank?«

»Weil Stupp eine so sture Stammkundin wie dich kaum zu einer neuen Frisur überreden würde.« Cordula kramte an der Garderobe nach einem Blazer für mich.

»Ich und stur? Nie.«

»Stur wie ein Panzer, meine Liebe. Du verwendest eine irrsinnige Energie darauf, nichts in deinem Leben zu verändern. Aber damit ist jetzt Schluß.« Cordula betrachtete meine helle Windjacke mit soviel Abscheu wie eine beschmutzte Babywindel.

»Also hör mal!« warf ich ein.

»Glaub ein einziges Mal der Psychologin in mir. Ich meine nicht der, die für die Frauenmagazine arbeitet. Sondern mir! Ich hab' den Kram schließlich mal studiert. Kein Mensch kann dich dazu zwingen, so zu leben wie du lebst, außer du selber. Carolin, du hast Angst vor Veränderungen. Du hast Angst vor deiner Weiblichkeit. Du hast Angst vor deiner Sexualität.«

Wenn du wüßtest, dachte ich und ließ noch einmal die feuchten Leiber an mir vorbeiziehen. Laut protestierte ich: »Sag mal, spinnst du? Ich habe doch keine Angst vor Sex.

Was ist das überhaupt für ein Thema am frühen Morgen. Ich freue mich wie jede Woche auf meinen Trip zu Aldi, und du, was machst du?«

»Ich ziehe durch, was ich dir gestern versprochen habe.«

»Mir? Versprochen?« Ich kramte in meinem immer noch stark alkoholhaltigen Gedächtnis.

»Ich habe versprochen, dich an deine Träume zu erinnern, an deine Lust, an deine Wünsche. Deshalb habe ich auch einen Termin bei Serge gemacht.«

Ich tastete nach einem Stuhl. »Du meinst diesen Figaro von der Kö? Der ist doch über Wochen ausgebucht!«

»Monate, Schätzchen, Monate. Nur nicht, wenn Cordula, die Psychotante von *›Elle‹*, *›Marie Claire‹* und *›Vogue‹* bei ihm anruft. Und erst recht nicht, wenn sie in dem Moment anruft, in dem er erfahren hat, daß sein Freund ...«

»Du meinst Claude Mentoni?«

»Exakt, der Modemacher, ihn betrogen hat. Mit Leonardo ...«

»Di Caprio?«

»Nee, so gut ist die Story denn auch wieder nicht, sonst säße ich bereits an meinem Computer und würde mir die Finger wundschreiben. Na, jedenfalls hat Serge Liebeskummer, und Tante Cordula mußte sofort eine hochprofessionelle Krisenintervention durchziehen.«

»Und das hat geholfen?«

»Und wie. Ab zehn Uhr ist er nur für dich da. Deshalb hopp, hopp, zieh diesen Putzlappen über, und dann ab nach Düsseldorf.« Sie warf mir die Windjacke zu und zerrte mich in Richtung Haustür.

»Einen Serge kann ich nicht bezahlen.«

»Serge brauchst du nicht zu bezahlen, der hat schließlich mich umsonst gehabt. Aber die neuen Klamotten ...«

»Klamotten?«

»Klaro: Carschhaus, Kö-Galerie, das ist Punkt zwei meiner Liste.«

»Igitt, klingt nach meiner Schwiegermutter. Willst du etwa eine Düsseldorfer Kö-Schlampe aus mir machen?«

Kö-Schlampe war Cordulas treffender Ausdruck für Frauen wie meine Schwiegermutter Erika. Frauen, die viel zu blond, viel zu braun, viel zu goldknopfbeladen, viel zu geschminkt und für all das zusammen viel zu alt waren. Wie etwa Erika, die rüstige zweiundsiebzig Lenze zählte und dank jahrelangem Mißbrauch der Sonnenbank wie ein doppelt so alter Lederschuh oder eine Winnetou-Imitatorin aussah. Kö-Schlampen waren außerdem Frauen, die sich für Gottes größtes Geschenk an die männliche Menschheit hielten und andere Frauen für unnötige Zuchtexperimente. Zwischen Cordula und mir bestand Einigkeit, daß es nichts Peinlicheres als diese Modeopfer von der Düsseldorfer Königsallee gab.

Meine Freundin schüttelte entnervt den Kopf und zog mich aus dem Haus. »Baby«, erklärte sie streng, »eine Kö-Schlampe ist man von Natur aus, du bist es nicht. Du mußt dir endlich mal deinen Schneewittchenkomplex abgewöhnen.«

»Was ist denn das schon wieder?«

»Meine Story für nächste Woche.«

»Verschon mich!«

»Nee, weil sie nämlich ausnahmsweise auf dich paßt. Hör zu. Schneewittchen war siebenmal schöner als die Königin – ihre Stiefmutti –, was sie in tödliche Gefahr brachte. Schneewittchen durfte also nicht älter, schöner und reifer werden, weshalb sie sich ins Land der sieben Zwerge zurückzog.«

»Ich kenne das Märchen, wenn auch nicht in deiner Version«, stöhnte ich. »Wann kommt der schmutzige Psychologenteil mit dem Sexkomplex?«

Cordula schüttelte den Kopf. »Ausnahmsweise gar nicht. Du denkst über dein Äußeres nur genau wie Schneewittchen. Du hältst deine Schönheit für gefährlich, weshalb du auf alles, was dich hübscher und echt sexy machen könnte, verzichtest. Könnte ja sein, daß du dann Konkurrenzsituatuionen erleben mußt oder den Neid anderer Frauen auf dich ziehst. Und davor hast du Angst. Geht übrigens vielen feministisch vorgeschädigten Frauen so.«

»Du weißt ja überhaupt nicht, wie sexy ich sein kann.«

»In deiner Phantasie vielleicht«, gab Cordula trocken zurück. »Was ist, willst du ans Steuer?« Wir standen vor ihrem Cabrio und ich wurde so rot wie sein Lack.

»Ich hab' das Ding beinahe zu Schrott gefahren.«

»Hauptsache, es hat bei dir da oben endlich Klick gemacht.«

»Du bist komplett durchgeknallt.«

»Kann sein, also – hast du Geld und Kreditkarten in deiner Jackentasche?«

»Geld habe ich nur für Aldi, und die Kreditkarten gehören Karsten, die kann ich nicht für irgendwelchen Schnickschnack benutzen.«

Cordula öffnete mir die Wagentür – die eine deutliche Delle aufwies. Ich schluckte kurz und dachte, daß Cordula wirklich eine Freundin war, wenn sie über eine Delle wie diese großzügig hinwegging. Meine wirkliche Freundin stieß mich roh ins Auto, während sie mir weiter die Leviten las.

»Wie bitte? Du hast doch wohl Kontovollmacht.«

»Klar.«

»Na also.«

»Karsten tickt aus, du weißt, wie sparsam er ist, wegen der Firmenschulden, die sein Vater ihm hinterlassen hat und überhaupt. Er hält nichts von Verschwendung.«

Cordula startete seufzend das Auto und ließ einen Blicke über meine Windjacke streifen. »Das ist unübersehbar.«

»Na also.«

»Nix na also. Die Schulden sind doch längst passé. Er muß inzwischen ein Vermögen verdient haben.«

»Davon weiß ich nichts.«

»Lebst du noch im 19. Jahrhundert? Denk doch nur mal an den Bauboom Ost in den frühen 90ern. Da hat er doch gleich drei neue Niederlassungen für Bauzubehörhandel gegründet.«

»Von denen er eine bald wieder zumachen muß, der Boom ist vorbei.«

Elegant lenkte Cordula den Wagen aus der Einfahrt und lächelte hoheitsvoll meiner Nachbarin zu, die kurz davor schien, sich zu verbeugen. Ich feixte ein bißchen, Cordula fuhr in ihrer Strafpredigt fort.

»Toiletten sind wie Särge, die braucht man immer, hast du selbst gesagt. Außerdem ist der wechselnde Geschäftserfolg von Karsten kein Grund dafür, daß du dir noch nie in deinem Leben mal ein schickes Teil gekauft hast, ein paar schöne Dessous, rote Slingpumps.«

Vor uns ratterte ein Traktor auf die Straße, das ausladende Hinterteil des Bauern hopste im sattelförmigen Sitz auf und ab. Dieser Anblick ländlicher Idylle ließ mir Cordulas Ideen noch absurder erscheinen.

»Rote Slingpumps? Was soll ich denn damit, die kann ich doch zu nichts tragen.«

Cordula setzte zum Überholmanöver an und gab so heftig Gas, daß es mich in den Ledersitz preßte und dem Bauern den Hut vom Kopf riß.

»Eben. Das macht ja den Reiz roter Slingpumps aus. Sie sind unnütz, teuer und absolut hinreißend. Außerdem zwingen sie einen dazu, ein passendes Kleid dazu zu kaufen.«

Fünf Minuten später fuhren wir über die elegant geschwungene Fleher Brücke in Richtung Düsseldorf und in einen frischen Spätsommermorgen hinein, der mich wider Willen in Champagnerlaune versetzte. Vielleicht lag das auch an der ordentlichen Portion Restalkohol in meinem Blut.

»Sag mal, warum tust du das alles für mich?« fragte ich Cordula, als wir durch die warme, abgasschwangere Luft des Carsch-Haus-Parkhauses Richtung Ausgang marschierten.

»Weil wir eine entscheidende Sache gemeinsam haben, Süße.«

Ich riß den Mund auf und schluckte Bleischwaden. »Gemeinsam? Wir?«

Cordula zog sich mit den Zähnen ihre Cabrio-Handschuhe aus und nickte herzhaft. »Klar, wir haben beide das Gefühl, im Leben nicht das bekommen zu haben, was wir eigentlich wollten.«

Wir betraten den Fahrstuhl, ich schaute Cordula unverwandt an, während sie im rauchglasfarbenen Spiegel ihre Haare mit eleganten Handbewegungen und voll echter weiblicher Hingabe sortierte. Als sie noch die Puderdose hervorzauberte und sich die Lippen zärtlich mit der Zungenspitze befeuchtete, streifte ein Mann in Armanizwirn sie mit schmachtendem Blick. Kein Wunder, sie atmete aus jeder Pore verruchte, verführerische, selbstverliebte Weiblichkeit, während ich daneben aussah wie die letzte Übriggebliebene der Neusser Friedensbewegung kurz nach einer Demo in Brokdorf. Meine langen Haare hingen zerzaust und wirr vor meinem Gesicht, meine Stupsnase blinkte wie frischpoliert. Ich sah aus wie gesunde, frische Landluft.

Mit einem »Pling« öffnete sich die Fahrstuhltür. Cordula lotste mich zum Champagnerstand im Basement des Kaufhauses. Champagnerstände ersetzen in Düsseldorf die Würstchenbuden, es gibt sie überall, sogar im Hauptbahnhof. Cordula orderte zwei Gläser.

»Erinnerst du dich an den jungen evangelischen Pfarrer von Neuss-Selikum?« fragte sie unvermittelt.

Ich ließ den Champagner zusammen mit dem Restalkohol wirken und fragte beschwingt zurück: »Den mit den

Walle-Walle-Locken, den Sandalen und dem leuchtenden Peace-Blick?«

»Genau den.« Cordula nickte und kippte ihr Glas mit einem Zug, als handele es sich um Tequilla. »Den wollte ich heiraten, fünf bis zehn Kinder zeugen, mich um das benachteiligte Gesocks im Viertel kümmern und ansonsten die Apfelbäume im Pfarrgarten pflegen.«

»*Nein*«, entfuhr es mir. »Du wolltest Muttertier werden?«

»Mit diesem Mann schon«, gab Cordula zurück. »Aber natürlich war ich ihm viel zu wild und ungezogen, weshalb ich geworden bin, was ich bin. Was meinst du, wie ich dich manchmal um deine Idylle beneide? Um Zoey.« Ich schnaubte. »Um Janosch.« Ich schnaubte wieder. Cordula seufzte. »Das werde ich mit meinen 37 Jahren wohl kaum noch hinkriegen. Schon gar nicht ohne Mann.«

»Aber Männer hast du doch ständig.«

»Ja, nur keine potentiellen Väter. Ich bin da altmodisch, zu einem Kind hätte ich auch gern den passenden Mann. Soviel jedenfalls zu verlorenen Träumen. Jetzt kümmern wir uns darum, daß wenigstens du deine wiederfindest.« Sie zahlte, und wir eilten zu meinem Friseurtermin.

5. Kapitel

Unter dem Einfluß von Champagner und Restalkohol dämmerte ich unter den einfühlsamen Händen von Serge und dem warmen Licht seines grau und rosa gefliesten Salons langsam wieder hinweg.

»Nicht zu kurz!« befahl ich noch murmelnd, während Cordula sich verabschiedete, um schon einmal in Sachen rote Slingpumps auf Erkundungspirsch zu gehen.

»Gib dein Bestes, Serge«, wies sie den Figaro noch an.

»Ich weiß nicht, was ich versprechen kann. In einer akuten Krise wie dieser bin ich nicht ich selbst.«

»Liebeskummer setzt ungeheure Energien frei. Unglück macht kreativ, mein Lieber. Ich wette, du wirst aus meiner Freundin ein Kunstwerk machen. Tschaui.«

Serge stellte die Kopfdusche an, verrieb rosig und süß duftendes Shampoo in seinen Handflächen und begann mit kummervollem Seufzen mein Haar sanft einzuschäumen.

»Nicht zu kurz!« warf ich noch einmal ein und grunzte wohlig unter der Kopfmassage, für die er ungefähr zweiundzwanzig Finger zu benutzen schien.

»Ach, Schätzchen«, wandte sich Serge mir zu, »wenn Sie wüßten, wie es in mir aussieht.«

Er machte eine kurze Pause, eine sehr kurze Pause, um dann zu einer ausführlichen Schilderung seines Innenlebens anzusetzen, die mir freilich entging, da ich mich entschloß, die gute, sanfte, einfühlsame Carolin einfach mal schlafen zu lassen, statt sie zur seelischen Mülltonne eines liebeskranken, überkandidelten Friseurs zu machen.

»Wissen Sie, Schätzchen, die Liebe unter Männern hat ganz andere, tiefere Dimensionen.«

Zeit für meine feuchten Körper und die goldenen Nakkenhärchen, Zeit für ein kleines schwüles Filmchen zum Wegdösen.

Die sanfte, liebe Carolin wachte nie wieder auf oder besser: Nach dem Aufwachen verschwand sie für immer aus meinem Leben. Zum Abschied stieß sie nur einen einzigen gellenden Schrei aus, und dann legte die innere Rebellin lauthals los.

»Serge! Sie hypersensibler Volltrottel, Sie weichgespülter Don-Johnson-Imitator, was haben Sie mit meinen Haaren gemacht?«

»Aber erlauben Sie mal.«

»Ich habe gesagt: nicht zu kurz! Wie würden sie diese Zotteln nennen, die sie übriggelassen haben.«

»Très chic, Madame. Es ist eine Kurzhaarfrisur der späten 90er«, gab der beleidigte Friseur affektiert zurück.

»Und dazu ausgerechnet auch noch die blonde Farbe«, meckerte die Rebellin aufgebracht, den Blick fest auf den ovalen Spiegel geheftet, an dessen Seiten künstliche Kerzen in goldenen Wandlüstern flackerten.

»Es entspricht genau Ihrem Typ und läßt Sie jünger erscheinen«, erwiderte der pikierte Serge mit gespitzten Lippen. »Sie könnten glatt als Ende Zwanzig durchgehen.«

»Ende Zwanzig?« brüllte ich das Spiegelbild an. »Verfluchte Scheiße, ich will endlich erwachsen werden und mein Leben nach vorne verändern, und statt dessen sehe ich jetzt aus wie ...«

»Jean Sebergh in ›*Atemlos*‹ oder – ums moderner zu machen – wie Sharon Stone. Meine Güte, Carolin, daß du mehr aus dir machen könntest, habe ich schon immer gewußt, aber daß du ... also, wow, echt.«

Cordulas Staunen war nicht gespielt. Ich betrachtete verblüfft ihr Gesicht, das hinter meinem Rücken im Spiegel aufgetaucht war. Ihr leichter Silberblick entglitt zu einer Art betrunkenem Schielen, und durch ihre markante Nase sog sie hörbar und wie unter Atemnot die Luft ein.

»Wahnsinn!« stieß sie hervor. »Wahnsinn!«

Leicht irritiert betrachtete ich den Gegenstand ihrer Bewunderung – also die frischgebackene Kurzhaarblondine – erneut im Spiegel. War das wirklich ich? Hatte ich tatsächlich diese hochstehenden, vielleicht etwas zu markanten Wangenknochen, dieses herausfordernde, kecke Kinn und vor allem diese großen, wachen Augen? Augen, die über einer Stupsnase angeordnet waren. Herrgott ja, die Stupsnase! Und doch wieder nicht dieselbe Stupsnase wie heute morgen. Zwar sah ich nun wirklich jünger aus, aber nicht mehr jung im Sinne von niedlich, sanft und unbedarft. Die Frau, die mich mit zornigem Blick aus dem Spiegel anschaute, war erwachsener, als die liebe, sanfte, langhaarige Carolin je hätte sein können. Diese Blondine hatte Ecken und Kanten, sie sah nach lebendiger Wut aus, aber nicht nach jahrelangem Frust. Ich sah zum erstenmal die Frau, die ich heimlich immer hatte sein wollen. Ich sah die innere Rebellin: klar, kompromißlos und voller Lebensgier. Ein Lächeln stahl sich in mein Gesicht und ließ mich ungewohnt spitzbübisch aussehen.

»Ahhh«, seufzte Serge, »eh voilà.« Mit einem federweichen Rougepinsel und den großartigen Gesten eines Mannes, der sich für Picasso hält, fuhr er durch mein Gesicht, tupfte Lippenstift auf meinen Mund und ließ meinen Blick mit etwas rosafarbenem Lidschatten, grauem Kajal und schwarzer Mascara noch heller strahlen. Dann trat er zurück, legte den Kopf zur Seite und betrachtete mich wie eine frisch bemalte Leinwand. »Perfekt. Ich hoffe, nun würdigen Sie endlich meine Kunst.«

Ich nickte dem Spiegelbild zu.

Serge nickte zurück und seufzte: »Denken Sie an mich, den unglücklichen Serge, wenn Ihr Mann heute abend vor Ihnen auf die Knie sinkt, und schließen Sie mich, den vergeblich Liebenden, in Ihr Nachtgebet ein, wenn Ihr Mann in Ihren Armen den kleinen Tod der Liebe stirbt. Aaaah.«

Wieder Seufzen. Diesmal im Duett. Ich begleitete Serge, während ich in Gedanken die Hand meines Mannes – der sich wieder in Karsten, den Liebestraum – verwandelt hatte, zärtlich durch meine Haare und von dort über den Nakken bis zum Ende meiner Wirbelsäure fahren ließ.

»Karsten«, seufzte ich wohlig und dann – erwachend – in schriller Tonlage. »Meine Güte, mein Mann!« schrie ich dann auf. »Was wird er nur dazu sagen? Er liebt meine langen Haare über alles.«

»Hoffentlich nicht nur deine Haare«, gab Cordula gewohnt sarkastisch zurück und probierte Ohrclipse an mir aus.

»Nein«, behauptete ich mit bitterem Lachen, »Karsten liebt nicht nur meine Haare. Er liebt auch meine Tortillas.«

Der Figaro wirbelte zu uns herum und betrachtete mich mit einem Ausdruck echten Entsetzens. »Ist das ein neues Kosewort für weibliche Brüste?« Voll Abscheu schraubte er Shampooflaschen zu. »Oh, diese Heteros, kein Sinn für die wahre Poesie der Liebe. Tortillas! Selbst wenn ich für die weibliche Anatomie nur wenig erotische Begeisterung entfalten kann, so würde ich doch nie von Tortillas reden. Tztztz.« Mit diesen Worten auf den Lippen und eine Wolke Pfirsichduft hinter sich her ziehend, verschwand der Meister in den Tiefen seines Salons.

Cordula prustete los. »Sagt Karsten wirklich Tortillas zu deinen Brüsten?«

»Quatsch!« sagte ich schroff. »Obwohl es mir egal wäre, wenn er sie so nennen würde, wenn er sie überhaupt irgendwie nennen würde und nicht nur nach Hausmannsart daran herumkneifen. Für die Poesie der Liebe hat er wirklich keinen Sinn mehr. Das Höchste der Gefühle ist eine schnelle Routinenummer. Dem Geschäft gilt seine Leidenschaft.«

»Das werden wir ändern«, meinte Cordula. »Wir werden dein ganzes Leben ändern, bis es zu deiner Frisur paßt. Wirklich erstaunlich, du bist die erste Frau, die es in dieser Reihenfolge macht. Normalerweise ändert sich zunächst etwas im Leben der Frau – Trennung, Scheidung, Tod des Partners, bevor sie die Haare abschneidet.«

»Scheidung?« Ich riß die Augen auf und erinnerte einen Moment lang an Daisy Duck. »Ich will keine Scheidung. Ich will nur ein wenig mehr Freiheit, Lust und Abenteuer in meinem Leben.«

»Na, egal, es wird auch so gehen«, fuhr Cordula ungerührt fort.

Sie hakte mich unternehmungslustig unter und entführte mich ins Bermudadreieck kaufsüchtiger Kö-Schlampen zwischen Schadowstraße, Königsallee und Carsch-Haus. Feindesland sozusagen – Gott, war das ein Genuß! Ich fühlte mich wie ein ungezogenes Kind, daß seine dreckigen kleinen Patschhändchen in die große, verbotene Keksdose steckt.

Vier Stunden tauchten wir ab in Dessous-Shops, Woolford-Strumpfläden, italienische Schuhboutiquen, Designer-Niederlassungen, die Kosmetikabteilung des Carsch-Hauses, Gürtel-, Schmuck- und Hutgeschäfte. Vier Stunden, in denen ich nachholte, was ich noch nie gemacht hatte, wovon ich aber einmal geträumt hatte. Unter Punkt sechs meiner Lebensliste: Shoppingmachen ohne Hemmungen. Und zwar nicht bei Aldi und erst recht keine Brotbackmaschinen.

Umgeben von Tütenbergen aßen wir endlich japanische Nudeln mit kleinen Krebsen, tranken grünen Tee, und ich schwor mir, noch am gleichen Abend meine Jogging-Routine wieder aufzunehmen, um meinen zwar nicht fetten, aber auch nicht fiten und leider schlaffen Body auf Trab zu bringen.

»Ich will eine starke Frau werden, weißt du. Eine mit Muskeln statt Fett in den Oberarmen. So, wie Madonna beim letzten MTV-Preisverleih.«

Cordula nickte. »Cool. Wann hast du denn mit dem Joggen aufgehört?«

»Ähem. So mit ... na ja, also mit achtzehn. Aber das macht nichts, jetzt gebe ich richtig Gas.«

Einmal in Fahrt und auf der Spur meiner geheimen Wünsche lotste ich Cordula zum Schluß in ein Reisebüro, das unter anderem einwöchige Kreuzfahrten für 50 000 Mark anbot. Wenn schon, denn schon! dachte ich, die kaum Gereiste. Cordula warf mir anerkennende Blicke zu, bis ich auf freundliche Nachfrage der Reisebürokauffrau meine Wünsche offenbarte.

»Ich möchte gerne eine Reise für zwei Personen buchen. Eine zweite Hochzeitsreise, wissen Sie? Etwas ganz Besonderes.«

Cordula nickte, und die Reisebürokauffrau lächelte aufmunternd.

»Eine Reise nach ...« Ich räusperte mich und ließ meinen Blick an den Regalwänden vorübergleiten, auf denen bunte Kataloge in die fernste Ferne lockten. Fernste Fernen, mit denen selbst die blasierteste Kö-Schlampe in ihrem Golfclub für gelangweilte Zahnarztgattinnen noch angeben konnte. Etwa Bora-Bora oder Timbuktu. Ein letztes Räuspern: »Ich möchte nach Mallorca.«

Cordula und die Reisekauffrau rümpften im Gleichtakt die Nasen und lupften die Augenbrauen. Mit einem kurzen Blickwechsel machten sie aus, wer mir diesen Blödsinn ausreden sollte. Sie einigten sich auf Cordula.

»Mallorca? Als Hochzeitsreise? Das ist ungefähr so romantisch wie das Neusser Schützenfest.«

Tapfer und mit vorgerecktem Kinn hielt ich Cordulas tadelnder Miene stand. »Weiter bekomme ich Karsten einfach nicht. Du kennst ihn doch, er wird verrückt, wenn er weiter als zwei Flugstunden von seiner Firma entfernt ist.« An die Reisekauffrau gewandt, fuhr ich fort: »Geben Sie mir bitte einen Katalog mit Mallorcareisen.« Ich blätterte und las, während Cordula wieder einmal meine Erziehungsberechtigte spielte. Sie mußte noch lernen, daß auch diese Zeiten vorbei waren.

»Das wird ein Reinfall!« tönte sie. »Ich warne dich. Wenn du eine Honeymoon-Insel willst, nimm die Karibik oder meinetwegen Bali, die Fidschis, Hawaii, aber nicht Mallorca!«

»Karibik wäre viel zu teuer«, wollte ich sie auf eine falsche Fährte locken.

Cordula verdrehte seufzend die Augen. »Ich dachte, daß hätten wir endlich durch. Du hast für die Familie dein Studium aufgegeben, du schmeißt den ganzen Haushalt für einen Mini-Etat, bist seine Vorzeigefrau, eine phantastische Gastgeberin, entwirfst Baddesigns, schreibst ihm seine saublöden Pressetexte.«

»*Meine* saublöden Pressetexte«, unterbrach ich Cordula gekränkt.

Sie schüttelte den Kopf. »Ist das jetzt wieder die Nummer: Ich bin ein armes Aschenputtel, das nix hat und kann? Ich habe mich also getäuscht, du hast dich doch nicht verändert.«

Schon wieder dieser elende Satz. Ich biß mir auf die Lippen, schmeckte den neuen, pfirsichsüßen Lippenstift, der mich laut Hersteller zur achten Todsünde machte.

»Nein, Cordula, du hast dich nicht getäuscht. Ich bin dabei, mich zu ändern, weshalb ich nur noch meinen Instinkten und nicht immer nur deinen Ratschlägen folge.«

»Warum willst du nur nach Mallorca«

»Weil wir uns da verliebt haben. Es war wunderbar, die kleine Bodega in der Altstadtgasse, der Wein, die Musik, die schönen Häuser, die er mir auf die Tischdecke gemalt hat, unsere Pläne.«

»Das ist über fünfzehn Jahre her. Alles wird sich dort verändert haben, und du bist nicht mehr das leicht zu beeindruckende kleine Mädchen und Karsten nicht mehr der Träumer, der dich mit ein paar Tapas und Kritzeleien auf einer Papierserviette abfüttern kann.«

»Es war ein Papiertischtuch«, verbesserte ich sie. »Seine Häuser waren sehr großzügig geplant.« Erwartungsvoll starrte mich die Reiseverkäuferin an. »Ich nehme die Villa Roma bei Andraitx, Honeymoon-Programm mit Candle-Light-Dinner, Mondschein-Picknick, Nachtschwimmen, privatem Yachtausflug.«

»Eine Woche?« unterbrach mich die Angestellte demonstrativ gelangweilt, schließlich kannte sie das Programm, das ich herbetete, aus dem Katalog.

Ich holte tief Luft: »Nein, vier Wochen. Die ganzen Herbstferien und zwei Wochen extra. Meine Schwiegermutter wohnt in der Zeit bei uns. Sie und die Zugehfrau können auf die Kinder aufpassen.« Langsam atmete ich aus, während Cordula einatmete, die Hände hob und mir zunächst langsam, dann schneller werdend Beifall klatschte und die Reisebürokauffrau einen Fisch imitierte – sie schloß und öffnete lautlos ihr Maul, pardon, ihren Mund.

»Das«, lobte Cordula, »nenne ich einen beherzten Entschluß. Vier Wochen in dem so ziemlich teuersten Hotel der Insel, während der Drache Erika endlich mal was für dich tun muß. Wow! Ich nehme alles zurück, das hättest du früher nie gemacht. Glückwunsch, du bist eine Wucht.«

6. Kapitel

Du bist vollkommen verrückt!« befand hingegen mein Mann noch am gleichen Abend. »Haben sie dir mit den Haaren auch den Verstand abgeschnitten? Vier Wochen Mallorca in einem Luxushotel? Wie sollen wir das bezahlen? Und wo soll ich die Zeit hernehmen?« Er verfolgte mich vom Schlafzimmer hinab in die Diele. Ich trug flammneue Shorts, Sweatshirt, Turnschuhe und war wild entschlossen, meine Joggingroutine wieder aufzunehmen. Beherzt riß ich die Haustür auf. »Carolin, ich rede mit dir! Renn jetzt nicht weg.« Er hielt mich beim rechten Arm fest, ich joggte trotzig auf der Stelle.

»Wo, bitte, sollen denn die Kinder während der Zeit bleiben?«

»Janosch kann bei deiner Mutter bleiben, die kommt doch ohnehin, um sich hier vier Wochen einzunisten.«

»Einzu ...? Carolin, wie sprichst du von meiner Mutter! Außerdem kannst du ihr das nicht zumuten, nach allem, was sie mit Vater durchgemacht hat, braucht sie Ruhe.«

»Dein Vater wird Tag und Nacht von einer Pflegerin betreut, die du teuer bezahlst. Und für die vier Wochen, in denen wir wegfahren, ist er ohnehin in einem Luxus-Kurheim angemeldet.«

»Du kannst meiner Mutter unmöglich Janosch zumuten!«

Ich wurde wütend, krachwütend. Meine verwitwete Mutter hatte im Gegensatz zu Erika den Anstand besessen, nach Bad Zwischahn überzusiedeln und meine Kinder in den Ferien regelmäßig einige Wochen zu sich zu nehmen. Nie war dabei von einer Zumutung die Rede gewesen, denn meine Mutter war unkompliziert und friedfertig. Genau wie ich es einmal war, dachte ich kampfeslustig.

»Zumuten? Was ist daran eine Zumutung? Unsere Zugehfrau kocht, macht das Haus und hat Janosch ziemlich gut im Griff. Deine Mutter hat praktisch nichts zu tun, außer hier zu schlafen und sich bedienen zu lassen.«

Mein Mann schaute voll strengen Vorwurfs auf mich herab, aber statt den Blick zu senken und meine Wut hinter dem Vorhang meines Haares zu verstecken, reckte ich angriffslustig das Kinn.

»Janosch ist für einen normalen Menschen viel zu anstrengend.«

Mein Gesicht wurde zur kriegerischen Maske. Ich lief nicht mehr auf der Stelle, ich stampfte. »Mein lieber Karsten, ich weiß, wieviel Arbeit Janosch macht. Deshalb brauche ich auch mal Ruhe.«

Mein Mann zuckte ein wenig zurück, er hatte nie mit einem Angriff meinerseits gerechnet, war also unbewaffnet, trotzdem wagte er einen weiteren Vorstoß. »Und was ist mit Zoey?«

»Die kann von mir aus mit Fresse in Urlaub fahren, sie ist fünfzehn Jahre alt. Außerdem ist Cordula auch noch da. Sie hat versprochen, nach dem Rechten zu sehen.« Ich riß meinen Arm und mich selber los.

»Carolin!« Der Schrei meines Mannes verfolgte mich bis zum Ende des Blocks. Egal, ich lief. Ich lief meinem alten Leben davon und einem neuen entgegen, davon war ich fest überzeugt. Mit beherzten Sätzen nahm ich die ansteigende Böschung zum Rhein, erreichte den Kamm der künstlich aufgeschütteten Wälle und rannte den Radweg entlang. Rechts von mir schillerte silbern der Rhein in der Abendsonne. Ein langer, ruhiger Fluß, der mir das Gefühl gab, endlich wieder meinen Lebensfaden aufgegriffen zu haben. Der Rhein schlängelte sich durch mein Leben, seit ich ein kleines Mädchen gewesen war. Hier hatte ich immer wieder zu mir selbst gefunden, Wasserschnecken gesammelt, vorbeituckernde Lastkähne gezählt, Fernweh gepflegt und Liebeskummer verwunden. Warum nur, warum hatte ich so lange damit gewartet, ihn wieder zu einem Teil meines Lebens zu machen, wo er doch praktisch vor meiner Haustür lag?

Ich pumpte meine Lungen mit dem Atem des Flusses voll, mit diesem unnachahmlichen Geruchsgemisch aus feuchtem Stein, Moder und Maschinenöl. Dann lief ich, bis ich den letzten Rest des Alkohols der letzten Tage ausgeschwitzt hatte und betrunken war vor Euphorie und Aufbruchsstimmung. In feinen Rinnsalen rann mir der Schweiß zwischen den Brüsten, meine kurzen Haare blinkten, kleine Tropfen hingen in meinen Augenbrauen – und ich war glücklich.

Mit diesen Gefühlen kehrte ich nach Hause zurück, duschte und tänzelte endlich – mit nichts als einem Handtuch bekleidet – vor dem Spiegel auf und ab. Mich selbst und Madonnas »Ray of Light« – zu deutsch Lichtstrahl – zu genießen.

Mein Mann schmollte in irgendeiner Ecke des Hauses. Ich drehte den CD-Player ein wenig lauter und rubbelte meine Haare trocken. Was für eine Freiheit! Kein Fön mehr, keine lahmen Arme, einfach nur sauberes Haar. Madonna begann laut zu schluchzen! Huch, den Sound kannte ich von ihr doch gar nicht. Er kam ja auch nicht von ihr. Sondern von Zoey, die sich hinter mir auf »Björndal«, das Bett, warf und die Kissen mit heißen Teenie-Tränen durchweichte.

Ich runzelte die Stirn, zog einen Bademantel über und setzte mich zu Zoey aufs Bett. Geduldig wartete ich ab, bis ihre Tränenflut den Höhepunkt erreicht hatte, abebbte und sie ihrer Stimme wieder mächtig war. »Also?« fragte ich.

»F-F-Fresse hat mit mi-mi-mihir Schluß gemacht!« Erneute Tränenfluten. Ich hätte beinahe mitgeweint, vor lauter Erleichterung.

»Das tut mir sehr leid. Ich weiß, wie weh das tut«, sagte ich vorsichtig und streichelte Zoeys Haar. »Wie-wie-weißt du nicht, du hast doch Pa-pa-pa-pa!«

»Na ja, aber vor Papa kannte ich ein paar andere Männer.«

Für die meine Tochter sich nicht die Bohne interessierte. Sie interessierte sich nur für Fresse, der scheint's wegen einer mehrfach gepiercten, motorradinteressierten Technofee, die zudem überzeugte Fleischesserin war, meine süße, unschuldige Zoey hatte sausen lassen.

»Wirst sehen«, tröstete ich sie wie viele Mütter in diesen Situation mit den beiden klassischen Sätzen: »Irgendwann nimmt der Schmerz ab, und du vergißt den Kerl. Es gibt auch andere Jungs.«

»Und was wird mit Frankreich? Ich will sterben.« Es folgte ein großes Schluchzen. In das mein Mann hineinplatzte.

»Was ist denn hier los?«

»Deine Tochter hat Liebeskummer. Fresse hat sie verlassen.«

Verschwörerisch blinzelte ich meinem Mann zu, überzeugt davon, daß auch ihn diese Nachricht mit Erleichterung erfüllen würde. Statt dessen malten sich Entsetzen, Bestürzung und tiefste Trauer in seinem Gesicht ab. Er setzte sich auf die andere Seite des Bettes. »O mein Gott, Zoey, es tut mir so leid!«

Ein Aufjaulen war die Antwort, dann stürzte sich meine Tochter in die Arme ihres Big Daddy, der vor Glück dahinschmolz.

Klar gefiel es ihm, das Duell mit dem ersten Freund seiner Zoey so mühelos gewonnen zu haben. Weshalb er zu allen Formen der väterlichen Tröstung bereit war, was wiederum meiner Tochter nicht entging.

»Ist es sooo schlimm?« zärtelte Karsten.

Zoey schluchzte und nickte. »Schlimmer!«

»Kann dein Papa irgendwas tun, damit es nicht mehr ganz so schlimm ist.«

Schluchzen, Kopfschütteln. Raffiniert! »Wi-wir wollten nach F-F-Frankreich, jetzt fährt er mit der anderen. Ich will sterben.«

»Nananana!« Zoey wühlte sich in die Brust meines Mannes hinein und durchnäßte sein T-Shirt nach allen Regeln der Kunst. Oh, wie Karsten diese tiefe Zerknirschung seines kleinen Mädchens genoß. Vor allem, nachdem seine sanftmütige Gattin zu einer Art weiblicher Ninja Turtle mutiert war. »Mein Süßes, mein Schätzchen, würde es dir helfen, wenn du einen ganz tollen Urlaub mit uns machen würdest? Auf Mallorca?«

»Mallorca?« fragte Zoey begeistert.

»Mallorca?« bildete ich das entsetzte Echo. Über Zoeys zerwühlten Wuschelkopf hinweg schaute mein Mann mich strahlend an. Ein Blick, der mehr als tausend Wort sprach. Worte wie: Na bin ich nicht ein toller Mann? Du stellst mich vor vollendete, unbezahlbare und unzumutbare Tatsachen, hältst es nicht einmal für nötig, dich nachher zu entschuldigen und ich? Ich bin die Großzügigkeit in Person, gebe nach, ohne Streit, ohne Vorwürfe, ohne. »Blah, blah, blah.« Ich schoß einen Blick zurück, der eine Cruise Missile sein sollte, an meinem Mann aber leider abprallte. Zoey richtete sich auf uns betrachtete ihren Vater mit Stauneblick.

»In den Süden? Da wollt ihr doch nie hin.«

»Ich schon«, sagte ich trocken.

»Mallorca«, wiederholte Zoey noch einmal, zog die Nase hoch und vergaß zu schluchzen. »Mmmh. Mit euch?« Ein Hauch von ihrer alten Muffigkeit war kaum zu überhören, außer für meinen Mann, den stolzen Superdad.

»Genau«, bestätigte er strahlend, »nur mit uns. Deiner Mama und mir. Da hast du uns mal ganz für dich.«

Zoey zuckte mit den Achseln. »Okay. Telefon werden sie da ja wohl haben.« Dann wandte sie sich an mich. »Gibt's übrigens noch was zu essen? Ich bin am verhungern.«

Am liebsten hätte ich mit »selbst schuld« geantwortet, statt dessen erklärte ich meiner 15jährigen Veganerin zum zweitausendundfünftenmal, wie unser Umluftherd funktionierte, wo die Tiefkühltruhe stand, und daß darin noch zwei Dutzend Reformhaus-Vollwertpizzen für Veganer auf sie warteten.

»Und 1-2-3 Frites von McCain?«

»Die auch«, gab ich genervt zurück und verzog mich ins Bad. Mallorca mit Zoey. Nein, das war nicht das Mallorca, das ich gemeint hatte. Ärgerlich betrachtete ich die roten Satin-Dessous samt Wonderbra, die ich als eine Art Generalprobe heute abend hatte tragen wollen. Mit Zoey auf Mallorca. Nun ja, wenigstens die Nächte würden Karsten und mir gehören.

Ich ließ das Handtuch fallen, schlüpfte in die Pantys und den BH und fühlte mich so sexy und sinnlich, daß ich am liebsten über mich selber hergefallen wäre. Erst recht nachdem ich – aus reinem Übermut – noch die Slingpumps probierte. Wow, es machte Spaß, ein Vollweib zu sein!

Ich zog meinen riesigen Frotteebademantel über und stöckelte durch die Badezimmertür ins Schlafzimmer. Mein Mann saß mit dem Rücken zu mir auf dem Bett und telefonierte. Mit Erika.

»Mallorca, ja, Mutter.« Ich lächelte leise. Irgendwie war er doch ganz süß. Er hatte keine Szene gemacht, er hatte sich abgefunden und sich lediglich – verzeihlicher Schnitzer – von seiner Tochter um den Finger wickeln lassen, aber immerhin, er war Mann's genug, seiner Mutter sofort alles mitzuteilen. Einer Mutter, die es ihm – wie immer – nicht einfach machte.

»Aber Mutter, wie stellst du dir das vor?« Pause. »Vater? Der ist doch versorgt!« Pause. »Mutter, es geht doch nur darum, daß du vielleicht einmal auf Janosch aufpassen könntest.« Pause. »So schlimm ist er nun auch wieder nicht.« Pause. »Du sprichst schließlich von deinem Enkel, deinem eigenen Fleisch und Blut.« Lange Pause. »Oh, Mutter, nein, reg dich doch nicht so auf. Nimm die Tropfen, ja? Nimm die Tropfen. So ist es gut. Immer mit der Ruhe. Soll ich dir einen Arzt rufen? Ja, Mutter, ist gut. Natürlich finden wir eine Lösung. Sicher. Jaja, dann fahren wir eben nur zwei Wochen, ja, ja. Ist auch billiger. Ja, dann nehmen wir ihn eben mit. Ja, Carolin wird das natürlich verstehen.« Pause.

Ich stieg aus den Slingpumps und wog sie vorsichtig in meiner Hand.

»Gute Nacht, Mutter, schlaf gut.« Mein Mann legte in dem Moment auf, als ihm ein feuerroter Slingpump direkt am rechten Ohr vorbeisauste. Mit einem Ausruf des Schrekkens fuhr er herum. Ich stemmte die Hände in die Hüften und holte ganz tief Luft. Der Bademantel öffnete sich plötzlich gegen meinen Willen und gab feuerrote Einsichten frei.

Karsten erbleichte augenblicklich. Sein Blick wanderte von meinem Gesicht herab zu meinen Tortillas und von da zum rot versiegelten Garten der Lüste. Ich genoß diesen Moment des Triumphes wortlos und hörte meinen Mann schlucken.

»Das ... das sieht toll aus. Auch mit den Haaren«, sagte er, und diesmal klang es aufrichtig.

Mit einer leichten Schulterdrehung nach hinten ließ ich den neuen Bademantel ganz von meiner Schulter gleiten. Eher beiläufig, so, als bemerkte ich es gar nicht. Dafür bemerkte Karsten mein erstaunliches Dekolleté. Es schien ein Schock für ihn zu sein, er starrte mich an, als habe er mich nie zuvor gesehen.

Was mich wiederum so wütend machte, daß ich den Bademantel energisch zusammenzog, zum Bett stapfte und mich darauflegte, um mich demonstrativ in meinen Mallorca-Führer zu vertiefen.

»Carolin«, hauchte mein Mann mit der Stimme des alten Karsten Schaleen. Seine Hand suchte den Eingang zum Frotte-Tunnel.

Ich hob nur kurz den Blick. »Pfoten weg!« schnauzte ich. »Eine Mutter muß sich ausruhen. Kräfte sammeln für zweiwöchigen Familienurlaub.«

Karsten richtete sich auf. »Also, hör mal, du tust ja so, als würden wir auf einen Höllentrip gehen.« Ich grummelte in mich hinein und verschanzte mich tiefer in den Führer. »Du könntest wenigstens dankbar sein, daß ich mich so schnell mit deiner Schnapsidee arrangiert habe.«

»Das war keine Schnapsidee, sondern eine Champagnerlaune. Ich wollte einen Honeymoon mit dir allein. Nur du und ich zum ersten Mal seit fünfzehn Jahren.«

Mein Mann robbte über das Bett auf mich zu und fahndete weiter nach dem Tunnelzugang, ich kniff die Schenkel fest zusammen, obwohl Flammen an den Innenseiten emporzüngelten.

»Jetzt«, sagte Karsten mit Reibeisenbaß, »sind wir doch alleine. Und du siehst so sexy aus.«

Er lächelte doch tatsächlich sein verfluchtes, altes Lächeln! Und das nur wegen eines Friseurbesuchs und ein paar Dessous. Egal, die Rebellin in mir war zu Abrüstungsverhandlungen bereit. »Muß denn Janosch auch noch mit?«

Karsten schob den rechten Ärmel meines Bademantels hoch und küßte meine Ellbogenbeuge. Dieser Fuchs, er hatte es also doch nicht vergessen. Genau dort lag meine aller-aller-verwundbartse Stelle.

»Und wenn ich Cordula bitte, ihn zu nehmen?«

»Cordula?« fragte mein Mann verdutzt.

»Ja, stell dir vor, sie beneidet uns um Janosch.«

Mein Mann grinste kurz, dann schob er seine Hände tiefer in den Ärmel. »Könntest du dieses Zelt ausziehen«, bat er drängend, »bevor ich explodiere?«

Was er nicht tat, denn in diesem Moment unterbrach ein ohrenbetäubender Knall seine bestrickenden Balzversuche.

7. Kapitel

Es dauerte eine Woche bis die Küche so weit von Ruß und Dreck befreit war, daß man darin wieder etwas Ähnliches wie eine Küche erkennen konnte. Eine Woche, in der ich Janosch nur dann ansprach, wenn ich ihm seine Pizza oder seine Spaghettis vom Lieferdienst durch seine Zimmertür schob. Diesmal war er mit seiner Experimentierfreude wirklich zu weit gegangen. Mit Hilfe von hochbrennbarem, explosivem »Unkraut-Ex« hatte er ein Verfahren entwickeln wollen – so behauptete er –, das eine selbsttätige Fortbewegung des Staubsaugers ermöglichen würde. Eine Art Raketenaggregat für Staubsauger. Zu diesem Zweck hatte er den Unkraut-Vernichter in eine leere Milchflasche gefüllt, diese am Staubsaugergriff befestigt und die Flasche – aus sicherer Entfernung – mit Hilfe einer brennenden Fackel so lange erhitzt, bis ... ja, bis die ganze Bescherung explodierte, der Staubsauger raketenschnell durch die Lüfte an die Küchendecke sauste, dort in tausend Teile zersprang und aus seinem Bauch Tausende von Flämmchen nach allen Seiten schickte. Flämmchen, die sich gierig in die Vorhänge frassen. Flämmchen, die meine Kvadrat-Einbauküche, meinen Iggesund-Eßtisch, meine Hornsby-Stühle und all das andere Ikea-Mobiliar in die Wunschträume von putzsüchtigen Hausfrauen verwandelten. Ich und die Putzfrau mußten Nachtschichten einlegen, um den Dreck einigermaßen zu entfernen.

Immerhin, danach war ich so urlaubsreif, daß mein

Mann auch nicht mehr die geringsten Einwände gegen den Mallorca-Trip machte. Anders als Zoey, die plötzlich Zweifel bekam, ob es wirklich cool war, mit der eigenen Regierung in Urlaub zu fahren und ob sie dort telefonisch tatsächlich rund um die Uhr erreichbar war. Ihre Freundin Lara hatte ihr erzählt, daß Ina ihr erzählt hatte, daß Fresse und seine »neue Tussi« massig Stunk hatten.

Ich kümmerte mich nicht weiter darum, vor allem, da Karsten mir alle weiteren Reisevorbereitungen freiwillig aus der Hand genommen hatte. Der einzige Mensch, der mir in den nächsten zwei Wochen bis zum Ferienbeginn nur ungetrübte Freude bereite, war ich selber. Tapfer joggte ich täglich am Rhein entlang, bis der Weg tatsächlich das Ziel war. Ich lief vor nichts davon, ich lief nicht meiner Jugend hinterher, ich lief nicht einmal mehr wegen der Figur – obwohl die strafferen Formen ein angenehmer Nebeneffekt waren –, ich lief einfach, weil ich es liebte. Ich lief, weil ich mich dabei dem Lebensfluß so verbunden fühlte wie dem Rhein. Ich glaubte, meine Sinnkrise sei überwunden. Ich freute mich auf meinen 35. Geburtstag, den ich Ende der ersten Woche auf Mallorca feiern würde.

Ich freute mich zu früh.

Ich freute mich bis zu dem Moment, als mein Mann, die Kinder und ich an einem graugrieseligen, herbstlichen Samstagnachmittag in der Maschine saßen, die uns nach Palma fliegen sollte. Bis zu dem Moment, als die Triebwerke angeworfen, die Maschine zur Startposition gerollt und der Videofilm, der uns mit den Sicherheitsmaßnahmen an Bord vertraut machen sollte, abgespult wurde. Ich hielt mein Glück für fast perfekt, bis zu dem Moment, als ein lautes »Huhu« und dann ein noch lauteres »Überraschung« mich kurz vor dem Start auf den Boden der Tatsachen zurückholten. In meine völlig unperfekte Wirklichkeit als frustrierte Familienmutti.

Die Überraschung hieß nämlich Erika und hatte sich gegen drei wütende Stewardessen von einem der hinteren Plätze zu uns nach vorne durchgekämpft. Da stand sie tatsächlich, direkt neben mir im Gang und lächelte ihr hinterhältigstes Hexenlächeln.

Mein Mann bestand zwar seit jeher darauf, daß im Lächeln seiner Mutter nichts als ausnehmende Herzlichkeit mir gegenüber läge, aber mich täuschte das nicht. Außerdem gehörte Schwiegermama zu den Menschen, denen irgendwann im Laufe ihres Lebens ihre Lippen abhanden kommen, weil sie sie immer fest zusammenkneifen – vor lauter Mißbilligung. Der völlig frei erfundene Lippenstiftmund, den sie sich jeden Morgen – pinkfarben – ins Gesicht malte, konnte überhaupt nicht lächeln.

»Hallo Schatzemann«, begrüßte Erika – mich übersehend – zunächst ihren Sohn, dann mich, die nur verdattert dreinschauen konnte. »Na, Carolin, ist das nicht eine gelungene Überraschung? Jetzt machen wir endlich mal als ganze Familie zusammen Urlaub. Ein Traum wird wahr.«

Wie gesagt, träumte ich mir täglich so einiges zusammen, ein Familienurlaub mit meiner Schwiegermutter gehörte allerdings nicht dazu.

Die Triebwerke jaulten, und Erika mußte ihre Stimme erheben, um weiter zu reden. »Das war wirklich eine tolle Idee von Karsten. Ach Schatzemann.«

Eine Stewardeß – ich nehme an, sie verfügte über eine Kampfsportausbildung – nahm meine Schwiegermutter energisch beim Arm und führte sie ab. »Sie müssen sich zum Start hinsetzen. Genau wie Ihr Mann, der eben versucht hat, ins Cockpit einzudringen. Kommen Sie sofort mit.«

Karsten? Tolle Idee? Erikas Mann? Ich wollte mich zu meinem Mann hindrehen.

»Cabin Crew ready for Take-off«, nuschelte elektronisch verzerrt eine Stimme. Die Triebwerke dröhnten ohrenbetäubend und summten wie wütende Hornissen, die Gepäckklappen vibrierten, der Flieger schoß, wie von einem riesigen Katapult geschleudert, nach vorne, schneller, immer schneller, dann der befreiende Moment: Das Flugzeug löste sich vom Boden, schien von Minute zu Minute leichter und damit überhaupt flugfähig zu werden. Die Tragflächen links vor unserem Fenster wippten ein wenig. Ich bin mir sicher, ich hätte diesen Moment genossen, wenn nicht vier Worte mich davon abgehalten hätten: »Tolle Idee von Karsten.«

»Pling« verabschiedete sich das Anschnallzeichen. Die Reiseflughöhe war erreicht, genau wie der Gipfel meines Zorns.

»Wie konntest du!« wandte ich mich an meinen Mann, der angestrengt über Janoschs Kopf hinweg aus dem Fenster starrte.

»Schau mal, Carolin, der Rhein!«

»Ich scheiß' auf den Rhein. Wie konntest du es wagen, deine Mutter und deinen Vater mitzunehmen? Und wie niederträchtig von dir, mir das so lange zu verheimlichen, bis wir im Flieger sitzen.«

»Carolin, bitte, geht das nicht leiser?«

»Nicht leiser als ›huhu, die Überraschung‹. Ein Wunder, daß sie nicht von Bord verwiesen worden ist, aber soviel Glück habe ich ja nie.«

»Du tust geradezu so, als sei meine Mutter ein Monster.« Karsten setzte eine tödlich beleidigte Miene auf.

Ich schwieg einen Moment lang beredt, dann erklärte ich kurz aber heftig, was ich von Karstens toller Idee hielt und was Karsten in diesem Urlaub von mir zu erwarten hätte: nichts. Außer schlechter Laune und Schweigen und noch mehr Schweigen.

»Carolin«, versuchte er es – nachdem wir schweigend unsere Plastiktabletts von dem Plastikessen geleert und jeder eine Gratisflasche Rotwein geleert hatten. »Carolin, ich habe gedacht, das wäre eine Erleichterung für uns.«

»Du glaubst doch nicht allen Ernstes, daß deine Mutter sich auch nur eine Sekunde lang um die Kinder kümmert. Erst recht nicht, wenn dein debiler Vater dabei ist. Ach, übrigens, wer soll sich eigentlich um den kümmern?«

»Es gibt da eine Pflegeschwester im Hotel, und später werden sie ...«

»Eine Pflegeschwester? In der Villa Roma?« fragte ich ungläubig. »Da, wo Claudia Schiffer und David Copperfield absteigen? Das ist doch kein Sanatorium.«

»Wart's nur ab. Ich habe für alles gesorgt, meinen Eltern wird es gutgehen, uns wird es gutgehen. Entspann dich, Liebes. Es wird wunderbar, es wird herrlich. Hier im Reiseführer steht, daß Mallorca im Herbst ein Gedicht der Düfte ist.«

»Mom, mir ist schlecht.« Das war Janosch, der unsere sämtlichen Nachtischportionen verspeist hatte. Hektisch löste ich meinen Sicherheitsgurt, befahl meinem Mann das gleiche. In letzter Sekunde erreichten Janosch und ich die Toilette. Erleichtert drängelte ich mich zu unseren Plätzen zurück, wo mein Mann mich mit einer leicht grünlichen Gesichtsfarbe empfing.

»Fehlt dir was?«

»Allerdings«, röchelte er und deutete – die Hand vor Mund und Nase – auf den Boden neben sich. Ich mußte mich gar nicht erst bücken, um zu erkennen, wovon meinem Mann und vorher auch Janosch schlecht geworden war. Brownies Hinterlassenschaften hätte ich fünf Meilen gegen den Wind gerochen.

»Aber ...«, stammelte ich, während ich eine Packung Tempos aus meiner Tasche nestelte, meinen zurückkehrenden Sohn in einen leeren Sitz drei Reihen weiter entsorgte und mich – tief über den Schoß meines Mannes gebeugt – an die Arbeit machte.

»Wie ist das nur möglich?« wunderte ich mich. »Wuff« antwortete der Rucksack meines Sohnes, der unter dem

Sitz des Vordermanns lag und in dem ich bis dahin Janoschs Sony-Playstation, seinen Fußball und seine Fußballschuhe vermutet hatte. »Das darf doch nicht wahr sein!«, begann ich entrüstet. Wir waren wahrscheinlich die ersten und einzigen Tierfreunde, die einen Hundewelpen nach und nicht von Mallorca mitbrachten.

»Kannst du schneller machen?« bat mein Mann. »Du liegst auf meinem Magen, und mir ist wirklich schlecht.«

»Möchten Sie zollfreie Ware einkaufen«, bellte mich von oben her eine Stewardeß an.

»Äh«, machte ich, »Karsten, kauf bitte Parfüm.«

»Welches denn?«

»Egal«, zischte ich von unten, »irgendeins! Ich will es gar nicht für mich benutzen.« Ich rümpfte die Nase und blinzelte verschwörerisch hoch. Minuten später nebelte ich den Flugzeugboden und Brownies letzte Schandflecken mit »Hypnotic Poison« ein. Was mir einen tadelnden Blick meines Mannes, ein vorwurfsvolles »Wuff« von Brownie und einen angeekelten Kommentar von Zoey einbrachte, die in der Reihe hinter uns saß.

»Also, Mom, das ist echt peinlich mit deinem neuen Schönheitstick. Du stinkst wie eine Parfümverkäuferin, bah! Weißt du eigentlich, wie sie die Duftstoffe für den Scheiß getestet haben? In den Augen von kleinen Schimpansen.«

Zoeys schlechte Laune hatte allerdings nicht nur mit meinem Hang zur unfreiwilligen Tierquälerei zu tun, sondern auch damit, daß sie seit ungefähr einer Stunde nicht mehr telefoniert hatte. Sie versuchte außerdem vergebens, ihren Quix in Gang zu bringen, der etwaige Telefonanrufe an sie registrierte und kurze Nachrichten aufzeichnete. Doch Quix war kaputt. »Scheiße, Scheiße, Scheiße!« waren so ziemlich die einzigen Worte, die man in der verbleibenden Flugzeit von ihr hörte.

Ich ließ mich in den Sitz beim Fenster fallen, nestelte

verstohlen Janoschs Rucksack auf und hievte Brownie auf meinen Schoß. Dankbar leckte mir unser Hunde-Rowdie die Hände. Janosch war doch kein so übles Kerlchen, ich war froh, meinen Welpen dabei zu haben und schloß für den Rest der Strecke einfach die Augen. Im Halbschlaf machte ich eine Liste von den Menschen, die ich demnächst umbringen würde:

1. Erika,
2. Karsten,
3. Kapitän Schumacher, der uns soeben in eine heftige Turbulenz hineinmanövrierte, die mich in Todesangst versetzte.

Mein Mann holte sein Laptop hervor und klappte es auf, wie ich am melodischen Dreiklang erkannte, mit dem sich das Programm anmeldete. Klaro, er tauchte mal wieder ab in die Welt der Kloschüsseln, ohne die er nicht leben konnte.

Ein bißchen Zen-Buddhismus wäre jetzt wahrscheinlich genau das Richtige für mich gewesen. Um diesen Katastrophenurlaub seelisch gesund zu überstehen, mußte ich zu einer Heiligen werden. Zu einer echten Madonna. Das Polaroidfoto von mir auf dem Markt von Palma fiel mir wieder ein, die bunt beleuchteten Gipsheiligen auf dem Marktstamd, Karsten Schaleen der völlig verliebte Fotograf mit den Harrison-Ford-Augen.

»Pling« meldeten sich die Anschnallzeichen zurück. »Meine Damen und Herren, wir haben unsere Reiseflughöhe verlassen und bitten Sie, Ihre Sicherheitsgurte wieder anzulegen, Ihre Rückenlehnen senkrecht zu stellen und die Tischchen vor sich wieder hochzuklappen. Falls Sie ein elektronisches Gerät benutzen, bitten wir Sie darum, dieses jetzt auszuschalten.«

Ein Fiepen verriet mir, daß mein Mann sein Laptop ausschaltete. Ich öffnete die Augen und schob mich nach oben, um einen gelangweilten Blick aus dem Fenster zu werfen. Mit einemmal waren die Langeweile, der Frust und die Wut wie weggeblasen von einem lauen, frühlingsmilden Lüftchen. Waren wir wirklich nur zwei Stunden vom graugrieseligen, herbstlichen Düsseldorf entfernt? Waren wir noch über der gleichen Erde und im gleichen Sonnensystem unterwegs?

Brownie hob die Ohren und hechelte.

Die Maschine schwebte durch einen durchsichtig blauen Himmel. Herab auf eine Insel des leuchtenden Grüns, der roten Erde, der fröhlichen Farben. Als der Flieger nur noch wenige hundert Meter über dem Boden schwebte, erkannte ich das Netz von Mauern, das die Ebene durchzog, dazwischen sandsteingelbe Getreidemühlen und einsame Fincas mit türkisfarbenen Pools, die aussahen, als habe der liebe Gott sie eben mal so hingespuckt. Alles strahlte, und bis zum Horizont dehnte sich tintenblaues Meer. Ich hatte fünfzehn Jahre vergessen, wie ein südlicher Himmel aussieht und warum Mallorca zu Recht »La Luminosa« – die Leuchtende – genannt wird. Schlagartig kehrte die Erinnerung zurück, klopfte mein Herz so jung und ungestüm wie ehedem, so voller Zuversicht und Wünsche.

Für einen Moment vergaß ich die versammelte Katastrophe in meinem Rücken, träumte kurz von Michael Douglas und seiner Paradiesfinca Estaca und griff zärtlich nach der Hand meines Mannes, der daraufhin so aufgestört von einem Dossier über Kloschüsseln hochsah, daß Michael Douglas sich in meine hinterste Hirnkammer verkrümelte.

»Is' was?« wollte Karsten wissen.

»Ist es nicht einfach wunderschön hier?«

»Mmmh.«

»Schau nur die vielen alten Mühlen, herrlich, nicht wahr?«

»Mmmh.«

»Und die Fincas! Unglaublich. Wäre es nicht herrlich, so ein schönes Haus zu besitzen oder zu bauen?« Ich dachte an Punkt drei meiner Lebensliste: Mit einem anarchistischen, wildschönen, hochbegabten und eines Tages schwerreichen Künstler (z.B. Maler, Bildhauer) auf einer spanischen Finca, in einem italienischen Palazzo oder auf einer New Yorker Fabriketage mit Blick auf den Hudson River leben.

Mein Mann steckte die Kloschüssel-Unterlagen weg und griff sich den Reiseführer. »Ein Haus macht nur Arbeit«, meinte er dann.

»Was sagst du, Schatzemann?« schaltete meine Schwiegermutter sich ein. Sie hatte sich schon wieder, entgegen aller Sicherheitsbestimmungen, nach vorne gepirscht. Diesmal fand sie einen Platz hinter uns und machte keine Anstalten, ihn vor der Landung zu verlassen.

»Ich sagte«, rief nun Karsten, »ein Haus auf Mallorca ist teuer und macht nur Arbeit.«

»Wer will denn ein Haus auf Mallorca?« schrillte Schwiegermama.

Ich sank ganz tief in meinen Sitz, so tief, daß ich wahrscheinlich noch vor dem Fahrwerk die Landebahn berühren würde. Mußte Karsten mir das wirklich antun und meine Seelenwünsche mit Erika diskutieren?

»Carolin meinte eben so was«, petzte derweil mein Mann, der ahnungslose Trottel.

»Carolin!« kam es tadelnd von unserer hauseigenen Kö-Schlampe, »du hältst ja mit Mühe und Not unser – ähem, euer Haus in Neuss richtig in Schuß, obwohl dieser Brand von einer ungeheuren Nachlässigkeit zeugt.«

»Wuff«, verteidigte mich Brownie.

»Hast du etwa den Hund mitgenommen?« entsetzte sich meine Schwiegermutter.

Und Zoey sekundierte ihr: »Also Mom, wirklich, das ist echt das Allerletzte, weißt du, was für ein Streß das für ein Tier bedeutet?«

Gott sei Dank schnitt die Chefstewardeß ihr per Bordmikrofon das Wort ab, um uns auf Mallorca willkommen zu heißen und zu bitten, so lange angeschnallt sitzen zu bleiben, bis die Maschine ihre endgültige Parkposition erreicht hatte. Mir schien es so, als schaue sie dabei besonders streng in Richtung meiner liebsten Nervensäge Janosch, der gerade den dritten LTU-Wasserball aufblies, den wir kurz vor der Landung geschenkt bekommen hatten. Die anderen beiden kullerten munter im Gang herum und brachten bereits aufgesprungene Passagiere ins Stolpern.

8. Kapitel

Als wir den Terminalfinger verlassen hatten und das Flughafengebäude betraten, trafen wir zum erstenmal auch auf Schwiegervater. Wie immer sah er grundlos glücklich aus. So, als habe er soeben vergessen, wie er hieß und wo er wohnte. Was natürlich schon seit Jahren der Fall war. Immerhin ließ er sich brav in einen bereitstehenden Rollstuhl verfrachten und von Karsten durch die endlosen Gänge chauffieren. Zwar war Opa noch gut zu Fuß, aber es war besser, ihn im Rollstuhl zu transportieren, damit er einem nicht abhanden kam. In seiner krankheitsbedingten Tüdeligkeit konnte es ansonsten passieren, daß er den nächsten Flieger nach Panama nahm. Wirklich wahr, trotz seiner Krankheit konnte er von so bestechendem Charme sein, daß er jede noch so mißtrauische Stewardeß davon überzeugt hätte, daß er in die Maschine gehöre.

Ich quälte mich mit dem Gepäckwagen ab. Janosch trug Brownie. Zoey moserte herum, weil sie Karstens Laptop *und* ihre Reisetasche zu tragen hatte und nicht erst mal zu Hause bei Lara anrufen durfte, um die letzten News bezüglich »Tussi und Fresse« abzurufen. Erika mokierte sich ganz allgemein über »diese Spanier«. Nach vierzig Minuten hatten wir endlich die Gepäckabfertigung hinter uns und atmeten vor dem schimmernd weißen Flughafen zum erstenmal die laue Luft Mallorcas ein.

Sie schmeckte – trotz Kerosinbeimischung – nach sattem

Spätsommer, war auch um halb sieben Uhr noch laue zwanzig Grad warm und weich wie ein Seidentuch.

»O je, diese Wärme. Wenn das Klima mal meinem Herzen bekommt«, jammerte Schwiegermutter. »Kein Wunder, daß die Spanier in ihrer Wirtschaft so rückständig sind. Bei dieser Hitze! Obwohl es wahrscheinlich auch an der Mentalität liegt, im Blut sozusagen.«

»Oder der Rasse«, knurrte ich anzüglich.

»So was sagt man nicht«, tadelte ausgerechnet Erika.

»Wann kommt Papa endlich mit dem Mietauto?« maulte derweil Zoey, und Janosch klagte über unaufschiebbaren Durst.

Nur Schwiegervater schien sich zu freuen und bemerkte mild lächelnd: »Wuppertal hat sich sehr zu seinem Vorteil verändert.« Deshalb wollte er auch gerne einen Spaziergang unternehmen. Energisch erhob er sich aus dem Rollstuhl, nur mit vereinten Kräften konnten Erika und ich ihn zurück in den Sitz drücken. Opas Spaziergänge waren gefährlich und gefürchtet. Sie führten ihn stets ins absolute Nirgendwo, schließlich lebte er bevorzugt im Land des süßen Vergessens, und die lichten Momente wurden immer, immer seltener.

Endlich ein erlösendes Hupen. Karsten lenkte einen familienfreundlichen Van in die Haltezone. Es dunkelte bereits, als wir endlich Gepäck, Kinder und Schwiegereltern in dem Wagen verstaut hatten und die Autopista via Palma und dem Südwesten der Insel nahmen. Ich hielt den Straßenplan aus dem Handschuhfach auf den Knien, was meinem Mann nicht paßte.

»Laß doch, Liebling«, erklärte er großartig, »ich kenne mich noch gut genug aus. Ich war schließlich vier- oder fünfmal hier.«

Gehorsam faltete ich den Plan zusammen und freute mich an dem Anblick von Palmas hellerleuchteten Uferpromenade. Im gelben Licht der Laternen glitzerte links das

Meer. Rechts erhob sich vor dem samtigen Nachthimmel »La Seu«. Die Kathedrale von Palma. Unsere Kathedrale. Wie ein stolzes spanisches Schiff aus der Zeit der Conquistadores sah sie aus. So, als habe sie gerade erst festgemacht.

»Ist sie nicht wunderschön?« hauchte ich entzückt.

»Wunderschön«, flüsterte auch mein Mann, der sich gefährlich weit über das Lenkrad beugte, um sie zu sehen. »Unvergänglich schön. Ich hatte ganz vergessen, wie bezaubernd Palma ist. Danke, daß du mich zu dieser Reise überredet hast.«

Hatte ich es doch gewußt! Mallorca würde den Romantiker in ihm wieder zum Leben erwecken. Ich tastete verstohlen nach seiner Hand, die auf dem Schalthebel lag und drückte sie in stillem Einverständnis.

»Wovon sprecht ihr?« schrillte meinen Schwiegermutter dazwischen.

»Nichts, nur über Palma«, rief mein Mann nach hinten.

»Ach, dann sprich doch lauter, ich höre dich so gerne reden.«

Karsten erreichte wieder die Autobahn, schaltete hoch und entglitt meinen Händen. Dann fütterte er uns für eine Weile mit Reiseführer-Informationen. Etwa: »Mallorca ist mit einer Gesamtbodenfläche von 3648 Quadratkilometern die größte Baleareninsel.« Und: »Die größte Ausdehnung der Insel von Sant Elm bis zum Cap de Formentor beträgt etwa 100 Kilometer, in der Breite mißt sie etwa 70 Kilometer.«

Mit dieser Faktenhuberei verschaffte er sich wahrscheinlich noch einmal das Gefühl, ein Dozent zu sein, aber wie jämmerlich weit war dieser dröge Detailkaspar entfernt von meinem begeisterten Architekturdozenten?

»Sind wir gleich da?« krähte Janosch in regelmäßigen Abständen dazwischen, während Zoey ihre Muffigkeit von Kilometer zu Kilometer zu steigern wußte, weil immer noch kein Telefon in Sicht war. Schwiegervater fragte seine Erika, ob sie unseren Taxifahrer – er meinte seinen Sohn – persönlich kenne. Erika wiederum hörte ihrem Schatzemann Karsten verzückt zu, so, als habe ihr Schatzemann die Insel persönlich ausgemessen. Zugegeben, als er von dem habsburgischen Erzherzog Ludwig Salvator sprach, der im 19. Jahrhundert in Liebe zu der Insel entflammte, mehrere Fincas kaufte und restaurieren ließ, sah ich wieder einen Funken jener alten Begeisterung aufblitzen. Da sprach noch einmal der Dozent der Architekturgeschichte, der angetreten war, an vergangene Schönheit zu erinnern, um eine ansehnlichere Zukunft zu bauen.

Doch bevor ich mich an diesem Feuer hätte wärmen können, schrillte Schwiegermama erneut dazwischen. »Paguera, Karsten. Da vorne war ein Schild. Gleich müssen wir doch links ab, oder?«

»Unsinn!« wandte ich mich nach hinten um. »Es geht nach dem Kreisverkehr einfach geradeaus weiter bis nach Andratx und dann noch mal links nach Puerto d'Andratx. Da ist die Villa Roma.«

»Andratx?« fragte Schwiegermama, so, als habe sie noch nie von unserem Ferienort gehört.

»Sind wir gleich da?« krähte wiederum Janosch.

»Ich muß echt mal telefonieren«, ergänzte Zoey.

Mein Mann rückte ein wenig unruhig in seinem Sitz hin und her. »Ähem, Liebling.«

»Ja?«

»Ich habe da eine Überraschung für dich.«

Ich drehte die Augen zur Decke. »Nicht noch eine, Karsten. Es reicht für heute dicke.«

»Karsten, jetzt hättest du wirklich links abgemußt, da stand ›Hotel Galatzo‹«, meldete sich Erika.

»Schon gut, Mutter, ich drehe da vorne im Kreisverkehr. Es ist auf dieser Schnellstraße zu gefährlich, direkt abzubiegen.«

»Hör mal, Karsten, ich verstehe das nicht ganz. Was sollen wir in einem Hotel namens ›Galatzo‹. Das habe ich doch gar nicht gebucht?«

Mein Mann lenkte den Wagen mit geschmeidiger Bewegung in den Kreisverkehr. »Nein, du nicht – aber ich.«

»Was?« kreischte ich so laut, daß Karsten das Lenkrad verriß, Brownie einen Kläffanfall bekam und Schwiegervater wissen wollte, ob der Krankenschwester schlecht geworden sei. Statt die Kurve zu kriegen, schoß mein Mann mit quietschenden Reifen und bedenklichem Seitendrall in die Straße nach Paguera ein. Er mußte notgedrungen ein Stück durch den Ort fahren. Was meine Laune überhaupt nicht verbesserte. Paguera gehört nicht zu den Orten auf Mallorca, die man aufsucht, um einen zutiefst romantischen Honeymoon nachzuholen und seine Ehe erotisch aufzupeppen. Paguera ist eine Ansammlung von Souvenirshops und Kneipen: rummelig, künstlich, bis in die Nacht taghell erleuchtet und absolut deutsch. Ich rede jetzt nicht nur von Abels Metzgerimbiß, Diebels Alt oder Bratwurstl, ich rede auch von Kneipen mit Namen wie »Bei Papi« oder dem Autoverleih »Der kleine Dicke«. Alles ließ einen schnell vergessen, daß man auf der »Illa de la Calma«, der Insel der Ruhe, war.

»Bring mich hier weg!« schrie ich hysterisch. Ich fand, ich hatte allmählich das Recht auf einen kleinen hysterischen Anfall. »Ich will sofort hier weg!«

Schwiegerpapa sagte in mitfühlendem Tonfall etwas von »sehr, sehr krank«. Zoey nannte mich einfach nur »die voll abgedrehte Alte«, während Erika es mit strafendem Schweigen versuchte. Auch mein Mann sprach kein Wort, bis er endlich wieder den Kreisverkehr erreicht hatte und in Richtung des mir völlig unbekannten Hotels einbog.

»Du benimmst dich unmöglich, Carolin. Langsam glaube ich wirklich, daß diese ganzen Neuerungen bei deinem Aussehen und in deinem Benehmen dir irgendwie nicht bekommen. Das Hotel Galatzo ist eine ausgezeichnete Wahl und außerdem eine sehr, sehr günstige.«

Mir schwante Fürchterliches. Irgendwo hatte ich gelesen, daß man Mallorca inzwischen auch bei Tchibo oder für 198 Mark die Woche buchen kann. Wie weit ging der Spartick meines Mannes eigentlich? Und wie wenig Respekt konnte ein Ehemann noch gegenüber den Wünschen seiner Frau haben? Ich konnte ein kleines Aufschluchzen nicht verhindern, während Karsten in eine schmale Serpentinenstraße einbog. Niemand nahm mein Schluchzen zur Kenntnis, außer Brownie, der mit einem beherzten Satz nach vorne auf meinen Schoß sprang, um mir mit seiner feuchten Hundeschnauze Trost zu spenden.

»Verfluchter Köter«, schrie mein Mann und setzte das Auto direkt vor eine Dattelpalme, die – erschüttert – ihre Früchte auf das Wagendach prasseln ließ. Ich lachte nur noch dreckig. Sorry, aber so ist das nun mal bei einem hysterischen Anfall.

Als unser Trupp schließlich die Rezeption erreichte, die in einem sehr annehmbaren weißgetünchten Rundbau lag, erfuhr ich, warum dieses Hotel so günstig gewesen war. Jedenfalls günstig für uns. Dieses Hotel gehörte eben jenen Geschäftspartnern meines Mannes, die über den Kauf von 500 Toiletten und ebenso vielen Badewannen nachdachten. Das Galatzo sollte noch in diesem Winter von Grund auf renoviert werden, um das Vier-Sterne-Haus fit für das kommende Jahrtausend zu machen.

Ein Mitglied des Managments begrüßte uns auf das freundlichste und in so gutem Deutsch, daß es mir peinlich war. Ich hätte es höflicher gefunden, wenn wir auf seiner Heimatinsel seine Sprache gesprochen hätten. Allerdings war ich des Spanischen nicht mächtig.

»Hoffentlich hatten sie eine gute Reise«, plauderte Señor Davida munter.

»Sehr gut«, versicherte mein Mann. »Bis auf die Sache mit

der Einfahrt«, mokierte sich Erika. »Also, da müssen Sie wirklich etwas ändern. Das ist viel zu eng, da haben Sie wohl nicht genau nachgemessen.«

Karsten bemühte sich, seine Mutter mit einem strengen Blick zum Schweigen zu bringen. Schwiegervater bemerkte mit anerkennendem Blick, daß er noch nie ein so hübsches Altersheim gesehen habe, nicht einmal in Wuppertal.

Señor Davida überhörte die beiden geflissentlich. »Sie werden sicher müde sein. Der Page wird das Gepäck auf Ihre Zimmer bringen. Wir haben zwei Suiten für die Erwachsenen und ein Doppelzimmer für die Kleinen.«

»Ich soll doch nicht etwa mit dem blöden Pupser in einem Bett schlafen?« entsetzte sich Zoey.

»Gibt's endlich was zu essen?« nervte Janosch.

»Nun«, verbeugte sich Señor Davida vor meiner kleinen Drachenbrut, »das Restaurant hat leider schon geschlossen, aber wir haben in der Suite eurer Eltern etwas vorbereitet. Folgen Sie einfach dem Pagen. Ich wünsche einstweilen eine gute Nacht und bis morgen. Wir haben eine kleine Exkursion für Sie geplant mit einem ganz besonderen Führer.«

Mit einer weiteren Verbeugung verschwand Señor Davida in seinem Büro. Zu spät fiel mir ein, nach der Pflegerin für meinen Schwiegervater zu fragen.

»Ach laß nur«, meinte fröhlich mein Mann. »Die wird morgen schon auftauchen, für eine Nacht wird es schon gehen.«

Schulterzuckend folgte ich ihm und dem Pagen durch die automatische Tür und erlebte das zweite atemberaubende Wunder nach dem Anflug auf die Insel. Hinter der Tür lag eine paradiesische Gartenanlage. Das erkannte ich sogar bei Dunkelheit. Überall ragten – umkränzt von Bodenstrahlern – majestätische Palmen in den Himmel, Bougainvillea floß in rauschend bunten Kaskaden über weiß getünchte Mauern, helle Lichter ließen rote Hibiskuskelche aufflammen, und über allem lag der betörende Duft von Jasmin. Staunend stolperten wir alle über die grob gepflasterten Wege voran. Vorbei an zauberhaften, blitzweißen Häuschen und Bungalows im maurisch-spanischen Stil, die alle von üppiger Vegetation umschlossen waren.

»Na, ist das gut genug für dich, Prinzessin?« flüsterte mein Mann. Ich schwieg aus pädagogischen Gründen, zu schnell wollte ich keine Versöhnung herbeiführen.

Mein Herz tat dennoch einen Freudenhüpfer, als ich das Hinweisschild auf die »Casa d'Amor« – Häuser der Liebe – entdeckte und dann eine steile, gewundene, still beleuchtete Treppe, die zu diesen Traumhäuschen mitten im Hang herabführte. Gewiß hatte man von den Schlafzimmern aus Meerblick. Die Zikaden sangen, die Erde vibrierte vor Wärme, und alles war so herzzerreißend schön – meine Schwiegermutter außerdem stumm –, daß ich hätte weinen können. Ich hoffte, daß Karsten und ich eines dieser kleinen Häuschen beziehen würden.

Natürlich hoffte ich vergebens. Wir wurden statt dessen auf das oberste Stockwerk eines Hochhausturmes zugeführt, der sich zwölf Stockwerke tief in den Abhang hineinschraubte. Okay, wenn ich die Casa d'Amor nicht entdeckt hätte, vielleicht hätte ich den langen Marmorflur mit dem weichen Flauschläufer, den wir entlangliefen, akzeptabel gefunden – aber so. Keine Chance. Unsere Suiten lagen im untersten Stockwerk am Fuß des Hangs. Sie lagen direkt nebeneinander und hatten eine Verbindungstür. Ich nehme an, das verdankten wir dem ausgeprägten Familiensinn der Mallorquiner. Janosch und Zoey bewohnten ein Zimmer, das den Suiten direkt gegenüberlag. Ich lieferte sie dort ab und hatte die Tür noch nicht geschlossen, als zwischen beiden schon der Kampf um die TV-Fernbedienung tobte.

»In einer halben Stunde seid ihr bei uns!« befahl ich, gespannt darauf, welches Essen uns in unserer Suite erwartete. Gar keins, um es gleich zu sagen. Die Mallorquiner hatten neben einem ausgeprägten Familiensinn auch eine sehr traditionelle Auffassung von der Rolle der Mutter. In einer hübschen Kochnische, die zum Salon der Suite gehörte, warteten neben einem Obstkorb und Sekt, Töpfe und Pfannen und im Kühlschrank gefrorener Fisch, etwas Huhn, Gemüse, Reis und Gewürze auf mich.

»Hmm, das gäbe eine leckere Paella«, frohlockte mein Mann, nachdem er die Koffer auf den Betten des Schlafzimmers abgelagert und kurz den Balkon inspiziert hatte.

»Das gibt höchstens RisiBisi und auch nur, wenn du den Reis aufsetzt«, stellte ich klar und stürzte mich zunächst einmal auf den Balkon. Himmel, was für ein Blick! Der Hang, in den die Anlage gebaut war, war übersät von Lichtern, in der Ferne glänzten weitere Hügel, und daneben herrschte Schwärze. Ich sog die Meeresluft ein, die merklich kühler wurde. Ein Rauschen ging durch die Palmen vor unserem Balkon. Der auffrischende Wind fuhr mir in die Hosenbeine. Egal, ich genoß die Herrlichkeit des Blicks. Mein Mann trat hinter mich und legte seinen Arm um meine Taille. Ich vergaß alle Pädagogik für einen Moment und lehnte mich einfach an ihn. Man muß das Glück eben zu fassen wissen, wenn es einem begegnet.

Aneinandergelehnt standen wir da, bis Erika, die Drachenmutter, dazwischenfunkte. »Huhu!« rief sie aus dem Salon. »Wo seid ihr? Vati und ich haben Hunger!«

In eben diesem Moment schoß der erste Blitz aus dem Himmel vor uns, dann pladderten Tropfen herab. Tropfen in der Größe von Kinder-Überraschungs-Eiern. Sie fielen immer dichter, wie aus Kübeln, endlich rauschte der Regen als dichter Vorhang herab. Der Gott, der Mallorca schuf, schien uns zu zürnen. Wahrscheinlich, weil wir meine unsägliche Schwiegermutter mit hierher in sein Paradies gebracht hatte. Nie zuvor hatte ich einen solchen Regensturm erlebt, er hatte tropische Dimensionen.

Und wie groß der Zorn Gottes tatsächlich war, erfuhr ich

durch Janosch. »Mutti«, schrie er von seinem Balkon aus zu uns herüber, »weißt du eigentlich, wo Brownie ist?«

Nein, wußte ich nicht. Mein Mann wollte mich fester an sich drücken, um das Naturschauspiel vom überdachten Balkon aus weiter zu genießen, aber ich entwand mich seinen Armen.

»Carolin, bleib doch!« bat Karsten. »Oder hast du den Köter lieber als mich?«

Egal, ich mußte hinaus in den Regen. Schließlich war Brownie das einzige Familienmitglied, das unerschütterlich zu mir hielt und mich bedingungslos liebte.

»Dein Reis ist angebrannt«, verfolgte mich die tadelnde Stimme meiner Schwiegermutter, während ich auf den Marmorflur und von dort nach draußen stürzte. Nach weniger als einer Minute war ich naß bis auf die Knochen. Das Regenwasser lief mir in die Augen und machte mich fast blind. Mit lauten »Brownie«-Rufen kämpfte ich mich über die Steinwege, die sich in munter gurgelnde Bäche verwandelt hatten. Vor mir lag jetzt die Steintreppe zu den »Casa d'Amor«. Besser gesagt, es war ein reißender Wildbach, der die Stufen hinabschoß.

»Brownie«, schrie ich vollkommen verzweifelt nach unserem Welpen und sah ihn vor meinem inneren Auge hilflos gegen die wilden Fluten ankämpfen. »Brownie!!!« Täuschte ich mich, oder hörte ich vom Ende der Stufen her ein jämmerliches »Wuff«? Ein kaum entwickeltes Welpen-Wuff, wie es Brownies Art war.

Ich holte tief Luft, zog meine klatschnassen Mokassins aus und machte mich beherzt an den Abstieg. Das Wasser gurgelte in fast fünfzehn Zentimeter Höhe um meine nackten Füße, ich krallte mich in die Kapernbüsche, die über der regenglatten Mauer neben mir hingen, um auf den glitschigen Stufen nicht auszurutschen.

»Ich komme, Brownie!« schrie ich in den rauschenden Regen hinein. »Ich komme!«

Wahrscheinlich konnte der Wettergott meine umständlichen Bemühungen nicht länger mitanschauen, weshalb er noch eine Extraportion Wasser in einem Schwall die Treppe herunterjagte, die mich von den Beinen hob. Ich landete auf meinem Po und den Stufen und holperte die Treppe hinab, bis zum bitteren Ende, immer hinein in die Dunkelheit und dann – ins Licht! Gleißendes Licht. Eine Tür öffnete sich vor mir. Ich lag mehr als ich saß auf der untersten Treppenstufe und mußte blinzeln, so hell erstrahlte das Licht.

»Ruhe!« brüllte mich eine zornige Stimme zusammen. Den Mann, der zu der Stimme gehörte, erkannte ich gegen das grelle Licht nur in Umrissen. Es war ein Hüne, soviel stand fest. Ein ziemlich bedrohlicher Hüne.

»Wuff«, machte es hinter ihm. »Brownie!«

»Ist das etwa ihr Köter?« donnerte der Hüne.

»Ja.«

Der Mann trat nach vorne, und ich erkannte sein kantiges Gesicht unter blondem Haar. Ein deutsches Gesicht. Streng und abweisend, nur die dunklen Augen paßten nicht ganz dazu. »Na, wunderbar«, sagte er. »Dieser Hund hat soeben unsere Filmaufnahmen gesprengt. Dazu Ihr Gebrüll, phantastisch.«

»Filmaufna ... na ... tut mir leid«, stotterte ich, während sich ein überschwenglicher Brownie in meinen klatschnassen Schoß schmiegte.

»Eine der Hotelkatzen hat diesen kleinen Feigling über den Balkon gejagt«, knurrte der Mann. »Mitten in der Kußszene. Verfluchte Scheiße. Und jetzt auch noch der Regen.«

»Den hat mein kleiner Feigling aber nicht gemacht, auch wenn er manchmal etwas undicht ist«, sagte ich patzig und wollte mich aufrichten.

Der Hüne grinste plötzlich. »Na, kommen Sie.« Er packte meine rechte Hand und zog mich nach oben. Neugierig linste ich an ihm vorbei in eine der Casa d'Amor. »Wollen Sie sich's mal ansehen?« fragte der Mann.

Ich nickte. Nur Brownie protestierte. Kurz entschlossen nahm ich ihn auf den Arm.

Wir zwängten uns durch eine kleine Diele, vorbei an Kabelsträngen und Metallkoffern in ein Schlafzimmer oder dem, was davon noch übrig war. Überall standen riesige Scheinwerfer, deren Lichtkegel auf den Balkon gerichtet waren. Sie ließen den Regen wie einen silbernen Wasserfall glitzern. Kameras waren aufgebaut, und auf zwei Klappstühlen saßen eine blasiert und beleidigt dreinschauende junge Schauspielerin und ihr Partner, ein junger, feuriger Spanier vom Typ eines Flamencotänzers.

Ein Mann mit Butchcappie, ich nehme an, es war der Regisseur, redete auf Spanisch oder Katalan auf das Pärchen ein.

»Sie weigern sich weiterzumachen«, flüsterte der Hüne mir zu, »ist alles ein bißchen klamm, wissen Sie.«

»Na ja, ist ja klar bei der Nässe.« Ich nickte fröstelnd.

»Nein«, grinste der Hüne, »daß meine ich nicht, das Budget ist knapp, und die Darsteller sind sowieso mißtrauisch, ob sie je das Geld für den Spot sehen. Ich habe Carla – das ist die Schauspielerin – unter erheblichen, persönlichen Mühen zu dem Auftritt überredet. Deswegen war ich auch so sauer, daß Ihr Hund reingeplatzt ist.«

»Spot?«

»Ja, Werbung. Für eine deutsche Reisegesellschaft. Honeymoonszene. Sehen Sie die Champagnergläser auf dem Balkon?«

Ich nickte und schluckte. »Schön«, seufzte ich sehnsüchtig und mit leicht klappernden Zähnen.

»Meine Güte, Sie frieren sich ja zu Tode. Tut mir leid, ich war so sauer, daß ich mich wie ein Barbar benommen habe, was gegenüber schönen, jungen Frauen sonst nicht meine Art ist.« Der Hüne tauchte mit beachtenswerter Eleganz unter den Scheinwerfern durch in das Badezimmer. Überhaupt war er ein recht eleganter Mann, wie ich auf den zweiten Blick feststellte, und ein interessanter. Er erinnerte an eine blondierte Kreuzung aus Bruce Willis und Götz George als Schimanski. Etwas proletenhaft, aber durchaus sexy. Er kam zurück und legte mir ein riesiges Handtuch um die Schultern. Mit leicht massierenden Bewegungen schloß er es um mich und Brownie.

»Darf ich Ihnen auch etwas zu trinken anbieten?« Er wandte sich mit suchendem Blick um. »Maurizio, lauf zum Vista de Rey und hol einen Brandy.«

Ein schmaler junger Mann nickte nur knapp und flitzte los.

»Nicht nötig«, wehrte ich ab. »Ich muß sowieso zurück zu meiner Fa ..., ähem, meinem Zimmer. Auspacken.«

»Oh, Sie sind gerade erst angekommen?«

Ich nickte.

»Da haben Sie aber Pech mit dem Wetter gehabt. Seit Monaten hatten wir keinen so starken Regen.«

Ich starrte den Hünen mit weit aufgerissenen Augen an. »Sie sind nur für einen einzigen Werbespot seit Monaten hier?«

Der Hüne legte den Kopf in den Nacken und lachte. »Nein, schön wär's, wenn ich damit so viel Geld verdienen könnte. Ich lebe hier auf der Insel, und eigentlich bin ich Künstler.«

»Künstler?« fragte ich ungläubig und vielleicht mit einem leicht abfälligen Ton, denn ich mochte es nicht, wenn Werbefritzen sich großspurig als Künstler bezeichneten.

»Ja, Künstler. Und was machen Sie?«

Ich biß mir auf die Lippen und zögerte kurz. »Ich ... ich ... bin Journalistin.«

»Ach?« Der Hüne parierte meine vorherige Abfälligkeit mit sanftem Spott, er erkannte wohl, daß ich sehr unsicher war.

Ärgerlich schaute ich auf Brownie herab. »Ja«, sagte ich trotzig, »und um genauer zu sein: Kunstkritikerin.«

»Wie interessant. Und was ist ihr Spezialgebiet?«

Ich schluckte tapfer und überlegt, wie man Kloschüsseln und Kacheln unter dem Oberbegriff Kunst unterbringen konnte. »Ich befasse mich mit Objektkunst, also, äh, Installationen, Skulpturen und außerdem Achitektur.«

Der Hüne musterte mich mit ganz neuen Augen, sehr neugierigen und sehr nachdenklichen Augen. »Und wo?«

»Wie wo?«

»Na, wo schreiben Sie?« Ich konnte unmöglich den *»Badprofi«* anführen. Auch deshalb nicht, weil dieser neugierige Blick des Hünen mir ausnehmend guttat. »Ich schreibe mal hier mal da«, versuchte ich es vage, aber die Aufforderung in den Augen meines Gesprächspartners war unübersehbar. Ich dachte an Cordula. »Also, mal schreibe ich für ›Vogue‹ und ›Elle Dekoration‹, dann für ›Art‹ oder auch mal ›Amica‹, je nachdem.«

»Und deshalb sind Sie jetzt hier?«

»Nein, nein«, wehrte ich ab, »ich bin hier, um ein wenig zu entspannen und zu zeichnen.« Ich habe keine Ahnung, wie ich darauf plötzlich kam. Mein nächster Satz überraschte mich sogar noch mehr. »Ich bin nämlich eigentlich Architektin, nur leider hat das Geld nicht für ein eigenes Büro gereicht.«

»Nein«, rief der Hüne ebenfalls überrascht. »Darüber müssen wir uns unbedingt unterhalten. Mein Vater kommt aus der Baubranche, ziemlich hohes Tier, begeisterter Kunstfan, hält sich selber für begabt, aber ... Na ja, ich könnte Sie bekannt machen. Wie ist Ihr Name?«

Maurizio ersparte mir eine Antwort. Er tauchte unter den Scheinwerfern durch auf mich zu und reichte mir einen gigantischen Cognacschwenker.

»Trinken Sie«, forderte der Hüne mich auf. »Ein Carlos Primero. Er ist ausgezeichnet. Salut.«

Vorsichtig nahm ich einen Schluck. Warm durchrieselte der honigfarbene Brandy meine Kehle, ohne einen Steppenbrand zu hinterlassen. »Wirklich ausgezeichnet. Und Sie sind also – im Gegensatz zu Ihrem Vater – tatsächlich Künstler.« Keck reckte ich das Kinn.

Wieder grinste der Hüne. »Sie sind ein sehr mißtrauischer Mensch, nicht wahr? Wohl schlechte Erfahrung mit Künstlern und anderen Schöngeistern gemacht, hm? Dabei möchte ich wetten, daß Sie im Grunde auch der kreative, abenteuerlustige, unkonventionelle Typ sind.«

Ich nahm noch einen Schluck Brandy. »Na ja, so ungefähr«, gab ich aus einer Laune heraus zurück und deshalb, weil mich der Brandy zutiefst entspannte, genau wie unser Gespräch.

»Mein Name ist Gundar«, stellte sich der Hüne unvermittelt und mit einer angedeuteten Verbeugung vor, »und ich würde mich freuen, unsere Bekanntschaft zu vertiefen.« Er schaute mich fragend an.

»Mein Name ist Cordula von Rabe«, nahm ich – ohne groß zu überlegen – die Identität meiner besten Freundin an. Wahrscheinlich glaubte ich unter falschem Namen besser lügen zu können. Hinter unseren Rücken, im Schlafzimmer, entstand Unruhe. Ich schaute mich um. Der Regen hatte so plötzlich aufgehört, wie er begonnen hatte. Maurizio und andere Assistenten machten sich daran, den Balkon in einen trockenen Zustand zu versetzen. Die Darsteller wurden neu abgepudert. Carla winkte befehlend und mit Schmollmund nach Gundar. Der lächelte noch einmal auf mich herab.

»Also, wie wär's, Cordula? Vielleicht morgen? Ich warte auf Sie im Vista de Rey, das heißt ›Ausblick des Königs‹ und ist das Sterne-Restaurant hier um die Ecke. Gehört zum Galatzo. Die haben eine nette Poolbar und traumhaften Blick. So um neun Uhr?« Er drehte sich um, ohne eine Antwort abzuwarten und mischte sich mit Donnerstimme in die Putzarbeiten auf dem Balkon ein. Carla warf sich in die Brust und lächelte Gundar äußerst eindeutig zu. Was für ein Künstler sollte das bloß sein? Ein Putzmob-Artist oder Balkonszenen-Designer?

Brownie gähnte herzhaft an meiner Brust. Ich zuckte die Achseln und kehrte der Szene den Rücken.

Als ich endlich in unsere Suite zurückkehrte, empfing mich die versammelte Familie mit finsteren Mienen.

»Das Telefon auf unserem Zimmer tut's nicht«, unterrichtete mich Zoey über die ihrer Meinung nach größte Katastrophe.

»Der Herd funktioniert auch nicht mehr«, warf mir Erika vor. Keine Ahnung, warum ich daran schuld war. »Und betrunken bist du außerdem!«

»Ich habe nur einen kleinen Cognac getrunken, weil mir bei der Suche nach Brownie kalt war«, gab ich zurück.

»Du holst dir den Tod, wegen dieses Köters«, tadelte mein Mann, was Zoey zu einem weiteren Vortrag über Tierhaltung und Tierquälerei veranlaßte.

Janosch hingegen versuchte im Hintergrund den gefrorenen Fisch mit Hilfe eines Feuerzeuges zu erwärmen, wobei er ein Geschirrtuch in Brand steckte. Karsten löschte das Feuer, ich trocknete mich notdürftig ab, dann fabrizierte ich eine Art Salat aus Dosenthunfisch mit rohen Paprika und Olivenöl, das in rauhen Mengen vorhanden war. Zum Nachttisch gab es Prinzenrollen-Kekse, für die mein Schwiegervater den Koch an den Tisch kommen lassen und loben wollte. Er ließ denn auch als Trinkgeld einen Hosenknopf da.

Es war Mitternacht, als mein Mann und ich die Suite endlich für uns hatten. Karsten legte sich neben und seinen Arm um mich. »Tut mir leid, daß alles so gar nicht nach deinem Geschmack ist«, murmelte er entschuldigend. Ich seufzte nur. »Weißt du, mein Vater hat wahrscheinlich nicht mehr lange, und Mutter hat soviel Sorgen gehabt die letzten Jahre. Und damit sie einen sonnigen Lebensabend haben, werden sie ab nächste Woche in einem Altenheim hier in der Nähe Probe wohnen. Das ist der Grund, warum sie mitgekommen sind.«

»Die beiden wollen auf Mallorca bleiben?« fragte ich tatsächlich überrascht.

»Vielleicht. Wir werden sehen. Allerdings ist das Ganze nicht eben billig. So viertausend Mark werden wir pro Monat dazuzahlen müssen. Das liegt mir ziemlich im Magen.«

»Och«, sagte ich großzügig und frohlockte über die Aussicht, auf immer und mehr als 2000 Kilometer von Erika getrennt zu sein.

Karsten lächelte. »Endlich erkenne ich meine herzensgute, süße Carolin wieder. Außerdem überschreibt Mutter mir dafür alle ihre Firmenanteile«. Er küßte mein Haar. Es folgten weitere Erklärungen: »Jetzt verstehst du sicher, warum ich alles umgebucht habe. Meine Geschäftsfreunde haben mir dann auch noch das Angebot gemacht, hier mit der ganzen Familie für einen Spottpreis zu wohnen. Das war ideal. Gerade jetzt, wo Zoey ihren Liebeskummer auskurieren muß und Janosch mehr väterliche Autorität braucht.«

»Karsten«, seufzte ich, »es ist schön, daß du immer die Wünsche anderer berücksichtigst – meine allerdings ausgenommen. Aber findest du nicht, daß du ein kleines bißchen egoistischer sein könntest, was uns angeht?«

»Wir haben Familie, Carolin, so ist das nun mal.«

»Aber ich bin nicht als Familienmutter zur Welt gekommen. Alles, was ich will, ist ein kleines bißchen mehr Romantik, Spontaneität, Lebendigkeit. In unserem Leben ist alles so vorhersehbar. Es fehlen die Überraschungen.«

Karsten küßte meinen Nacken. »Na ja«, meinte er mit scherzendem Unterton, »heute hast du doch wirklich ein paar Überraschungen erlebt.«

Meine fast verdrängte Wut stieg wieder in mir hoch. »Sehr witzig, Karsten. Sehr witzig. Wenn du so weitermachst, marschierst du direkt auf eine Ohrfeige zu.«

Kleinlaut wollte mein Mann mich mit der Aussicht auf den morgigen Ausflug trösten. »Das wird bestimmt romantisch.«

»Mit Erika?« sagte ich nur und schloß die Augen.

»Sie bleibt mit Vater und der Pflegerin im Hotel, Süße. Dafür sorge ich. Na komm, hörst du die Palmen rauschen? Ist das etwa nicht romantisch? Und es war so schön, die Kathedrale wieder zu sehen. Erinnerst du dich noch, wie wir sie zum erstenmal gemeinsam besichtigt haben? Da waren wir noch kein Paar.«

Er streichelte meinen Arm, aber ich war zu erschöpft, zu enttäuscht und zu wütend, um noch irgendwelche romantischen Gedanken zu hegen. Das heißt, ein paar romantische Gedanken machte ich mir dann doch noch. Sie drehten sich ums Vista de Rey.

»Du«, murmelte ich schläfrig, »wie wär's, wenn wir mal ins ›Vista de Rey‹ gingen? Zum Dinner bei Vollmond. Nur wir zwei. Vielleicht an meinem Geburtstag nächste Woche Sonntag.«

»In diesen sauteuren Sterneschuppen? Carolin, der Urlaub war als Geburtstagsgeschenk bereits kostspielig genug.«

Und eben hatte er sich noch gelobt, weil wir dank seiner Geschäftsfreunde umsonst im Galatzo wohnten. Ich drehte mich von ihm weg. Meine Phantasien wanderten vom Vista de Rey zu dem Künstlerhünen weiter. Sie kreisten um die erste Einladung zu einem Drink mit einem Unbekannten seit mehr als fünfzehn Jahren. Natürlich würde ich die Einladung nicht annehmen. Schließlich war das letzte, was ich in meinem Leben brauchte, noch ein Mann. Oder?

9. Kapitel

Natürlich tauchte die Pflegeschwester für meinen Schwiegervater am nächsten Morgen nicht auf. Schließlich war Sonntag. Und natürlich fand meine Schwiegermutter es deshalb unzumutbar, alleine mit ihrem Mann im Hotel zu bleiben, »während du dich amüsierst«. Dich war ich. Zoey hatte kein Interesse an Hotelpool und Liegestuhl, da die Telefonanlage des ganzen Hotels ausgefallen war. Kurz gesagt: die romantische Inseltour wurde zum Familienausflug. Zur Katastrophe Mallorca.

Unser persönlicher Führer Jaume – ein freundlicher Spanier um die Vierzig mit lustig blitzenden Augen – gab sich alle erdenkliche Mühe, uns bei Laune zu halten. »Denn wer inne Mallorca hat slechte Laune«, radebrechte er und zeigte die Faust in einer Drohgebärde, »kommt non-e-stoppe in der Hölle! Piff Paff Puff!«

Umsonst. Die Laune in unserem Mietwagen blieb atemberaubend schlecht, was vor allem an den engen Kurven, Kehren und Serpentinen lag, die wir auf dem Weg von Paguera nach Sa Calobra – laut Reiseführer einem Landschaftserlebnis erster Klasse – überwinden mußten. Karsten, meine Schwiegermutter und die Kinder sahen bald so grün aus wie die Aleppokiefern in den zerklüfteten Gebirgshängen der Serra del Nord zu unserer Rechten. Und jeder Blick, den sie nach links riskierten, vertiefte dieses satte Gesichtsgrün.

Links lag die schroffe, mehr als schwindelerregende 400

Meter tief abfallende Steilküste und tief unten das Meer, über dem stecknadelkopfgroß die Möwen kreisten. Meine Familie verfiel in tiefes Schweigen, was meine Laune allmählich aufbesserte. Ein kräftiger Wind kämmte das Wasser unter uns und setzte kecke weiße Häubchen darauf. Über uns wölbte sich nach dem Gewitter der letzten Nacht ein beinahe gläserner Himmel bis in die Unendlichkeit.

Ich hätte am liebsten gesungen, so gut ging es mir im Gegensatz zu den anderen. Das lag daran, daß ich den Van lenkte. Karsten, der albernerweise einen Anzug trug, weil Sonntag war, hatte unbedingt fotografieren wollen, was ihm nun den Magen umdrehte. Selber schuld! Ich fotografiere grundsätzlich nur mit Augen und Seele.

Genauso tapfer wie ich hielten sich der Führer Jaume, der neben mir saß, mein Schwiegervater hinter mir und seltsamerweise Brownie, der alle Kurven mit entzücktem Junksen begrüßte. Innerlich junkste ich mit, denn mit jeder Straßenkurve eröffnete sich uns ein neues, atemberaubendes Panorama. Eine Traumaussicht löste die nächste ab.

Mal schmiegten sich wellenförmige Terrassengärten in die Küstenhänge, in denen Orangenbäume schwer an ihren Früchten trugen und Tomatensträucher saftig rot leuchteten. Mal flimmerten silbrige Olivenhaine vor den Seitenfenstern oder grüßten bunt gekennzeichnete Schafe.

Jaume widmete sich – mangels Interesse von anderer Seite – ganz mir. »Die Schafe sind-e-bemalt-e-von die Bauern«, erklärte er mit seinem wundervollen Akzent, der vor allem darin bestand, daß er die Wörter durch kleine »E«-Laute miteinander zu einer temperament-e-vollen Sprach-e-Melodie verband. Zu Jaumes ganzem Entzücken lauschte ich aufmerksam, konnte nicht genug bekommen von seinen botanischen Erläuterungen über Pomeranzen-e-Bäume, Eukalyptus-e-Bäume, Feigen-e-Bäume und Johannis-e-brot-e-Bäume. An einer Kehre befahl er mir, in einem Kiesbett anzuhalten, sprang aus dem Wagen und kletterte flink in die Felsen. Meine Familie hing grüngesichtig in den Bänken, als Jaume mit Johannisbrot, einer Pomeranze und kleinen Jasminblüten zurückkehrte. Gierig atmete ich die Gerüche.

»Bah, stinkt das hier!« beschwerte sich Zoey.

Entnervt zuckte ich mit den Achseln, Jaume hob in stillem Einverständnis die Augenbrauen. Wir waren prachtvolle Leidensgefährten. Einvernehmlich schweigend genossen wir den weiteren Teil der Strecke. Stumm wies mich Jaume auf bizarre Kalksteinhügel hin, auf denen uralte Wachtürme an vergangene Piratenangriffe erinnerten. Dann wieder bezauberten mich zinnenbekrönte, golden leuchtende Fincas inmitten von Palmgärten. Mir war es, als führe ich durch meine Träume. Was für eine herrliche Insel, welche unermeßliche Vielfalt! Die Fülle üppig bewaldeter Täler wechselte mit der majestätischen Kargheit von Felsgraten, die wie die Rücken schlafender Zyklopen aus der Erde ragten.

»Die sehen aus wie gefährliche Riesen«, flüsterte ich Jaume zu, »die sich, besänftigt von der Schönheit der Insel, zur Ruhe begeben haben.«

Jaume lächelte amüsiert. »Sie sind eine Poetin, Señora.«

»Nein.« Ich schüttelte lachend den Kopf. »Aber ich würde diese Schönheit gerne zeichnen.«

Jaume nickte. »Sie haben recht. Mallorca ist eine Insel für Maler. Das Licht, die Farben.«

»Ich glaub', ich muß mich übergeben«, holte Zoey uns aus dem Paradies zurück. »Hey Mom, halt an, ich kann nicht mehr an mich halten!«

»Nimm irgendeine Tüte!« rief ich. »Ich kann hier nicht mitten auf der Straße anhalten. Es gibt keinen Seitenstreifen.«

»Und hier gibt es keine Tüten!«

»Dann mach das Fenster auf und beug dich raus. Aber denk an die Windrichtung! Nie dagegen spucken!«

»Das arme Kind«, mischte Erika sich schwer atmend ein. »Das kommt nur von deiner Fahrweise. Wenn das mal mein Herz mitmacht. Mir ist auch schon ganz schlecht.«

»Entschuldige, Erika, aber das kommt von den Serpentinen und dem Auf und Ab der Straße«, gab ich leicht gereizt zurück.

»Wie in Wuppertal«, warf mein Schwiegervater zufrieden ein. »Auf und ab und auf und ab, genau wie in Wuppertal.«

»Wie Wupper-e-tale?« wandte Jaume sich mit entsetztem Blick an mich.

»Mein Vater ist dort geboren«, erklärte ein sehr grüner Karsten mit letzter Kraft. »Und in Wuppertal gibt es recht hügelige Straßen. Auf und Ab, Sie verstehen? O Gott, ist mir schwummerig!«

Jaume runzelte die Stirn. »Ich warrr in Wupper-e-tale! Nix wie Mallorca, nix Meer, nix Sonne, nur eine Bahn, die über die Köpfe fährt wie häßliche Bandwurm und Regen, Regen, Regen.«

»Genau, das ist Wuppertal, wun-der-bar«, sagte mein Schwiegervater und setzte ein seliges Lächeln auf – wie ich im Rückspiegel erkannte.

»Und sehr sauber, besonders die Bürgersteige«, ergänzte Erika, nachdem sie sich schon dreimal aus dem Fenster gebeugt und die Landschaft erheblich beschmutzt hatte. »Sie haben hier ja keine richtigen Bürgersteige, nicht wahr, Johann?« fuhr sie merklich erholt fort.

»Mutter!« schaltete sich endlich mein Mann ein. »Das ist Señor Jaume, nicht Johann.«

»Papperlapapp.« Mein Freund, unser Führer, ging seufzend über die fehlenden Bürgersteige hinweg und machte sich daran, uns weiter über Orangen-, Mandarinen-, und Mandelbäume zu informieren, in der Annahme, daß die Vegetation meine Schwiegermutter nicht zu weiteren Beleidigungen seiner Heimat inspirieren können. Er irrte.

»Na, da haben Sie hier ja wenigstens genug zu essen«,

freute sich Erika und teilte ihrem Sohn Schatzemann flüsternd mit: »Dann kommen die wenigstens nicht alle zu uns nach Deutschland.«

Karsten war es zu schlecht, um sie zurechtzuweisen. Er stöhnte nur.

»Carolin, fahr nicht so viele Schlenker! Hörst du nicht, wie schlecht es Karsten geht«, tadelte Erika.

»Ich muß wieder kotzen«, ergänzte Zoey.

Kurz vor Sollér, einem reizenden Landstädtchen inmitten eines bogenförmigen Tals voller Mandel- und Obstbäume, hatten sich alle so weit erleichtert, daß sie wieder ihre normalen Verhaltensweisen an den Tag legten.

»Ich hab' Hunger!«, fand Janosch unter die Lebenden zurück.

»Müssen wir noch lange durch die Prärie grätschen?« muffte pumperlgesund meine Zoey. »Ich muß endlich mal telefonieren, die halten mich in Deutschland ja für tot.«

Ich lenkte das Auto durch die lebhaften Straßen des Landstädtchens und parkte.

»Äh, auch noch zu Fuß gehen?« empörte sich Zoey weiter, und Erika mobilisierte alle Kräfte, um unseren Führer noch gründlicher zu beleidigen.

»Sagen Sie mal, Johann, gibt es hier denn auch etwas Anständiges zu essen? Also, ich meine nicht solche fremdländischen Sachen.«

»Fremde-ländisch?«

»Na, Sie wissen schon, Paella und so was.«

»Mutter!«

»Ist doch wahr! Davon verkalkt dein Vater nur noch mehr. Weißt du noch, was sein Lieblingsessen war? Gyros, Kebab und Pizza! Pizza, Pizza, Pizza. Und jetzt sieh ihn dir an! Ein verkalktes Wrack!«

Das Wrack betrachtete zärtlich die Person, die da lauthals Pizzas ausrief und bestellte bei Erika mit freundlichem Lächeln: »Eine Quattro Stagioni, bitte.«

»Pizza iste nicht tipico auf Mallorca!« beschwerte sich der inzwischen gründlich vergrätzte Jaume und bat sich eine Pause aus, die ich ihm sofort und ausgestattet mit einem üppigen Trinkgeld gewährte. Kopfschüttelnd und vor sich hin schimpfend zog er davon.

Ich sprang aus dem Van und reckte mich in der warmen Mittagssonne. Wenig später fanden wir ein kleines Restaurant auf dem quirligen, von Platanen beschatteten Marktplatz von Sollér. Es war eben halb zwölf geworden. Um uns herum saßen Mallorquiner in ihrem besten Sonntagsstaat und diskutierten ausführlich, was sie essen und nicht essen wollten, entschieden sich, bestellten, besannen sich, bestellten neu, besannen sich noch einmal und bestellten noch einmal um. Sie bereiteten sich auf eine Mahlzeit vor, die gewiß nicht weniger als zwei Stunden dauern würde. Es machte Spaß, ihnen dabei zuzusehen. Vielleicht war dies das Geheimnis eines harmonischen Familienlebens: Man beschäftigt sich am besten nur mit Essen.

Deutsch wie wir nun einmal waren, bestellten wir schnell und effizient. Salat mit Garnelen, Huhn mit Mandeln, geröstetes Spanferkel und – mein Schwiegervater war nicht davon abzubringen – Pizza. Danach verstreute sich meine Familie in alle Windrichtungen. Zoey suchte sich ein Telefon, wobei Janosch und Brownie ihr halfen. Erika kündigte einen strengen, deutschen Sauberkeitstest bezüglich der Toiletten an und verschwand ebenfalls. Karsten zog los, um die berühmte Rosette der gegenüberliegenden Pfarrkirche zu fotografieren. Und ich bewachte den Restauranttisch und Schwiegervater. Dabei genoß ich das lebhafte Geplapper an den Nachbartischen und das Gefühl, endlich Urlaub zu haben. Urlaub im Süden. Zum erstenmal nach fünfzehn Jahren.

Genüßlich und etwas schläfrig schloß ich die Augen. Im Kopf fuhr ich noch mal die Serpentinen entlang und malte die Landschaft nach. Alles war so schön, so unfaßbar schön – bis auf ... ich runzelte die Stirn, um meinen Mund zuckte es und verflucht, ich mußte gegen Tränen ankämpfen ... Von wegen schön! Wie lange wollte ich mich eigentlich noch selbst betrügen?

Nichts war wirklich schön, solange ich niemanden hatte, mit dem ich es so teilen konnte, wie ich es einmal mit Karsten Schaleen geteilt hatte. Ging einem auch die größte, selbstverständlichste Liebe irgendwann einfach verloren wie ein Hosenknopf?

»Das Leben ist eine schwierige Angelegenheit, mein Kind. Es gibt kein immerwährendes Glück.«

»Das kannst du wohl laut sagen.«

»Du mußt begreifen, daß alles zum Leben gehört: Langeweile, Freude, Wut, Ödnis, Lust. Alles zusammen macht das Leben erst zu einem Wunder.«

»Alles ja, aber nicht nur Langeweile und Ödnis.«

»Karsten liebt dich, Carolin, auch wenn es manchmal nicht danach aussieht.«

»Manchmal?«

»Das hat er von mir. Ich hatte auch nie Talent für die Liebe. Und die falsche Frau. Aber du, Carolin, kannst Karsten zum Glück zwingen.«

Ich schwieg, schwieg lange, dachte nach, bis ich plötzlich aus meiner Döserei aufschreckte. Von wem hatte Karsten was? Und, verdammt noch mal, wer redete da eigentlich mit mir? Das konnte doch unmöglich ... Ich riß die Augen auf und starrte zu meinem Schwiegervater herüber. Der saß milde und ein wenig blöde lächelnd in der Sonne.

»Schwiegervater?« Der alte Mann fühlte sich nicht angesprochen. Er winkte zu einem anderen Alten herüber, der beim Brunnen auf der Mitte des Platzes saß. Der Mann winkte zurück.

»Also, das der hier ist!« wunderte sich mein Schwiegervater.

»Wer?«

»Na, unser Briefträger.«

»Welcher Briefträger?«

»Karl-Heinz Töttergrün aus Wuppertal.« Ich warf erneut einen Blick zu dem alten Mann am Brunnen herüber. Eins war sicher, Karl-Heinz Töttergrün hieß dieser dunkelhäutige Mann mit dem Netz tiefer Falten im dunklen Gesicht und dem Bandoneon über der Schulter ganz bestimmt nicht. Ich mußte das Gespräch mit Schwiegervater geträumt haben. Trotzdem war es ein aufmunterndes Gespräch gewesen, weshalb ich ihm dankbar zulächelte. Er lächelte dankbar zurück.

Karsten kam ebenfalls mit einem zufriedenen Lächeln an den Tisch und kramte einen Kugelschreiber hervor, um die Feinstruktur der Kirchenrosette auf meine Serviette zu skizzieren. »Die ist eindeutig maurisch inspiriert. Siehst du? Diese übermäßig verschlankten Gerippe, fast wie bei La Seu. Wenn ich mehr Zeit hätte, würde ich die Rosette zu gerne zeichnen.«

»Liebling«, sagte ich und streichelte seinen Arm, »wir haben alle Zeit der Welt, du kannst den ganzen Nachmittag hierbleiben, um die Rosette zu zeichnen.«

Mein Mann legte den Stift aus der Hand: »Na ja, nicht ganz«, begann er zögernd, »also, ihr habt schon Zeit, aber ich muß noch nach Valde ...«

Ich blickte nur fragend in sein Gesicht.

»Carolin, es ist ein dringender Geschäftstermin, na ja, deshalb muß ich gleich allein mit dem Wagen weiter, aber für euch habe ich eine sehr romantische Überraschung parat.«

Über die Überraschung ging ich hinweg. »Deshalb also auch der Anzug! Du willst heute noch arbeiten?« fragte ich ganz entgeistert.

»Na ja, irgendwie muß ich deine romantische Eskapaden schließlich finanzieren.«

»Was heißt hier meine Eskapaden?«

»Na ja, unsere.«

Es juckte mir in den Fingern, als eine putzmuntere Zoey sich in den Stuhl neben mich plumpsen ließ. Sie strahlte über das ganze Gesicht, was mich mehr als bedenklich stimmte und meine Wut einen Moment umlenkte. »Hast du telefoniert?« wollte ich wissen.

Zoeys Lächeln vertiefte sich. »Yo, Ma'm.«

»Mit wem?«

»Lara.« Das Lächeln bekam jetzt etwas überaus Verschwörerisches. Die Mutter in mir war auf das allerhöchste alarmiert.

»Was hat dich denn so glücklich gemacht bei dem Gespräch?«

Zoey druckste herum, aber meinem Blick entkam sie nicht, meine sanften Zeiten waren auch in Sachen Erziehung ein für allemal vorbei. »Also?«

»Fresse kommt!« platzte sie heraus und fügte trotzig hinzu: »Er liebt mich nämlich wieder.«

»Also, diese Toiletten sind eine Zu-mu-tung. Ich bin dafür, das Lokal sofort zu wechseln«, platzte Erika in unseren Mutter-Tochter-Konflikt hinein. Ich beachtete sie nicht, sondern rief nur empört: »Fresse!« Was meine Schwiegermutter natürlich äußerst persönlich nahm.

»Mutter«, bemühte sich Karsten um eine Erklärung, »Carolin meint nicht dich. Sie spricht von Zoeys Freund.«

»Zoeys Freund? Welcher Freund? Hier ist kein Freund! Carolin kann deiner Tochter doch unmöglich einen Freund erlauben. Ist dieser Salat auch nicht mit Leitungswasser gewaschen?« Das letzte galt dem Kellner, der Gott sei Dank kein Deutsch sprach oder sich taub stellte.

Ich warf zunächst Erika, dann Zoey einen finsteren Blick zu und fuhr in gedämpftem Ton fort. »Wenn du glaubst, daß Fresse in diesem Urlaub näher als hundert Meter an dich rankommt, dann hast du dich geschnitten.«

»Du wirst das kaum verhindern können. Er hat nämlich ein Zimmer in unserem Hotel gebucht.«

Ich rang nach Luft: »Wo bitte hat er denn das Geld dafür her?«

Zoey zuckte nur mit den Achseln und drehte verträumt eine Strähne ihres Haares um den Zeigefinger.

»Karsten«, bat ich meinen Mann mit hilflosem Blick. »Sag du doch mal was dazu.«

Mein Mann schaute verwirrt von seinem Salatteller hoch. »Wozu? Der Salat ist sauber.« Ich verdrehte die Augen und wollte zu einer Erklärung ansetzen, als auf der Restaurant-Terrasse das Chaos ausbrach. Tische kippten reihenweise um, Teller, Karaffen und Gläser gingen zu Boden und zu Bruch, Sonnenschirme gerieten ins Wanken, und Aschenbecher flogen. Alles wurde vom lautem Gezeter einiger Gäste und dem Wutgeschrei der Kellner begleitet. Das Chaos raste direkt auf unseren Tisch zu und sprang mir in den Schoß. Das Chaos hatte einen Namen: Brownie. Oder besser gesagt: Janosch. Mein Sprößling hatte unseren sensiblen Welpen an den wackeligen Ständer einer Lautsprecherbox gebunden, während er »Mars Attacks II« oder ein anderes Weltall-Kriegsspiel spielte. Was zunächst kein Problem war. Denn der Lautsprecher war stumm. Dann aber hatte der Wirt die Übertragung eines Fußballspiels eingeschaltet, eines mallorquinischen Fußballspiels mit mallorquinischem Kommentator. Was als Beschreibung ausreicht, wenn man eine solche Übertragung auch nur ein einziges Mal und auch nur für eine Minute gehört hat. Um es genauer zu fassen: Der Kommentator beginnt brüllend und steigert sich kontinuierlich in Sachen Lautstärke und Tempo, bis er beim ersten Tor explodiert wie ein Kanonenschlag. Verständlich, daß unser Brownie nur eine Rettung gekannt hatte: Reißaus nehmen. Dabei hatte er überhündliche Kräfte entwickelt, hatte den Lautsprecher zu Fall gebracht, ihn quer durchs Lokal über die Terrasse gezerrt und auf diese Weise eine Schneise der Verwüstung hinterlassen. Und vor allem Wut. Nicht der zerbrochenen Teller und Gläser wegen, sondern vor allem, weil er die Fußballübertragung unterbrochen hatte.

Ich befreite den zitternden Hund von Leine und Lautsprecher und preßte ihn schützend an meine Brust. Der Wirt stellte meinem Mann derweil schon einmal eine vorläufige Rechnung aus. Janosch entdeckte ich unter unserem Tisch, wo er sich mit einem besonders verhungerten Blick an das rechte Bein meiner Schwiegermutter klammerte, die den Titel Mutter allerdings nicht verdiente.

»Laß mich los, du ungezogener Bengel. Laß sofort los, oder es setzt was!« herrschte sie meinen Janosch an und hob tatsächlich die Hand. Das war zuviel. Ich stürmte vor und herrschte Erika an, woraufhin mein Mann mich anherrschte, woraufhin wir uns nach allen Seiten hin anherrschten. Wir gaben den Mallorquinern eine sehr plastische Vorstellung von deutschem Familienleben, bis Erika einen spitzen Schrei tat.

»Wo ist denn nur Vater?« Suchend schaute sie sich um, hob albernerweise sogar die Tischdecke. »Carolin!«

Ich nun wieder. »Ja?«

»Du hattest versprochen aufzupassen.«

»Aber nur so lange, wie ihr alle weg ward«, verteidigte ich mich empört.

»Was frag' ich überhaupt?«, fauchte Erika. »Du bist ja nicht einmal in der Lage, auf deinen Sohn aufzupassen!«

»Ach ja? Wenigstens bin ich in der Lage, meinen Sohn erwachsen und selbständig werden zu lassen. Ganz im Gegensatz zu dir.«

Karsten schaute mich an wie ein Auto, wie ein sehr ungewöhnliches Auto, etwa den Smart.

»Wir müssen Vater suchen. Er kann noch nicht weit weg sein«, unterbrach er energisch jede weitere Auseinandersetzung.

Ich nickte. »Okay, und ihr bleibt alle hier, bis Vati und ich zurück sind.«

Vor dem Lokal trennten wir uns. Karsten ging nach rechts, ich nach links. Mit einer gewissen Erleichterung tauchte ich in die sonntäglichen Straßen ab, deren Siesta-Stille ab und zu vom Knattern eines Mopeds durchrissen wurde. Im Schutz von mannshohen Sandsteinmauern, umwebt vom Duft der Orangenbäume genoß ich die Suche nach meinem Schwiegervater. Ich bog in winzigste Gäßchen ab, lugte über jeden Zaun, spähte über Mauern in friedvolle Gärten, tunkte die Nase in blaue Blüten, die die Steine in wuchernden Kaskaden überschwemmten. Es war ein unerwarteter Frühling, der mir geschenkt wurde. Mein Herz tanzte mit einem buntgezeichneten Schmetterling, der vor mir von Stein zu Stein taumelte. Bei einem halboffenen Gartentor verließ er mich wegen einer wunderschönen Hibiskusblüte. Das Tor knirschte in den Angeln, als ich es aufstieß.

Ich betrat einen leicht verwilderten Olivenhain und glaubte, mich in einem kitschigen Landschaftsgemälde wiederzufinden. Eine Art Genrebild. Schäferidylle mit altem Hirten, Schafherde und Bauern. Der alte Hirte saß – von blökenden Wollknäueln umringt – unter einem Hunderte von Jahren alten Olivenbaum und war niemand anders als mein Schwiegervater. Er war in ein Gespräch vertieft. Ein Gespräch mit Jaume, unserem Führer. Mit einem Seufzer ging ich zu den beiden hinüber.

»Schwiegervater, was machst du nur hier?« Er blickte zu mir auf und schien weder verwundert, mich zu sehen, noch verwirrt. Er hatte einen seiner seltenen lichten Momente.

»Carolin«, grüßte er mich denn auch, »setz dich zu uns hin. Jaume hat mir freundlicherweise seinen Garten gezeigt.«

»Das ist Jhr Land?«

»O ja.« Jaume nickte. »Meine Familie hat viel Land und Häuser.«

Ein Fliege umsummte träge meinen Kopf. »Schön«, sagte ich verträumt. »Wirklich schön.«

»Ah, Sie beide haben Sinn für die Schönheit, die anderen aber.« Jaume beendete den Satz nicht, sondern schüttelte nur bedauernd den Kopf. »Kommen alle non-e-stoppe in Hölle, werden gestrafft! Nix gut, nix leben.«

Mein Schwiegervater nickte. »Ja, nix gut, nix leben. Hab' ich leider auch verpaßt.«

Ich wandte ihm meinen Kopf zu und schaute ihn neugierig an. Er war vollkommen klar. »Sag mal, weißt du eigentlich, daß du manchmal ziemlich verwirrt bist? Ich meine, merkst du was, wenn du nicht mehr klar bist, wenn du abschaltest.«

Der alte Mann schaute mich an, als sei ich nicht ganz gescheit. Mich beschlich ein sehr böser Verdacht. Ich richtete mich auf und blickte ihn hart an.

»Schwiegervater, wie verwirrt bist du eigentlich wirklich? Oder spielst du uns allen etwas vor?«

»Was soll die Fragerei?«

»Na, hör mal. Dein Sohn mußte die Firma übernehmen, weil du ... du ...« Ich zögerte kurz, dann brach ich hervor: »Weil du schwachsinnig geworden warst. Er hat sein ganzes Leben drangegeben, nur um die verflixte Firma zu retten.«

Jaume stieß ein tadelndes Zischen aus. »Immer diese Weiblichen! Immer unzufrieden. Sind gefährlich.«

Mein Schwiegervater wandte mir langsam den Blick zu, aber er sah durch mich hindurch in eine unbekannte Ferne, ins Nichts. Kein Zweifel, er hatte die Gegenwart und dieses Gespräch wieder verlassen, und es schien nicht in seiner Macht zu stehen, wieder zu uns zurückzukehren. Er mußte dort, wo er war, ausharren, bis wieder ein freundlicher Lichtstrahl ihn aus seiner Dämmerung befreite. So wie Jaume es getan hatte.

Hatte ich Schwiegervater mit meiner scharfen Kritik in

die Dunkelheit des Vergessens zurückgejagt? War es möglich, daß er die Wirklichkeit einfach nicht ertragen konnte? Es tat mir leid, daß ich ihn so niederträchtig angeherrscht hatte. Ich griff nach seiner alten, ledrigen Hand und streichelte sie sanft. Er begann zu summen. »Veronika, der Lenz ist da.«

Jaume seufzte: »Iste eine traurige alte Mann, sehrrr traurig. Hat keine Heimat mehr.«

Schwiegervater kicherte leise. »Sollen wir verstecken spielen?« fragte er mich.

Ich streichelte weiter seine Hand. »Nein«. »Besser, wir gehen jetzt zu den anderen zurück.«

»Ich will nicht zurück«, greinte er mit der Stimme eines sehr alten, sehr verstockten Kindes. »Ich will nie mehr zurück. Nicht dahin.« Er umklammerte plötzlich meine Hand und sah mich mit schreckgeweiteten Augen an: »Du darfst auch nicht zurück. Du darfst nicht. Geh spielen, die anderen sind alle böse.« Seine knochigen Finger bohrten sich so fest in mein Handgelenk, das es schmerzte.

Jaume kam mir zu Hilfe und löste sanft die Finger des alten Mannes. »Kommen Sie, Heins, wir gehen zurück zu Erika, zu Karsten und die Kinder.«

»Welche Kinder? Ich hab' keine Kinder.«

»Ihre Enkelkinder«, fuhr Jaume mit Engelsgeduld fort.

»Au ja. Wie viele haben Sie denn?« Schwiegervater schien soeben seine Angst vergessen zu haben, er sah jetzt irgendwie zutraulich aus, zutraulich wie ein sehr verletzliches kleines Tier. Er lebt noch und ist doch schon tot, schoß es mir durch den Kopf. Jaume half ihm fürsorglich auf. Ich wollte mich ebenfalls erheben, dachte ich jedenfalls. Aber ich dachte nur daran, ich tat es aber nicht.

Jaume wandte sich zu mir um. »Kommen Sie nicht mit?« Ich schüttelte den Kopf.

»Aber señora, Sie müssen doch zurück zu der Familie!«

Ich schüttelte wieder den Kopf, leidenschaftlich und wie

befreit. »Sagen Sie meiner Familie, ich will spielen. Nein, sagen Sie einfach, daß ich allein Urlaub mache. Ich sehe sie zu Hause wieder.«

Jaume schien verwirrt. »Zu Hause? Sie meinen in Deutsch-e-land?«

Ich nickte knapp. »Genau.«

Jaume schien sich damit abzufinden. »Aber wo wollen Sie Urlaub machen?«

»Das weiß ich nicht, vielleicht hier, vielleicht auch woanders, keine Ahnung. Nur irgendwo, wo es ruhig ist und friedlich. Ich muß nachdenken. Nein, nicht nachdenken, einfach nur leben. Allein sein und leben, die Schönheit genießen.«

Jaume sah mich eine Weile nachdenklich an. »Galilea«, sagte er dann. Ich hatte das Gefühl, einen weiteren Verrückten vor mir zu haben. Warum, zum Teufel, kam der Mann plötzlich auf eine biblische Landschaft zu sprechen? »Das ist eine kleine Dorf in die Berge. Sehr still, sehr ruhig und nicht e weit von Ihre Hotel. Falls Sie nicht mehr alleine sein wollen. Ich habe eine Haus da.«

»Sie wohnen da?«

Jaume schüttelte den Kopf. »Nein, ist kleines Haus von Familie und seeehr einsam. Sie fahren in die Bar an die Kirchplatz. Sie fragen nach dem Schlüssel von Casa Mirador. Der Wirt weiß Bescheid.«

»Warum tun Sie das für mich?«

Jaume grinste kurz. »Weil Sie mir werden viel Geld dafür zahlen. Ihr Trinkgeld war nicht schlecht.«

Ich lachte. So ein gerissenes Schlitzohr, er wollte also nur sein Gehalt aufpolieren. Dann sagte ich: »Aber ich habe jetzt nur noch ein paar Kreditkarten dabei.«

Jaume breitete die Arme aus und spielte den Verzweifelten. »Ah, señora, dann wir können nix machen, damit Sie werden glücklich. Nie mehr! Sie müssen immer leben in Ihre kleine, deutsche Hölle. Unsinn«, fuhr er ernst fort, »Sie zahlen an Ende von die Urlaub. Ich nehme auch Kreditkarten.«

Ich nickte. Jaume wandte sich um und führte meinen Schwiegervater langsam zum Gartentor. »Einen Moment noch!« hielt ich die beiden zurück. »Wie komme ich denn nach Galilea und womit?«

Jaume grinste ein Fuchslächeln. Ich erkannte die Spielernatur in ihm. »Das, señora, müssen Sie selber herausfinden. Sie wollen doch spielen und leben und Schönheit genießen. Nix Pauschalpaket!«

Ich war so baff, daß ich einfach sitzenblieb und schwieg. Jaume öffnete knirschend das Gartentor. Mein Schwiegervater schaute sich noch einmal zu mir um. »Sie sind nett, Fräulein«, rief er und winkte. Ich winkte zurück.

10. Kapitel

»Das ist typisch. Typisch! Ich hab's ja immer schon gewußt. Sie ist eine verantwortungslose, vollkommen unreife und egoistische Person. Ich meine, schau dir doch ihre Kinder an. Völlig unerzogen!«

»Mutter, ich wünschte, du würdest dich etwas zügeln, ja. Denk an dein Herz.« Sie trieb es wirklich zu weit, diesmal trieb sie es wirklich zu weit. Ich hatte mich aus dem Streit zwischen meiner Mutter und Carolin immer herausgehalten, weil ich die Feinheiten dieses vollkommen irrationalen Konflikts einfach nicht verstand. Doch in diesem Moment auf dem Marktplatz von Sollér wußte ich, wer sich ungerecht und hysterisch verhielt. Meine Mutter. Ich hatte Jaume mit Vater, den Kindern und dem vermaledeiten Hund zum Auto geschickt, um mit der – wie ich glaubte – einzigen anderen vernünftigen Erwachsenen über die Sachlage zu diskutieren und unser weiteres Vorgehen festzulegen.

Durch Carolins Verschwinden war ich unmittelbar in einer Zwangssituation. In Valdemossa warteten meine Geschäftspartner auf mich. Sie wollten mich mit dem Besitzer einer Kachelfabrik bekannt machen, mit dem zusammen ich 500 Badezimmer mehrerer Luxushotels, darunter auch das Galatzo, gestalten und ausstatten sollte. Höchster Standard. Ein Termin, den ich unmöglich absagen konnte. Um dreizehn Uhr sollte ich dort sein, jetzt war es bereits zehn nach zwölf. Nervös schaute ich auf die Uhr. Es schien den Hoteileignern sehr daran gelegen, daß es zwischen dem

Kachelbrenner und mir zu einer Sympathie käme, was mir zwar seltsam erschien, ich aber den Gepflogenheiten des Landes zurechnete. Wie auch immer: Geschäft ist Geschäft. Ich war nun einmal nicht nur zum Vergnügen hier, wie Carolin anzunehmen schien. Der Auftrag war wichtig. Ich mußte in den internationalen europäischen Markt expandieren, wenn unser Großhandelsunternehmen mit immerhin 13 Niederlassungen weiterhin Gewinn abwerfen sollte. Stillstand konnte ich mir nicht leisten, soviel war klar. Außerdem hegte ich den heimlichen Traum, irgendwann einmal, wenn die Firma stabil genug dastünde, zu verkaufen und mich als sorgenfreier Architekt niederzulassen, der nach Lust und Laune kleine Aufträge annehmen kann. Aber das waren natürlich Hirngespinste, Knabenmorgenblütenträume, wie es Goethe sagte.

Mit 46 Jahren denkt man in Wahrheit schon über Tod und Krankheiten nach. Jedes Herzstechen kann ein schlechtes Zeichen sein. Und was sollte aus meiner Familie werden, wenn mich dasselbe Schicksal wie mein Vater treffen sollte? Berufsunfähig mit knapp 63 Jahren, Schulden, drohende Firmenpleite, Carolin ohne anständigen Beruf und Rente. Nein, ich war nicht zum Vergnügen hier und mehr als wütend über Carolins plötzlichen Anfall von Selbstverwirklichungs-Neurose, die so gar nicht zu ihr paßte, ruhig und ausgeglichen wie sie sonst immer war.

»Wenn du mich fragst«, begann meine Mutter ungefragt, »dann solltest du dir sofort einen Anwalt nehmen. So was ist bestimmt ein Scheidungsgrund. Früher hieß das böswilliges Verlassen. Genau. Dich hier völlig allein mit diesen verzogenen Kindern sitzenzulassen, mutterseelenallein.«

»Eben nicht, *Mutter*. Hör zu, ich kann nicht länger hier rumstehen und lamentieren. Ich habe auch weder Zeit noch Lust, Carolin planlos hinterherzulaufen.«

»Das wäre ja auch noch schöner!«

»Wahrscheinlich ist sie heute abend wieder zurück. Ich

kann mir gar nicht erklären, was sie zu diesem Unsinn treibt. Na ja, vielleicht war Janoschs letzter Streich etwas zuviel für sie.«

»Wie ich sage, der ist völlig unerzogen. Da müssen nach eurer Scheidung sofort Therapeuten dran. Das heißt, bei Zoey scheint mir Hopfen und Malz noch nicht ganz verloren.«

»Nun mach aber mal 'nen Punkt.« Meine Mutter neigte aufgrund ihrer Herzerkrankung zu Übertreibungen. Ich nahm an, daß sie sich immer die schlimmstmöglichen Szenarien ausmalte, um im Falle ihres Eintreffens dafür gewappnet zu sein und nicht tot umzufallen. Trotzdem mißfielen mir ihre hysterischen Übertreibungen. »Komm«, sagte ich und machte mich auf dem Weg zum Auto, »ich fahre euch jetzt schnell in die Nähe des Bahnhofes.«

»Bahnhof? Wieso Bahnhof?«

Ich seufzte. »Das sollte eine der Überraschungen des heutigen Tages sein. Es gibt hier einen bezaubernden Jugendstilbahnhof, von dem aus der ›Rote Blitz‹, ein Zug aus dem Jahre 1912, nach Palma fährt. Eine wunderschöne Strecke durch Orangenhaine. Ich hatte gedacht, daß Carolin Spaß daran haben würde.« Ärgerlich schüttelte ich bei diesem Gedanken den Kopf. Dieses unberechenbare Frauenzimmer, dabei hatte ich mich wirklich ins Zeug gelegt. Daß ich mich überhaupt auf ihre vollkommen unrealistische, noch dazu überteuerte Idee von einem Mallorca-Urlaub eingelassen hatte, war ihr kein zärtliches Wort wert gewesen. Und selbst wenn ich romantisch wurde, wie am vorangegangenen Abend, drehte sie sich einfach weg. Und nun das! Launen waren doch nie ihre Art gewesen. Im Gegenteil. Ich hatte mich immer besonders glücklich geschätzt, eine Frau geheiratet zu haben, deren stille Sanftmut und unverdorbene Phantasie, gepaart mit zuversichtlichem Optimismus, der ideale Ausgleich für mich waren. Daß sie noch immer krampfhaft an einigen jugendlichen

Träumereien festhielt, konnte ich ebenfalls verkraften. Es muß schließlich auch phantasiebegabte Idealisten geben. Wobei es allerdings die langweiligen Realisten sind, die die Welt am Laufen halten. Was die Idealisten den Realisten manchmal vorwerfen.

Mein Berufsleben war nach meinem kurzen Idealisten-Intermezzo als Dozent für Architekturgeschichte nüchterner, aufreibender und phantasieärmer geworden. Trotzdem war ich inzwischen gerne Kaufmann. Carolins Begeisterungsfähigkeit für alles Schöne, Gute und Wahre, das sie in der Kunst, der Natur, in Menschen und Tieren sah, teilte ich nicht mehr so uneingeschränkt wie in meinen Dozententagen.

»Wir sollen mit einer Bimmelbahn fahren? Was soll denn daran Spaß machen? Wir haben doch ein ganz anständiges Auto ...«

»Mutter, denk an die Serpentinen von vorhin. Im Zug gibt es schöne alte Holzabteile, Ledersitze, die Strecke ist gerade, es wird euch dort gutgehen.«

Wir bogen in die Straße ein, in der der Van parkte. Jaume stand neben dem Auto und blickte in den Himmel, so, als sei alles in bester Ordnung. Warum hatte er nicht versucht, meine Frau zurückzuhalten? Das konnte sich doch jeder Depp denken, daß eine Ehefrau zu ihrer Familie gehörte, sogar in Deutschland. Nun ja, schließlich war es nicht seine Angelegenheit. Er hielt sich halt aus allem heraus. Darin waren die Mallorquiner nicht anders als wir herzlos geschimpften Deutschen.

Mutter erregte sich noch eine ganze Weile über die bevorstehende Bahnfahrt, doch ich lehnte es kategorsich ab, sie mit dem Auto mitzunehmen. Das hätte mir noch gefehlt, meine unberechenbaren Kinder, meinen ebenso unberrechenbarer Vater und meine Mutter mit mir an einem Konferenztisch! Es schüttelte mich bei dem Gedanken. Wie konnte Carolin mir das nur antun?

An einer kleinen Straßeneinmündung ließ ich meine Familie und Jaume, der sie begleiten und später mit einem Taxi zum Hotel zurückbringen sollte, aussteigen. »Ihr müßt jetzt noch ein kleines Stück zu Fuß gehen.« Mutter schaute mich an, als sei sie der Mensch gewordene Zorn Gottes. Ich achtete ausnahmsweise nicht darauf. »Und du, Janosch, bemüh dich darum, die Eisenbahn heil in Palma ankommen zu lassen, klar?«

Janosch antwortete mir nicht, kickte nur einen Stein über die Straße. Ihm fehlte seine Mutter schon jetzt. Ich würde mal irgend so eine Vater-Sohn-Kiste mit ihm durchziehen, nahm ich mir vor. Irgendwann in diesem Urlaub, wenn die Zeit dafür da war. Ich lenkte den Wagen zurück auf die Hauptstraße. Mit Schwung nahm ich die kurvenreiche Strecke nach Örtchen Deia. Hübsch war es hier. War mir bei der Hinfahrt nicht so aufgefallen. Kurz vor der Finca San Marroig, einem der Landsitze des adligen Aussteigers Herzog Ludwig Salvator aus dem vorigen Jahrhundert, tauchte das Meer ganz nah neben mir auf. Besser gesagt: Hunderte Meter unter mir.

Ein verwegener Gedanke überkam mich. Was, wenn ich einfach haltmachen und eine Weile ausruhen würde? Einfach das Meer anschauen. Vielleicht war Carolin einem solchen Impuls gefolgt. Ärgerlich runzelte ich die Stirn. Hoffentlich färbte dieser Unfug nicht ab. Für Carolin war das ein leichtes Spiel. Sie hatte nicht die Verantwortung für ein Unternehmen, das erst vor wenigen Jahren eine sehr heikle Phase hinter sich gebracht hatte.

Sie hatte nur den Haushalt, die Kinder und als hübschen Ausgleich ein paar journalistische Aufgaben, dazu ein bißchen Zeichnerei. Sie konnte verflucht gut zeichnen, das hatte ich ihr auch immer wieder gesagt. Auch noch nach fünfzehn Ehejahren. Meine Güte, sie hatte den Himmel auf Erden!

Ein Hupen schreckte mich auf. Ich war in Gedanken ein

wenig zu sehr nach links geraten, fuhr knapp über dem Mittelstreifen. Erschrocken wich ich aus und ließ einen Renault Espace passieren, dem eine Schlange von kleinen Mietwagen folgte. Ich verlangsamte seufzend das Tempo und ließ einen Ford Ka nach dem nächsten vorbei. Weiße, blaue, rote Flitzer mit lauter entspannten Menschen darin. Rentnergrüppchen, Kleinfamilien, Pärchen, Singles, männlich, weiblich. Was trieb diese Menschen nur dazu, sich herdengleich über eine einzige Straße zu bewegen, ordnungsgemäß »oh« und »ah« und »Nein, wie schön!« auszustoßen und sich dann irgendwo Bier, Kaffee oder Kuchen servieren zu lassen, von dem sie enttäuscht waren, weil alles nicht deutsch genug schmeckte?

Mich machten die Urlauber wütend, schließlich war ich wegen eines Geschäfts auf der Straße und hatte keine Zeit, müßige Urlauber vorzulassen. Endlich schien das kollektive Überholmanöver sein Ende zu nehmen, als in meinem Seitenspiegel eine Art roter Kugelblitz heranraste. Wahnsinn, einfach Wahnsinn, sich dieser Kolonne noch anschließen zu wollen! Unverschämter Wahnsinn, schließlich konnte kein Mensch von mir noch mehr Toleranz und Gleichmut erwarten.

Ärgerlich überlegte ich einen Moment lang, ob ich Gas geben sollte. Doch da hing mir der rote Blitz, es war ein Mazda Cabrio mit zurückgeklapptem Verdeck, schon auf der Stoßstange. Bestimmt war das irgend so ein südländischer Macho, präpotenter jugendlicher Führerscheinbesitzer mit reichen Eltern. Mazda Cabrio, ein Auto für den Möchte-gern-Jetset, die James Deans im Pocketformat.

Der rote Blitz drängelte. Ich schaute kurz nach links, um meinen Abstand zur Fahrbahnbegrenzung abzuschätzen, dann gönnte ich mir einen längeren Blick in den an mir vorbeiziehenden Mazda. Was ich sah, war blond. Sehr blond. Sehr kurzhaarig, sehr rasant und ziemlich sexy. Was ich sah, war meine Frau! Zum Teufel.

Karsten! Ich bemerkte es erst beim Blick in den Rückspiegel und gab vor Schreck noch einmal Gas. Mein Mazda schoß nach vorne, ich vergaß eine Sekunde lang zu lenken und sah eine hübsche Natursteinmauer und endlose, tuchglatte Meeresweiten auf mich zurasen. Konnte mein Cabrio fliegen? Sicher nicht. Beherzt riß ich den Lenker herum, schlingerte mit quietschenden Reifen im Zickzack, fing mich wieder und sprach beruhigend auf mich ein. »Zufall, nur ein blöder Zufall.« Er mußte auf dem Weg zu seinem Arbeitstreffen sein. Oder suchte er mich etwa? Ich stieß einen albernen Kiekser aus. Als geübte Tagträumerin malte ich mir aus, wie mein eigener Mann der Verzweiflung nah und »Carolin, Carolin«-Rufe ausstoßend keinen Weg scheute, keinen noch so steilen Gipfel oder noch so reißenden Bach, um seiner geliebten, vergötterten und verschollenen Gattin auf die Spur zu kommen. Regen rann ihm schließlich in Strömen durchs Gesicht. Unter seinem nassen Hemd zeichneten sich Muskeln ab, während er sich an einem winzigen Felsvorsprung festhielt, um sich – umzuckt von Gewitterblitzen – in einen Bergspalt hinabzulassen, in dem ich herumlag. Wunderschön herumlag, mit weißem Madonnengesicht, rubinroten Lippen, lässig hochgerutschtem Rock und ...

Verflixt, wo blieb Karsten denn? Ich riskierte einen Blick in den Rückspiegel und nahm den Fuß vom Gas. Endlich tauchte hinter der letzten Felsnase gemächlich der schwarze Van auf. Ich beschleunigte wieder. Falls er mich erkannt hatte, sollte er es nicht allzu einfach haben. Tatsächlich, er gab Gas. Schnell, aber nicht zu schnell schnürte mein Wagen die Serpentinen herab, der Wind strich mir wie mit tausend Fingern durch die Haare. Es war fast so aufregend wie in der Nacht mit Cordulas Auto. Lachend tauchte ich in einen Tunnel, der zur Meerseite hin eine offene Galerie aus Rundbogen war. Ich verließ den Tunnel, als der schwarze Van hineintauchte.

Das Spiel begann, Spaß zu machen, und irgendwie fand ich es ziemlich erregend, so verfolgt von meinem Mann durch Haarnadelkurven zu sausen. Noch einmal gab ich Gas, passierte rasend die Abzweigung nach Valdemossa, überlegte kurz, ob ich mir nicht die berühmte Kartause dort anschauen sollte, in der der geniale Komponist Chopin seine einzigartige Amazone George Sand einen Winter geliebt hatte oder umgekehrt. Ich glaube, sie war die romantische Seele und er vor allem krank, des Winters wegen und mit dem Komponieren befasst. Typisch Mann, eben!

Na, egal. Ich überlegte noch immer, ob ich wenden und einen Abstecher machen sollte, als mir auffiel, daß der Van nun längst wieder hätte hinter mir auftauchen müssen. Ich verlangsamte die Fahrt. Das Meer verschwand kurz von meiner Seite, ich spürte Enttäuschung in mir hochkriechen. Auf einem Kiesstreifen rechts von der Straße brachte ich mein Auto zum Stehen. Die Wärme der späten Mittagssonne umfing mich mit zärtlicher Plötzlichkeit. Es roch nach warmem Müll, Stechginster und Katzenpisse. Sehr südlich insgesamt. Mit einem mächtigen Satz sprang ein kleines rotes Kätzchen auf die Natursteinmauer, die mich vom Abgrund trennte. Vorwurfsvoll maunzte es mich an. Ich sah seine leicht angefressenen Ohren, kramte in meiner Tasche nach Butterkeksen, fütterte den kleinen Garfield damit und durfte ihn sogar kraulen. Trotz dieser netten Überraschung fragte ich mich: Wo bleibt Karsten?

Fast hätte ich die Ausfahrt verpaßt, so konzentriert spähte ich nach dem albernen Mazda aus, den meine alberne Frau sich wohl in einem Anfall von Forever-Young gemietet hatte. Sie war doch sonst nie erpicht gewesen auf irgendwelche Statussymbole. Und jetzt dieser Hang zu teurer Garderobe, Dessous – von denen ich noch nicht einmal profitiert hatte – jetzt dieses Auto. Was das wohl kosten würde? Nun gut, ich würde über diese Eskapaden hinwegsehen. Ich hatte ihr in letzter Zeit wirklich einiges zugemutet. Immerhin befand sie sich auf der Rückfahrt zum Hotel. Und ich – nach einer riskant scharfen Kurve auf der Straße gen Valdemossa.

Vor mir tauchte linker Hand das Gut Son Moragues auf. Ein großes Gutshaus mit überdachten und von über einem Dutzend Säulen eingefaßten Balkon, der sich majestätisch über die Landschaft erhob. Die Finca war ein weiteres Schmuckstück, das sich der Herzog Ludwig Salvator von Habsburg hier im 19. Jahrhundert gekauft hatte. Der Kerl imponierte mir, andererseits hatte er kein Kunststück vollbracht, dachte ich abfällig. Mit viel Geld läßt es sich leicht alternativ und umgeben von Schönheit leben. Erst recht dann, wenn damit nur die eine Verpflichtung verbunden ist, einmal im Jahr zum Kaisergeburtstag bei Hof zu erscheinen. Glücklicher Sohnemann Ludwig Salvator. Meine Erfahrungen als Sohn waren andere.

Ich bog in die Hauptraße von Valdemossa ein und hatte meine Zweifel daran, ob dieser touristische Rummelplatz ein geeigneter Ort für ein geschäftliches Treffen sein konnte. Aber meine Geschäftspartner legten Wert darauf, daß wir uns im Privathaus des Kachelfabrikanten trafen.

Kopfschüttelnd fuhr ich vorbei an den überlaufenen Souvenirshops, bog links in eine kleine Seitenstraße und holte einen Stadtplan aus dem Handschuhfach. Das Haus des Fabrikanten lag im Unterdorf links von der Kartause. Ich orientierte mich kurz und zog los. Leider ließ es sich nicht vermeiden, ein Stück weit durch die Fußgängerzone zu gehen, die auf das Kloster Sa Cartoixa de Jesús Natzarè zuführte. Obwohl bereits Oktober war, drängten sich zwischen Cafés und Souvenirshops Socken- und Shortsträger, verstopften unzählige Ruhrpott-Rentnerinnen auf der Suche nach Olivenholzlöffeln die schmale Gasse. Seltsam, daß selbst Menschen, die das Wort Kultur nicht schreiben konnten und Chopin wahrscheinlich für eine weitere Schokospezialität der Firma Ferrero hielten, herbeiströmten, um sich das verlassene Kloster anzuschauen. Menschen ohne Kunstsinn und Kunstverstand, unfähig, die Schönheiten der Architektur zu würdigen.

Kopfschüttelnd und ohne einen Blick auf das touristisch mißbrauchte Kloster zu werfen, ging ich hügelaufwärts in das Örtchen hinein. Zu meinem Erstaunen empfing mich nach wenigen hundert Metern in den steilen Gäßchen des Unterdorfes vollständige Ruhe. Nun ja, es herrschte Siesta. Ärgerlich schaute ich auf die Uhr. Dank Carolins Verschwinden und den damit verbundenen Verzögerungen war ich um eine halbe Stunde zu spät. Kein sehr günstiger Eindruck, den ich damit machen würde. Schließlich war anzunehmen, daß mein Gastgeber inmitten einer solchen Umgebung Wert darauf legte, sich nach einer kurzen Geschäftsbesprechung wieder seiner Familie und dem Sonntag zu widmen.

Ich bog um eine Ecke und entdeckte eine hübsche, spätgotische Kirche. Ich tippte auf 15. Jahrhundert. Das mußte Sant Bartomeu sein. Ich beschleunigte meine Schritte, obgleich mich die Fassade lockte. Geschäft ist Geschäft, nach zweimaligem Abbiegen stand ich vor einem hübschen Sandsteinhaus mit typischem Dach aus gebrannten Tonziegeln. Die grünen Fensterläden waren fest geschlossen, so, wie es in südlichen Ländern üblich war. Dennoch wirkte die Fassade nicht abweisend, die vielen Blumentöpfe, die von Haken herab an der Mauer hingen, die überdachten Balkone mit ihren filigranen Gittern, das alles wirkte fröhlich und einladend. Ich hätte gerne ein Bild davon gemacht – so, wie jeder dämliche Tourist, der nur auf der Suche nach idyllischen Bildern war. Ich riß mich zusammen und betätigte den Glockenzug. Ein zirpendes Bimmeln, das unangebracht hektisch wirkte, ertönte über meinem Kopf.

Ich wollte von der Schwelle zurücktreten, um jeden Eindruck von Aufdringlichkeit zu vermeiden, als die schwere Haustür auch schon aufgerissen wurde. Vor dem kühlen Dunkel der Diele zeichnete sich die Gestalt einer hübschen jungen Frau ab. Ihr Haar war dunkel, in der Mitte gescheitelt lag es um ihr schmales Madonnengesicht, das mir zu langweilig erschienen wäre, hätte da nicht dieses leicht spitzbübische Flimmern in ihren Augen gelegen.

»Perdoni, señora, señorita? Äh.« Ich kramte in meinem Gedächntnis nach dem wenigen Katalan, daß ich mir in den letzten vier Wochen angeeignet hatte, um meine Geschäftspartner zu beeindrucken. »Äh, parlo només una mica de català.«

Die junge Frau legte den Kopf in den Nacken und lachte – keineswegs madonnengleich. »Das macht gar nichts, daß Sie kaum Katalan sprechen, ich spreche dafür gerne und sehr gut Deutsch! Ich bin nämlich in Köln geboren und habe fünfzehn Jahre dort gelebt. Das ist jetzt fünfzehn Jahre her, trotzdem bleibt Deutsch meine erste Sprache. Kommen Sie herein. Wir haben Sie so früh noch gar nicht erwartet.«

Ich trat hinter ihr in die wunderschön geflieste Diele, bewunderte die arabisch gemusterten, antiken Kacheln, die in die weißen Wände eingelassen waren, und fragte leicht betreten. »Das Essen?«

»Ja, natürlich, mein Vater will Sie in entspannter Atmosphäre kennenlernen – so würde man in Deutschland sagen, nicht wahr?« Ich nickte und wagte ein Augenzwinkern. Die junge Frau zwinkerte zurück. »Erwarten Sie nichts Besonderes, es handelt sich nur um ein Familienessen. Vorher gehen wir in die Kirche. Der allgemeine Gottesdienst findet heute um zwei Uhr statt, am Mittag hatten sie eine Trauung. Der Kirchgang ist Ihnen doch recht?«

»Ich liebe Kirchen.« Wir traten in einen Patio, der sich an die Diele und das Vorderhaus anschloß und den das ganze Anwesen umschloß. Hoch über uns glänzte der Mittagshimmel, hier unten murmelte ein Springbrunnen und spendete kostbare Kühle. Üppig und dunkel wuchsen Fächerpalmen in Kübeln, Singvögel jubilierten in kleinen Käfigen.

Die kecke Madonna bot mir einen Korbsessel an und verschwand, um ihren Vater, die Geschäftsfreunde und einen Drink für mich zu holen. Eine kleine, gefleckte Katze gesellte sich zu mir, legte den Kopf schief und starrte mich an. Vorwurfsvoll wie ich fand. Ich bin kein so ausgemachter Tierfreund wie meine Frau. Carolin war geradezu maßlos und hatte eine bemerkenswerte Vorliebe für kranke, angeschlagene oder sonstwie behinderte Tiere. Die gefleckte Katze maunzte anklagend. Das vormittägliche Erlebnis mit Brownie bestärkte mich in meiner distanzierten Haltung gegenüber Fellträgern. Eben wollte ich den Streuner mit einem Zischen verscheuchen, als der Hausherr den Hof betrat und sich das Kätzchen zärtlich griff, um es zu liebkosen. Gleichzeitig brachte er das unnachahmliche »mi casa!, es su casa« mit der Brillanz und Grandezza eines Placido Domingo hervor. Sein Haus war mein Haus, was für eine wundervolle Übertreibung. Doch aus dem Mund dieses Mannes wirkte sie wie selbstverständlich. Er war überaus imposant, übergewichtig, aber nicht fett, dabei fast einem Meter neunzig groß und blond. Eins war klar, dieser Mann war kein Spanier.

»Unsere gemeinsamen Freunde kommen erst später dazu«, verkündete der Hausherr. »Bis dahin haben wir genug Zeit, uns kennenzulernen. Meine Tochter Maria Consuelo hat sich bereits vorgestellt?«

»Nicht namentlich, nein.« Die kecke Madonna lächelte und beugte spielerisch den Kopf.

»Na, dann kennen Sie sie jetzt. Mein Name ist Walter Grönert. Ich sehe, Sie haben keinen deutschen Fabrikanten hier erwartet. Die Sache ist schnell erklärt. Die Keramikfabrik wurde meiner verstorbenen Frau – einer waschechten

Mallorquinerin – vererbt. Ich habe sie vor fünfzehn Jahren übernommen. Seither lebe ich hier.«

Ich ließ meinen Blick durch den Innenhof kreisen, bewunderte die offene, von kleinen Rundbögen getragene Galerie im ersten Stock. »Und das nicht schlecht«, lobte ich.

In der Ferne begannen Glocken zu läuten. »Kommen Sie, wir müssen zur Kirche«, forderte der Gastgeber mich auf. »Sehr wichtige Angelegenheit. Den Fehler, den dereinst Chopin und George Sand machten, nämlich nicht in die Kirche zu gehen, habe ich mir nie erlaubt. Er wäre mein sozialer Tod gewesen. Und ehrlich gesagt, liebe ich diese sonntäglichen Messen inzwischen.« Wir gingen durch die Marmordiele zurück auf die Straße, schlenderten, begleitet von einem ländlichen, gemächlichen Glockenläuten, zur Pfarrkirche hinab. Herr Grönert plauderte munter weiter: »Es ist nicht leicht, als Ausländer auf Mallorca beruflich Fuß zu fassen. Hätte ich nicht meine Frau und durch sie die richtigen Kontakte gehabt, wäre die Firma inzwischen nicht mehr in meinen Händen.«

»Aber es gibt doch inzwischen eine Menge deutsche Investoren und Immobilienhändler auf der Insel, mit denen Sie ins Geschäft kommen können.«

Grönert schnaubte. »Bah, da sind viele schwarze Schafe oder Großkotze drunter. Da lasse ich lieber die Finger davon. Ich mache es inzwischen wie die Mallorquiner: Ich will soviel wie möglich über die Menschen erfahren, mit denen ich zusammenarbeite. Das gibt Sicherheit.«

Wir bogen um die Ecke und erreichten den Kirchplatz. »Übrigens, wo ist eigentlich Ihre Familie? Ich hatte fest damit gerechnet, sie heute kennenzulernen.«

Mir wurde heiß unter meinem Hemdkragen, die Krawatte drückte, ich schalt mich als Rindvieh und begann stotternd: »Also, hmm, ja, sie machen einen Ausflug mit dem Roten Blitz. Sie verstehen schon, die Kinder müssen unterhalten werden, und meine Schwiegereltern wollten mit.«

»Und Ihre Frau?«

»Kommt eben um die Ecke«, sagte ich, ohne daß ich das überraschende Bild schon verarbeitet hatte. Aber tatsächlich, da spazierte sie in aller Gemütsruhe, die Sonnenbrille auf der Nase und ein ziemlich angefressenes Kätzchen – unverbesserlich – auf dem Arm von der gegenüberliegenden Seite des Platzes auf die Kirche zu. Die Sonne ließ ihr Haar wie einen goldenen Strahlenkranz leuchten. »Sie, ähem«, suchte ich nach einer Erklärung, »sie wollte unbedingt noch den Ort besichtigen, und ich wollte pünktlich sein, deshalb haben wir uns getrennt.«

»Getrennt?« fragte Grönert aufmerksam.

Ich schwieg. Carolins Blick wanderte bewundernd an der Kirchenfassade empor, hinauf zum Glockenturm. Der Blick meines Gastgebers wanderte hingegen bewundernd an meiner Frau herab. Ihre Beine, ich kannte das schon. Carolin hatte sehr fesselnde Beine, in letzter Zeit hatte ich darauf nur nicht mehr so geachtet.

»Wollen Sie mich nicht vorstellen?« fragte Grönert mit befehlendem Unterton.

11. Kapitel

Carolin, das ist Walter Grönert. Herr Grönert, das ist meine Frau Carolin.«

Völlig verdattert schaute ich vom hochroten Gesicht meines Mannes in das Gesicht eines gutmütigen, fröhlichen Bären. So jedenfalls erschien mir Walter Grönert bei unserer ersten Begegnung. Das er ein wohlerzogener Bär war, bewies mir sein Handkuß.

»Ich freue mich sehr, Frau Schaleen, daß Sie an unserem Familienessen teilnehmen werden. Wenigstens haben Sie es geschafft. Und diese reizende kleine Katze.« Er kraulte meinem kleinen Hungerleider zärtlich das abgekaute Öhrchen und gewann damit mein Herz. Seufzend sagte er: »Wissen Sie, obwohl ich nun schon fünfzehn Jahre hier lebe, an so einem elenden kleinen Tierchen kann ich auch nicht vorbei. Was halten Sie davon, wenn wir ihn in meinem Haus unterbringen, dort ist noch genug Platz.«

»Vater«, unterbrach ihn eine tadelnde Frauenstimme, »wir beherbergen bereits zehn Katzen.«

»Dann werden wir auch die elfte noch unterbringen«, sagte der gutmütige Bär trotzig, und ich zwinkerte ihm verschwörerisch zu. Er winkte einen kleinen Jungen heran, sprach in schnellem Katalan auf ihn ein, dann drückte er ihm das Kätzchen und eine Münze in die Hand. »So, das ist erledigt. Der Kleine bringt sie zu uns nach Hause.« Er räusperte sich. »Das übrigens ist meine Tochter Maria Consuelo.«

Die junge, ungefähr 30jährige Frau trat vor und lächelte leise. Sehr leise. Mir gab das Lächeln einen Stich, denn es machte aus dieser Frau genau die perfekte Madonna, die ich immer hatte sein wollen: schmalgesichtig, schmalnasig, dabei großäugig und großmundig. Ich glaube in dieser Kombination liegt das Geheimnis meines Schönheitsideals, na ja, nicht nur meines, schließlich ist Julia Roberts mit dieser Kombination zum Weltstar geworden. »Bona tarda«, zitierte ich meinen Sprachführer.

Die Madonna kicherte, und ich seufzte erleichtert, jetzt sah sie nicht mehr ganz so heilignüchtern aus. »Wir können uns auf Deutsch unterhalten. Wie ich Ihrem Mann schon sagte, ist das meine erste Sprache.«

Mein Mann. Diese Schönheit hatte also schon mit meinem Mann gesprochen, worüber? Nur über Sprachprobleme oder auch schon über Eheprobleme? Sorry, aber das ist der Nachtteil am unkontrollierten Tagträumer-Dasein, wenn man Pech hat, wird man auch von negativen Phantasien übermannt. Eifersuchtsphantasien etwa.

Karsten hatte seinen Arm leicht um mich gelegt, nicht besitzergreifend, sondern eher geschäftsmäßig. Ich zog seine Hand fester an mich heran, legte sie auf meinen Po.

»Nicht vor der Kirche«, flüsterte er entsetzt und lockerte seinen Griff.

Ich runzelte die Stirn. Seit wann war mein Mann ein gläubiger Christ und noch dazu pietätvoll? Das Glockenläuten verstummte, und Karsten machte sich mit den anderen tatsächlich auf den Weg in die Kirche, die wie für eine Hochzeit geschmückt war, überall weiße Schleifen und Myrthenkränze. Sehr hübsch.

Ich warf Karsten einen raschen Seitenblick zu, doch er hatte nur Augen für die Madonna vor ihm. Wutentbrannt schlüpfte ich in eine Kirchenbank. Wutentbrannt verfolgte ich Messe und Karsten scheinheilige Rückkehr zum Glauben. Wenn sie sich bekreuzigte, tat er dasselbe, wenn sie sich niederkniete, tat er es auch. Natürlich tat ich das ebenfalls, schon um die versammelte Dorfgemeinde nicht in ihren Gefühlen zu verletzen. Nach dem Gottesdienst gesellte sich Walter Grönert zu mir, während Karsten – wie selbstverständlich – an der Seite Maria Consuelos ging. Wenn das ein Trick war, um mich eifersüchtig zu machen, dann war er gut ausgedacht. Wenn dieser Trick allerdings dazu dienen sollte, mich sofort zurück an den heimischen, besser den hoteleigenen Herd zu bringen, dann hatte Karsten sich geschnitten.

Stolz und abweisend begegnete ich ihm an dem herrlichen Mittagstisch, den man für uns im Patio des zauberhaften Hauses gedeckt hatte. Seine Geschäftsfreunde, Grönert, ja, sogar die Madonna Maria behandelte ich zuvorkommender als Karsten, der mich sogar zweimal um den Reis bitten mußte. Ich tat einfach, als sei meine Aufmerksamkeit ständig von wichtigeren Dingen in Anspruch genommen. Hungrigen Katzen etwa, die um unseren Tisch streiften, oder Palmfächern, die wie Pfauenkronen in die Luft ragten. Im Geiste zeichnete ich alles in Pastellkreide nach. Alles war paradiesisch in diesem Innenhof. Vogelstimmen erfüllten süß zirpend und trillernd die Luft. Alles war perfekt, bis auf ...

»Die Singvögel«, brach es mit einem empörten Schrei aus mir heraus, als ich die winzigen Bambuskörbe in den Gummibäumen entdeckte. Die Tischgesellschaft verstummte über ihren Kaffees, ihren Brandys und Zigarren. Recht so, schließlich ging es bei denen nur um Kloschüsseln und Badewannen. Mir ging es um mehr.

»Die armen Singvögel! Mann kann sie doch nicht einfach in solche kleinen Käfige sperren. Das ist gemein!«

Typisch Carolin. Sie kümmerte sich einfach nicht darum, daß andere in ernsthafte Diskussionen verstrickt waren. Diskussionen, in denen es um Badausstattungen im Einkaufswert von mehreren hunderttausend Mark ging. Sie kümmerte sich auch nicht darum, daß sie unseren Gastgeber soeben tödlich beleidigt hatte. Meine Güte, diese dämlichen Singvögel. In ganz Valdemossa hingen sie an den Hausfassaden und erfreuten die Menschen. Immerhin wurden die Vögel nicht mehr in dem Maße gegessen und gejagt wie früher. Außerdem, was gingen uns die Traditionen anderer Länder an, was hatten wir uns einzumischen? Die deutsche Tierliebe ist ein Luxus, den sich nicht jede Nation leisten kann, und außerdem Ausdruck einer emotionalen Verarmung. Schließlich könnten sich diese ganzen Tierfreunde besser um ein paar vernachlässigte Menschen kümmern. Aber nein, statt dessen klammerten sie sich an die beliebte Frührentnerweisheit: »Seit ich die Menschen kenne, liebe ich die Tiere.«

Bis zu diesem Punkt in meinem inneren Vortrag an Carolin war ich gelangt, als Grönert aufsprang. Am liebsten wäre ich in Deckung gegangen. Wie spanisch war sein Temperament nach fünfzehn Jahren Mallorca?

Er riß sich die Serviette vom Schoß. Würde er uns sofort rausschmeißen? »Meine liebe Carolin«, donnerte er spanischer als jeder Spanier, »Sie haben so recht. So recht. Es ist eine Schande. Ich werde die Vögel sofort freilassen, würden Sie mir helfen?«

»Vater«, mischte sich Maria Consuelo ein. »Das hat doch Zeit. Herr Schaleen war gerade dabei, ein interessantes Angebot zu machen.«

»Später, später«, ächzte unser Gastgeber und forderte die anderen auf, sich auf ihre Stühle zu stellen und Bambuskäfige aus den Gummibäumen zu pflücken. Vom Personal ließ er sich schließlich gekrümmte Wanderstöcke bringen, mit denen er Käfige aus den oberen Wipfeln pflückte. Meine Frau war natürlich mit Begeisterung bei der Sache. Sie stand mitten auf dem Tisch und kümmerte sich keine Sekunde darum, wie hoch ihr Rock rutschte und wie entzückt einer der Geschäftspartner – er war für den Betonbau zuständig – ihre – zugegeben – hübschen Beine begutachtete. Ich stand abseits vom Spektakel neben Maria Consuelo, die als einzige unbeeindruckt von den Marotten ihres Vaters schien.

»Er ist unmöglich und so stur«, sagte sie finster und ziemlich glutäugig, gefährlich glutäugig. »Man könnte meinen, er wäre hier geboren. Dabei können wir uns solche Eskapaden nicht mehr leisten. Wir müssen mehr an das Geschäft denken.«

Interessiert schaute ich auf die Tochter des Hauses herab. »Gehen die Aufträge bei Ihnen auch zurück? Ich dachte, das Baugeschäft auf Mallorca boomt.«

Sie seufzte. »Wir haben ein paarmal falsch investiert, und seit die Kommunisten mit im Parlament von Palma sitzen, wurden eine Menge Baustopps verfügt. Die Urbanisation George Sand, zum Beispiel, wird nicht zu Ende gebaut.«

»Sie meinen diese Luxusbungalow-Siedlung kurz vor Valdemossa?«

»Genau. Wir hatten den Auftrag für sämtliche Fliesenarbeiten. Das sind fast alles Spezialanfertigungen, viele handgemalte Zierkacheln darunter, auf denen wir jetzt vielleicht sitzenbleiben.«

Ich nickte mitfühlend. »Es ist sehr schwierig heutzutage, vor allem, wenn man qualitativ hochwertige Produkte anbietet.«

Walter Grönert balancierte, auf einem Stuhl stehend, beide Arme hoch in die Luft gereckt, über seinem Kopf einen Vogelkäfig. Er sah lächerlich aus, so wie ein dressierter Bär. Die Singvögel schwiegen wie gelähmt oder schimpften verängstigt, die Katzen strichen interessiert um die Käfige.

Maria schnaubte. »Es ist wirklich schwierig. Vor allem, wenn man so einen kindischen Vater hat.«

Ich seufzte wieder. »Ich weiß, wovon sie sprechen.«

»Will Ihr Vater auch nicht den Chefsessel räumen?«

Wir schauten uns in die Augen. Obwohl die Antwort auf ihre letzte Frage ein klares »Nein« war, hatte ich das Gefühl, in dieser jungen Frau jemanden getroffen zu haben, der meine Sorgen nachempfinden konnte. Ich wandte mich wie bestürzt ab. Solche Gefühle hatte ich zuletzt gehabt, als ... nein, so weit wollte ich meine Gedanken nicht abschweifen lassen.

»Und jetzt steigen wir aufs Dach und lassen sie alle fliegen«, rief Walter Grönert fröhlich. »Jeder trägt so viele Käfige, wie er kann. Hier entlang!«

»Komm schon, Karsten. Das macht Spaß. Es ist wunderschön, einem Tier die Freiheit zurückzugeben.« Carolin war glücklich, man sah es ihr an. Sie lächelte reizend und hatte diesen verträumten Blick. War das die Rückkehr meiner sanften, friedliebenden Carolin? Ich folgte ihr nach einem entschuldigenden Blick Richtung Maria Consuelo und mit mißtrauischem Herzen.

Karsten schloß sich unserem Zug zur Dachterrasse an. Das hätte ich ihm aber auch geraten! Steht da herum und flirtet schamlos mit einer Madonna, dachte ich wütend und innerlich voll bewaffnet. Was fiel diesem Mann nur ein. Noch vor drei Stunden war ich so gut wie verloren für ihn, und jetzt, wo ich ihm nur durch einen dummen Zufall wieder in die Arme gelaufen war, hielt er mich schon wieder für einen selbstverständlichen Besitz, den man wie ein altes Möbel in die Ecke stellen und vergessen konnte. Mit mir nicht!

Mit zwei Vogelkästen an meinen Händen trat ich hinaus auf die rot geflieste Dachterrasse. Es war ein Flachdach, das den hinteren Teil des Hauses bedeckte. Der Ausblick war atemberaubend. Links und rechts erhoben sich dichtbewaldete Berghänge. Zu unseren Füßen lag das Tal von Valdemossa mit seinen Palmen und Gärten, die in sanften

Schwüngen bis zum Meer hinabzufallen schienen, das aus der Ferne einen postkartenblauen Gruß schickte. Hingerissen stellte ich die Käfige auf der Brüstung ab.

»So, ihr Pieper, jetzt heißt's Freiheit aushalten.« Ich öffnete vorsichtig die winzigen Gittertürchen und beobachtete entzückt, wie sich ein buntgefiederten Sänger auf die Schwelle wagte, das Köpfchen drehte, zu schnuppern schien, um dann mir nichts, dir nichts davonzufliegen.

»Das ist ein Schwarzkehlchen«, klärte mich Walter Grönert auf. Ein anderer Piepmatz verweilte noch für ein Weilchen auf der Brüstung, um uns ein Abschiedsständchen zu geben. »Das ist eine Grauammer, sie singt am liebsten von höheren Warten.«

»Sie kennen sich gut aus«, bemerkte ich.

»Vogelkunde ist mein Hobby. Darum habe ich die kleinen wohl auch eingesperrt. Ich war ein Egoist, Frau Schaleen. Können Sie mir verzeihen?« Er krauste die Stirn wie ein sehr reumütiger Hund, und sein Blick erinnerte mich ein klitzekleines bißchen an Janosch.

»Aber sicher!« Ich lachte, während wir die Treppen hinab in den Hof nahmen. »Wenn Sie mir versprechen, in Zukunft keine Lebewesen mehr gegen ihren Willen festzuhalten.«

»Versprochen, wenn Sie mich ab sofort Walter nennen.«

»Mit Vergnügen, Walter.«

»Carolin«, die Stimme meines Mannes hatte diesen gewissen Unterton von, »jetzt mach aber mal einen Punkt.« Wir traten in den Hof, wo Maria mit frischem Kaffee und Mandelgebäck auf uns wartete.

Herr Grönert lachte nur. »Ich glaube, jetzt muß ich mich wieder Ihrem Mann und unseren Geschäften widmen. Er scheint bedauerlicherweise kein Naturfreund zu sein.« Walters Miene verdüsterte sich. »Dabei liebe ich die Natur über alles. Sie befriedet die Seele und lehrt uns Demut. Das ist gerade für Geschäftsleute ein notwendiges Muß.«

Eifrig nickend stimmte die Tischgesellschaft zu. Sogar mein Mann schien den Tadel begriffen zu haben und räusperte sich reumütig. Maria hatte neben ihm Platz genommen und blickte sehr ernst in die Runde.

»Also«, wechselte Walter Grönert die Tonart und klang plötzlich sehr deutsch, sehr streng und sehr unnachgiebig, »ich bin an einer Zusammenarbeit mit der Firma Schaleen nur interessiert, weil mir ihre Artikel in den letzten *»Badprofis«* sehr gefallen haben. Der Ton war originell, frisch. »Dazu die Zeichnungen für exklusive Badinterieurs. Man merkt, daß Sie mal Architekt waren. Sehr gewagt, aber phantasievoll und zukunftsweisend. Ich könnte mir eine Zusammenarbeit bei der Einrichtung der Hotelbäder und einiger Wellness-Center vorstellen, deren Bauherr – neben anderen – ich bin. Dabei geht es um Millionen, Herr Schaleen.« Seine Tochter schien nach minutenlangem Luftanhalten endlich auszuatmen, so heftig stieß sie den Atem hervor. Sie schien unendlich erleichtert.

Ich lehnte mich nach einem ersten Schock entspannt zurück. Millionenaufträge aufgrund meiner Zeichnungen. Mal sehen, dachte ich, wie mein Göttergatte sich da herauswindet. Von wegen seine Artikel, seine Zeichnungen. Okay, Architekt war er gewesen. Gewesen! Heute hatte er sich wahrscheinlich nicht einmal von der Kartause hinreißen lassen, die so zauberhaft ist, daß sie selbst den tumbsten Touristen noch entzückt. Ich hätte wetten können, daß mein Mann einfach daran vorbeimarschiert war. Der Geschäfte wegen. Und nun das. Er wurde gelobt für die gewagten, phantasievollen Entwürfe seiner Frau. Wie würde er das wohl geraderücken? Ganz einfach, überhaupt nicht.

Ich mußte an mich halten, um nicht vor Freude loszubrüllen. Von den Wellness-Centern war bisher noch gar nicht die Rede gewesen. Was für eine grandiose Möglichkeit!

Riesige Bäderlandschaften, und unsere Ost-Niederlassungen saßen nach einem vorübergehenden Bauboom für Spaßbäder im Harz inzwischen auf einer Menge Swimmingpoolzubehör fest. Hervorragendes Material, das wir ohne weiteres noch verwenden konnten, hier auf Mallorca.

Walter Grönert fixierte mich mit seinem Blick. Was erwartete er als Antwort? Maria stieß mich unter dem Tisch mit dem Fuß an.

»Ich würde mich über eine Zusammenarbeit mit Ihnen ebenfalls freuen. Ihre Keramik ist weit über Mallorca hinaus berühmt für ihre Qualität und Schönheit.«

»Mit Recht«, stimmt Grönert zufrieden zu. »Ich bin gespannt, wie Sie sie in Ihre Entwurfsskizzen integrieren werden.«

»Entwurfsskizzen?«

»Nun ja, bevor ich mich endgültig entscheide, würde ich mir gerne noch mehr von Ihren Entwürfen anschauen. Am besten, Sie bleiben noch ein paar Wochen länger auf der Insel und lassen sich inspirieren. Alles, was Sie entwerfen, soll sich harmonisch in die Inselatmosphäre einschmiegen.«

»Inspirieren«, wiederholte ich schockiert bei dem Gedanken, mich mal eben »ein paar Wochen« aus meinem Geschäft auszuklinken, um Zeichnungen zu machen. Das hatte ich längst aufgegeben, für die Badentwürfe war eine eigene Abteilung in unserer Hauptniederlassung zuständig, oder wir beauftragten freie Architekten damit. Herrje, was stellte sich dieser Superspanier aus Deutschland eigentlich unter einem funktionierenden Geschäftsbetrieb vor?

Ich sah mich hilfesuchend am Tisch um und in eine Menge gespannter Gesichter. Das von einem Betonbauer, das von einem Baustofflieferanten, das von einem Vertreter des Galatzo-Konsortiums, das von Maria. Sie lächelte aufmunternd, ihr schien an einer Zusammenarbeit sehr gelegen. Ich lächelte ermutigt zurück.

Zuletzt fing ich Carolins Blick auf. Da war sie wieder. Diese zickige, kampfeslustige, mir völlig fremde Frau mit dem blonden Kurzhaarschnitt. Eine Frau, mit der nicht zu spaßen war. Was hatte ich jetzt – zum Teufel – wieder verbrochen? War es eine Schande wenn man dazu aufgefordert wurde, einen Millionenauftrag anzunehmen? War es eine Schande nach all diesen Jahren noch einmal als ausführender Architekt umworben zu werden? Warum freute sie sich nicht einfach? Schließlich hatten ihre Zeichnungen zu meinem Erfolg beigetragen. Wir würden gemeinsam an einem großen Projekt arbeiten, falls ich sie dazu überreden konnte, ihre Hausfrauen- und Mutterrolle endlich einmal zurückzustellen.

Im Moment sah es nicht danach aus. Carolin grollte mich an. Wahrscheinlich hatte sie wieder einen ihrer nostalgischen Anfälle von Antikapitalismus, Friedensbewegung oder Ökopower. Wie immer zum völlig falschen Zeitpunkt.

»Herr Schaleen, ich würde vorschlagen«, ergriff nun Grönert wieder das Wort, »daß wir uns bei einer Wanderung näher kennenlernen. Sie erleben die Farben und Formen der Insel, und ich stelle fest, was für ein Mensch Sie sind. Die Berge verraten einem schnell, mit wem man es zu tun hat, einem übermütigen Abenteurer, einem verzagten Feigling oder einem besonnenen Wanderer. Vielleicht wagen wir einen Aufstieg auf den Es Teix?«

Das war alles reichlich unverblümt für meinen Geschmack. Mußte ich mich als 46jähriger Mann wirklich noch auf solche kindischen Teststrecken einlassen? In Anbetracht der angekündigten Millionen schluckte ich Grönerts anmaßenden Vorschlag zusammen mit einem letzten Tropfen Brandy herunter und nickte. »Einverstanden. Gehen wir los.«

Maria gab mir unter dem Tisch einen Tritt. Grönert warf sein Gesicht in den massigen Nacken und lachte, bis er rot wurde. Meine Frau – die mir unbekannte – lachte herzlich mit und stieß Grönert in die Rippen, so, als hätte ich gerade einen grandiosen Witz gerissen.

Nachdem auch die anderen Tischgäste sich vor Lachen ausgeschüttet hatten, erfuhr ich, daß die Besteigung des Es Teix eine gute Tagestour war, und, wenn man es gemächlicher angehen ließ, mit einer Übernachtung in den Bergen verbunden war.

»Sie sind sehr eifrig, wenn es ums Geld geht, lieber Schaleen. Vielleicht zu eifrig. Nun, ich schlage vor, daß wir kommenden Samstag für die Bergtour einplanen. Ich hoffe«, er wandte sich übertrieben galant meiner Frau zu, »Sie können Ihren Gatten für eine Weile entbehren.«

»Ich kann ihn so lange entbehren, wie Sie wünschen und noch länger«, antwortete ich frech und schenkte meinem Mann ein Lächeln, an dem er, wie ich hoffte, ersticken würde. »Vor allem, wenn es um seine Inspiration und seine Zeichnungen geht, stecke ich alle persönlichen Wünsche zurück. Ich liebe es, wenn mein Mann sich künstlerisch betätigt, das hat er so lange nicht mehr getan.«

Grönert warf mir einen fragenden Blick zu, ich lächelte noch breiter. Meine Güte, jetzt hatte ich wirklich lange genug das brave Weibchen gespielt. Ich wollte zurück zu meinem Mazda, weiter auf dem Weg ins Unbekannte und in die Einsamkeit – zum Nachdenken.

Galilea rief. Ich rutschte so unruhig in meinem Korbstuhl hin und her, daß der galante Walter Grönert verstand und die Tafel aufhob. Er verabschiedete uns – vor allem mich – überschwenglich. Seine Tochter Maria begleitete uns bis zum Kirchplatz und schenkte uns – vor allem Karsten – zum Abschied einen eindringlichen Madonnenblick. Ich drehte mich abrupt um und lief in die nächstgelegene Gasse hinein, die zur Kartause herabführte.

»Carolin, jetzt warte doch!« rief mein Mann hinter mir her.

Zum Glück hatte ich durch das Lauftraining am Rhein eine annehmbare Kondition. In jedem Fall eine bessere als mein Mann. Wie ein Hase schlug ich Haken durch die hügelabwärts verlaufenden Gassen, hüpfte munter wie ein Gummiball über das buckelige Natursteinpflaster und hängte meinen Mann am Ende sauber ab. Atemlos erreichte ich den großen Parkplatz am Ortseingang und überlegte kurz, ob ich seitwärts in mein Cabrio hineingrätschen sollte. Des Effekts wegen. Aber dann sah ich die umstehenden Touristen mit ihren Souvenirlöffeln aus Olivenholz, den grell bemalten Weinkrügen und den kleinen Chopin-Klavier-Spieluhren und entschied mich gegen das Grätschen. Brav, aber schnell stieg ich in mein Auto, startete, gab Gas, ließ die Reifen quietschen und kam mir herrlich verrucht vor.

Es war etwa vier Uhr. Die Sonne stand schon tief und ließ die hartlaubigen Steineichen an den Hängen nur noch grau erscheinen. Es schien, als wolle sie die letzten Funken ihrer Schaffenskraft ganz dem Meer widmen. Nach kurzer Wegstrecke tauchte es wieder am Horizont auf, schillernd wie eine märchenhafte Drachenhaut, unwirklich, mal von blausilberner, mal rötlichbronzener Farbe, dabei beweglich wie flüssiges Metall. Auf einmal wußte ich, was genau ich in Galilea, meiner Eremitage, tun würde. Ich sah es vor mir und schickte einen Jubelschrei in die abkühlende Luft.

Fast hätte ich die linker Hand liegende Abzweigung nach Galilea verpaßt. Eine gewundene Straße führte mich mitten hinein in die südwestlichen Höhenzüge des Tramuntanagebirges, mitten hinein ins Ungewisse, umgeben von schroffen Felslandschaften. Vielleicht hatte ich Glück und würde einen der seltenen Mönchsgeier zu Gesicht bekommen. Drei Meter Flügelspannweite, weißer Kopf, erbarmungsloser, unbestechlicher Leichenfledderblick. Ich grinste. Karsten hatte inzwischen wahrscheinlich keuchend den Parkplatz erreicht und sah ziemlich blöde aus der Wäsche.

12. Kapitel

Maria Consuelo hielt mich beim Arm zurück. »Es ist gut, daß Ihre Frau vorangelaufen ist. Ich habe noch etwas mit Ihnen zu besprechen.«

Ich zögerte einen Moment. Mir war wirklich mehr danach, die Sache mit Carolin zu klären. Schließlich würde ich sie in nächster Zeit brauchen, der verfluchten Zeichnungen wegen. Es war mir unmöglich, mich auf meine geschäftlichen Verpflichtungen zu konzentrieren, die Sache mit dem Altenheim für meine Eltern durchzuziehen und nebenher noch Entwürfe für Badlandschaften zu erstellen. Ich fühlte Panik in mir hochsteigen. Mein Herz kam aus dem Takt und setzte dann rasend wieder ein.

»Kommen Sie«, forderte Maria mich mit einem leicht erschrockenen Ton in der Stimme auf. »Sie müssen sich setzen, Sie sind ganz bleich.« Sie führte mich hinter die Kirche, wo auf einem stillen Plätzchen ein Springbrunnen plätscherte und stille Bänke standen. Sie drückte mich auf eine hinab. Dann setzte sie sich neben mich und schwieg.

Das Schweigen tat mir gut, ich betrachtete die Kiefernbäume um uns herum, sah die prallen Zapfen am Boden und in den Wipfeln, roch plötzlich den Herbst in der Luft. Herbst. Hälfte des Lebens, schoß es mir plötzlich durch den Kopf. Mein vermaledeites Herz. Gut, daß ich Carolin nicht durch die Gassen hinterhergejagt war. Ein Windstoß trieb ein weißes Band vor sich her, ließ es in den Lüften flattern. Es erinnerte an die Hochzeit, die am Mittag stattgefunden hatte, doch es verfing sich in diesem Moment in einer traurigen Zypresse, die ein Grab beschattete. Ich lächelte bitter. Wie kurz das Leben war! Freilich, Carolin hätte sich ganz auf das weiße Band konzentriert und sich über die Glücksaussichten des Paares Gedanken gemacht.

Was mich anging, ich stand kurz vor einem Millionenauftrag, der gleichsam die Ernte war, die es noch einzufahren galt. Dafür mußte Carolin doch Verständnis haben. Danach würde ich vielleicht kürzertreten können, die Firma Schritt für Schritt einem Geschäftsführer übergeben und öfter mal in Urlaub fahren oder als freier Architekt arbeiten. Ich atmete tief durch und spannte meine Rücken- und Nackenmuskeln wieder an.

Nur nicht gehen lassen.

»Ist es besser jetzt?« fragte Maria vorsichtig.

Ich nickte knapp. »Viel besser. Wahrscheinlich ein bißchen zuviel Sonne. Vorhin auf dem Dach.«

Maria seufzte und griff nach einem knotigen Kiefernzweig, der vor ihren Füßen lag. Unwirsch zupfte sie die Nadeln ab. »Mein Vater ist manchmal ein Narr, ein kindischer Narr. Das mit den Vögeln ...«

»... war eine Idee meiner Frau. Da kann Ihr Vater nichts dafür.«

Maria warf mir einen prüfenden Seitenblick zu, der etwas Schmeichelhaftes und etwas Beängstigendes hatte. Wonach forschte sie in meinem Gesicht?

»Sie müssen wissen«, sagte sie endlich langsam, »daß ich die Firma meines Vaters mal übernehmen will. Das war schon immer mein Wunsch, seit ich mein Jura- und Betriebswirtschaftsstudium beendet habe.«

Ich erwiderte ihren Blick und betrachtete sie eingehend. Wie hatte ich jemals eine Madonna in ihr sehen können? Madonnen sind vor allem weltentrückte, süßlich verklärte, ganz von heiligen Gefühlen durchdrungene Gestalten. Die junge Frau neben mir war alles andere als das. Entschlossenheit lag in ihrem Blick, ihr Mund verriet nur schwer gezügelte Energie, das Kinn versprach Durchsetzungsvermögen.

»Wenn ich mir Sie so ansehe, wundert mich das nicht. Sie haben das Zeug dazu, ein Großunternehmen zu leiten.«

»Ganz im Gegensatz zu meinem Bruder«, erklärte Maria seufzend.

»Ein Bruder? Wo ist er?«

Maria zuckte mit den Achseln. »Irgendwo. Vielleicht auf unserer Bergfinca, in Palma, vielleicht auch auf einer Baustelle oder in einem der Hotels meines Vaters, wo er sich als Playboy aufspielen kann. Weiß der Himmel! Er verschwindet einfach, wenn ihm danach ist. Er hat sämtliche verrückten Seiten meines Vaters geerbt, hält sich für einen großen Künstler und Bonvivant.«

Ich glaubte plötzlich, Marias Problem zu kennen. Ihr traditionell denkender Vater – in Wahrheit ein Pascha der übelsten Sorte – wollte sein Werk nur dem gleichgeratenen Sohn vererben und übersah dabei, daß der ein Taugenichts und die Tochter eine talentierte Geschäftsfrau war.

»Ich nehme an, Ihr Vater liebt Ihren Bruder sehr?«

Maria schnaubte und schüttelte den Kopf. Mit wütender Geste schleuderte sie den Kiefernzweig in den Brunnen. »Nein, dafür sind die beiden sich viel zu ähnlich. Der eine wirft dem anderen den Verrat des eigenen Charakters vor. Wenn mein Bruder da war, verhält sich mein Vater noch alberner, als Sie ihn heute erlebt haben. Ich nehme an, Ihre Frau ist auch der künstlerische Typ?«

Ich nickte vorsichtig, denn das hörte sich nicht nach einem Kompliment an.

»So was inspiriert meinen Vater zu seinen Verrücktheiten. Trotzdem ist er ebensowenig Künstler wie mein Bruder. Ich bin nur froh, daß der sich von der Firma fernhält.« Sie verfiel in düsteres Schweigen.

Mir wurde ein wenig unwohl in meiner Haut. Mich beschlich das Gefühl, Verrat zu begehen. Verrat an meinem möglichen Geschäftspartner Grönert, der so außerordentlich viel Wert darauf legte, mich persönlich kennenzulernen – mir zu vertrauen.

»Ich will, daß Sie alle Planungen und Absprachen für die Wellness-Bäder, die Sie mit meinem Vater treffen, auch mit mir besprechen. Und zwar bevor endgültige Entscheidungen fallen. Ich will alle Informationen«, sagte Maria so unvermittelt und so schroff, daß mir der Atem stehenblieb.

Als ich mich gefaßt hatte, sagte ich: »Glauben Sie nicht, daß Sie darüber zuerst mit Ihrem Vater sprechen sollten statt mit einem Fremden?«

Maria stand auf und schaute auf mich herab. »Ich kann mit meinem Vater nicht darüber sprechen, denn es würde ihn verletzen.« Sie zögert einen Moment und ging vor mir auf und ab. Der Kies knirschte unter ihren Schuhen. »Es ist so, daß mein Vater in letzter Zeit mehr als verschwenderisch war in der Ausführung von Aufträgen. Es ist kein Zufall, daß wir immer öfter auf Überproduktionen sitzen bleiben. Er ist seltsam sprunghaft geworden, unkonzentriert und schwärmerisch. Unsere Produkte werden immer edler und immer teurer, beinahe unverkäuflich. Nicht, daß ich Vater darum weniger liebenswert fände, aber ...« Sie zögerte wieder, schaute sich zur Kirche um, als erwarte sie Hilfe vom Höchsten. Jetzt erkannte ich wieder die Madonna in ihr und im nächsten Moment die knallharte Geschäftsfrau. »Mein Vater wird alt, und das, gepaart mit seinen kindischen Zügen und seinem Künstlertraum, ist eine gefährliche Mischung in der modernen Geschäftswelt. Außerdem geht es darum, daß er vielleicht unser Erbe aufs Spiel setzt. Meine Mutter hat auch uns Kindern Geld hinterlassen, das allerdings in der Firma steckt. Mit anderen Worten, jemand muß auf ihn aufpassen und auf das, was er Geschäftspartnern verspricht. Sie verstehen?«

Ob ich verstand? Ich? Ausgerechnet ich, der einen altersschwachsinnigen Vater hatte, der sein Geschäft und Lebenswerk fast in den Ruin getrieben hätte? Maria hätte auf keinen mitfühlenderen Gesprächspartner treffen können. Wie sie da vor mir stand, die Arme um den eigenen Leib geschlungen, fast mager in ihrer dunklen Strickjacke über dem gleichfarbigen Pullover, sah sie aus wie ein junger Spatz, der aus dem Nest gefallen war.

»Sie müssen mir helfen, Herr Schaleen. Mir bleibt keine andere Wahl, als Sie zu bitten. Mich verdächtigt mein Vater der Hinterhältigkeit. Auch das ist ein Zeichen seines Alters. Er sieht sich umgeben von Intriganten, und mich, seine Tochter, hält er für ein Luder.« Sie warf mir einen flehenden Blick zu.

Rührend, wirklich rührend. So rührend wie ehedem einmal Carolin, auf dem Marktplatz von Palma. Meine Güte, wie lange war das her ... Ich holte mich in die Gegenwart zurück. Noch immer stand Maria verloren da, den Blick in den Kies geheftet. Sie schien von ihrem Geständnis über den eigenen Vater völlig erschöpft. Die Kirchturmuhr schlug dreiviertel fünf. Ich stand auf und legte sanft meine Hände auf Marias Schultern.

»Ich verstehe Sie besser, als Sie ahnen.« Weiter kam ich nicht, denn in diesem Moment warf sich Maria an meine Brust und begann kläglich zu schluchzen. Nein, es war kein Tränenausbruch, kein wildes verzweifeltes Aufjammern, nur ein trockenes, schüchternes Schluchzen. Und eben das rührte mich.

Hier war ein Geschöpf, das sich tapfer aufrecht hielt gegen die widrigen Stürme des Lebens, das Entbehrung kannte und vergeblich einen großen Traum hegte, statt dessen aber nur ihre Pflichten erfüllte, umgeben von ihr feindlich gesonnenen Menschen. Der eigene Vater mißtraute ihr. Es klingt kitschig, aber es ist wahr, in diesem Moment erfüllte ein heroisches Gefühl meine Brust. Dieses Geschöpf mußte ich retten.

»Maria!« Meine Tochter an der Brust des Architekten. Natürlich hinter der Kirche, wo niemand zusehen konnte. Gut ausgedacht. Dieses raffinierte Luder ließ wirklich keinen Trick aus, und Karsten Schaleen war genau der verhinderte Romantiker, den ein Biest wie Maria mit ein paar schlecht gespielten Tränen aus der Bahn werfen konnte.

Energisch stapfte ich durch den knirschenden Kies auf die beiden zu und ließ meinen Wanderstock hin- und herschwingen, was ihn wie eine gefährliche Waffe wirken ließ. Karsten Schaleen starrte mir entgegen wie ein ertappter Pennäler. Mit meinen Blicken zwang ich ihn in die Knie, nun ja, zumindest auf die Bank. Typisch, nicht für fünf Pfennig Mumm in den Knochen, nur Pudding. Der sollte mich auf unserer Wanderung kennenlernen.

»Vater«, begrüßte mich meine Tochter mit Unschuldsblick. Sie war wirklich eine phantastische Schauspielerin. Zu schade, daß sie aus diesem Talent nichts gemacht hatte, darin hätte ich sie jederzeit unterstützt. Statt dessen wollte sie unbedingt die toughe Geschäftsfrau spielen, mischte sich in Dinge, die sie nichts angingen, quasselte von Effizienz und Wirtschaftlichkeit. Himmel, handgefertigte Keramikkacheln waren nun einmal Kunstwerke, die nach jahrhundertealter Tradition gefertigt wurden. So etwas braucht Liebe und Zeit. Kein Produkt für eine schnelle Mark.

Maria hatte in ihrer Jugend einfach zu oft solchen Mist wie »Dallas« oder »Denver« gesehen. Joan Collins hatte sich als Vorbild in ihr Hirn eingebrannt, und jetzt spann sie irgendeine Intrige mit diesem Sanitärfuzzi Schaleen. Seine Zeichnungen hatten mich auf einen anderen Charakter schließen lassen. Origineller, unkonventioneller und kompromißloser, so jemanden wie seine entzückende Frau. Wirklich entzückend.

»Ist dir kalt, Maria?« fragte ich scharf. »Dann würde ich vorschlagen, daß du zurück ins Haus gehst.«

Maria verstand und verschwand, ohne Karsten Schaleen

noch eines weiteren Blicks zu würdigen. Der warf ihr einen wehmütigen, für meinen Geschmack treudoofen Blick hinterher. »Wo ist eigentlich Ihre reizende Frau, Schaleen?«

Er schaute sich mit unsteten Blicken in der Gegend um, auch dort, wo der Friedhof lag und brachte kein Wort heraus. Idiot.

»Ziemlich idyllisches Plätzchen hier, was? Nehme an, daß Chopin und George Sand hier auch schon romantische Gefühle hatten. Sehr zum Ärger der Dorfbewohner übrigens.« Ich machte eine Pause, um meine Worte wirken zu lassen. »Die haben damals sogar einen irren Mönch auf das sittenlose Paar losgelassen. Fehlte nicht viel, und die Welt wäre um einen begnadeten Künstler und das Regenbogen-Prélude ärmer gewesen. Komponiert sich nicht gut mit zertrümmerter Schädeldecke.«

Schaleen runzelte die Stirn, endlich sah ich wieder männliche Gefühle in seinem Gesicht: Ärger und Zorn. »Ja ja, Mallorquiner können ziemlich ungemütlich werden, wenn es um die Moral geht. Sehr ungemütlich. Ich mag das. Zeugt von Traditionsbewußtsein.«

Karsten Schaleen hatte sich unter meinen Anspielungen wieder zum Mann entwickelt, setzte sich gerade hin und erwiderte meine Blicke. Na also. Eine alberne Liebelei, noch dazu mit meiner einzigen Tochter, war es nicht wert, unsere gedeihenden Geschäftsbeziehungen zu untergraben. Ich setzte mich neben Schaleen, um ihm zu signalisieren, daß ich zu Friedensverhandlungen bereit war.

»Meine Tochter ist ein sehr cleveres Frauenzimmer, fast durchtrieben. Haben Sie das bemerkt?«

Karsten Schaleen wandte mir lauernd den Kopf zu. Ihm steckte immer noch der Liebhaber in den Knochen. Liebhaber hören es nicht gern, wenn man ihre Angebetete als fast durchtriebene Frauenzimmer bezeichnet. Liebhaber sind gern Heroen, die unschuldige, zerzauste kleine Lebewesen umschlingen.

Ich machte es mir auf der Bank bequem und stützte mich auf die obere Krümmung meines Wanderstocks. »Aber unter uns Künstlern – ich darf Sie aufgrund Ihrer Zeichnungen wohl so nennen –, zuviel Cleverneß steht großen Träumen und Visionen im Weg. Und ich habe Visionen. Immer schon gehabt, sonst wäre ich wohl kaum auf dieser herrlichen Insel gelandet. Darum habe ich auch keinen Moment gezögert, den Hauptteil meines Besitzes in diese Wellness-Center zu stecken. Ich will die römischen Bäder der Moderne bauen. Ich will etwas hinterlassen, das größer ist als ein schnödes Bad oder ein einzelner Pool oder ein paar Wandgestaltungen. Es muß etwas sein, daß der Schönheit dieser Insel würdig ist.«

Ich umschloß mit großer Geste den Platz, die Kirche, den Himmel, die fernen Berge. Selbst der größte Trottel hätte in all dem die tiefe, verschwenderische Schönheit Mallorcas erkennen müssen. Karsten Schaleen war ein noch größerer Trottel. Statt sich die uns umgebenden Schönheiten anzuschauen, fixierte er mein Gesicht. Und das mit einem Blick, der äußerste Unruhe und Besorgnis widerspiegelte, so, als habe er es mit einem veritablen Irren zu tun.

Seine nächsten Worte bestätigten meinen Verdacht. »Haben Sie sich das mit Ihrem ... äh ... Vermögen gut überlegt? Ich meine, Wellnessbäder sind etwas Wunderbares, aber immerhin ist Mallorca von Meer umgeben und bietet somit genug Bademöglichkeiten.«

»Papperlapapp!« unterbrach ich diesen phantasielosen Spielverderber. »Auf Mallorca wird es eine Renaissance des Qualitäts-Tourismus geben. In diese Lücke stoßen wir hinein. Davon abgesehen habe ich das Risiko verteilt, ich habe eine GmbH gegründet, schließlich bin ich kein kindischer Narr.« Schaleens Gesichtsausdruck schwankte nun zwischen Unglauben und Erleichterung. Vielleicht war er doch ganz einfach der naive Künstler, der von der Geschäftswelt keine Ahnung hatte. Oder glaubte er wirklich, daß ich mich für die Badidee ruinieren würde?

»Ein GmbH-Konsortium?« fragte er noch einmal nach.

»Natürlich. Das finanzielle Risiko ist sicher verteilt. Wir sollten keine Zeit mehr verlieren und bald anfangen.«

Karsten Schaleen erhob sich und streckte mir die Hand entgegen. »Das ist ein Wort. Wenn Sie mir die geplanten Kapazitäten, Bebauungspläne und Größenordnungen skizzieren, kann ich noch Ende der Woche nach Deutschland zurückfliegen und ein erstes Angebot erarbeiten. Ich muß vorher nur eine private Angelegenheit zu Ende bringen.«

Abgesehen davon, daß Schaleens Eile ihn wieder als den Trottel entlarvte, den ich eben schon einmal in ihm gesehen hatte, machte mich die Sache mit der privaten Angelegenheit stutzig. Hatte das etwas mit seiner Frau zu tun? War der Mann vielleicht in einen emotionalen Sumpf verstrickt, der der Kreativität nicht zuträglich ist?

»Um was für eine private Angelegenheit handelt es sich denn? Ich hoffe nichts Unangenehmes. Nichts, das Sie und ihre Frau betrifft.«

Karsten Schaleen schüttelte zu meiner Erleichterung energisch den Kopf. »Nein, es geht um meine Eltern. Ich möchte Sie hier auf Mallorca in einer Altersresidenz unterbringen. Bei Santa Ponsa.«

»Und möchten Ihre Eltern das auch?«

Schaleen wirkte verärgert über meine Fragen. »Meine Mutter ist, so behauptet sie jedenfalls, nicht abgeneigt. Sie liebt das Klima und möchte gerne Golf spielen lernen. Mein Vater, nun ja, mein Vater ist zu krank, um sich darüber eine Meinung bilden zu können.«

»Zu krank? Was hat er denn?«

Was, zum Teufel, sollte ich darauf antworten? Mein Vater ist altersschwachsinnig? Unmöglich. Grönert hätte den Verdacht bekommen können, dies sei eine erbliche Krankheit in unserer Familie oder ich wollte eine Anspielung auf ihn selber machen. Unser Gespräch hatte in mir den Verdacht bestärkt, daß Maria nicht ganz unrecht mit ihren Ängsten hatte. Grönert entließ mich nicht aus seinem Blick. Auch das konnte auf seinen beginnenden, greisenhaften Starrsinn hindeuten.

»Mein Vater ist einfach sehr gebrechlich und manchmal etwas – nun ja – weggetreten. Sie verstehen?«

»Alzheimer?«

»Nein, jedenfalls keine ausgeprägte Form. Es ist die gute alte Verkalkung, sagen seine Ärzte.«

Grönert verfiel in tiefes Schweigen, hoffentlich war ich mit meinem Geständnis nicht zu weit gegangen. Warum mußte dieser Mann nur so verflucht inquisitorisch sein? Dieser Spleen mit dem Kennenlernen konnte mich glatt um den größten Auftrag bringen, den ich je abgeschlossen hatte.

»Ich würde Ihre Eltern gerne auch einmal kennenlernen.«

Madre mia, dieser Mann war wirklich verrückt! »Ich werde meine Mutter fragen«, versprach ich kühl.

»Und Ihren Vater«, kam es mit befehlsgewohnter Stimme zurück. Dann erhob sich Grönert ächzend, wobei er seinen Hünenkörper schwer auf den Stock stützte. Auch das sprach für eine voranschreitende Verkalkung. Er schien meine Gedanken zu erraten und sagte: »Es wird langsam kühl hier, und die Bank ist verdammt hart. Ich schlage vor, daß Sie sich jetzt auf den Weg zu Ihrer Frau machen. Eine Frau wie Carolin läßt man nicht warten, sie könnte dabei auf gefährliche Gedanken kommen.« Er wandte mir den Rücken zu und ging einfach davon. Hinein in eine orangeglühende Sonne, die ihre Strahlenfinger bis unter die Kiefern streckte. »Gefährlich für sie«, rief Grönert noch, bevor er hinter der Kirche verschwand.

Gefährlich! Doch nicht meine Carolin. Carolin. Ich seufzte in Gedanken an meine Frau. Nein, die war nie ein durchtriebenes Frauenzimmer gewesen. Der Gedanke stimmte mich fröhlich, genau wie der Gedanke an eine Zusammenarbeit mit ihr. Das würde uns guttun. Das war ein Grund zum Feiern. Genau, dachte ich, während ich die Gassen hinabschlenderte und einen Blick auf den in der Dämmerung wie drohend aufragenden Turm der Kartause warf: Ich werde mit Carolin feiern. Im »Vista de Rey«, diesem sündhaft teuren, schicken Sterne-Restaurant, das zum Galatzo gehörte und mit dem mir Carolin gestern abend in den Ohren gelegen hatte. Teuer? Na und? Bald würden wir uns so etwas endlich unbesorgt leisten können.

Mit einem wütenden »Miau« kreuzte von links eine Katze meine Bahn. Einen Moment sinnierte ich darüber, ob sie schwarz war, dann verwarf ich den Anflug abergläubischer Spekulation, denn wie heißt es so schön: Nachts sind alle Katzen grau, und in den Gassen herrschte bereits Finsternis.

13. Kapitel

Jetzt wußte ich, warum Jaumes Bergfinca »Mirador«, also gute Aussicht hieß. Sie war direkt in einen der Hänge hineingebaut, die zu den Ausläufern des Puig Punyent gehörten, einem der Tausender im Tramuntana-Gebirge, der in meinem Rücken lag. Linker Hand lag irgendwo Paguera, vor mir breitete sich das Tal von Calvia aus. Der Blick reichte wiederum bis zum Meer. Eben war die Sonne darin versunken, und einen Moment war alles in goldenem Licht zerschmolzen. Keine Frage, morgen würde ich anfangen. Ich setzte mich beim Schein einer Petroleumlampe an den großen, groben Tisch, der den unteren Raum des Häuschens dominierte und schrieb eine Liste:

1. Zeichenmaterial kaufen: Pastellkreiden, Aquarellfarben, Pinsel, Bleistifte, Blöcke, evtl. Wanderstaffelei
2. Glühbirnen (die fehlten nämlich in den Lampen)
3. Cordula anrufen

Ich lehnte mich zurück und kaute am Bleistift. Mehr fiel mir nicht ein, dafür fiel mir auf, wie leise es in meiner Einsiedelei war. Nichts als das Nachtlied der Zikaden und ab und an das Aufrauschen eines fernen Autos. Im Häuschen, das nur aus dem Raum, in dem ich saß und einem Schlafraum über mir bestand, herrschte absolute Stille. Zuviel Stille. Die Aufregungen des Tages fielen von mir ab, und ich begann ein große Loch in mir zu spüren. In diesem Loch tummelten sich sonst immer meine beiden Nervensägen Zoey und Janosch. Mein Mann füllte es mit mehr oder minder seltsamen Überraschungen und wechselnden Gefühlen.

»Dumme Ziege«, schalt ich mich selber laut und starrte die grob gemauerten Wände an. Hier saß ich endlich mal in einem Zimmer allein – so, wie die feministische Ur-Frau Virginia Woolfe es für alle Frauen, vor allem kreative – gefordert hatte – und was tat ich? Ich dachte an meine Familie. Das Schimpfen half nicht viel, ich wollte sie trotzdem sehen. Nur einmal kurz nachschauen, ob alles in Ordnung ist, redete ich mir ein, während ich den schmalen, dunklen Felspfad zu meinem Auto herabstolperte (Punkt 4 notierte ich innerlich: Taschenlampe kaufen).

Die Fahrt zum Galatzo dauerte nicht länger als eine halbe Stunde und führte doch in eine vollkommen andere Welt. Hinter mir ließ ich die verträumte Abgeschiedenheit eines malerischen Bergdorfs, kurz: ein Stück ursprüngliches Mallorca. Hinein tauchte ich in eine moderne Kunstwelt, die mit der frisch geteerten, arrogant das Land durchschneidenden Schnellstraße anfing, an der das Galatzo lag. Als ich meinen Wagen auf einem der Hotelparkplätze abstellte, kam ich mir vor wie nach langem Rausch ernüchtert. Die Welt der Touristen hatte mich wieder, eine geregelte, auf faulenzende Urlauber eingestellte Welt, in der sogar die Papierkörbe dreisprachige Namensschilder trugen, die sie als Papierkörbe vorstellten. Ich mied die Rezeption und ging durch ein Tor direkt in die Gartenanlage. Hotelgäste kamen mir entgegen, sie waren auf dem Weg in den Speisesaal im Haupthaus. Wie ertappt drückte ich mich in Büsche: Was, wenn meine Familie auch auf dem Weg in den Speisesaal war?

Ich lief über steile Treppen den Hang herab, drückte mich durch weitere Gebüsche und gelangte schließlich an den Fuß des Hanges und des Hochhausturms, in dem die Suiten meiner Familie lagen. Ich schlich direkt unter den

Balkon unseres Zimmers und entdeckte Licht darin. Mir wurde ein wenig wehmütig ums Herz. Ob sie dort vielleicht alle um den Tisch herum saßen und meinen Verlust beklagten?

In diesem Moment wurde die Tür zu unserem Balkon mit einem heftigen Geräusch aufgeschoben. Der Duft von Essen stieg mir in die Nase. Erika kochte also. Es roch sogar sehr würzig und appetitlich. Hätte ich ihr nicht zugetraut. Egal. Was für ein Triumph, endlich mußte sie auch mal ran! Mein Mann trat heraus und rief mit entnervter Stimme etwas in den Raum hinter sich.

»Ich wäre dir sehr dankbar, Mutter, wenn du nicht ständig von der Scheidung sprechen würdest. Carolin ist und bleibt meine Frau, egal, welche Dummheiten sie macht.«

Unter mir raschelte es im Gebüsch, wahrscheinlich hatte meine energische Stimme eine der vielen Hotelkatzen aufgestört. Die Luft war reichlich dick in dem Zimmer hinter mir. Nicht nur wegen der unfaßbaren Mengen von Olivenöl, die Jaume zum Kochen seiner Paella verwendete. Es war mächtig nett, daß er sich so selbstverständlich um alles kümmerte, aber ich war zu wütend, um ihm zur Hand zu gehen. Ich mußte einfach mal durchatmen.

Meine Frau war nicht ins Hotel zurückgekehrt. Wo, zum Teufel, steckte sie? Und was sollte ich den Kindern noch dazu sagen? Als ich erklärte, was zuvor Jaume mir erklärt hatte, nämlich, daß Carolin getrennt von uns Urlaub machen wollte, hatte Janosch mich so mitleiderregend angeschaut, daß es mir den Magen umgedreht hatte. Allein dafür hätte ich meine Frau am liebsten übers Knie gelegt.

»Mutti kommt nicht wieder?« hatte er leise gefragt. »Ist sie immer noch böse auf mich wegen dem kaputten Restaurant?« Er sprach das schwierige Wort etwa wie Rätzorant aus.

»Nein«, hatte ich gesagt und die Arme ausgestreckt, aber

Janosch war ausgewichen, mit dem Gesichtsausdruck des tapferen kleinen Soldaten. Es war wirklich höchste Zeit, mit ihm mal irgendeine Vater-Sohn-Sache durchzuziehen, ihm zu erklären, daß Männer auch Angst haben und weinen dürfen. Laut sagte ich: »Sie ist nicht wegen dir weg. Ich meine, sie ist überhaupt nicht weg. Sie will einfach nur mal Ferien von uns machen.«

Zoey schnaubte. »Ferien. Wovon denn? Sie ist doch nur Hausfrau.«

»Genau«, unterstützte meine Mutter meine pubertierende Tochter in ihren Frechheiten. Statt mich zu unterstützen, saß meine Mutter nur herum, erwies sich als völlig unduldsam gegenüber den Kindern und jammerte. Etwa über den Ausflug mit der nostalgischen Eisenbahn, der hinter ihnen lag.

»Janosch hätte beinahe den Schaffner von einer der Aussichts-Plattformen gestoßen.«

»Ist gar nicht wahr! Er stand nur im Weg, und ich wollte die Mandarine einfangen, die mir hingefallen war.«

»Welche Mandarine?« fragte ich mißtrauisch.

»Die, die ich während der Fahrt gepflückt habe. Der Zug fährt nämlich durch Mandarinenbäume, und wenn man sich ganz weit rauslehnt über die offene Plattform ...«

»Tut-e-mir leid«, meldete sich Jaume vom Herd zu Wort. »Ich war nicht dabei, mußte mich kümmern um Ihre Papa Hans-Hermanne, der war gegangen zu die Lokomotive und wollte fahren.«

»Eure Mutter wird schon zurückkommen«, versuchte ich mich und meine Familienbande zu beruhigen.

»Genau«, stimmte Zoey mir ungerührt zu. »Wo sollte sie auch sonst hin? Mütter verschwinden doch nicht einfach so – leider. Übrigens muß ich jetzt dringend telefonieren. Ihr könnt mir mein Essen ans Bett bringen.«

Wütend wirbelte ich herum. Was für ein Monster war aus meiner kleinen, süßen Zoey plötzlich geworden? Lag das an mir? So war sie doch sonst nie. Nahm ich jedenfalls an. Sonst sah ich natürlich nicht viel von ihr. Meistens war ich in der Firma.

»Du holst dir dein Essen gefälligst selbst«, donnerte ich ihr hinterher. Meine Stimme prallte an der Tür ab, die sie mit unverschämtem Knall geschlossen hatte.

»Laß sie doch«, unterbrach mich meine Mutter. »Das arme Ding ist einfach verstört, weil seine Mutter so herzlos ist. Johann kann ihr später das Essen bringen.«

»Mutter«, donnerte ich direkt weiter. »Es heißt Jaume, das J gesprochen wie das ch in Ach. Du kannst doch Ach sagen also sag gefälligst Jaume. Und davon abgesehen ist es eine reizende Geste von Senor D'Alba, daß er überhaupt hier bleibt, das ist schließlich nicht sein Job. Vielleicht handelt er sich wegen uns sogar Ärger mit der Hotelleitung ein.«

Jaume drehte sich um und malte mit dem Pfannenheber Figuren in die Luft, sein Gesichtsausdruck verriet komische Verzweiflung »Keine Streit wegen mir. Ich bleibe, weil die Schwester, die man hat Ihnen versprochen, ist-e-krank. Das Hotelmanagement ist darüber sehrrrr betrüblich. Also bleibe ich, iste Auftrag von ganz oben.« Er deutete mit dem Pfannenheber zur Decke und streichelte Janosch zärtlich über den Kopf. Janosch wich nicht zurück, sondern übte sich, angefeuert von Jaume, in einhändigem Garnelenwerfen Richtung Pfanne.

Es war wirklich Zeit, daß ich mit ihm eine Vater-Sohn-Nummer durchzog, mein Junior schloß sich sonst noch jedem Wildfremden an. »Janosch, was hältst du davon, wenn wir zwei am nächsten Samstag eine Wanderung machen?«

»Zu Fuß?«

»Ja, so ist es bei Wanderungen üblich.«

Schweigen.

Jaume wandte sich an Janosch. »Sind-e-große Abenteuer, die Wanderungen. Und gefährlich! Voll von die Raubkatzen und-e-Schlangen. Muß man haben eine Gewehr piff-paff.«

»Ein Gewehr?«

Bevor ich einschreiten konnte, nickte Jaume. »Vor allem für die Dinosaurier.«

»Dinosaurier gibt's doch gar nicht.«

»Ah, nicht woanders, aber hier auf die Insel hat-e einer überlebt! Eine groooße Dinosaurier. So groß.« Jaume schritt den Raum der Länge nach durch.

Janosch klatschte in die Hände und schrie: »Ich will mit, ich will mit! Krieg' ich auch ein Gewehr?«

Wenn das meine friedensbewegte Carolin gehört hätte! Aber nun ja, irgendwo würde ich wohl eine harmlose Kinderflinte mit Platzpatronen auftreiben. »Siehst du es nun«, mischte sich Mutter ein.

»Siehst du es? Das Kind verroht bereits. Erst die Sache mit dem Schaffner und jetzt Gewehre. Das ist nur der Anfang, demnächst überfällt er wahrscheinlich Tankstellen. Manche Kinder fangen schon mit zehn, zwölf Jahren an. Erst sind es Autodiebstähle, dann rauben sie Rentner aus, und dann schießen sie auf Tankwarte.«

»Wie wäre es, wenn du mal nach Vater schauen würdest?« fragte ich gereizt.

»Der schläft. Also Karsten, um auf die Scheidung zurückzukommen, ich kenne da einen hervorragenden Anwalt.«

Ich hielt es nicht mehr aus. Ich hielt es einfach nicht mehr aus, riß die Balkontür auf und trat hinaus, während ich meiner Mutter ein für allemal verbot, von Scheidung zu sprechen.

Karsten stand nun einfach nur da und atmete die Nacht ein. Das Konzert der Grillen schien ihn nicht aufzumuntern, auch der Halbmond, der inzwischen am Himmel aufgegangen war, entlockte ihm kein Lächeln. Er sah so verloren aus, daß ich ihm die Sache mit den Zeichnungen fast verzeihen wollte. Er hatte in seiner Aufregung über den Auftrag wahrscheinlich gar nicht groß nachgedacht. Ich überlegte kurz, eine Art umgedrehte Balkonszene im Stil von Romeo und Julia hinzulegen – ich unten, er oben, ich die Werbende, er der Umworbene.

Die Vorsehung bewahrte mich vor dieser Dummheit, und das Telefon. Janosch brachte es zu meinem Mann heraus. Mein süßer, kleiner Janosch. Brownie tappte auf Welpenpfoten hinter ihm her und wuffte in meine Richtung. Ich wühlte mich tiefer ins Gebüsch. Janosch übergab das schnurlose Telefon mit den Worten: »Für dich Papa. Eine Frau.«

Wie bitte? Eine Frau? Fast hätte ich mich in das pieksende Gebüsch gesetzt. Was sollte das heißen?

»Schaleen?« ... »Ach, Sie sind es.« ... »Nein, nein, Sie stören nicht, natürlich nicht ...«

»Geschäftlich, das ist ein bißchen plötzlich« ... »Oh doch, natürlich. Ich liebe es spontan.« ... »Sie sitzen schon da? Gut, ich komme. In fünf Minuten.«

Er nahm den Hörer vom Ohr, drückte die Aus-Taste und verschwand vom Balkon, während ich mich aus der Umklammerung des Strauchs befreite. Welche Frau hatte meinen »spontanen« (hahaha) Mann soeben zu einer Verabredung gelockt? Ich mußte es wissen, also lief ich den Hang hinauf zum oberen Hoteleingang und wartete gut versteckt auf Karsten.

Ich wartete nicht lange. In lässig weißer Leinenhose und coolem blauen Segelpullover, beides hatte ich ihm bei meinem Kö-Kaufrauschanfall für die Reise gekauft, tauchte er im Lampenschein der Vorhalle auf. Er sah gut aus. Schlank, bereits leicht gebräunt und männlich. Ich brannte vor Wut. Für welche Frau machte er sich so hübsch? Seltsamerweise bog mein Mann nicht in den Weg ein, der zur Rezeption und dem Hotelausgang führte. Nein, er ging genau entgegengesetzt. Er ging zum Vista de Rey.

Unverschämtheit! empörte ich mich, während ich ihn verfolgte. Für mich war der Schuppen angeblich zu teuer und zu vornehm, aber mit irgendeiner wildfremden Schlampe wollte er dort ...

Ja, was eigentlich? Er sprang lässig die Treppe herab, die ich gestern bei strömendem Regen auf dem Po hinter mich gebracht hatte. Meine Wut erreichte den Siedepunkt, als ich sah, wie gelöst er sich gab, ganz der erwartungsfrohe Liebhaber auf dem Weg zum Rendezvous. Er schlenderte den von Jasmin und Hibiskusbüschen gesäumten Weg an den Casa d'Amor vorbei, passierte einen künstlichen Wasserfall, einen arabisch gekachelten Minikanal und eine Tennisboutique. Dann bog er rechts ab. Ich folgte ihm bis zu dieser Ecke und spähte vorsichtig um sie herum. Wow, war das schön! Also, das Restaurant und die Bar. Korbstühle waren auf einer großzügigen rund geschwungenen Piazza gruppiert, davor leuchtete der Pool in sattem Türkis. Eine steinerne Brücke führte darüber, und dahinter – etwas erhöht – lockten weitere Plateaus mit dem königlichen Ausblick auf die Bucht, die bei Nacht von einem Lichtermeer umschloßen war.

Genau so hatte ich mir die Kulisse für ein Candlelight-Dinner mit Karsten immer vorgestellt. Meine Wut siedete wieder. Und als ich meinen Mann entdeckte, an einem der Korbtische und in charmanter Begleitung, begann sie zu kochen. Die Begleitung kannte ich nämlich. Sie hieß Maria Consuelo Grönert und war keine Madonna, sondern eine weibliche Schlange, die meinen Mann mit einem Cocktail verführen wollte. Sie legte ihre Hand auf seinen Arm und lachte perlend. Mein Mann lachte perlend mit.

Affig, einfach affig! entschied ich, als ich hinter mir ein platschendes Geräusch vernahm. Ich drehte mich um und unterschied von der Dunkelheit eine seltsame Gestalt im Bademantel, die eine Stange in das Wasser des gekachelten Minikanals tauchte. An der Stange baumelte ein Lederpantoffel und die seltsame Gestalt konnte natürlich nur einer sein.

»Schwiegervater, was machst du hier?«

»Angeln«, erklärte er mir zufrieden.

Ich ging auf ihn zu, während er den Pantoffel aus dem Wasser zog. »Sehr schön«, lobte ich anerkennend, »ein kapitaler Bursche.«

»Nicht wahr?« freute sich mein Schwiegervater. »Sind Sie auch zum Angeln hier, junge Frau?«

»Nein, ich beobachte nachtaktive Raubkatzen auf Beutefang.«

»Sehr interessant«, befand mein Schwiegervater.

»Ja«, sagte ich, »aber nun müssen wir alle ins Bett.« Mit sanfter Gewalt packte ich ihn beim Arm und führte ihn fort. Richtung Hotelhochhaus. Ich konnte einfach nicht anders. Irgendwie gehörte das zu meinen Pflichten, und irgendwie war Schwiegervater eines der Familienmitglieder, die ich mochte. Er schlurfte mit einem nackten und einem Pantoffelfuß brav neben mir her und plauderte über Angelausflüge an die Wupper. Endlich erreichten wir den Aufzug im obersten Stock des Hochhausturms, der uns zu den Zimmern hinabfahren würde. Ich drückte. Wir warteten. Erst während die Leuchtanzeige von Stockwerk zu Stockwerk sprang und der Aufzug auf uns zusauste, machte ich mir Gedanken darüber, wie ich Schwiegervater sicher abliefern könnte, ohne dabei in Erscheinung zu treten. Denn eins stand fest, ich wollte wieder zurück in meine Einsamkeit. Karstens Eskapaden zwangen mich dazu, wirklich nachzudenken – über die Zukunft unserer Ehe, die Erika bereits mit einer Scheidung beendet sah.

Mit leisem Pling fuhr die Fahrstuhltür auseinander, und beinahe in derselben Sekunde stemmten sich zwei Hundepfoten gegen meine Knie. Mit einem »Wuff« begrüßte mich Brownie, mit einem »Bon nit« Jaume.

»Sie hat ein gütiger Gott gesandt«, seufzte ich erleichtert.

»No, señora, nur Brownie, er hat – wie heißt es? – einen wichtigen Laden zu machen?«

»Ein dringendes Geschäft zu erledigen. Lassen Sie nur. Ich nehm ihn einfach mit. Würden Sie dafür meinen Schwiegervater zu Bett bringen?«

Jaume grinste. »Aber natürlich. Hans-Hermann?«

Mein Schwiegervater nickte lächelnd, stieg in den Fahrstuhl und hielt seinen nassen Lederpantoffel hoch. »Sie hätten die Aale sehen müssen, die ich früher gefangen habe.«

Ich liebkoste Brownie, als hätte er mich soeben aus einer Lawine befreit. Jaume hielt den Türöffner des Lifts gedrückt und musterte mich amüsiert.

»Wissen Sie«, sagte ich erklärend, »ich brauche ihn als Wachhund. In der großen Finca ist es ja doch ziemlich einsam.«

Jaume nickte augenzwinkernd. »Wachhund, si. Sie wollen also noch immer die Einsamkeit? Und spielen? Und leben?«

»Ich will vor allem zeichnen, Jaume. Sie haben es selber gesagt, Mallorca ist eine Insel für Maler. Direkt morgen fange ich an, ich habe es lange genug versäumt.«

»Nun gut. Ich werde morgen früh Ihre Sachen zu der Bar am Kirchplatz bringen lassen.«

»Ohne daß mein Mann etwas merkt?«

»Ah señora, Ihr Mann ist abgelenkt.«

Ich warf Jaume einen mißtrauischen Blick zu. Was wußte er von den Eskapaden meines Mannes?

Jaume erwiderte meinen Blick mit Unschuldsmiene und fragte: »Soll ich der Familie noch etwas bestellen?«

Ich schaute ihn verwundert an. »Bleiben Sie denn bei ihnen?«

Jaume nickte. »Ja.«

»Dann geben Sie Janosch bitte einen dicken Gute-Nacht-Kuß von mir.«

»Eine Umarmung unter Männern ist-e besser.«

»Und sagen Sie Zoey, sie soll nicht soviel telefonieren.«

Jaume grinste hinterhältig. »Das Telefon ist sowieso kapuuutt.«

»Falls ihr sogenannter Freund Fresse auftaucht, wäre es nett, wenn Sie die beiden nicht allein lassen würden.«

»Ich werde sein wie eine Kaugummi an ihre Schuh.«

»Warum tun Sie das alles für uns?«

»Wissen Sie, señora, ich habe gerade nichts anderes vor.«

»Ja, aber müssen Sie denn nicht arbeiten?«

»Das kann warten. Ihre Familie braucht mich. Das ist Arbeit genug.« Er zwinkerte. »Außerdem, ich stelle es Ihnen später in Rechnung mit der Finca.«

»Darf ich Sie jeden Tag anrufen, um zu erfahren, wie es meinen Kindern geht?« Jaume seufzte. »No, das macht alle nur verrückt. Ich rufe Sie an, wenn es nötig ist.«

»Aber ...«, wollte ich weitere Fragen formulieren, als Jaume einfach den Türöffner losließ und die Schiebetüren mit metallischem Schaben aufeinander zuglitten. Ich schaute in mein Gesicht, daß sich in den Aluminiumtüren spiegelte. Brownie säuberte es ausführlich mit seiner riesigen rosa Zunge.

»Laß das!« schimpfte ich und trug ihn durch den Flur nach draußen. Dort sah ich mich nach einem geeigneten Platz für seine Geschäfte um. Ganz klar, in dem Gebüsch längs des Weges zum Vista de Rey war es am sichersten. Redete ich mir ein. Um nicht zugeben zu müssen, daß ich noch einmal einen Blick auf Maria und meinen Mann werfen wollte.

Also trug ich Brownie, dessen Welpenbeinchen für Treppen noch nicht geeignet waren, die etwa achtzig Stufen der Hangtreppe herab, zerrte ihn am künstlichen Wasserfall und Schwiegervaters Angelplatz vorbei und postierte mich wieder an meiner Ecke. Eben wollte ich herumschielen, als eine Hand von hinten auf meine rechte Schulter fiel. Ich tat einen kleinen Schreckensschrei und sah im selben Moment, daß mein Mann den Kopf in meine Richtung drehte.

Mit einem Satz rückwärts war ich im Schatten verschwunden, bereit, meinem Schwiegervater nun endlich einmal die Leviten zu lesen. Aber hinter mir stand nicht mein Schwiegervater.

»Das ist doch ...« Ich erhob mich so ruckartig von dem Korbtisch, daß die Gläser klirrten. Es war mir egal. Ich wollte losstürzen, als Maria mich beim Handgelenk packte.

»Karsten. Was ist mit Ihnen? Sie sehen aus, als hätten Sie ... du ein Gespenst gesehen.« Ihre dunkle Stimme beruhigte mich und holte mich in die Gegenwart zurück. Ich ließ mich wieder in die weichen Sitzkissen fallen.

»Ein Gespenst, genau das war es. Ich dachte gerade, daß ich in dem Hibiskusbusch da drüben das Gesicht meiner Frau gesehen hätte.«

Maria warf stirnrunzelnd einen Blick zu dem Busch. »Glauben Sie, sie spioniert Ihnen hinterher, nur weil Sie eine geschäftliche Besprechung mit mir haben? Sie wird doch sicher im Hotelbett liegen. Sie sah heute nachmittag sehr abgespannt aus.«

Ich seufzte und streifte mit einem Blick die leeren Cocktailgläser vor uns. Das Gespenst, das ich gesehen hatte, war wahrscheinlich ein Geist aus der Flasche. Drei Cocktails. Soviel hatte ich seit langem nicht mehr getrunken, aber heute lagen mir die Nerven blank.

»Nein, in unserem Bett liegt Carolin sicher nicht. Ehrlich gesagt, weiß ich überhaupt nicht, wo sie liegt.«

Maria schwieg, was ich sehr taktvoll fand, sie überließ es mir, ob ich unser Gespräch auf eine privatere Ebene bringen würde oder nicht. Ich hätte ohne weiteres bei dem Thema »Nachbesserungspflicht und Gewährleistungsfristen« verbleiben können, das sie brennend zu interessieren schien. Maria war eine ungewöhnliche Frau. Es tat gut, mit ihr zu sprechen. Anders als Carolin fand sie meine geschäftliche Tätigkeit wirklich spannend. Das war neu für mich. Carolin schien mir immer leise Vorwürfe zu machen, wenn ich zu begeistert von einem Auftrag sprach. Es war das alte Thema, sie ließ nicht von der Idee los, daß ich ein begnadeter Architekt war und mein Leben dem Häuserbau hätte widmen sollen. Ach was, Häuser. An wahre Kunstjuwele dachte Carolin. Mich nannte sie heimlich manchmal den »Kloverkäufer«, was nicht eben nett war. Sosehr ich ihre Phantasie schätzte, so sehr verletzte es mich auch jedesmal, daß sie mich daran maß. Manchmal hatte ich den Verdacht, daß sie statt meiner Person nur eine Illusion liebte, der ich nicht gerecht werden konnte. Das schmerzte, schmerzte schon lange.

Der Pianospieler in dem Barraum hinter uns versuchte sich an einem herzzerfetzenden Schmachtsong in höchstem C. »Tell me how am I supposed to live without you.« Er scheiterte und klang wie ein quietschender alter Lederkoffer, auf dem man herumspringt. Wehmütig dachte ich daran, wie herzhaft Carolin darüber gelacht hätte, um ihm dann ein astronomisches Trinkgeld zu hinterlassen. Weil ihr ein so schlechter Pianospieler denn doch von Herzen leid tat.

Maria legte ihre Hand auf meine Rechte und drückte sie leise. »Es ist sicher nur eine vorübergehende Krise.«

Ich seufzte. »Wenn ich das nur wüßte. Meine Frau ist erst seit kurzem so verändert. Es fing damit an, daß sie sich ihre Haare abschneiden ließ.« Maria sah mich abwartend an. »Sie hatte früher ganz lange braune Haare. Länger als Ihres.« Maria zog die Hand zurück. Ich machte weiter. »Ich meine, mir gefallen diese kurzen blonden Haare an ihr. Es sieht sehr sexy aus und frisch.« Maria beugte sich vor, das flackernde Windlicht ließ ihre Haut rot schimmern.

»Aber?« hauchte sie fast tonlos.

Ich biß mir auf die Lippen und kam mir plötzlich wieder wie ein Verräter vor. »Ach lassen Sie nur.«

»Wie wäre es mit Du? Sollen wir darauf anstoßen?« Sie

lächelte, und das Windlicht ließ ihre hübschen Zähne wie Perlen schimmern. Jetzt kam ich mir vor wie ein Trottel. Und ich war wohl auch einer. Was fiel mir ein, mit einer bildhübschen jungen Frau, die mir das Du anbot, bei Kerzenlicht, Cocktails Pianobegleitung über meine Eheprobleme zu reden? Da gab es doch ganz andere Themen.

Ich spielte mit meinem Glas, setzte es an den Mund und trank mit einem einzigen Zug den letzten Margharita. Warm durchrieselte der Alkohol meine Kehle, ich schmeckte das Salz am Glasrand.

»Äh ... du, sagten Sie?« begann ich nicht eben elegant.

Maria lachte. Das Lachen paßte zu ihren hübschen Zähnen. Es perlte. Sie beugte sich ganz nah zu mir herüber. »Mache ich Ihnen Angst, Karsten? Müssen Sie sich Mut antrinken?«

Weiß der Teufel warum, aber in diesem Moment mußte ich an ihren Vater denken und an das »fast durchtriebene Frauenzimmer«. Ich lehnte mich tief in den Korbsessel zurück, denn ich brauchte ein bißchen Halt und Stütze, die Welt war nach dem letzten Drink ein bißchen ins Schwanken gekommen.

»Um auf die Sache mit den Gewährleilu ...« Ich setzte neu an. »Gewährlis ...« Verflixtes Wort! Ich nahm noch einmal Anlauf und schaffte es in rhythmischen Schüben: »Gewährleis-tungs-fris-TEN zurückzukommen.«

Ich holte Luft, und Maria tat einen Entsetzensschrei. Ziemlich unhöflich, dachte ich. Schließlich hatte sie eben doch noch Interesse dafür gezeigt, genau wie für die Stelle des zweiten Prokuristen, die in unserer Neusser Hauptfiliale vakant war. Ihre Qualifikationen dafür schienen mir hervorragend, ihre Spanienkontakte waren von unschätzbarem Wert, und ihr Vater und seine Millionen wären enger an mich gebunden. Immerhin schien er ja auf eine familiäre Atmossphäre im Geschäftsleben Wert zu legen.

Maria sprang auf und lief auf den Hibiskusbusch zu, in

dem ich eben meine Frau vermutet hatte. Ich kniff die Augen zusammen. Der Busch tanzte Samba. War da tatsächlich jemand versteckt? Maria teilte die Zweige, Blüten rieselten herab, sie sah aus wie eine Frau, die verzweifelt ihre Handtasche durchkramte. Der Pianospieler begleitete die Szene mit Mozarts »Rondo alla Turc«. Ich grinste entspannt und schaute zum erstenmal an diesem Abend in den Mond. Wie herrlich hell der war, eine gleißende, ziemlich breite Sichel. Magisch, wahrhaft magisch! So hell und ganz voll hatte der Mond über dem Kloster San Francesc gestanden, als ich Carolin zum erstenmal geküßt hatte, starr vor Erregung und Glück. Es war einzigartig gewesen. Einzigartig. An diesem Abend, in Gesellschaft einer hübschen, bezaubernd jungen Frau wurden diese Erinnerungen wieder wach.

Vielleicht sollte ich noch einmal in meinem Leben eine solche Verliebtheit erleben. Ich wandte langsam den Kopf zu dem Busch herüber. Maria hatte ihn ausreichend zerpflückt und kehrte mit stark gerunzelter Stirn an den Tisch zurück. Sie sah aus wie eine antike Göttin des Zorns.

»Was is'n?« nuschelte ich und wußte, daß es Zeit war, ins Bett zu gehen.

»Ich hatte gedacht, ich hätte meinen Bruder dort in dem Busch gesehen.«

»Bruder?« Wer war das noch mal?

Maria machte eine ungeduldige Handbewegung, so, als wolle sie eine Fliege verscheuchen. »Ich habe dir doch von ihm erzählt. Unser Familientaugenichts. Gut möglich, daß er hier im Galatzo wieder den dicken Mann markiert. Auf Vaters Kosten. Wir haben Anteile an dem Hotel, und Gundar nutzt das gern schamlos aus. Vor allem, wenn es darum geht, unbedarften Touristinnen zu imponieren und sie auf lau ins Vista de Rey einzuladen.«

Ich starrte den Busch an, so, als wäre er dazu da unbedarfte Touristinnen zu vernaschen. »Und war er im Busch?«

Maria schüttelte den Kopf. »Nein, da war niemand.« Sie schnaubte. »Nur ein riesiger Haufen Hundekot. Die Hotelleitung sollte das Mitbringen von Tieren wirklich verbieten. Sie sind die Pest. Genau wie alle diese verlausten Katzen hier. Aber leider finden deutsche Touristinnen die ›so süüüüüüß‹, verstehst du das?«

»Ja, äh, nein. Ich muß ins Bett.«

»Und deine Frau?«

»Kann alleine ins Bett gehen.« Ich schnippte mit den Fingern, das heißt, ich wollte schnippen, aber meine Finger trafen sich nicht. »El compte, sis plau«, rief ich nach der Rechnung.

»Wenn du betrunken bist, ist dein Katalanisch recht ordentlich«, lobte Maria. »Ist das mit allen deinen Begabungen so?« Sie feuerte einen Blick auf mich ab, der mich noch tiefer in den Korbstuhl drückte.

»Señor Schaleen«, rief mich eine Männerstimme zur Ordnung.

Ich blickte verwirrt auf. Neben meinem Sessel war aus dem Nichts Jaume aufgetaucht. »Ja?«

»Ihr Sohn Janosch verlangt nach Ihnen. Er will-e nix schlafen gehen, bevor Sie ihm nicht eine Gewehr haben versprochen.«

»Janosch will mich sehen?« Ich war gerührt, doppelt gerührt, weil mein Blut zur Hälfte aus Alkohol bestand, aber egal. Ein wenig unsicher erhob ich mich, schaute noch einmal zu Maria hinab und in glühende Katzenaugen, die Jaume wie einen natürlichen Feind fixierten. Komisch, daß gerade Maria keine Katzen mag, dachte ich und kramte in meiner Hosentasche nach Geld.

»Laß nur«, sagte Maria, »das geht aufs Haus. Schließlich haben wir Anteile daran.« Dann wandte sie sich an Jaume und zischte ihn auf Katalan an wie eine Schlange, eine ziemlich giftige Schlange.

Jaume zuckte nur mit den Achseln, grinste und antwortete auf Deutsch und sehr vertraulich: »Maria-Consuelo, wenn du willst-e eine eigene Janosch, mußt du dir suchen eine andere Mann, der hat Anteile daran.«

Die Antwort glich einem Fauchen, »Bild dir nur nicht zuviel ein. Konzentriere dich lieber auf deinen Job.«

»Ich-e bin dabei.« Jaume bot mir den Arm an, und wir schwankten nach Hause. Na ja, ich schwankte, Jaume schritt aufrecht wie ein siegreicher Torero neben mir einher.

Ich hatte meine Verabredung mit Gundar, dem Hünen und Künstler, völlig vergessen gehabt! Ein Glück nur, daß ich ihn von einem Besuch im »Vista de Rey« eben noch abbringen konnte.

»Aber warum?« fragte er verdutzt. »Gefällt es Ihnen da nicht? Sie wären eine der ersten Frauen, der es dort nicht gefällt. Der Pool, der Blick, der Mond, das alles ist doch herrlich.«

»Schon, aber es gibt da zuviel Ungeziefer.« Ich dachte an weibliches Ungeziefer, männerfressende Gottesanbeterinnen etwa, die sich als Madonnen tarnten. Gundar warf einen kurzen Blick um die Ecke. Er mußte auch irgendein Ungeziefer entdeckt haben, denn er riß mich förmlich mit sich fort, und ich Brownie, der soeben sein Geschäft im Busch erledigt hatte.

Gundar zerrte mich wortlos zur Treppe und die achtzig Stufen hoch. Keuchend kamen wir oben an. »Und was, bitte schön, soll das?« fragte ich patzig.

Gundar grinste. »Ich ekle mich ganz gräßlich vor Ungeziefer. Wie wäre es mit einer anderen Bar? Ich bringe Sie dann nachher ins Hotel zurück und lege Sie ins Bettchen.«

»Geht nicht«, sagte ich, »ich habe hier kein Bettchen mehr. Bin umgezogen.«

»Wegen des Ungeziefers?« mutmaßte Gundar und lächelte ein wenig spöttisch. »Nö, war nur ein bißchen viel Rummel hier für meinen Geschmack. Schließlich bin ich zum Zeichnen hier. Deshalb habe ich mir eine kleine Bergfinca gemietet. Traumhafte Sicht, völlig abgeschiedene Lage.«

»Klingt einladend.«

»So war das nicht gemeint.«

»Gibt es in Ihrer Bergfinca denn etwas zu trinken? Außer Brunnenwasser.« Gundar kraulte Brownies Bauch, mein Welpe junkste vor Glück. Was zwei Dinge bewies:

1. Gundar konnte gut kraulen,
2. Gundar konnte kein schlechter Mensch sein.

Ich faßte einen Entschluß. »In meiner Finca gibt es noch nichts zu trinken, aber am Kirchplatz des Dorfes gibt es eine kleine Bar. Sie heißt ›Parroquial‹ oder so.«

Was mein Mann kann, kann ich schon lange, schoß es mir trotzig durch den Kopf. Sollte er ruhig seinen geschäftlichen Besprechungen mit Maria nachgehen, ich suchte auch nur den künstlerischen Austausch mit einem Gleichgesinnten. Nach fünfzehn Jahren Ehe mit einem Kloverkäufer hatte ich ja wohl ein Recht dazu. Basta.

»Ah«, machte derweil Gundar und setzte Kennermiene auf: »Sie sprechen von Galilea und der Kirche ›Immaculado Concepcio‹. Sehr hübsches Plätzchen.«

»Nun eigentlich spreche ich nicht davon, mit Ihnen in die Kirche zu gehen, das scheint mir sehr übereilt.«

Gundar lachte. »Sie verpassen etwas, wenn Sie es nicht tun. In der Kirche gibt es eine zauberhafte Madonnenfigur. Mögen Sie Marienfiguren?«

Meine Miene verfinsterte sich unwillkürlich. »Nicht jede«, brummte ich.

»Nun, diese werden Sie lieben. Lassen Sie uns fahren.«

»Aber wird die Kirche denn offen sein?«

»Auf Mallorca sind viele Kirchen immer geöffnet. Es gibt hier schließlich jede Menge Katholiken und jede Menge Sünder.« Gundar nahm mir Brownie einfach aus dem Arm und eilte voran. Ich beeilte mich, Schritt zu halten und auf gleicher Höhe zu gehen. Es fiel mir nicht im Traum ein, diesem selbstbegeisterten Macho hinterherzulaufen.

»Wir fahren mit meinem Auto«, entschied ich, als wir den Parkplatz erreichten. Der Hüne hob nur kurz die Augenbrauen, schwieg aber und ließ seinen Blick an einer braven Reihe blauer und weißer Ford Ka's entlangschweifen. Es war ein ziemlich verächtlicher Blick.

»Hier steht es«, sagte ich triumphierend und schloß das Cabrio auf.

»Nicht schlecht«, lobte Gundar und sprang in das offene Auto. Ich startete durch und schnürte die Kurven zur Hauptstraße hinab. Der brausende Fahrtwind trug mein schlechtes Gewissen einfach mit sich fort. Der Mond, das Gestirn der Verliebten, machte aus allem, was geschah – Magie.

Er ließ die Olivenhaine, die wir durchquerten, silbern leuchten und tupfte sanftes Licht auf die Serpentinenstraße, die hinauf nach Galilea führte. Er begleitete uns sogar bis in die Kirche hinein, wo er in feinem Strahl durch das Fenster gegenüber vom Chor schien. Noch nie hatte ich eine leere Kirche bei Nacht betreten. Die Schatten schienen zu flüstern. Ich glaubte ein fast lautloses Echo unzähliger Gebete zu vernehmen. Es vermischte sich mit dem Geruch von kaltem Weihrauch. Die Glocke im Kirchturm schlug elfmal. Noch eine Stunde bis Mitternacht. Das letzte Mal, daß mich ein heiliger Ort so verzaubert hatte, war in Palma gewesen. Der Kreuzgang des Klosters San Francesc. Damals hatte auch der Mond geschienen, ein voller Mond. Er war gerade aufgegangen, und Karsten hatte mich zum erstenmal geküßt. Ich zitterte in Erinnerung an diesen Kuß und in Erinnerung an Maria Consuelo neben meinem Mann. Dieser verfluchte Kerl. Mich behandelte er seit Jahren wie etwas Selbstverständliches, etwa seine Zahnbürste, man brauchte sie täglich, ohne ihr jemals wirklich Beachtung zu schenken, und wenn sie abgenutzt war, tauschte man sie eben aus.

»Schauen Sie«, forderte Gundar leise und deutete zum Altar. Er hatte nicht zuviel versprochen. Da war die Madonna, nach der ich sozusagen immer gesucht hatte. Eine vollendete Madonna, echt Gips, echt Kitsch und beinahe lebensgroß. Sie stand da in ein türkisfarbenes Gewand gehüllt, das ihren schlanken, venushaften Leib genau nachzeichnete. Ihr Gesicht war überirdisch schön wie das eines Botticelli-Engels. Drei Dinge machten sie zu einer wirklich außergewöhnlichen Erscheinung:

1. Sie trug ihr Kind nicht bei sich,
2. Ihre Züge waren keinesfalls weltentrückt, sondern geradezu lebensgierig,
3. Ihr rechter Fuß stand – und das ließ mich vollends der Magie des Augenblicks verfallen – auf einer Mondsichel.

Sie war die erste und einzige fast erotische Madonna, die ich je in meinem Leben gesehen hatte. Die einzige Madonna, die ihren Wert und ihre Verehrung nicht nur der unbefleckten Empfängnis und Aufzucht des Jesukindes zu verdanken schien. Sie war mehr heidnische Fruchtbarkeitsgöttin als keusche Mutter Gottes. Ich erklärte sie spontan zur Schutzpatronin aller frustrierten, unverstandenen, vernachlässigten Familienmütter und zündete zu ihren Füßen ein Licht an. Still legte ich das Gelübde ab, von nun an einen eigenen Weg durch mein Leben zu suchen, egal ob mich der wieder zu Karsten oder von ihm weg führen würde

»Amen«, hauchte ich.

»Sie sehen zauberhaft aus. Ich könnte sie küssen«, raunte Gundar.

Ich runzelte ärgerlich die Stirn. »Nicht hier«, erwiderte ich scharf, und die Wände warfen meinen Tadel noch einmal auf Gundar zurück, was den Hünen freilich nicht niederdrückte. Übrigens schien mir die Küsserei nicht deswegen ungehörig, weil sie in einer Kirche geschehen sollte, sondern weil mir meine Erinnerungen an Karstens Küsse in einem kirchlichen Gebäude immer noch heilig waren. So was sollte man im Leben nicht zweimal versuchen, jedenfalls nicht mit verschiedenen Männern.

Wir schlenderten über den kleinen Platz zur Bar hinüber, deren eine Seitenwand direkt an die Kirche anschloß.

»Hübsche Kombination finde ich«, sagte Gundar. »Sünde und Vergebung sollten möglichst nah beieinander liegen. Finden Sie nicht auch?« Spielerisch legte er seinen rechten Zeigefinger unter mein Kinn, hob mein Gesicht an. »Ich würde Sie gerne porträtieren. Eine Büste. Ich frage mich allerdings, welches Material Ihnen gerecht würde?« Er kniff ein Auge zusammen und tat als dächte er angestrengt nach. »Marmor? Nein, zu kalt und zu glatt.«

Ich fragte mich, ob das nur ein Vorwand war, um mich anzufassen. Gundars Finger gaben mir die Antwort, indem sie meine Nackenkontur nachzeichneten, um dann über meine rechte Schulter nach vorne zu wandern, in Richtung verbotene Zonen. Madonna mia, der Mann konnte wirklich gut kraulen. Ich bekam ungezogene Gedanken und begann Brownie, der selig schnaufend zu Gundars Füßen lag, zu verstehen. Statt zu schnaufen, haute ich Gundar allerdings auf die Finger. »Lassen Sie das!« sagte ich streng.

Gundar zog seine Hände zurück und streckte sie nach oben, so, als richte ich einen Revolver auf ihn. »Ich habe ein rein professionelles Interesse an Ihnen. Ich schwöre.«

»Und für was genau sind Sie Profi?«

»Nächtliche Kirchenführung«, meinte er schmunzelnd.

»Na dann, gute Nacht.«

»Darf ich mitkommen?«

»In meinem Bett ist nur für ein männliches Wesen Platz.«

»Sehr angenehm. Mehr können wir später ausprobieren.«

»Sie sind ziemlich unverschämt. Außerdem liegen Sie daneben. Das männliche Wesen ist mein Hund. Komm, Brownie.« Der elende Verräter knurrte und wollte nicht von Gundars Füßen weg. Ich riß ihn hoch und an mich.

14. Kapitel

Mein Kopf dröhnte. Das Vogelgezwitscher vor dem Balkon bohrte sich spitz wie ein Eispickel in meinen Schädel und richtete im Inneren weitere Verwüstungen an. Wie sollte ich diesen Tag überleben? Verflucht, ich war nicht der Kerl für Cocktails.

Mühsam öffnete ich die Augen und starrte ins absolute Dunkel. Eine doppelte Lage Vorhänge sperrte das Licht aus. Die Leuchtziffern des Reiseweckers – natürlich von Aldi, Carolins Lieblingsgeschäft – zeigten sieben Uhr an. Ich wälzte den Körper, der nicht zu meinem Brummschädel zu gehören schien, aus dem Bett und tappte ziemlich unkoordiniert zu den Vorhängen, riß sie beiseite. Ein spitzer Vogelschrei stach mir direkt durchs Auge ins Hirn. Begleitet von einem grellen Sonnenstrahl. Der Ausblick hob meine Stimmung nicht. Palmen, weißgetünchte Häuschen im Pueblostil, türkisblaue Bucht am Fuß des weitgeschwungenen Hanges. Mallorca. Bislang war es eine einzige Katastrophe gewesen. Meine Frau war weg auf Selbsterfahrungstrip von unbestimmter Dauer. Meine Kinder zeigten weder Zucht noch Ordnung. Meine Mutter entpuppte sich als gewaltige Nervensäge. Mein möglicher Geschäftspartner als ein alternder Mann, bei dem es im Dachstuhl bedenklich zu knirschen schien. Ähnlich wie bei meinem eigenen Vater. Ich grinste unter Schmerzen. Immerhin, Vater hielt sich prächtig. und obwohl er nachweislich geistig gestört war, erschien er mir am normalsten. Er genoß ganz einfach den Augenblick. Ganz so, wie man es in einem Urlaub tun sollte.

Urlaub! Darum ging es in meinem Fall eben nicht. Ich schleppte mich ins Bad, das seltsam nach Mottenkugeln roch und wirklich dringend der Renovierung bedurfte. Während ich mich unter einem lauwarmen fingerdicken Wasserstrahl duschte, kalkulierte ich aus alter Gewohnheit die Kosten für eine Sanierung dieser Naßzelle, überschlug die ungefähre Anzahl an Suiten in unserem Turm und stellte in Gedanken einen Kostenvoranschlag auf.

Tut mir leid, aber das erfrischte mich wirklich. Und egal wie öde Carolin meine Arbeit gemeinhin fand, es gab auch Frauen, die sich aufrichtig dafür interessierten. Aufgemuntert zog ich mich an, als mein Blick auf die leere Schrankhälfte neben der meinigen fiel. Ich brauchte eine gewisse Zeit, um das Bild zu verarbeiten. Erst als ich den an mein Schlafzimmer angeschlossenen Wohn- und Eßbereich betrat und den fröhlich pfeifenden Jaume beim Herd entdeckte, wurde mir klar, was mich an der leeren Schrankhälfte irritiert hatte.

»Senor d'Alba?«

»Jaume, wir haben uns gestern auf Jaume, Karsten und Sie geeinigt. Vergessen? Ah, ist wahrscheinlich Erinnerung ertrunken in die Cocktails. Sie brauchen eine große Saft von die beste Orangen der Insel. Süße, saftige ...«

Ich unterbrach sein Marktgeschrei. »Jaume, wo sind die Sachen meiner Frau hin?«

»Weg.«

Die Kürze der Antwort schockte mich. »Wie weg?« stellte ich mich auf den Telegrammstil ein.

»Weg heißt nicht-e mehr da!«

»Haben Sie die Sachen weggebracht?«

Jaume drehte mir den Rücken zu und filterte Kaffee durch ein altmodisches Sieb. »Nicht-e ich habe die Sachen weggebracht, eine Page.«

»Wohin?«

Jaume zuckte einfach nur mit den Achseln.

»Ich frage Sie ein letztes Mal: Wissen Sie, wo meine Frau hin ist?«

»Sie können fragen, aber ich muß nix antworten.«

Mir platzte der Kragen. »Finden Sie das etwa komisch? Halten Sie das für ein lustiges Spiel? Meine Ehe steht auf der Kippe, Mann! Wenn Sie mir nicht helfen wollen, dann verschwinden Sie gefälligst.«

Hinter mir wurde ein Schrei laut, ein Kinderschrei. Ich hatte Janosch nicht hereinkommen hören.

»Nein!« gellte es in meinem Rücken. »Jaume soll nicht gehen.« Mein Sprößling schoß vor und umklammerte Jaumes Beine, der gab ihm eine zärtliche Kopfnuß. Dann schenkte er mir Kaffee und Milch in eine Tasse und reichte sie mir.

»Wissen Sie, señor, Liebe ist-e etwas, das man nicht-e einfach in die Regal stellt wie eine Trophäe. Man muß sie manchmal wenigstens abstauben.«

Das fehlte mir gerade noch: Ein männliches Kindermädchen, das sich zu allem Überfluß noch als philosophischer Lebenshelfer betätigte. Mein dröhnender Schädel und Janoschs Gegenwart verboten für den Moment weitere Nachforschungen, außerdem stießen Mutter und Vater nun zu uns.

»Was gibt es zum Frühstück, Johann?«

»Suc, Café amb llet, panet, torrada ...«

»Was soll denn das sein?«

»Die Buffet in die Hotel, señora.« Jaume beugte sich zu Janosch hinab. »Willst-e du eine Brotchen mit wie heißt? Nutelle?«

»Au ja, Nutella!«

»Dann mache ich dir eins.«

Meine Mutter sog hörbar die Luft ein. »Also, das ist doch ... Und wir?«

»Ihr geht in den Speisesaal«, sagte ich mühsam beherrscht. »Schließlich ist es mehr als nett, daß Jaume sich überhaupt um uns kümmert. Er ist freiwillig hier, und ich hoffe, er bleibt trotz deiner Unhöflichkeiten.«

Jaume drehte sich zu mir um und zwinkerte: »Ich bin-e gewohnt Unhoflischkeit.«

»Das Hotel hat ihn für uns abgestellt. Schließlich sind wir keine gewöhnlichen Gäste«, beharrte meine Mutter und kniff den Mund zusammen. So fest, daß er fast völlig verschwand, nur ein pinkfarben hingemalter Rest zeichnete sich ab. Carolin hatte immer behauptet, meine Mutter hätte keine Lippen mehr vom ständigen Zusammenkneifen. Komisch, ich sah es in diesem Moment zum erstenmal auch und ärgerte mich.

»Du hast recht, Mutter, wir sind keine gewöhnlichen Gäste. Wir sind nämlich auf Einladung der Hoteleigner hier – umsonst.«

»Das klingt so, als wolltest du sagen, wir sind eine Art Schnorrer. Denk bitte daran, daß dein Vater ein wichtiger Unternehmer ist ...«

»War«, unterbrach ich sie und das Klappern ihrer goldenen Armreifen und Ketten. »Ich schlage vor, du und Vater frühstückt jetzt. Danach hole ich euch ab, und wir besichtigen das Altenheim von Santa Ponsa, genau wie wir es vorhatten. Ihr seid zum zweiwöchigen Probewohnen angemeldet.«

Meine Mutter hatte sich bereits zum Gehen gewandt. Jetzt wirbelte sie herum. »Das ist doch nicht dein Ernst! Jetzt, wo Carolin dich und die Kinder verlassen hat.«

»Was heißt verlassen?« krähte Janosch und zog an meinem T-Shirt.

»Mutter, es reicht. Geht jetzt bitte.«

»Wir bleiben natürlich an deiner Seite. Du brauchst jetzt unsere Unterstützung. Außerdem will ich überhaupt nicht in diese Altersresidenz.«

»Aber das hast du doch immer behauptet. Das war der einzige Grund, warum ich mich auf die gemeinsame Reise eingelassen habe, obwohl ich hätte ahnen können, daß Carolin etwas dagegen haben würde. Und langsam verstehe ich sie sogar.«

Ein Wimmern unterbrach mich. »So ist das also, du willst uns abschieben, weil deine herzlose, egoistische Frau es so will.«

»Was ist egotistisch?« fragte Janosch.

Mein Schädel drohte unter diesem Streit entzweizubrechen. Als auch noch Zoey ins Zimmer platzte. Und nicht nur Zoey. An ihrer Hand hatte sie etwas, das ich als sehr bedrohliche Erscheinung bezeichnen würde. Es war mindestens ein Meter fünfundachtzig groß, komplett haarlos, dafür auf dem Schädel tätowiert. Außerdem trug es mehrere Ringe in der Nase. Trotzdem war es kein Tanzbär, ganz abgesehen davon, daß es alles andere als gutmütig aussah, eher so wie ein sehr grimmiger Grizzly.

»Das ist Fresse«, sagte Zoey mit dem Stolz einer Dreijährigen, die Papa das erste selbstgemalte Bild überreicht.

»Was ... was ist Fresse?« brachte ich stammelnd hervor, während meine Mutter sich in meinen Arm krallte, Janosch nur »Wow!« hervorstieß und Jaume – der unverwüstliche Jaume – immerhin die Augenbrauen bis zum Haaransatz hochzog. »Und-e das in unser-e Hotel«, murmelte er schließlich kopfschüttelnd.

Mein Vater war – glaube ich – der einzige im Raum, der sich über die Erscheinung nicht irritiert zeigte. Freundlich lächelnd betrachtete er Fresse und fragte mit seiner stets leicht verträumten leisen Stimme: »Hat das mit den Ringen sehr weh getan?«

»Nö, war'n echt geiles Gefühl, Opa. Willste mal anfassen?«

Ganz gegen meine sonstige Art nahm ich an diesem Punkt das Heft fest in die Hand. Genau so, wie ich es in der Firma gewohnt war, streng und unnachgiebig. Im Privatleben hatte ich Konfrontationen stets vermieden, vor allem mit meiner Mutter. Ihres Herzens wegen, und weil ihr Schicksal an der Seite von Vater schwer genug war. Und was Erziehungsfragen betraf, dafür war im wesentlichen Carolin zuständig. Aber jetzt kannte ich kein Erbarmen mehr. Meine Eltern verbannte ich in den Speisesaal. Jaume bat ich um Verzeihung und darum, die Kinder zu beaufsichtigen, wenn ich später zum Altenheim fuhr, dann wandte ich mich an Fresse. »Herr ... ähem ...«

»Einfach Fresse.«

»Geil!« krähte Janosch.

»Ruhe!« donnerte ich. »Fresse kann ja wohl unmöglich Ihr Familienname sein. Also, wie heißen denn Ihre Eltern?«

»Vati, du bist echt so was von peinlich.« Zoey verdrehte die Augen und ließ erregt ihren Kaugummi knatschen.

»Also, wie heißen Ihre Eltern?«

»Geht Sie nichts an.«

»Dann geht Sie meine Familie auch nichts an. Lassen Sie meine Tochter los, und verschwinden Sie.«

Fresse tat einen ganz langsamen, ganz lässigen Schritt auf mich zu. Hatte ich bereits erwähnt, daß er über bemerkenswert viele verschiedene und gut sichtbare Muskeln verfügte? Hilfesuchend sah ich meiner Tochter ins Gesicht. Sie würde doch nicht zulassen, daß ...? Meine Zoey doch nicht! Oder doch?

Es war Jaume, der die Situation klärte, indem er – mit einem Küchenmesser spielend – einen Schritt neben mich tat. Ihm schien diese Duellanten-Situation zu liegen. Als Fresse immer noch seine Position behauptete, machte Jaume einen weiteren Schritt nach vorn und betrachtete angelegentlich die Messerklinge. Fresse zeigte erste Zeichen von Unsicherheit, er senkte kurz den Blick – und hatte verloren. Mißmutig ließ er die Hand meiner einzigen Tochter los, muffte ein »Bis später!« und zog davon.

»Bor äh«, stieß Janosch hervor. »Das war aber cool, Jaume.«

»Null problemo, meine Freund.«

Ich muß sagen, dieser Dialog unter Männern, von dem ich ausgeschlossen war, versetzte mir einen echten Stich. Einen Moment überlegte ich, Fresse zurückzurufen und die Sache Mann gegen Mann auszutragen.

»Du bist so was von gemein, Dad. Ich fass' es nicht«, keifte derweil meine Tochter. »Kann ich was dafür, daß Mom dich nicht mehr liebt? Soll ich deshalb hier mit dir Frust schieben? Voll Scheiße, echt.«

»Noch ein Satz, und du kannst den ganzen Urlaub auf deinem Zimmer verbringen – ohne Telefon.«

»Mom hat recht, du bist ein autoritärer Dinosaurier.«

Ich machte den Fehler, auf diese Provokation einzugehen. »So was würde sie nie sagen.«

»Ach nee?«

»Ist Mama bei den Dinosauriern, Jaume?« erkundigte sich Janosch.

»Señor«, sagte der mit beneidenswerter Ruhe, »gehen Sie nur. Ich werde mich kümmern um die Kinder.«

Erleichtert nahm ich das Angebot an, griff nach Geldbörse und Autoschlüsseln. Als ich die Tür öffnete, hörte ich noch einmal Zoeys maulige Stimme.

»Äh, ich bin, Scheiße noch mal, kein Kind mehr. Ich liebe Fresse.«

»Ah ja, die Liebe. Ich-e weiß, wie das ist. Erzähl mir von deine Freund, ja? Ich würde ihn gerne kennenlernen, er ist-e so stark. Sehrrr eindrucksvoll, ein-e Torerofigur.«

Soviel Geduld konnte nur ein Mann ohne Kinder und sonstige Verpflichtungen aufbringen! An der Rezeption machte ich kurz halt und bat darum, keine Telefon-Gespräche – egal welcher Art – in das Zimmer meiner Tochter durchzustellen.

»Sagen Sie jedem Anrufer einfach, sie ist nicht da.«

»Und wo ist sie?« fragte der Rezeptionist freundlich zurück.

»Im Erziehungsheim, wenn sie so weiter macht«, schnaubte ich. Das Bild von Zoey hinter hohen Mauern und vergitterten Fenstern fand ich für einen Moment lang ausgesprochen beruhigend. Vor allem, als ich an das tätowierte Wesen zurückdachte, das ich auf dem Weg hierher an einem der Swimmingpools wiederentdeckt hatte. In Badehose war es noch furchterregender, die Tattoos setzten sich nämlich vom Schädel über den Nacken nahtlos fort. Soweit ich erkennen konnte, handelte es sich bei den Abbildungen vor allem um tierische Fabelwesen. Drachen, Kröten, Molche. War es das, was Zoey an dieser mir völlig fremden Lebensform reizte?

Seufzend machte ich mich auf den Weg zum Speisesaal, um meine Eltern abzuholen ...

15. Kapitel

Der Morgen hatte herrlich begonnen. Ausgeruht und entspannt wie selten in meinem Mutterleben hatte ich die aufgehende Sonne und ihr Farbenspiel begrüßt. Süß umfing mich und Brownie das Vogelgezwitscher auf dem großen Balkon der Casa Mirador. Die Morgenluft war herbstlich frisch, aber man spürte, daß der Tag trotzdem sommerlich werden würde. Ich genoß mein zielloses und zeitloses Dasein, kraulte den Hund und lächelte. Zum erstenmal seit langen Jahren, saß ich einfach da und machte mir weder tiefgreifende Gedanken noch Listen. Ich weiß auch heute nicht zu sagen, wie lange ich so dasaß und einfach guckte. Ich weiß nur noch, daß der Himmel wäscheblau und frisch wie früher Vormittag war, als ich mich erhob und aus dem Haus ging.

Vor der Tür stolperte ich zunächst über meine Koffer, Brownie unterzog sie einem begeisterten Schnüffeltest. Jaume hatte also Wort gehalten. Ich stieß die Ungetüme ins Haus und hüpfte mit dem Welpen auf dem Arm den Fußpfad zu meinem Auto herab. Als erstes fuhr ich zum Kirchplatz. Auf der Barterrasse war beinahe jeder Tisch besetzt. Die meisten von Dauerurlaubern, die ein Hauch von Bohème umwehte. Ich schlängelte mich an den Tischen vorbei und entdeckte den ein oder anderen Skizzenblock darauf. Mein Herz klopfte freudig. Ich war also in eine Art Künstlerkolonie geraten. Wie passend.

In der Bar bestellte ich einen Kaffee. Dann ließ ich mir

das Telefon zeigen, kaufte eine Karte und überlegte kurz. Künstlerin hin oder her, zunächst wollte ich meine Kinder sprechen. Zumindest ihre Stimme hören. Ich wählte die Nummer des Galatzo. Nach einer Weile hob jemand ab und begrüßte mich auf Spanisch. Als ich zurückgrüßte, wechselte er zu gebrochenem Deutsch mit starkem spanischen Akzent. Ich verlangte das Zimmer meiner Tochter.

»Numero 401?« fragte der Rezeptionist nach. Ich bejahte, er bedauerte. »Tut mir leid, señora, aber sie ist nicht da.«

»Ja, aber haben Sie es denn überhaupt versucht?« fragte ich mißtrauisch.

»Ihr Vater hat gesagt, sie ist nicht da.«

»Und wo ist sie?«

»In – warten Sie, ich habe notiert – hier«, er holte Luft und räusperte sich wie ein Opernsänger vor einer besonders schwierigen Gesangspartie: »in die Er-zie-hungse-heime.« Ich hielt vor Schreck die Luft an. »Aber wenn Sie wollen, ich kann Ihnen geben die Freund von die Mädchen. Eine señor – Moment – F-a-resse.«

»Nicht nötig!« stöhnte ich entsetzt. »Geben Sie mir lieber Zimmer 403, falls mein Mann nicht im Knast ist.«

»Wie bitte?«

»Ke-naste.«

»Wohnt hier nicht.«

»Zimmer 403, bitte.«

Jaume meldete sich und beschied mir knapp, daß er die Lage unter Kontrolle habe und ich gefälligst anfangen solle, zu leben und mich von den Kinderm abzunabeln. Im Hintergrund krähte Janosch munter etwas von einem Gewehr, von Zoey hörte ich nichts, was aber für einen schmollenden Teenager nicht ungewöhnlich war. Jaume legte auf, ich tat das gleiche und rief Cordulas Nummer in Düsseldorf an.

Sie meldete sich vollkommen unausgeschlafen. »Hey, was soll'n das? Ist gerade erst neun Uhr durch und so gut wie noch dunkel. Äbäh, Scheißwetter, alles grau.« Deckenkekruschel, ich nahm an, sie verkroch sich wieder unter ihr Plumeau.

»Hier ist strahlender Sonnenschein, einfach herrlich.«

»Diese Nachricht ist erst recht kein Grund, mich anzurufen.« Eine unausgeschlafene Cordula ist ungefähr so freundlich wie ein beleidigter Karlsson vom Dach.

»Hör mal, ich ruf' an, um dir zu erzählen, daß ich mein Leben von Grund auf verändert habe, genau, wie du es immer gewollt hast.« Cordula schnaubte. »Hast du es mit Karsten nachts am Swimmingpool getrieben?«

»Nein«, sagte ich ärgerlich, »nicht mit Karsten.«

»Was?« Der Schrei quer über Alpen und Mittelmeer bewies, daß ich Cordula geweckt hatte. »Was willst du damit sagen? Du hast mit einem anderen nachts verbotene Steckspiele gemacht? Mit welchem anderen überhaupt?«

»Er heißt Gundar und ist Künstler.«

»Gundar? Ist er ein schwedischer Kraftmensch, so ein Eisenstangenverbieger vom Rummelplatz oder amerikanischer Gladiator?«

Typisch Cordula, sie traute meinem Männergeschmack nicht über den Weg. »Nein, er ist ein richtiger Künstler, ein Bildhauer oder so.«

»Wie oder so? Du wirst doch wohl wissen, was er macht?«

Ich schluckte. Es war äußerst lästig, einen Mann zu verteidigen, von dem ich wirklich nicht wußte, was genau er machte, außer daß er verdammt gut kraulen konnte. »Also, ich war noch nicht in seinem Atelier.« Ich machte eine Pause und senkte die Stimme. »Dazu ist es noch nicht gekommen. Wir tasten uns erst langsam aneinander heran. Gestern nacht waren wir in der Kirche.«

Wieder ein transozeaner Schrei von Cordula. »In der Kirche? Bist du pervers? Niemand treibt es in einer Kirche. Die Bänke sind doch viel zu hart. Und dann diese Heiligen, die auf einen herabstarren.«

Mir riß der Geduldsfaden »Wir haben es ja noch gar nicht getrieben. Ich hab' ihn nicht mal mit in mein Bett genommen. Einer der Künstlertouristen, der um eine Schachtel Zigaretten anstand, warf mir einen amüsierten und höchst anzüglichen Blick zu.

»Das wäre ja wohl auch noch schöner, einen anderen mit ins Ehebett zu nehmen«, moralisierte Cordula von Düsseldorf aus.

»Ich schlafe ja gar nicht mehr in meinem Ehebett«, triumphierte ich. »Ich habe hier eine eigene Finca gemietet. Ich bin *ganz allein,* und das Haus ist *sehr einsam.*« Der Künstlertourist zwinkerte mir anzüglich zu. Ich drehte ihm den Rücken hin.

Cordula war jetzt hellwach und sehr aufgeregt. »Hör mal, du verarschst mich, ja? Du hast bei Ballermann eine Sangria-Orgie gefeiert, oder?«

»Nein, es ist so, wie ich sage. Ich werde auch wieder anfangen zu zeichnen. Ein Kachelfabrikant fand meine Zeichnungen ganz ausgezeichnet.«

Cordula unterbrach mich entnervt. »Ich frage jetzt lieber nicht, was du mit dem Kachelproduzent zu schaffen hast. Ich will nur eins klarstellen: So habe ich das mit dem Verändern nicht gemeint. Man kann doch nicht einfach mir nichts, dir nichts mal eben sein ganzes Leben umwerfen, um in Mallorca Kachelzeichnerin zu werden. Du solltest doch nur mal deine Wünsche und Bedürfnisse genauer formulieren.«

Gundars Hünenkörper schob sich in mein Blickfeld. Er stand neben mir am Tresen. »Na?« murmelte er. »Gespräche in die Heimat?«

»Meine Redaktion«, buchstabierte ich flüsternd. Laut sagte ich: »Ich werde den Auftrag erledigen, obwohl es mir eigentlich nicht paßt, schließlich bin ich zum Zeichnen und nicht zum Arbeiten hier.«

In Düsseldorf wunderte sich jemand sehr. »Spinnst du

jetzt vollends? Was redest du da für einen Dünnschiß? Wer soll ich sein?«

»Ich weiß, daß Sie die Ressortleiterin für Kunst und Kultur sind, trotzdem muß ich auf meiner Freizeit bestehen.« Mir begann es Spaß zu machen, mich gegen eine unerbittliche Chefin durchzusetzen.

»Ich bin also die Ressortleiterin für Kunst und Kultur«, schimpfte Cordula. »Du willst wohl deinen komischen Künstler beeindrucken?«

Ich antwortete mit einem genervten »Ja.«

»Und wer, wenn ich fragen darf, bist du?«

»Ich bin vor allem eine Künstlerin, so wahr ich Cordula von Rabe heiße.«

»WAS?«

»Da gibt es kein Vertun«, sagte ich streng.

Cordulas Humor gewann Überhand, sie kicherte. »Steht er neben dir? Sieht er gut aus? Hat er eine große Nase? Du weißt schon, guck mal unten nach.«

»Ja. Ja. Ich muß doch sehr bitten!«

Cordula, also die Echte, wurde wieder ernst. »Carolin, mir gefällt nicht, was du da abziehst. Es gefällt mir sogar überhaupt nicht. Revolutionen fressen ihre Kinder. Was du da tust, könnte gefährlich werden. Was macht Karsten überhaupt? Und die Kinder?«

»Das kann ich Ihnen jetzt beim besten Willen nicht sagen.«

Cordulas Stimme wurde auf einmal sehr streng und sehr hart. »Carolin, du bist erwachsen, benimm dich auch so. Oder muß ich kommen und nach dem Rechten sehen?«

Gundar hatte den begeisterten Brownie auf den Arm genommen und machte mir mit dessen rechter Pfote ungeduldige Zeichen, tat, als schaue der Hund ungeduldig auf die Uhr. Es sah zum Schreien komisch aus.

»Ich muß jetzt aufhören«, sagte ich. »Ich werde mich noch entscheiden, was zu tun ist.«

»Meinetwegen schnapp dir den Künstler, treib es mit ihm, bis dir der letzte Rest Verstand stehenbleibt, aber dann geh zurück zu deiner Familie! Die brauchen dich und du sie! Ein Urlaubsflirt ist kein Grund, sein Leben wegzuwerfen. Und ein Lover kein Ersatz für eine eigene Identität.«

Ich war trotzig. »Das will ich so nicht sagen. Auf Wiedersehn.« Ich hängte ein und wandte mich Gundar zu.

»Ihr Deutschen«, kommentierte er kopfschüttelnd und so, als wäre er etwas ganz anderes. »Immer müßt ihr arbeiten, arbeiten, arbeiten. Dabei gibt es so viele andere Dinge im Leben.« Er beugte sich zu mir herunter und plazierte einen ziemlich ungewöhnlichen und ziemlich aufregenden kleinen Zungenkuß in meinem Nacken. Ich errötete, während ich in das feixende Gesicht des Zigarettenkunden hinter Gundar schaute. Der Mann rauchte, genoß und schien in mir eine Art nymphomanische Künstlermuse zu sehen. Bei aller Verruchtheit, die ich Cordula soeben vorgespielt hatte, ging mir das zu weit. Ich wollte nicht als kollektive Männerphantasie durch mein neues Leben laufen. Entschlossen schob ich Gundar von mir weg.

»Ich muß mir Zeichenmaterial kaufen«, sagte ich. »Kommst du mit?«

»Zeichenmaterial? Wo denn das?«

Ich blieb stehen. »Na, das wirst du ja wohl wissen ... als Künstler.«

Gundar hob spöttisch seine rechte Augenbraue. »Natürlich weiß ich, wo es Zeichenmaterial gibt, aber glaubst du nicht, daß du dich erst einmal in Stimmung bringen solltest? Kunst ist nichts, was man nach der Stechuhr betreibt, von neun bis fünf oder so. Schau dich doch erst mal um, laß die Insel auf dich wirken.«

»Nicht nötig«, entgegnete ich, schließlich hatte ich es wirklich eilig, nach fünfzehn Jahren schöpferischer Pause wieder anzufangen. »Ich werde mich heute nachmittag auf dem Balkon meiner Finca inspirieren lassen.«

Gundar ging kopfschüttelnd voraus. Viele der anwesenden Freizeit- oder Berufskünstler grüßten ihn freundlich. Einer wollte wissen, wann er wieder mal vorbeikommen könne, es sei dringend notwendig. Gundar schien so etwas wie der Guru dieser Schar zu sein.

Er hieß mich, nach Andratx zu fahren. »Danach können wir im Hafen von Andratx einen Kaffee trinken, falls deine Zeit es dir erlaubt.«

Zügig durchschnitt der Mazda die Landschaft. Bei Andratx, das hübsch am Hang gelegen war, umfing uns fruchtbare Landschaft voller Orangenbäume. Am Straßenrand standen teils verfallene, teils restaurierte Schöpfräder. Im Ort bewunderte ich die Pfarrkirche, die Gundar hingegen nicht zu interessieren schien, überhaupt wirkte er ein wenig, ein klitzekleines bißchen mißmutig. In einem altertümlichen Schreibwarengeschäft, das vom Bleistift bis zur Votivkerze mit blutendem Märtyrermotiv alles anbot, was das Künstlerherz begehrte, erstand ich meine Malutensilien. Gundar schien nicht sonderlich interessiert an Farben, Pinseln, Stiften, Blöcken und Leinwänden, was ich seltsam fand. Er verließ das Geschäft sehr schnell wieder und spielte vor der Tür Tierdompteur mit Brownie. Junge Mädchen blieben kichernd stehen und bewunderten Hund und Hünen. Sollten sie nur.

Für mich gab und gibt es keine schöneren Läden als Schreibwaren- und Künstlergeschäfte. Der kreidige Geruch von Pastellfarben, das unverwechselbare Aroma von Firnis und Leinöl, der Geruch von Wachsstiften und Pappe – ich könnte mich daran besoffen riechen. Endlich konnte ich wieder einmal in einem solchen Geschäft schwelgen. Da hing kein quengelnder Janosch an mir herum, der dringend ein neues Videogame brauchte, da war keine Liste von Schulzubehör, die ich einzukaufen hatte. Da waren nur ich und mein Plan, wieder ernsthaft zu zeichnen. Keine Badillustrationen, keine Dekorations-Skizzen und Bastelanleitungen. Nein, richtiges, wirkliches Zeichnen. Nach der Natur und mit viel Gefühl.

Erst an der Kasse erhielt meine Hochstimmung einen Dämpfer. Aus einem banalen, einem ernüchternden, einem peinlichen Grund: Ich hatte kein Geld, um meine Einkäufe zu bezahlen. Kein Bargeld jedenfalls, nur eine EC-Karte und Kreditkarten, die hier niemand haben wollte. Gundars große Stunde schlug. Überlegen lächelnd und gleichzeitig beteuernd, daß es nicht der Rede wert sei, bezahlte er für mich. Natürlich war das nett, aber in diesem Falle einfach verkehrt. Wie konnte ich ernsthaft behaupten, auf meinem eigenen Weg zu sein, wenn ein mir ziemlich fremder Mann mit eindeutigen Absichten dafür zahlte. Ich bestand darauf, sofort zu einer Bank zu gehen, um Geld zu ziehen.

Gundar lachte schamlos. »Meine Güte, du bist ja geradezu widerlich anständig. So bürgerlich.« Er schüttelte sich in gespieltem Ekel.

Ich zog Geld aus einem Bankautomaten. »Widerlich?« fragte ich, nahm einen Schein, faltete ihn in senkrechter Linie und steckte ihn Gundar in den Hosenbund. Ganz so, als sei er einer von den strippenden California Dreamboys. »Und wie findest du das?«

»Es fühlt sich ganz nett an. Wenn dich das anmacht, können wir gern Herrin und Sklave spielen.«

»Idiot.« Das Gespräch hatte eindeutig kein Niveau, und ich schwieg lieber.

Gundar übernahm den Lenker – wahrscheinlich um die Dreamboy-Nummer geradezurücken – und chauffierte uns in den legendären Hafen von Andratx, wo Claudia Schiffer schon als Kind in den Ferien ihren Puppenwagen spazieren führte. Wir schlenderten zunächst durch das kleine Örtchen, das mein eigentliches Ferienziel hatte sein sollen. Doch mich beschlich angesichts der Edelboutiquen mit lauter Kö-Schlampen-Mode keine Wehmut. Selbst den Anblick der exklusiven Villa Roma, die über uns in einen Hügel gebaut war und Karsten und mein Liebesnest hätte sein sollen, schmerzte mich nicht. Im Gegenteil, ich vergaß sie sofort, als wir in einer Straße oberhalb des Hafens ein wundervolles Geschäft entdeckten. Ein Geschäft für handgemalte Keramik, Fliesen und Kacheln. Nein, es war nicht die schnöde Sanitärhändlers-Gattin in mir, die sich spontan begeisterte, sondern die eben wiederentdeckte Zeichnerin und ehemalige Architekturstudentin. Was dieses Geschäft feilbot, war einmalig und atemberaubend: italienische Floralmuster der Renaissance auf Keramik, arabische Ornamente mit feinstem Pinselstrich gezogen, dazu spanische Kacheln in blendenden Farben, bemalt mit Sonnen, Fabelwesen, Minotauren, abstrakten Landschaften, geometrischen Figuren. Einige waren entworfen von jungen Künstlern oder nach alter Tradition ausgeführt von erfahrenen Handwerkern.

Ich geriet ins Schwelgen. Einen Moment formulierte ich stumm den Satz: Das muß ich Karsten zeigen. Nicht nötig, sagte ich dann zu mir, als ich entdeckte, daß viele Objekte aus der »Casa Ceramica« stammten, dem Betrieb von Walter Grönert, der mit Karsten Millionengeschäfte machen wollte. Mit bettelndem Blick fragte ich, ob ich eine einzelne Kachel erstehen könne. Streng verneinte der Besitzer. Alles, was ich sah, waren Einzelstücke. Jede Kachel, jede Fliese, alles wurde nur auf Anfrage hergestellt. Seufzend verließ ich das Geschäft, Gundar hatte schon vor mir das Weite gesucht. Für einen Mann, der eigentlich Künstler war, zeigte er erstaunlich wenig Interesse für alles, was auch nur entfernt mit Kunst zu tun haben könnte. Wo war der Gundar hin, der mich gestern zu der Madonna in der Bergkirche entführt hatte? Er saß im Café an der Strandpromenade wieder direkt neben mir und zog verstohlen etwas aus der Hosentasche.

»Hier. Ich habe mir beinahe die Oberschenkel daran blutig geritzt.« In seiner Hand lag eine scharfkantige, schwere kleine Kachel mit kunstvoll ausgeführtem orientalischen Blütenmuster. Ein anbetungswürdiges Schmuckstück in erdigen Orange- und matten Grüntönen, das meine Phantasie anregte, ich sah nicht nur eine Kachel, ich sah ein ganzes türkisches Bad, erfüllt von feinem Wasserdunst, geheimnisvoll und stimulierend. Es war herrlich.

»Du hast mir eine Kachel geklaut?«

»Ja, aber glaub jetzt bloß nicht, daß ich bei einem Juwelier auch hinlange, nur weil du wieder diese riesigen, gierigen Mädchenaugen bekommst.« Ich legte die Kachel auf den Tisch und umarmte ihn. Mir hatte noch nie jemand etwas geklaut. Nicht einmal einen Aschenbecher mit Altbierreklame aus einem Schützenfestzelt. Karsten war für so etwas viel zu anständig, oder sollte ich sagen – feige?

»Du gehörst also zu den Frauen, die den bad guy lieben?«

»Ich liebe diese Kachel. Mein Ma ...« Ich fing mich im letzten Augenblick. »Mein Magen knurrt. Hast du auch Hunger?«

Gundar nickte. Wir bestellten gegrillten Fisch, Salat und Wein, den ich zunächst ablehnte. »Aber Cordula«, tadelte mein Tischnachbar, und ich hatte Mühe, mich angesprochen zu fühlen. »Hier auf Mallorca«, fuhr Gundar fort, »sagen wir, ein Tag ohne Wein ist wie ein Tag ohne Sonne.« Den mallorquinischen Likör nach dem Essen schlug ich ihm hingegen ab. Ich wollte auf den Balkon meiner Finca, ich wollte malen, ich wollte (noch) nicht, wie Cordula es ausgedrückt hatte, mit Gundar verbotene Steckspiele spielen. Schon gar nicht so lange, bis ich den Verstand verlor. Nach fünfzehn Jahren Hausfrauendasein war ich froh, daß er gerade wieder wach geworden war.

»Du bist wirklich anständig«, seufzte Gundar, als ich mich am Fuß des Felspfades, der zu meiner Finca führte, verabschiedete. »Wie langweilig!« Er senkte mürrisch den Blick, kickte ein Steinchen in die Luft, kokettierte mit seinem

Elend als abgewiesener Liebhaber und sah auf einmal sehr niedlich aus. Ein wenig wie Janosch, wenn er seinen Willen – etwa das 123. Videogame – nicht bekam.

Na ja, ganz so niedlich sah Gundar nicht aus. Dafür war der Hüne einfach zu kerlig und kernig. Ich war nicht zu anständig, um das zu übersehen. Ich tat einen Schritt vor und küßte seine linke Wange. Er nutzte die Situation und die Tatsache, daß meine Hände durch Einkaufstüten blokkiert waren, schamlos aus und riß mich an sich. Ich gebe zu, daß er das gut machte, sehr männlich, sehr forsch und sehr fordernd. Genauso schmeckte auch sein Kuß. Wenn man von dem leicht fischigen Zusatzaroma aufgrund des Mittagessens absah. Es war fast wie im Film, fast wie in einem meiner Tagträume. So packten auch darin die Kerle zu. Zwangen mich sozusagen zu meinem Glück. Ein wenig roh, aber sehr routiniert.

Und genau das störte mich ein wenig. Was wir hier inmitten eines wilden staubigen Berghanges taten, wirkte vollkommen künstlich. Es erregte mich zwar, aber das taten meine Tagträume auch, ohne daß ich sie allzu ernst nahm.

Was mir fehlte, war »the kick inside«, den Kate Bush einmal besungen hatte. Was ich suchte, waren »real people«, wie Andy Warhol es formuliert hatte. Den Rest deckten wie gesagt meine Tagträume ab.

Gundar schien nichts dergleichen zu vermissen, sondern küßte systematisch weiter, schob seine Hand gekonnt nach oben und unter mein T-Shirt. Ich kicherte ein bißchen in seinen Rachen hinein. Für ihn schien sich das anders anzuhören, denn es törnte ihn mächtig an. Und als ihn die Leidenschaft so vollends übermannte, riß er auch mich ein wenig mit sich fort. Aus Vernunftgründen sozusagen, denn ich dachte auf einmal ganz ernst darüber nach, daß ich diese Gelegenheit zu einer Affäre ausnutzen sollte, weil

1. es die eindeutigste und bequemste Gelegenheit war, die sich mir in den letzten Jahren angeboten hatte.
2. es an der Zeit war, vor meinem 35. Geburtstag am darauffolgenden Sonntag meinen erotischen Horizont zu erweitern.
3. es sich anbot, meine neugewonnene Freiheit und Finca in dieser Hinsicht zu nutzen.
4. es ein hübscher Zeitvertreib für die Malpausen war.
5. es dem sehr nahe kam, was ich mir auf meiner Lebensliste über heiße Liebesnächte notiert hatte.
6. es die beste Rache an meinem Mann war, der sich mit fremden Madonnen in Vier-Sterne-Bars traf, und
7. es rein körperlich recht nett zu werden versprach.

Als ich bei diesem Punkt angekommen war, seufzte ich zufrieden. Gundar unterbrach sich beim Küssen. »Ganz so anständig, wie ich dachte, bist du doch nicht«, raunte er und klang ein bißchen wie ein Mann, der zu viele James-Bond-Filme gesehen hat. Aber darum ging es jetzt nicht. Es galt, die Bedingungen für eine leckere kleine Sexaffäre auszuhandeln, die ich nicht in einem kratzigen Rosmaringebüsch anzufangen gedachte.

»Warum kommst du nicht heute abend wieder?« hauchte ich im Ton einer Frau, die zu viele Folgen von Denver mit Joan Collins gesehen hat. Fehlte nur noch der Satz: »Warte hier auf mich. Ich schlüpfe nur mal rasch in was Bequemes.«

Egal, es war schließlich meine erste Affäre. Ich mußte noch üben.

»Heute abend?« fragte derweil Gundar ein wenig erstaunt.

»Ja, jetzt paßt es mir nicht.«

»Es paßt dir nicht?« Seine Stimme klang milde entsetzt. »Sag mal, geht Sex bei dir auch nur nach Zeitplan? Und was heißt heute abend wiederkommen? Ich dachte, wir verbringen den Rest des Tages zusammen.« Er drückte sich wieder enger an mich, so daß ich seine volle Männlichkeit zu spüren bekam – ganz wie in einem sehr schlechten italienischen Softporno. Und aus dem Drehbuch für so einen Softporno hatte er wahrscheinlich auch den nächsten Satz geklaut: »Glaube ja nicht, daß die Sache mit einemmal erledigt ist. Ich bin gut in Schuß, Süße.«

Für einen Künstler war Gundar wirklich ziemlich einfallslos. Aber zum Teufel, eine Sexaffäre war keine künstlerisch wertvolle Performance, warum sollte sie nicht wie ein schmieriger Softporno ablaufen? Vielleicht lag eben darin der Reiz. Sex, gutes Benehmen und gepflegte Konversation haben nun mal wenig miteinander zu tun.

Trotzdem bestand ich darauf, nicht auf einem Berghang, nicht in dieser Sekunde und nicht mit meinen Einkaufstüten in der Hand beglückt zu werden. Außerdem lag Brownie nur wenige Meter von uns entfernt und schaute zu.

»Ich hätte es eben gern ein bißchen romantischer«, wisperte ich und legte ein bittendes Gurren in meine Stimme, weil ich annahm, daß das zu meiner Rolle als Flittchen eines Machos gehörte. Ihm gab es das Gefühl, ein Jäger zu sein und mir das Gefühl, keine allzu leichte Beute.

Dachte ich. Dachte Gundar aber scheint's nicht. Er ließ mich abprupt los und schlug sich mit gespielter Verzweiflung die Hand vor die Stirn. »Was stellst du dir denn unter Romantik vor? Schau dich doch mal um! Siehst du diesen Himmel? Riechst du den Lavendel, das Rosmarin? Hörst du das Vogelzwitschern? Wie nennst du denn das, bitteschön? Und wer sagt dir, daß ich dich hier ins Gebüsch zerren will? Warum überläßt du das Timing nicht einfach mir? Ein bißchen Hingabe, Cordula, nur ein bißchen Hingabe, und du könntest dich vor romantischen Gefühlen nicht mehr retten. Aber ich glaube, du hast Angst vor echter Leidenschaft.«

Ich umklammerte – auf der Suche nach Halt – meine

Tüten. Hatte Gundar recht? Mangelte es mir nur an Hingabe? War mein Leben deshalb so erstarrt in den vergangenen Jahren, weil es mir an Hingabe fehlte und nicht Karsten an romantischen Anwandlungen?

»Tut mir leid, Gundar, aber das alles kommt für mich ein bißchen plötzlich.«

»Du schienst mir eben sehr entschlossen. Deine Küsse waren nicht eben zögerlich, eher schon gierig. Oder habe ich mich darin getäuscht?

Ich biß mir auf die Lippen. »Nein. Nur, ich habe mich wirklich auf das Zeichnen gefreut. Als Künstler mußt du das doch verstehen, wenn man für etwas brennt. Das ist eine Leidenschaft, die nach Ausdruck drängt. Das duldet keinen Aufschub. Ich will endlich loslegen, ich will vor meinem Block sitzen, die Stifte neben mir, vor mir die Landschaft und nichts als Ruhe.«

Nur zehn Minuten später saß ich genau so auf meinem Balkon und starrte ins Leere, so als wollte ich den neuen Rekord in 500-Meter-blöd-in-die-Luft-Starren aufstellen. Nein, nicht daß da keine traumhafte Landschaft lag. Es mangelte auch nicht an Ruhe oder Bleistiften. Es mangelte ganz einfach nur an einem: Schaffensdrang. Ganz plötzlich war er wie weggeblasen. Eher lustlos und wie unter Zwang strichelte ich eine Dattelpalme aufs Papier. Dann kaute ich am Stift. Ganz so, als gälte es einen Artikel für den *»Badprofi«* zu verfassen. Hätte ich doch lieber mit Gundar den wilden Berghang entweihen sollen? Entfesselt? Leidenschaftlich? Zügellos? Warum hatte ich während der – im Rückblick – recht harmlosen Küsserei immerzu an Softpornos gedacht und alles, was geschah, als lächerlich und ungelenk entwertet. Vielleicht hatte ich wirklich Angst vor echter Leidenschaft. War ich vielleicht doch nur eine prüde, frustrierte Hausfrau, die sich Erotik lediglich in Tagträumen gestattete? Mir fiel Gundars sonore Stimme wieder ein und sein Satz: »Ich bin gut in Schuß, Süße.« Der war wirklich blöd, der Satz, dennoch. Ich fuhr mit dem Zeigefinger über die Kachel, die neben mir auf einem Hocker lag. Sie war wirklich wunderschön. Wunderschön, wie dieses türkische Traumbad, das ich mir am Mittag ausgemalt hatte. Mit Palmen, Springbrunnen, Schalen voller Früchte.

Ohne lange darüber nachzudenken, brachte ich diese Kachel in verkleinertem Format zu Papier, dann noch eine und noch eine. Sie bildeten am Ende einen Rundbogen, darunter glänzte ein Spiegel. Ich colorierte alles mit Pastellkreiden, dann gesellte ich einen passenden Waschtisch dazu. Ein italienisches Fabrikat, wie hieß es noch? Ach ja, »Mediterrano«. Darüber hatte ich doch meinen letzten Artikel verfaßt. Ich zeichnete und colorierte, entwarf und verwarf, füllte Blatt um Blatt. Ganze Wasserbecken kamen hinzu, Whirlpools, Springbrunnen, Dampfgrotten. Mit einem Wort, ich arbeitete wie besessen und vergaß die Umgebung um mich herum. Das heißt, ich nahm sie nicht mehr bewußt wahr, aber als die letzte Skizze für meine Badelandschaft fertig waren, wußte ich, daß sie nur in dieser Umgebung hatte entstehen können. Bei diesem Licht. Umgeben von diesen Farben.

Ich hielt den Block von mir weg und betrachtete mein Werk. Brownie beendete seine Siesta im Schatten und tapste auf mich zu. Er legte seinen Welpenkopf schief und schien sich mein Kunstwerk anzusehen. Ich lachte. Ich war froh. Ich war stolz. Stolz darauf, so hübsche Badezimmer entwerfen zu können. Zum Teufel mit der Künstlerin, die ich meinte sein zu müssen. Zum Teufel mit meinen Ansprüchen an mich. Hier in meiner Hand hielt ich das, was ich konnte: Bäder erschaffen, gestalten und dekorieren, Farben harmonisch kombinieren und Atmosphären erzeugen, die zur Entspannung, zur Muße und – ja – und zum Tagträumen einluden.

Ich legte den Block beiseite, machte mir in der Küchenecke einen Kaffee und fütterte Brownie. Als ich auf den

Balkon zurückkehrte, bemerkte ich erst, daß die Sonne bereits auf ihre abendliche Bahn einschwenkte und alles mit einem roten Schimmer überglänzte. Auch das war eine Atmosphäre, die es wert gewesen wäre, sie einzufangen. Ich lächelte. Walter Grönert hatte so recht gehabt! Man mußte nur auf der Insel bleiben, um sich inspirieren zu lassen. Ja, ich würde weitere Bäder zeichnen, mich auch an Saunalandschaften wagen – wenngleich mir dabei die Sachkenntnisse fehlten. Karsten wäre eine große Hilfe dabei gewesen. Nein, dachte ich resolut, den vergiß nun aber mal.

Ich hörte in der Ferne ein Auto. Mein Herz klopfte höher. Ja, jetzt war ich in Stimmung für einen Abend und eine wilde Nacht mit Gundar. Ich schaute an mir herab. Himmel, noch immer trug ich Jeans und T-Shirt. Ich raste ins Haus, riß mir die Kleider vom Leib, überlegte nur kurz, dann wühlte ich die rote Satinwäsche aus dem Koffer, fand auch das Hypnotic Poison, mit dem ich Brownies Bescherung im Flieger übertönt hatte. Ich zog Dessous und Parfüm an – sonst nichts. Sollte Gundar von Anfang an wissen, wo er dran war. Von wegen mir fehlte es an Hingabe! Von wegen ich hatte Angst vor Leidenschaft!

Brownie traf am Fuß der Schlafzimmertreppe auf mich, schnupperte kurz und verzog sich unter Protestgejaul. Nun ja, er hatte mit Hypnotic Poison keine netten Erfahrungen gemacht.

Ich lief zur Tür und glaubte, Schritte zu hören. Gundars Schritte. Noch einmal atmete ich tief durch, strich mir durchs blonde Kurzhaar, riß mit Schwung die Tür auf – und erstarrte. Vor mir stand ... Das durfte doch nicht wahr sein! Ausgerechnet jetzt! Verflucht!

Im Hintergrund sah ich zu allem Überfluß, wie auch noch Gundar mit einem Strauß, nein, einem Gebüsch roter Nelken den Berghang erklomm. Die Farbe paßte hervorragend zu meinen Dessous. Einer von uns dreien war eindeutig zuviel in meiner Einsiedelei.

16. Kapitel

Ich hatte den ganzen Tag mit der Besichtigung des Altenheims und daran anschließend mit Diskussionen verbracht. Meinem Vater hatte es, soweit man das feststellen konnte, gut gefallen. Er hatte mit einem alten Flottenkapitän a.D. über die jüngsten Entwicklungen im Nordatlantik geplaudert – wobei die jüngsten Entwicklungen in den Erinnerungen der beiden Alten fast fünfzig Jahre zurücklagen und mir mehr als peinlich waren. Aber selbst darüber hatte die Leitung des Altenheims hinweggesehen.

»Wissen Sie«, hatte eine freundliche deutsche Schwester mir erklärt, »wir haben alle möglichen Menschen hier. Im vierten Stock hat eine jüdische Fotografin ihr Appartement, die damals vor den Nazis geflohen ist. Sie sind eben alle wegen des milden Klimas hier, für einen sonnigen Lebensabend. Mehr haben sie nicht miteinander zu schaffen.«

Was Carolin dazu wohl gesagt hätte? Meine Mutter machte sich über den bitteren Beigeschmack keine Gedanken.

»Das sind ja alles reichlich alte Leutchen hier«, hatte sie sich mokiert, als wäre sie eben 55 Jahre geworden. In Wahrheit war sie 71 und mit Vaters Pflege seit langem überfordert, weshalb sie nach einem standesgemäßen Heim verlangte, in dem sie residieren und er versorgt werden konnte. Ein standesgemäßes Heim war in ihren Augen eine private Altenresidenz in einem Landschlößchen bei Düsseldorf oder einem Schweizer Chalet, was monatlich etwa soviel kosten würde wie vier Wochen im Ritzhotel. Mich kosten würde, denn Vater hatte es versäumt, ausreichend für seinen und Mutters Lebensabend vorzusorgen. Ich denke, er hatte einfach nicht daran gedacht, mit dem Arbeiten aufzuhören. Seine Vorstellung vom Tod beschränkte sich auf einen Herzschlag am Schreibtisch. Das Schicksal hatte es anders gewollt.

Die beste Alternative schien mir das Heim auf Mallorca. Es war zwar auch nicht eben billig, dafür aber wunderschön gelegen und, wie die Schwester behauptete, ideal für einen sonnigen Lebensabend, egal, wie rüstig oder pflegebedürftig man war. Das erklärte ich auch meiner Mutter noch einmal, während wir auf der Terrasse der Residenz beim Pool saßen und über die Bucht von Santa Ponsa schauten. Doch sie wollte nichts über die Schönheiten und Vorteile des Wohnheims wissen.

»Papperlapapp! Was soll ich unter all diesen Mumien!«

»Fünf von diesen Mumien sitzen da drüben im Bridgesalon und diskutieren gerade angeregt über die Einfühurung des Euro«, sagte ich scharf. »Eine andere krault eben ihre dritte Bahn im Pool und hat – mit Verlaub – eine bemerkenswerte Figur.« Was auch mein Vater zu bemerken schien, denn er schubberte mit seinem Stuhl auf den Poolrand zu.

Mutter funkelte mich beleidigt an. »Du willst also deine Eltern einfach abschieben?«

»Es war deine Idee, Mutter, vergiß das nicht. Du wolltest das Heim hier sehen, nachdem du darüber gelesen hast. Du wolltest nach Mallorca.«

Meine Mutter richtete sich hoheitsvoll in ihrem Korbstuhl auf. »Damit hast du ganz recht. Ich wollte nach Mallorca. Aber nur, um Urlaub zu machen.«

»Nur um ...? Also, wenn ich das Carolin sage.«

»Ja«, trotzte meine Mutter, »mir war schon klar, daß Carolin das nicht wollen würde, darum mußte ich mir einen zusätzlichen Grund einfallen lassen, um dich zu überzeugen. Ich mußte mir eine Lüge für meinen einzigen Sohn ausdenken.« Sie pausierte kurz, um zu schniefen und in ihrer Handtasche nach einem Taschentuch zu grabbeln. Demonstrativ stellte sie ein Fläschchen mit ihren Herzpillen auf den Tisch. »Und nun siehst du, wie recht ich damit hatte. Deine herzlose Frau läßt dich und uns einfach im Stich, anstatt sich über den Familienurlaub zu freuen. Den vielleicht letzten Urlaub mit uns. Ein Urlaub, nur ein Urlaub. Dabei hatten ich und dein Vater immer gehofft, unseren Lebensabend bei euch, in unserem Haus am Rhein zu verbringen. Und die Kinder sind doch jetzt fast erwachsen, da hätte Carolin doch Zeit, sich um Vater zu kümmern, wenn ich nicht mehr so kann.«

Ein ohrenbetäubender Platscher unterbrach ihr Gejaule. Wir rissen die Köpfe herum und entdeckten Vater samt Korbstuhl im Pool. Groteskerweise saß er noch in dem Stuhl, und der Stuhl schwamm noch oben. Ich sprintete zum Pool und schlüpfte aus der Hose, aber die Wassernixe kam mir zuvor, faßte Vater unter den Armen und zog ihn wie eine geübte Rettungsschwimmerin zu den flachen Stufen hinüber. Vater lächelte die ganze Zeit über selig. Ich hatte plötzlich den Verdacht, daß es sich bei dem Sturz ins Wasser nicht um einen seiner ganz großen Aussetzer, sondern um ein wohlkalkuliertes, kleines Manöver handelte.

Das Manöver machte uns mit der ausgesprochen effizienten Arbeitsweise des Heims vertraut. Vater wurde ins Krankenzimmer gebracht, in Windeseile umgezogen, vom Arzt kurz durchgecheckt, in Decken gepackt, mit Tee versorgt und überdies von der Wassernixe liebevoll betüddelt.

»Soll ich Ihnen mal mein Kätzchen zeigen?« fragte die Dame lächelnd.

»Das würde ich zu zu gerne sehen«, antwortete Vater und richtete sich auf der Liege auf. »Hier ist es sehr schön. Sehr schön. Aber ganz anders als in Wuppertal.«

Meine Mutter schien nichts davon zu hören, sie erholte

sich – von dem Arzt ignoriert – demonstrativ von einem ihrer Herzanfälle. Nach Atem ringend, beschied sie mir. »Hier bleiben wir keine Minute länger! Du siehst ja selbst, was hier mit uns passieren würde. Vater ist fast im Pool ertrunken, und um mich kümmert sich niemand, obwohl ich einen schweren Herzanfall habe. Ich verlange, daß wir sofort zurückfahren. Dieses Altenheim ist indiskutabel.«

Was sie nicht davon abhielt, mir den Rest des Nachmittags mit den schrecklichen Vorkommnissen und den himmelschreienden Verhältnissen in dem Heim in den Ohren zu liegen, sobald sie mich sah. Ich sorgte dafür, daß sie mich so wenig wie möglich sah und suchte nach Jaume und den Kindern.

Jaume hatte einen Zettel hinterlassen, auf dem er kundtat, sie seien zum Meer gefahren, eine krakelige Skizze wies mir den Weg in eine steinige Bucht. Dort angekommen, entdeckte ich einen kleinen Wagen, der wohl Jaume gehörte, und ein Motorrad. Fresse! Schoß es mir durch den Kopf, und einen Moment lang fragte ich mich, wie ich die beiden mir unangenehmsten Menschen in diesem Urlaub – Mutter und Fresse – aufeinander hetzen könnte. Nein, da gab es keine Chance.

Ich kletterte über einen kleinen Felsenwall und entdeckte Jaume, meine Kinder und Fresse. Alles sah nach echter Ferienidylle aus. Janosch hockte auf einem Felsen und hielt mit heiliger Ehrfurcht eine selbstgebastelte Angel ins Meer. Jaume zeigte Fresse etwas, das nach verschärftem Muskeltraining für harte Kerle aussah und mit dem Werfen von Felsbrocken zu tun hatte. Deutsche Sozialpädagogen würden so etwas wahrscheinlich als Erlebnispädagogik für Schwererziehbare bezeichnen. Ich hatte nicht gedacht, daß es funktionieren würde, aber es funktionierte.

Zoey saß mißmutig auf einem Stein und zwirbelte ihr Haar. Ich grüßte kurz die anderen und schlenderte zu ihr hinüber. »Na? Wie gefällt es dir?«

Ein kehlig-röchelnder Laut sollte ihre Abscheu zum Ausdruck bringen.

»Ist das Meer nicht herrlich? Schau mal, man kann sogar kleine Fischschwärme zwischen den Steinen sehen.« Röcheln. »Na, sag mal, ist doch alles, wie du es wolltest. Fresse ist hier ...«

»Und fällt voll auf die dusselige Machomasche von Jaume rein. Äh, Männer sind so blöd, Dad!«

Ich vermied es, ihr zuzustimmen. »Hast du keine Lust, schwimmen zu gehen?«

»Geht nicht, ich surfe auf der roten Welle.« Ich verstand kein Wort und sah wohl auch so aus. Genervt ergänzte Zoey: »Ich hab' meine Tage, Dad. Voll ätzend.«

»Ach so.« Ich schaute gebannt auf das türkisblaue Wasser.

»Dad?«

»Hmm.«

»Kann ich dich mal was fragen?«

»Na klar, immer.«

»Sind alle romantischen Männer Weicheier?«

»Wie bitte?«

»Na ja, also die Jungs in meiner Klasse, also die, die einem so Kärtchen schicken und Blumen kaufen und sich dafür interessieren, was für 'n Parfüm man trägt und so weiter.«

»Aber, das ist doch sehr nett«, meinte ich vorsichtig.

»Ja, schon, aber weißte, das sind eher die uncoolen Typen, Weicheier eben. Ich meine, du schenkst Mom doch auch keine Blumen oder schickst Kärtchen. Und Parfüm kaufst du nur, wenn sie es dir befiehlt. Ich meine, du bist doch null romantisch.«

Das sollte wahrscheinlich ein Kompliment sein. Ich hörte angestrengt zu und versuchte mir ein Bild zu machen: »Du willst also sagen, daß die Jungs, die sich aufmerksam um Mädchen kümmern, in deinen Augen nicht unbedingt die anziehendsten sind.«

Zoey bohrte ihre Fersen in den Kies. »So ungefähr, jedenfalls sind sie nicht cool.«

»Und«, schloß ich ermutigt und voll pädagogischem Eifer weiter, »Jungs wie Fresse, die sich nicht um Blumen, Kärtchen und Parfums kümmern, sind sehr anziehend. Ich meine, Fresse ist cool, oder?«

Zoeys Gesicht leuchtete auf, sie schaute mich strahlend an.

»Voll geil, Dad. Du siehst das also genauso. Mensch, bin ich erleichtert. Ich dachte schon, du hättest was gegen ihn.«

Bevor ich meinen Fehler korrigieren konnte, war sie vom Stein gesprungen und rannte auf Fresse zu. Der Kies knirschte unter ihren nackten Füßen. Jubelnd warf sie von hinten ihre Arme um seine Hüften. Fresse ließ augenblicklich die Felsbrocken fallen, drehte sich um und schloß meine kleine Tochter in seine tätowierten Muskelberge. Mir drehte sich der Magen um, auch wenn Zoey es nicht wagte, Küsse auszutauschen. Jaume warf mir einen mißtrauischen Blick zu. Er schien zu ahnen, wer hier eine pädagogische Fehlleistung vollbracht hatte.

Wenn nur Carolin dagewesen wäre! Ich nahm an, daß Gespräche über romantische Weicheier und hartgesottene Kerle eher in ihr Ressort gehörten. Als ich an Carolin dachte, fielen mir ihre verschwundenen Koffer wieder ein. Und Jaume, der soeben vergeblich versuchte, Fresse zu weiteren Kraftübungen zu inspirieren. Ich schlenderte zu ihm hinüber und drehte Zoey den Rücken zu. Es war unerträglich, meine zarte kleine Elfe in den Armen dieses Fleischklops zu sehen.

»Haben Sie das erlaubt Ihre Tochter?« fragte Jaume mit kaum unterdrückter Wut in der Stimme.

»Nein«, antwortete ich entsetzt, »das war ein Mißverständnis.«

»Wenn das Ihre Frau wüßte! Sie würde fliegen non-e-stoppe in die Luft.«

»Gehen. Es heißt gehen.«

»Man kann nicht gehen in die Luft.«

»Lassen wir das, Jaume. Bitte, sagen Sie mir, wo meine Frau ist. Zoey braucht sie. Wissen Sie, sie fragt mich lauter so Sachen über Männer, Liebe und die Romantik und ...«

»Und darüber Sie nix wissen, verstehe. Ihre Frau hat also gehabt recht.«

Ich hob empört die Augen und schaute ihn an. »Carolin hat mit Ihnen über die Liebe gesprochen?«

»Unter anderem.«

Eine mächtige Flamme loderte plötzlich in mir, sie schoß aus meinen Magenwänden hervor und erfüllte mich mit heißem heiligen Zorn. Meine Hände ballten sich zu Fäusten, die ich drohend erhob. Meine Stimme war nur noch ein heiseres Zischen: »Sie sagen mir jetzt sofort, wo meine Frau ist, oder ich schlage Ihnen die Zähne ein.«

»Wow!« stieß hinter mir Zoey hervor. »Du bist ja voll romantisch, Dad. Wahnsinn!«

17. Kapitel

Unter Romantik stellte ich mir – bei Gott – wirklich etwas anderes vor, als in roten Dessous in der Haustür zu stehen, um die beste Freundin zu begrüßen, die gekommen war, um einem ein Liebesabenteuer auszureden. Ein Liebesabenteuer, was eben in Cordulas Rücken auftauchte.

»Äh ... hallo, Gundar. Schön, daß du kommst. Darf ich dir, ähem, Carolin vorstellen?«

Cordula verdrehte die Augen und ließ Blitze daraus hervorschießen, die Gundar nicht sah. Die Blitze galten mir, dann drehte Cordula sich um und begrüßte meinen Noch-nicht-Lover. »Hallo, Sie also sind Gundar. Car ... ich meine, Cordula hat mir schon so von Ihnen vorgeschwärmt.«

»Cor ... also, Carolin, komm doch erstmal rein.« Wir hatten beide Mühe damit, uns an die vertauschten Namen zu gewöhnen.

Ich zog sie beim Ärmel durch die Tür und stieß sie fast in den Wohnraum, dann wandte ich mich wieder Gundar zu und zuckte nur stumm die Achseln. Seine Blicke fuhren über meine Brüste, glitten zu meinem Nabel herab.

»Es wäre perfekt gewesen«, hauchte er bedauernd und reichte mir den Busch Nelken. Das kühle Grün auf meiner Haut erinnerte mich daran, wie nackt ich war.

»Entschuldige, ich zieh' mir eben etwas an«, sagte ich ebenso bedauernd. Und zu Cordula gewandt, rief ich: »In welchem Hotel willst du denn schlafen?«

»Casa Carolin«, flötete diese Schlange zurück.

»Kenn' ich nicht«, sagte ich scharf.

Cordula lachte dreckig. »Kennst du wohl. Mi casa es su casa.«

»Sie können Spanisch?« hörte ich noch Gundars interessierte Stimme, während ich die Treppe hinaufflitzte. Verfluchte Cordula! Sie wollte sich also allen Ernstes hier einnisten und zwischen mich und Gundar stellen. Was fiel ihr plötzlich ein, meine Ehe zu retten?

Eine Viertelstunde später stöckelte ich in den roten Nutzlos-Pumps von der Kö und voller weiblicher Bewaffnung die Treppe hinab. Gundar würde keine Chance mehr haben und Cordula begreifen, daß ich mich verändert hatte. Mit Hüftschwung trat ich von der letzten Stufe in den Wohnraum, der leer war. Wütend stöckelte ich auf den Balkon. Da saßen die beiden, über meine Zeichnungen gebeugt. Was mich versöhnte.

Gundar blickte als erster hoch. »Das ist ausgezeichnet, Cordula.«

»Da haben Sie recht«, stimmte meine Freundin zu, vielleicht weil sie sich angesprochen fühlte.

Rasch sagte ich in Gundars Richtung: »Findest du das wirklich?«

»Aber auf jeden Fall! Du hast nicht gelogen, du hast wirklich Zeichentalent. Talent? Mehr, es ist eine außergewöhnliche Begabung. Die Aufteilung der Skizzen, der leichte Strich, die Farbkompositionen, die Detailstudien. Wo übrigens hast du dieses herrliche Bad gesehen?«

»Nirgends«, sagte ich erstaunt. »Glaubst du etwa, ich male nur Dinge ab? Das ist ein Entwurf.«

Meine Freundin mischte sich mit gefährlich freundlicher Stimme ein. »Cordula arbeitet nämlich nicht nur für irgendwelche Frauenzeitschriften, sondern auch für den *»Badprofi«*. Kennen Sie den *Badprofi*?«

Und so was wollte meine beste Freundin sein! Ich warf Cordula, wie ich hoffte, einen vernichtenden Blick zu.

Gundar schien sie nicht weiter zu beachten. »Wirklich hervorragend! Sag mal, Cordula, würdest du mir diese Zeichnungen für eine Weile überlassen?«

»Wozu?« antwortete ich schnell, bevor die echte Cordula wieder patzen und antworten konnte.

»Oh«, meinte Gundar obenhin, »ich würde sie nur gerne jemandem zeigen, der etwas davon versteht. Ich habe da gewisse Kontakte.«

Er zwinkerte mir zu, und mein Herz jubelte. Kontakte! Wie nett von ihm. Vielleicht kannte er ja wirklich haufenweise Künstler. Ich dachte an die Szene in der Bar heute morgen, an die vielen Männer in farbverkleckssten Leinenhosen und die Frauen mit den Zeichenblöcken. Alle hatten Gundar gegrüßt. Er war wie ein König durch ihre Reihen geschritten, und nun gewährte der König mir seine Huld. »Nimm die Zeichnungen ruhig mit«, bot ich geschmeichelt an. »Aber dann möchte ich auch unbedingt etwas von dir sehen! Versprichst du mir das?«

»Süße, ich zeige dir alles, was du willst von mir.« Ich errötete ein wenig und taumelte in Gedanken zurück zu dem staubigen Berghang in der Mittagshitze, legte mich ins Gebüsch, atmete den würzigen Geruch des Rosmarins und den Duft des Mannes über mir ein.

»Ich habe Hunger«, mischte sich Cordula dazwischen, hinter ihrem Rücken versank eben eine himbeerfarbene Sonne im Meer und zersprudelte wie eine Brausetablette.

»Ich habe ein kleines Essen in meinem Haus vorbereitet, wenn Sie mitkommen möchten?« übertrieb Gundar die mallorquinische Gastfreundschaft.

»Das reicht doch sicher nicht für drei«, korrigierte ich. »Cor ... äh, Carolin ist immer sehr hungrig. Geradezu unersättlich.« Ich versuchte, Cordula mit einem Tritt gegen das Schienbein von Protesten abzuhalten.

Doch sie lächelte maliziös und sagte: »Oh ja, so wahr ich Carolin heiße, ich bin ein echter Vielfraß. Ich trinke auch sehr gern. Mein Mann und meine Kinder kennen mich praktisch nur betrunken. Mein Mann schenkt mir jedes Jahr einen mit Likörflaschen gefüllten Adventskalender mit 365 Törchen, damit ich das ganze Jahr über die Runden komme.«

Gundar lachte herzhaft über Cordulas alberne Scherze. Auch das noch! Dann sagte er: »Die liebe Cordula unterschätzt mich gewaltig. Natürlich habe ich genug Essen für eine ganze Kompanie zubereitet. Kochen macht doch sonst überhaupt keine Freude. Und zu trinken habe ich auch genug. Einen ganzen ausgezeichneten Weinkeller. Mein Vater hat ihn angelegt. Er versteht etwas davon.«

»Oh, ich liebe Weinkeller!« jubelte Cordula. »Man kann sich im Dunkeln betrinken, und niemand sieht, wie einem die Gesichtszüge entgleisen. Mein Mann Karsten und ich betrinken uns nur im Dunkeln, dabei kommen wir immer mächtig auf Touren. Ich halte nichts von der These, daß es verklemmt ist, sich nur bei gelöschtem Licht zu lieben. So ein Unsinn. Die Dunkelheit ist die sanfte Schwester der Erotik. Sie macht den Sex und die Leiber doch erst geheimnisvoll, wollüstig und sinnlich.«

»Sie sind eine außergewöhnlich unkonventionelle Ehefrau und Mutter«, bemerkte Gundar und begutachtete ungeniert die Figur meiner schamlosen Freundin, die sich mit wachsendem Vergnügen als Carolin Schaleen ausgab. Was fiel ihr ein, mich als sexbesessene Trinkerin darzustellen?

»Von mir aus kann Carolin mit uns essen.« Ich betonte *essen.* »Aber laßt uns endlich gehen.« Ich schob meinen Arm besitzanzeigend unter den Gundars und schenkte ihm einen hinreißenden Augenaufschlag. »Ich bin sehr gespannt auf dein Haus. Wo müssen wir denn hinfahren?«

»Nirgends. Es liegt gleich über uns, am Ende des Pfades, der auch hier vorbeiführt.«

»Nicht möglich!« rief ich erstaunt.

»Doch«, sagte Gundar, während wir auf Cordula warteten, die sich nur rasch umziehen wollte. »Mein Vater, der unersättliche Baulöwe, hat es von der Familie d'Alba gekauft.«

»D'Alba? Kennst du auch Jaume, dem diese Finca hier gehört?«

»Klar, kenne ich den. Eitler Streber. Er legt so unbedingten Wert darauf, sich nützlich zu machen.«

Ich schwieg verdutzt. Nur zu gern hätte ich Gundar gefragt, warum ein angeblicher Streber das Kindermädchen meiner Familie spielte. Aber das ging schlecht, schließlich hatte ich ja gar keine Familie. Besser gesagt, Cordula hatte meine Familie, denn sie spielte ja jetzt mich.

»Carolin«, brach es neben mir aus Gundar heraus, »das sieht zauberhaft aus.«

»Danke«, murmelte ich zerstreut und schlug mir auf den Mund, als ich begriff, daß er mich nicht meinen konnte. Gundar bemerkte nichts davon. Er war zu sehr von Cordulas Erscheinung in Anspruch genommen.

Dieses Biest von bester Freundin hatte alle Register einer gut informierten Frauenmagazin-Schreiberin gezogen. Ihr makellosen Körper wurde von einem fließenden Silberschlauch in all seiner Schönheit mehr ent- als verhüllt. Ihre perfekt pedikürten Füße mit silberglänzenden Nägeln steckten in flachen Sandalen, das Haar hatte sie locker hochgesteckt, ihre Lippen glänzten verführerisch. Ansonsten trug sie nur einen Hauch von Mascara. Mit anderen Worten: Cordula hatte einfach Klasse, so, als wäre ihr Stilgefühl einfach angeboren.

Ich trug dagegen nur ein rotes Fähnchen und ebenso offensichtliche Schuhe wie Absichten. In einfachen Jeans und farbverkleckstem T-Shirt hätte ich neben dieser Klassefrau eine bessere Figur gemacht als in meinem »Baby-du-kannst-mich-haben-Look«, der für mein eheliches Schlafzimmer gedacht gewesen war. Die Hure sollte man nur zum Spiel und in einer festen Beziehung, nicht aber beim ersten Rendezvous rauslassen – hatte Cordula mal in einer ihrer Ratgeberkolumnen gesagt. Hätte ich nur auf sie gehört.

Ich knurrte mit meinem Magen um die Wette, während ich versuchte, mit Stöckelschuhen den letzten und steilsten Abschnitt des Felspfades zu erklimmen. Gundar trottete – wie ich annahm entnervt – hinter mir her. Cordula tänzelte vor mir als silbern schimmernde, leichtfüßige Göttin in Sandalen über Stock und Stein. Nur Brownie, die treueste aller Hundeseelen, hielt brav Schritt mit seinem schwankenden Frauchen.

Gundars Anwesen lag noch versteckter als meine Finca auf einem Felsplateau und schien das Haupthaus zu sein. Mir schien Jaume hingegen die Dienstboten- oder Pförtnerunterkunft vermittelt zu haben. Hatte er nicht behauptet, das Haus gehörte seiner Familie? Dann stammte er also aus einer alten Dienstbotensippe. Gundars Vater hingegen mußte klotzig Geld haben, um das Haus zu kaufen, das wir nun betraten. Es war eine veritable Hazienda. Im Dunkeln erkannte ich alte Pferdeställe, die den Hof umkränzten. Auf einen dieser Ställe führte Gundar uns zu. Er betätigte einige Schalter, und der Hof erstrahlte in warmem Licht.

»Reitest du?« fragte ich voller Ehrfurcht und ließ in meiner Phantasie schwarzglänzende Araberhengste aufgaloppieren.

Gundar lachte. »Gib dich keinen Träumen hin, das sind ehemalige Eselställe. Die Esel waren für die Bergbauern unverzichtbar für Arbeit und Transport. Diese Finca gehörte im vorigen Jahrhundert einem Oliven- und Brennholzbaron. Hier, in diesem Stall, habe ich mein Atelier. Ich dachte, es würde dich interessieren.«

»Außerdordentlich«, antwortete Cordula an meiner Stelle.

»Und das Essen?« fragte ich zaghaft. Ich wollte es schnell hinter mich bringen, um mit Gundar allein zu sein und die erotische Explosion hinter mich zu bringen.

»Das Essen serviere ich ebenfalls im Atelier.«

Ein wenig enttäuscht schielte ich zum Haupthaus hinüber. Warum speisten wir nicht hochherrschaftlich? Gundar schien meinen Blick aufgefangen zu haben.

»Die Hauptgebäude sind leider ziemlich verfallen«, erklärte er. »Mein Vater hatte noch keine Zeit, das ganze Anwesen zu restaurieren, und mir gibt er keinen Pfennig dafür.« Er stieß die hölzernen Türflügel auf, und mir verschlug es regelrecht den Atem. Die gesamten Stallungen waren bis auf einige Trägersäulen völlig entkernt worden und sahen nun aus wie das Langhaus einer ländlichen Kirche. Die Wände waren sauber gekälkt, die freiliegenden Dachbalken hoben sich glänzend schwarz davon ab. Der Ziegelboden, der früher gewiß von Stroh und Mist verkrustet war, schimmerte in sattem Rot. Zur Beleuchtung dienten alte, prachtvolle Laternen, die elektrifiziert worden waren und behäbig von der Decke hingen, an den Wänden waren mehrarmige Leuchter befestigt. Gundar schritt einige ab und entzündete die Kerzen darin.

»Gegen den ist jeder latin lover ein Nachhilfeschüler«, flüsterte Cordula.

»Laß die Finger von ihm!« zischte ich. »Der gehört mir.«

»Der gehört gar keiner. Das ist ein Profi, Süße, verbrenn dir nicht die Pfoten!«

»Du bist nicht meine Mutti.«

»Wenn ich's wäre, würde ich dir den Podex versohlen. Ist der eigentlich noch bedeckt?«

»Darf ich bitten«, unterbrach Gundar unseren Schlagabtausch und machte eine einladende Geste. In der Mitte des hohen, langgezogenen Raumes, dessen Querseiten sich im Dunkel verloren, stand ein dunkler geschnitzter Holztisch. Er bog sich unter dem Gewicht von alten, beschlagenen Messingleuchtern und Platten mit Obst, Oliven, Schinken, Käse, Pasteten und Brot. »Ich fand ein ländliches Mahl passend«, erklärte er obenhin und rückte einen dritten Stuhl an die Tafel.

Wir nahmen Platz, das heißt, wir Frauen nahmen Platz, Gundar verschwand hinter einem weißen Mauervorsprung und in der Tiefe. Der Tiefe seines Weinkellers, wie ich annahm. Wenig später erschien er mit einer Karaffe Rotwein.

»Sie gestatten?« Er schenkte zunächst Cordula ein. War das ein Kompliment, weil er mich bereits als seine feste Begleiterin und Cordula als Gast sah? Oder war es einfach unverschämt. »Ich dachte nur«, scherzte er, »daß Sie schon reichlich lange auf dem Trockenen sitzen.«

Ich hüstelte, und Gundar goß mein Glas voll. Demonstrativ hob ich es an die Lippen und trank es in tiefen Zügen leer. »Köstlich«, sagte ich und hielt Gundar das Glas wieder hin.

»Nicht so hastig, Liebes«, warnte er. »Das ist ein zehn Jahre alter Rioja, der hat es in sich.«

»Ich auch«, murmelte ich und stürzte mein zweites Glas hinab. Langsam bekam unsere Party Schwung. Ich fütterte mich und Gundar mit Oliven, widmete mich mit beinahe erotischer Inbrunst den Trauben und dem Käse, zerrupfte lasziv das Weißbrot und warf Gundar ab und an eindeutige Blicke zu. Die Karaffe war rasch geleert und Gundar wieder auf dem Weg in den Keller.

Cordula, die bis dahin geschwiegen hatte, ergriff das Wort: »Sag mal, wie oft hast du im Kino ›9 ½ Wochen‹ gesehen?«

»9 was?«

Cordula tupfte sich ungeduldig den Mund mit der Serviette ab. »Du machst dich vollständig lächerlich mit deiner Oliven-Trauben-Orgie. Fehlt nur noch, daß du dir so ein Ding zwischen die Brüste steckst und Gundar aufforderst, danach zu suchen.«

»Gute Idee!« Ich grinste gegen die Decke, die ganz leise rotierte.

»Carolin, ich wäre längst verschwunden, wenn ich nicht

das Gefühl hätte, daß du hier eine Riesendummheit veranstaltest.«

»Genau das habe ich vor.«

»Dieser Gundar ist ein Lumpi, du bist dem nicht gewachsen. So einer bringt es fertig und bricht dir das Herz.«

»Is' ja mein Herz. Tolles Haus hier, oder?«

»Oh, du immer mit deinen Häusern. Das hier ist ein Stall, der noch dazu seinem Vater gehört ...«

»Aber 'n hübscher Stall!« Die Decke verlangsamte ihre Fahrt. Verflucht, ich wurde nüchtern, so nüchtern wie Cordula.

»Ja, dieser Stall ist genauso hübsch wie die Häuser, die Karsten dir mal auf eine Serviette gemalt hat.«

»Tischtuch!« protestierte ich und fand, daß die Tischkante plötzlich merkwürdig hoch lag.

»Ega!« schimpfte Cordula. »Tatsache ist, daß du dich von Luftschlössern ziemlich schnell hinreißen läßt. Dabei solltest du dich endlich mal auf deine Talente konzentrieren. Diese Zeichnung, die du heute gemacht hast, ist ein Schritt in die richtige Richtung ... Carolin! Wo bist du hin?«

»Der Tisch hat acht Beine, wußtest du das? Und zwei haben Sandalen an.«

Cordulas Gesicht tauchte unter der Tischdecke hervor und starrte mich wütend an. »Du bist ja blau! Nach zwei Gläsern. Du verträgst wirklich gar nichts, wie beim Klassentreffen. Laß uns gehen, bevor du wieder irgendwas zu Schrott fährst, wegen dieses halbgaren Möchtegern-Casanovas.«

»Gar nich' wahr. Er will mich modili ..., äh, modilo ... er will mich aus Marmor machen, weil er Künschler is'.«

»So einen Quatsch glaubst du doch nicht?«

»Doch.«

»Der will doch nur eine schnelle Nummer. Willst du das etwa auch?«

»Jawoll! Ich hab' nämlich keine Angs' vor Sex.«

»Hat er dir das etwa eingeredet? Saukerl. Das ist ja wohl die dümmste Masche.«

»Willst du damit sagen, ich bin dumm?«

»Nein, nur unerfahren. Dieser Gundar treibt's doch mit jeder.«

»Nee.«

»Doch.«

»Nee.«

»Wetten?«

»Nee ... oder doch.«

»Okay, du hörst jetzt auf zu trinken, ich beweise dir, daß er es auch mit mir machen würde, und dann gehen wir.«

»Gehen?« mischte Gundar sich in unser Unter-Tischgespräch, hob die Decke und krabbelte dazu. »Kommt gar nicht in Frage. Ich muß Ihnen noch allerhand zeigen.«

Ich kicherte albern. Gundar griff nach meiner Rechten und zog mich unter dem Tisch hervor. Darauf stand die frisch gefüllte Karaffe. Ich überlegte einen Moment, dann entschied ich mich dagegen, obwohl die Wirkung meines Schwipses nachließ und damit mein Schwung. Trotzdem: Wette war Wette. Und ich eine ehemalige Musterschülerin und Einser-Abiturientin. Ich war die Unschlagbare, Cordula hatte ihre Hausaufgaben immer bei mir abgeschrieben. Aber noch war es ja nicht zu spät ...

Mit festem Griff packte ich Gundar im Nacken und zog seinen Kopf zu mir herab. Ich küßte ihn mit halbgeöffneten Lippen und öffnete seinen Mund mit meiner Zunge. Als ich fertig war, schloß ich seine Lippen mit einem festen, sehr nachdrücklichen Kuß und ließ seinen Kopf los. In den Augenwinkeln erkannte ich Cordula, die verzweifelt ein Glas Rioja herabstürzte. Dieser Schnepfe hatte ich gezeigt, was eine erfolgreiche Verführerin war.

Gundar lachte. »Ich habe mich heute mittag wohl doch in dir getäuscht. Du bist ein ziemlich verrücktes, haltloses, herrliches Weibsstück, Cordula.«

»Soso«, kam es hinter meinem Rücken von meiner Freundin, die jetzt direkt aus der Karaffe trank.

»Das kannst du wohl laut sagen«, bemerkte ich in Gundars Richtung.

Cordula schien die Wette bereits aufgegeben zu haben. Jetzt langte sie auch noch nach einem Likörglas, das mit irgendeiner dicken grünen Flüssigkeit gefüllt war.

»Vorsichtig, Carolin, das ist Hjerbas. Ein hiesiger Kräuterschnaps, damit sollten Sie nicht spaßen«, warnte Gundar.

»Ich mein's todernst«, sagte sie.

Gundar hob nur die Augenbrauen, dann forderte er: »Folgt mir bitte, ich zeige euch jetzt mein Atelier. Besser gesagt, den kläglichen Versuch, ein Atelier ohne jeden Pfennig Geld einzurichten. Ich habe nicht einmal genug, um mir das notwendige Material zu kaufen. Mein Vater hält mit seinem Geiz einen großen Künstler von der Arbeit ab.«

Ich dachte kurz an Karsten und seine zerronnene Träume. Armer Gundar. Zärtlich legte ich meinen Arm um seine Hüften und dann meine Hand auf seinen sehr knackigen Po.

Cordula seufzte. Hohoho. Dann tat Cordula einen kleinen Entsetzensschrei, der mich und Gundar herumfahren ließ. Meine – sogenannte – beste Freundin stolperte soeben sehr gekonnt über den völlig harmlosen Brownie. Wie in Zeitlupe ließ sie sich nach vorne fallen. Und tatsächlich, Gundar sprang vor, öffnete die Arme und fing sie auf. Biest, elendes Biest! Da drückte sie sich doch tatsächlich noch an seine Brust und fuhr mit ihrer Wange ganz langsam daran hoch, als wolle sie ihn liebkosen.

»Ich hoffe, Sie haben sich nicht weh getan?« fragte Gundar mit merkwürdig belegter Stimme. Cordula sah ihn aus halbgeöffneten Augen an, so, als kehre sie eben aus weiter Ferne zurück, aus einem wundervollen, sehr anregenden und sehr erotischen Traum und schwieg. Und Gundar verstand. Und ich auch.

Na warte, dachte ich. »Gundar, ich glaube, ich hätte gern noch einen Kuß.«

Mein Hüne stellte meine Freundin an einer Säule ab und kam meiner Bitte nach.

»Sie wollten uns doch Ihr Atelier zeigen«, versuchte Cordula wieder an Terrain zu gewinnen.

»Äh ... ja, selbstverständlich«, erinnerte sich ein leicht verwirrter Gundar und ging voran zu einem Lichtschalter im dunklen Teil des Stalls.

Ich streckte Cordula die Zunge heraus, sie warf mir einen abschätzigen Blick zu und flüsterte: »Hast du denn nicht gesehen, *wie* er mich eben angeguckt hat?«

»Ich habe gesehen, wie *du* ihn angeguckt hast, Schlampe.«

»Selber Schlampe, du willst also das volle Programm. Bis zum Kuß und Schluß oder weiter?«

»So weit wird es nie kommen.«

»Wetten?«

»Wetten!«

Gundar hatte das Licht eingeschaltet, und damit befanden wir uns in seinem Atelier. Atelier? Was ich sah, war so ziemlich die größte Enttäuschung seit der Fortsetzung von »Vom Winde verweht«. Das sollte ein Atelier sein? Rumpelkammer traf die Sache schon eher. Überall standen halbvolle, verkrustete Gipseimer im Weg, stapelten sich unbehauene Steinplatten, Holzbretter waren zu groben Kisten zusammengehämmert, Holzwolle quoll daraus hervor, und an den Wänden sammelte sich in wirren Haufen metallischer Schrott. Ungläubig ließ ich den Blick schweifen. Ich suchte die Kunst und suchte und suchte. Endlich. An der Querseite, die auch den Abschluß der Stallungen bildete, hingen neben einer Tür mehrere großformatige Leinwände. Auf einigen waren wundervolle Landschaften zu sehen, in den Farben, die diese Insel ausmachten. Es waren abstrakte Landschaften, wie ich bei genauem Hinsehen entzückt feststellte, sie waren aus Tausenden von winzigen Linien komponiert, von denen jede einzelne eine andere Schattierung hatte. Es war sozusagen ein Impressionismus der Linien und – wie ich fand – ausgesprochen kunstvoll. Nicht eben avantgardistisch, aber gut für Auge und Seele.

Erfrischt und entzückt wandte ich mich um. »Das ist wunderschön, Gundar. Verzeih mir, daß ich je an deiner Berufung gezweifelt habe. Du bist ein wirklich großer Künstler.«

Nein, dieser Mann war nicht einfach ein halbgarer Casanova oder – wie ich mittags gedacht hatte – ein halber Schmierenkomödiant. Dieser Mann war ein echter, wahrhaftiger Künstler, der den Mut hatte, seinen Traum zu leben. Gegen den Wunsch seines Vaters und ohne dessen Geld. Da stand er: Mein Künstler, von dem ich auf meiner Lebensliste geträumt hatte. Er sah beinahe ein bißchen verlegen aus, was ihn in meinen Augen nur noch begehrenswerter machte. Ich wollte ihn, o ja, ich wollte ihn!

Ganz vorsichtig nahm ich sein Gesicht in meine beiden Hände, so, als könne es zerbrechen, wie meine Träume von Mister Wonderful schon einmal zerbrochen waren. Sehr liebevoll schaute ich zu ihm hoch. Seine Augen waren fast schwarz, sehr südländisch. Sie waren ganz anders als die Augen von Karsten. Es waren keine Harrison-Ford-Augen.

Ach was, schalt ich mich, das hier ist eben etwas anderes, ein anderer Mann – der richtige Mann. Und nicht Karsten. Wie lästig, eben in diesem Moment an ihn zu denken, diesen Toilettenverkäufer, diesen Ideenklauer, der es zuließ, daß man meine Zeichnungen im *»Badprofi«* für die seinen hielt und fremde Frauen in Bars ausführte, die für seine eigene Frau zu teuer waren.

»Küß mich!« verlangte ich von Gundar. Er schwankte sichtbar zwischen leichter Verlegenheit und unverschämter Lust. Ich strahlte ihn hingebungsvoll an. Dann senkte er plötzlich den Blick, seufzte. O Gott, dachte ich, was für ein Wunder hast du mir geschickt! Ein Playboy, der plötzlich der Liebe begegnet, ein im Herzen einsamer Casanova, der all die Jahre auf Rettung gehofft hatte, und ich, ich war seine Erlöserin. Er wandte ich mir wieder zu. Entschlossenheit spiegelte sich nun in seinen Zügen. Sein Gesicht näherte sich dem meinen. Ich fühlte, daß alle meine Träume wahr werden sollten.

18. Kapitel

Sie war rücksichtsvoller, als ich gedacht hatte. Überhaupt so aufmerksam. Vielleicht empfand ich das auch nur so, weil Carolin in den letzten Wochen das genaue Gegenteil gewesen war. Maria erwartete uns in meiner Suite, als ich mit Zoey, Janosch und Jaume, den ich wegen meiner albernen Gattin fast verprügelt hätte, vom Strand zurückkehrte. Ich hatte mich in aller Form bei Jaume entschuldigt und meine Wut sinnvoll gegen Fresse gerichtet, der hoffentlich ein Veilchen davontragen würde. Seltsamerweise fand, meine Tochter Zoey, die meinen Angriff auf Jaume »romantisch« gefunden hatte, meine Attacke gegen den viel stärkeren Fresse nur »saubrutal«. Sie redete seither kein Wort mehr mit mir, bis auf ein »Arschloch«, daß sie hervorgestoßen hatte, als ich ihr verbot, Fresse zu pflegen.

Angesichts solcher familiären Spannungen tat es wohl, Marias freundliches Gesicht zu sehen, als wir die Suite betraten. Meine Eltern hatten sich dankenswerterweise auf ihre Zimmer zurückgezogen.

»Hatten Sie einen schönen Nachmittag?« erkundigte sich Maria und zwinkerte Janosch zu. »Tolle Angel, Kleiner.«

»Ich bin fast ein Meter vierzig«, beschwerte sich Janosch wütend. Die arme Maria konnte nicht wissen, wie verzweifelt Janosch jeden seiner Zentimeter verteidigte. Rasch beantwortete ich Marias an mich gerichtete Frage.

»Danke, der Nachmittag war nett.« Zoey schnaubte wie ein alter Gaul.

»Bon dia, Maria Consuelo, wie geht es deiner Familie?« Jaume hatte für meinen Geschmack einen etwas unbotmäßigen Ton in der Stimme. Maria schien es ebenso zu empfinden, denn sie antwortete sehr spitz: »Danke, gut.«

»Sie kennen sich?«

»Seit Maria ist ein Meter und-e-vierzig«, scherzte Jaume. »Sie kam immer in die Urlaub von Deutschland hier in die Hotel, bis ihre Familie ganz nach Mallorca zurückkam. Maria hat alle hier die Kopf-e verdreht, sehrrr gefährlich. Eine echt Weibliche.«

Maria runzelte die Stirn. »Jaume, es reicht. Ich bin nicht gekommen, um sentimentale Erinnerungen auszutauschen.«

»Ich bin nix sentimental, ich sage nur, wie es war. Du bist immer gewesen eine kleine Biest.« Um die Wahrheit zu sagen, sah Maria bei Jaumes Warten auch wirklich so aus. Ziemlich niedlich, übrigens.

»Karsten, ich wollte nur fragen, ob Sie Lust haben, mit mir essen zu gehen, der gestrige Abend endete ein wenig abrupt. Ich kenne da ein entzückendes Restaurant in Calvia.«

»Es gehört eine ehemalige Boxer«, ergänzte Jaume. »Der kennt Maria auch, seit sie war ein-Meter-und-e-vierzig. Fragen Sie ihn mal, was Maria war: eine Biest oder eine Heilige.«

»Ich will nicht ins Restaurant«, beschwerte sich Zoey.

»Ich auch nicht!« maulte Janosch. »Ich will hier essen und am Pool Maumau spielen.«

»Oh, ätzend«, maulte nun Zoey im Gegenzug.

»Halt mal!« meldete ich mich zu Wort, »Wer sagt überhaupt, daß ihr mitkommen sollt?« Maria schenkte mir ein erleichtertes Lächeln. Konnte man schließlich nicht verlangen, daß sie meine ganze Familie ausführte.

»Ich-e sage das«, antwortete Jaume auf meine rhetorische Frage. »Heute ich nix kochen. Janosch, was ist? Willst du kennenlernen, meine Freund die Boxer?«

»Ein richtiger Boxer wie Henry Maske?«

»Hm.«

»Ich komme mit!« jubelte Janosch.

»Ich bleibe hier.« Das war Zoey. Sie zog einen Flunsch, ich setzte Zornesmiene auf: »Von wegen, Fräulein, du kommst auch mit, und zwar an meiner Hand, wenn es nötig ist, verstanden? Du glaubst doch nicht, daß ich dich hierlasse, wenn Fresse nur zwei Stockwerke über uns lauert.«

»Du bist ätzend, Dad.« Zoey stand auf, verließ den Raum und knallte die Tür, die ich eine Sekunde später wieder aufriß.

»Einen Schritt Richtung Fresses Zimmer, und er kann seine Knochen numerieren, kapiert?« Solch eine Sprache hatte ich zuletzt benutzt, als ich selber fünfzehn war. Ich muß aber zugeben, es machte mir ein klitzekleines bißchen Spaß, sie wieder zu benutzen. Sie schien der Situation so angemessen, wenngleich ich mich nach Carolins ausgeglichener Art und Erziehungsweisheit sehnte. Schließlich kannte sie sich mit den Kindern am besten aus, und ich hatte keine Ahnung, ob ich nicht einfach eine pädagogische Katastrophe war.

»Vielleicht sollte ich lieber ein anderes Mal wiederkommen«, meldete sich hinter mir Maria zu Wort.

»O nein, Sie bleiben.«

»Jaume, können wir jetzt Maumau am Pool spielen?«

»No, Janosch, ich-e muß putzen eure Schuhe.«

»Aber Jaume, Sie müssen doch wirklich nicht unsere Schuhe putzen. Ich bitte Sie! Ich hoffe nicht, daß meine Mutter so etwas gesagt hat.«

»Ich will-e aber die Schuhe putzen.«

Maria wirkte ungeduldig. »Ich glaube, es ist wirklich besser, wenn ich gehe.«

»Dann gehe ich eben allein an den Pool.«

»Janosch! Paß bitte auf, daß nichts passiert.« Die Tür klappte.

»Vielleicht können wir uns ja morgen sehen?« Maria warf mir einen strahlenden Blick zu.

Meine Güte, war es manchmal lästig, ein Familienvater zu sein – und ein Geschäftsmann. »Äh, nein, leider geht es morgen nicht. Ich habe einen wichtigen Termin.«

»Mit meinem Vater?« Sie klang jetzt sehr alarmiert.

Ich schüttelte den Kopf. »Nein, Ihren Vater sehe ich erst am Samstag wieder. Zu dieser Wanderung. Morgen geht es nur um die Waschtische für das Galatzo und ...«

»Samstag erst«, unterbrach mich Maria forsch. »Nun, dann ist es gut.« Sie schien kurz zu überlegen. Dann schenkte sie mir wieder ein strahlendes Lächeln. »Kommen Sie doch einmal in mein Büro nach Palma. Ich könnte Ihnen sehr schöne Dinge zeigen. Kennen Sie Palma?«

»Nun ja, also ...«

»Ah!« meldete sich Jaume zu Wort, der in einem Schrank nach Schuhen kramte. »Das wird sehrrrr schön. Ich-e kennen Palma besser als jede Touristen-Anführer.«

»Jaume, glaubst du nicht, daß du dich in Dinge einmischst, die dich nichts angehen?« zischte Maria.

»Und-e du mischst dich ein in Familien, die dich nichts angehen.«

»Das kann man von dir wohl erst recht behaupten.«

»Es genügt Maria, ich hab-e von deine Frechheiten genug. Wie deine Vater auch.«

»Ach ja? Du hast also genug von mir. Ich nehme an, die blonde Carolin ist genau deine Kragenweite, oder?«

»Wie bitte?« entsetzt fuhr ich auf. »Jaume ist das wahr, was Maria da andeutet? Zum Teufel, wo ist meine Frau?«

Ich lag in Gundars Armen, wir hatten uns leidenschaftlich geküßt, wir sagten lange nichts. Und Gott sei Dank störte uns Cordula nicht dabei. Ich wäre mit meinem Hüne gerne langsam Richtung Bett getaumelt, doch

1. wußte ich nicht, wo dieses Bett stand,

2. wollte ich nicht so gierig wie mein roter Fummel erscheinen,
3. war ich neugierig darauf, wie Gundar mich zu Bett bringen würde. Vielleicht auf seinen starken Armen?

Endlich räusperte sich mein Hüne. »Cordula«, raunte er mit heißem Atem in meine Haare hinein. »Ich muß dir etwas sagen.«

»Ja?«

»Das Bild, das dir so gut gefällt, ist nicht von mir.«

»Nicht von dir?«

»Nein.«

Ein wenig enttäuscht hob ich den Kopf und schaute die Wand entlang. »Welche Bilder sind denn dann von dir?«

Räuspern. »Keins. Ich habe doch gesagt, ich bin mehr ein Bildhauer.«

»Ach so. Und wo sind deine Skulpturen?«

Gundar nahm meine rechte Hand und deutete mit seiner Linken auf einige der Metallhaufen, die im Raum verstreut lagen. »Das sind meine Installationen. Das neueste Werk ist allerdings bereits in Palma. Für eine Ausstellung am kommenden Sonntag. Es würde mich natürlich sehr interssieren, was eine Kunstkritikerin von deinem Format davon hält. Vielleicht könntest du ja auch ein kurze Notiz unterbringen, in einem deiner Magazine.«

Konnte es sein, daß er nur darum so leidenschaftlich geworden war? Mir verschlug es den Atem, aber ich bemühte mich, meine Enttäuschung nicht sichtbar werden zu lassen. Über die Installationen ging ich einfach hinweg. Schließlich hatte ich kein Recht, seine Kunst zu beurteilen, und außerdem war es zweitrangig, ob sie einer Provinzmutti wie mir gefiel. »Eine Ausstellung, sagst du?«

»Ja, und ich würde mich freuen, wenn wir zusammen dahin gehen könnten.«

Bevor ich antworten konnte, stürzte Cordula aus der Tür und dem Raum neben uns. »*Das ist ja Wahnsinn!*«

Hatte sie da drinnen heimlich noch mehr getrunken? Sie sah ein wenig derangiert aus und roch sehr merkwürdig, irgendwie würzig und indisch. Ein Hauch von Patchouli umhüllte sie.

»Car ... äh, Cordula, das mußt du dir ansehen. Der Mann hat ein Badezimmer, da fällst du tot um.« Sie griff mich ohne Vorwarnung beim Handgelenk und zerrte mich ins Nachbarzimmer. Es war eine etwa fünfzig Quadratmeter große Badelandschaft mit zwei schönen Whirlpools, glänzend weißen Wannen, einer finnischen Sauna, zwei Massageliegen und gläsernen Regalen voller Badezusätzen und gläsernen Flaschen. An den Wänden und an den Dekken hingen Spiegel. Überall breiteten sich mächtige Grünpflanzen aus. Die Atmosphäre verhieß tiefste, wohligste Entspannung.

»Was ... was ist denn das?«

»Das ist ... nun ja«, Gundar zögerte, »das ist der Platz, an dem ich, sozusagen, mein Geld verdiene. Mein Vater hat ihn so prunkvoll eingerichtet, um mich zu ärgern. Hierfür hat er Geld, aber für ein Atelier natürlich nicht.«

Wilde Bilder durchwirbelten meinen Kopf. Welcher Arbeit konnte man in so einem Raum nachgehen? Ich starrte in den Deckenspiegel. »Ist der auch von deinem Vater?«

Gundar grinste unanständig. »Nein, der stammt von mir.«

»Ich dachte, du bist in der Werbung«, empörte ich mich.

»Wieso? Ach so, wegen der Sache im Galatzo. Nein, da habe ich nur den Drehort vermittelt und eingerichtet. Kleine Gefälligkeit für Carla, die Schauspielerin in dem Spot. Sie ist eine Art Freundin von mir und Kundin.«

»Kundin?«

»Streßbedingte Nackenverspannung.«

»Kenne ich«, seufzte Cordula und Gundar legte ihr automatisch seine Hand in den Nacken, begann zu massieren. »Oh,oh,oh ja, fester, oh, das ist gut, jajaja.« Cordula klang wie Meg Ryan in »Harry und Sally«, während sie ein Sandwich verspeist und einen Orgasmus vortäuscht. Biest! Ich ging dazwischen und trennte sie.

»Was genau ist denn dein Job?« fragte ich mißtrauisch.

»Ich arbeite als Masseur und Physiotherapeut, so nebenbei, versteht sich. Mein Vater bestand darauf, daß ich eine anständige Ausbildung absolvierte, bevor ich mich der Kunst zuwandte. Eigentlich bin ich natürlich, wirklich, also Künstler. Die meisten meiner Kunden sind auch Künstler, und von denen laß ich mich am liebsten mit Bildern bezahlen.«

Cordula mischte sich ungeduldig in das Gespräch. »Ist doch völlig unwichtig, was für ein Künstler Sie eigentlich sind, Sie haben magische Hände. Jedenfalls will ich morgen unbedingt eine Massage. Diese Öle und die Streckbank da drüben, die ganze Hacienda, also Wahnsinn, darüber schreibe ...«

Ich unterbrach sie rasch, bevor sie etwas über ihren Beruf ausplaudern konnte, der ja nun meiner war. »Ich glaube, es ist besser, wenn wir jetzt gehen«, entschied ich.

»Gehen? Jetzt?« fragte Gundar so erstaunt, als hätte ich ihm gerade erklärt, ich sei eine Außerirdische vom Planeten Ugalu.

»Ja«, sagte ich resolut, »es ist spät, und ich will morgen fit sein und zeichnen.«

»Gute Idee!« lobte mich Cordula mit triumphierendem Unterton. Ein Unterton, der mich an unsere Wette erinnerte. Da ich Sportsgeist besitze, konnte ich ihn nicht einfach überhören. Ich stellte mich auf die Zehenspitzen und küßte Gundar mit einer – inzwischen schon routinierten – Leidenschaft.

Und Bademeister hin, Bademeister her: Küssen konnte er mindestens so gut wie massieren, weshalb plötzlich Cordula zum Aufbruch drängte. Sie war eine schlechte Verliererin.

Gundar hingegen war ein beinahe zu guter Verlierer.

Ohne weitere Proteste brachte er uns nach dem Abschiedskuß zum Fuß des Pfades herab, verneigte sich spielerisch und sagte: »Gute Nacht, señoras. Ich hoffe, Sie morgen zu sehen. Alleine oder zu zweit.« Brownie gab er mit seinen magischen Händen noch eine kleine Streicheleinheit, von mir ließ er die Finger. Ein wenig enttäuscht schaute ich ihn an. Gundar lächelte und machte sich wieder auf den Rückweg. Kurz vor der ersten Wegbiegung verharrte er noch einmal kurz. »Carolin!« rief er. Bevor ich patzen und antworten konnte, rief meine Freundin munter. »Ja?«

»Wie wäre es mit zehn Uhr?«

»Ausgezeichnet.«

»Teilmassage oder Ganzkörper?«

»Ganzkörper.«

»Chinesisch oder indisch?«

»Von mir aus auch mexikanisch. Was immer Sie wollen!«

»*Gute Nacht*«, beendete ich den vorgeblich medizinischen Dialog der beiden entrüstet. Gundar verschwand. Wir trabten den Pfad hinab.

»Und ich krieg' ihn doch!« zischte Cordula.

»Nee.«

»Doch.«

»Nee.«

»Doch.«

»Na gut, von mir aus.«

»Wie bitte?«

Ich öffnete die Tür zu meiner Finca und befreite mich zuallererst von den roten Pumps an meinen geschundenen Füßen. Brownie begrüßte das durch den Raum fliegende Schuhwerk mit welpenhafter Begeisterung.

»Jetzt könnte ich eine Massage gebrauchen«, seufzte ich. »Fußreflexzonen, falls ich überhaupt noch welche habe.«

»Warum bist du dann nicht oben bei dem Meister aller Masseure?« fragte Cordula verdutzt.

»Mit dir im Schlepptau, was?«

»Meine Güte, ich hätte mich natürlich verzogen, wenn du ernst gemacht hättest, aber du wolltest doch plötzlich gehen. Warum eigentlich?« Sie kramte in ihrer Duty-free-shop-Tüte und entkorkte eine Flasche Sherry.

»Weißt du«, sagte ich nachdenklich, »ich war mir plötzlich nicht mehr sicher, ob ich ein Abenteuer mit Gundar will.«

»Davon hat man aber nichts gemerkt. Du küßt ihn wie eine Nymphomanin, machst ihn an mit deiner Heiß-kalt-Masche.«

»Meiner was?«

»Ja, mal bringst du ihn in Wallung, dann spielst du wieder Gänseblümchen. Wenn der nicht so ein herzloser Profi wär', hättest du ihn heute abend echt kirre gemacht.«

Ich schüttelte widerwillig den Kopf. »Ich finde nach wie vor, daß Gundar kein Playboy ist, genausowenig wie ich eine Masche durchziehe.«

Cordula warf sich in einen Korbstuhl mir gegenüber. »Ach ja? Und warum läßt du ihn erst ran, um ihn dann am ausgestreckten Arm verhungern zu lassen?«

Ich runzelte nachdenklich die Stirn. »Irgendwie ist mir die Lust vergangen, als er mir sagte, die Bilder stammten nicht von ihm. Na, und dann zeigte er auf diese Metallhaufen und meinte, das seien seine Kunstwerke. Und dann die Sache mit den Massagen und den Whirlpools. Ich meine, das kenne ich doch schon. Ich verliebe mich in einen Mann, der angeblich Künstler ist und ende mit jemandem, der im weitesten Sinne was mit Badewannen zu tun hat.« Cordula kicherte und nahm einen tiefen Schluck Sherry, mir war nach Lebensbeichte, also fuhr ich fort. »Also, die Bademeister-Nummer hat mir einfach den Rest gegeben.«

»Die was?«

Ich zuckte mit den Achseln. »Na ja, ich hatte mich irgendwie darüber gefreut, daß er Künstler war, leidenschaftlich, kompromißlos, und dann kommt raus, daß er ...«

»Sein Geld mit seinen Händen – sehr fähigen Händen –

verdient. Du bist ein elender Snob, Carolin. Wenn du nicht meine Freundin wärst, würde ich sogar noch weiter gehen.«

Ich schaute Cordula erstaunt an. Sie klang tatsächlich sehr ernst und sehr vorwurfsvoll. Meine Hand tastete nach Brownie, ich sehnte mich nach körperlicher Wärme, denn Cordulas eindringlicher Blick ließ mich frösteln. Ich fühlte mich unter Druck gesetzt und wollte mich erklären: »Ich habe mir schon einmal in meinem Leben große Illusionen über einen Mann gemacht. Karsten Schaleen, der Superarchitekt, na ja, was daraus geworden ist, weißt du. Und als Gundar heute damit rausrückte, daß er Bademeister ...«

»Masseur und Physiotherapeut, verflucht!«

»... ist, habe ich kapiert, daß ich mir wieder nur Illusionen gemacht habe. Warum vertue ich mich nur ständig mit den Männern?«

Cordula nahm einen tiefen Schluck Sherry. »Du vertust dich nicht mit den Männern, sondern mit deinen Illusionen. Kapiert? Warum lebst du nicht einfach in der Wirklichkeit? Die ist gar nicht so schlecht. Statt dessen willst du aus Karsten, der wirklich ein netter, anziehender, zudem anständiger Kerl ist, unbedingt den großen Kreativen machen. Oder nimm Gundar. Er ist die ideale Besetzung für eine schnuckelige kleine Sexaffäre. Aber nein, Fräulein verlangt von ihm, daß er der Retter ihres frustrierten Hausfrauendaseins ist, gerade so als wäre sie achtzehn Jahre alt.«

»Gar nicht wahr!« protestierte ich, begleitet von lästigem Herzklopfen. Einem Herzklopfen, das mich immer dann einholte, wenn ich mich auf das dünne Eis der Lüge begab.

Cordula hielt den Hals der Sherryflasche umklammert, während sie den Zeigefinger anklagend vorstreckte. »Doch, Baby, genau das ist wahr. Und noch eins ist wahr. Du machst dir und den anderen das Leben zur Hölle mit deinen Träumen vom perfekten Leben. Und das allerbeste daran ist, daß dich diese Träume oder Illusionen, wie du es nennst, davon abhalten, im Hier und Jetzt glücklich zu sein. Dabei wäre es so einfach.«

»Überhaupt nicht einfach«, behauptete ich trotzig.

»Ich behaupte, daß du am heutigen Tag für ein paar Sekunden wenigstens, wahrscheinlich für länger, vollkommen glücklich warst. Denk mal nach.«

»Als ich Gundar küßte?«

»Illusion.«

»Als ich die Farben in Andratx gekauft habe?«

»Nah dran.«

»Als ich die Landschaft malen wollte?«

»Wollte?«

»Ach Scheiße, ich hab's halt nicht gepackt, ich bin eben keine Künstlerin.«

»Und was ist mit der wundervollen Zeichnung, die du gemacht hast?«

»Ein blödes Badezimmer.«

»Du warst also kein bißchen glücklich, als du das gezeichnet hast?«

»Ist doch nur ein Badezimmer. Unwichtig. So was mache ich doch ständig. Weißt du, was Karsten gemacht hat, als meine Zeichnungen für den *»Badprofi«* kürzlich gelobt wurden? Er hat so getan, als wären sie von ihm.«

Ich entriß Cordula die Sherryflasche, betrachtete die honigbraune Flüssigkeit kurz, dann stellte ich sie angewidert weg. Zum zweitenmal an diesem Abend entschied ich mich dafür, den Dingen nüchtern ins Auge zu blicken.

»Ist das wahr?« fragte Cordula und sah mich womöglich noch ernster an. Ich nickte. »Und du hast nichts gesagt?«

»Konnte ich schlecht, der Mann, der Karsten für meine Zeichnungen gelobt hat, bot ihm deswegen ein Millionengeschäft an. Das konnte ich doch nicht platzen lassen. Wahrscheinlich hat sich Karsten auch gar nichts dabei gedacht. Ich bin eben seine bessere Hälfte, basta.«

»Du mußt deinem Ehemann endlich mal Grenzen aufzeigen. Du hast dich so sehr an ihn angepaßt, daß du für ihn gar nicht mehr als eigenständige Person erkennbar bist. Er verwechselt sich wahrscheinlich ständig mit dir, einfach weil er nichts von deiner Wut, deinen Wünschen und deinen Bedürfnissen weiß«, sagte Cordula im typischen Psychotanten-Jargon.

»Du meinst also, ich sollte mit Gundar schlafen?«

Cordula rappelte sich im Korbstuhl hoch und seufzte. »Das ist jetzt aber reichlich konkret.«

»Das ist das Hier und Jetzt.«

»Entscheide selbst. Schlaf mit ihm, wenn es dein Wunsch ist, aber mach dir über ihn als Mann und Künstler keine Illusionen. Das ist das, was ich dir heute abend klarmachen wollte und will. Scheiß endlich auf deine Illusionen, laß das Leben zu! Es kann wunderbar sein, sogar wenn es weh tut.«

»Ich kann aber ohne meine Träume nicht leben«, wehrte ich mich verzweifelt.

Cordula beugte sich vor und fixierte mich mit ihren leicht schielenden, sehr reizvollen Augen.

»Wie wäre es, wenn du deine Träume lebst?«

»Du weißt ja nicht, was du da redest. Als ich heute versucht habe, meinen Traum zu leben, eine Malerin zu sein, kam wieder nur eine Badezimmerzeichung heraus. Und eben hast du mich noch dafür beschimpft, daß ich Gundar zu einem Künstler machen wollte, was er nicht ist, sondern bloß ein Bademeister. Aber so sehen meine Träume aus.«

»Erstens: Du weißt nicht, wo die Wirklichkeit anfängt und deine Traumwelt aufhört. Zweitens: Du bist gefangen in ziemlich unmenschlichen Vorstellungen von Perfektion. Drittens: Du bemühst dich überhaupt nicht herauszufinden, wer Gundar ist. Und viertens: Lebe endlich, verflucht nochmal, lebe! *Dein Leben.*«

»Also gut, dann gehe ich jetzt zu Gundar.«

»Wie *du* willst.«

»Ich gehe wirklich.«

»Ja, nun mach aber auch.«

»Mit ihm ins Bett.«

»Wie immer es dir gefällt.«

»Okay.« Ich erhob mich träge aus dem Sessel, gähnte, suchte nach meinen Schuhen.

»Sieht nicht sehr überzeugend aus«, bemerkte Cordula. »Vielleicht solltest du deine Träume noch mal überprüfen. Denk dran, er ist nur *Bademeister.*«

»Ich bin kein Snob«, murmelte ich entrüstet.

»Und ob du einer bist. Kein Mensch ist gut genug für dich, nicht einmal du selber.«

»Ich bin dann jetzt weg.«

»Bitte, ich halte dich nicht auf.«

Als ich endlich aus dem Haus trat, sah ich die Scheinwerfer eines Autos, die sich den Hügel hinauftasteten. Hoffentlich war das nicht Gundar, der seinen Wagen wendete, um abzuhauen. Mußte ein öder Abend für ihn gewesen sein. Zwei Frauen, die ihn erst so scharf wie eine Rasierklange gemacht hatten, um ihn dann sich selbst zu überlassen. Vielleicht machte er sich ja gerade auf den Weg, um Trost zu suchen. Zum Beispiel bei Carla, der Werbespot-Diva, seiner Freundin und Kundin.

Die Scheinwerfer krochen weiter hügelaufwärts und an der Einmündung des Pfades zu unseren Häusern vorbei. Irgendein Unbekannter also. Ich wandte mich dem Aufstieg zu, knickte auf meinen mörderischen Pumps um, riß sie mir von den Füßen und wagte es barfuß. Es war nicht gerade ein Weg wie auf Wolken – eher schon das Gegenteil, aber lieber ein paar spitze Steine im Fußballen als umgeschlagene Gelenke. Außerdem, so dachte ich fröhlich, bringe ich damit den Bußweg hinter mich, bevor ich überhaupt gesündigt habe. Der liebe Gott konnte stolz auf mich sein. Erst die Sühne, dann der Sex.

Guter Sex, wie ich hoffte. In meinen Träume machte ich schon mal den Anfang. Ob Gundar wohl Eiswürfel im Kühlschrank hatte? Ich wollte immer mal nachprüfen, ob diese Sache mit den Eiswürfeln auf der nackten Haut und im Bauchnabel wirklich antörnt. Andere Lebensmittel schienen mir hingegen ungeeignet. Ich meine Pudding oder Fruchtsaft. Das klebt doch und dann die Flecken in der Bettwäsche! Nee, Eiswürfel schienen mir eine saubere Sache. Und vielleicht ein paar von den sehr schönen Aromaölen aus Gundars Massagesalon.

Überhaupt, der Massagesalon, die Whirlpools, die Spiegel. Cordula hatte recht. Warum lebte ich nicht einfach in der Wirklichkeit, zumal diese Wirklichkeit äußerst verlokkend war? Das hieß, ich zögerte, um nachzudenken: Würde Gundar nicht wer weiß welche Kunststückchen von mir erwarten? Ein versierter Liebhaber wie er und ich, die liebe Provinzmutti. Ich warf den Kopf zurück. Von wegen, der sollte mich von einer ganz anderen Seite kennenlernen, und ich mich auch: fordernd und ohne jede Zurückhaltung.

Ich betrat den Hof des Herrenhauses. Vor dem Stall – pardon, vor Gundars Atelier – brannte noch Licht. Ich warf einen Blick hinauf zum zunehmenden Mond, dem Gestirn der Liebenden, und schickte ein Dankgebet an die kinderlose Madonna von Galilea. Jetzt würde ich Punkt fünf meiner Lebensliste abarbeiten: voll verschärften, leidenschaftlichen, sinnesberauschenden Sex mit einem ... na ja nicht eben Künstler, sondern mit einem ... Etwas sperrte sich in mir gegen die Wahrheit. Ich nahm allen Mut zusammen und sagte es ganz laut in die Nacht: »Bademeister!«.

Der eine Flügel der Stalltür wurde aufgerissen. »Wer ist da?« Gundars Stimme hatte einen fast metallisch harten Klang.

»Niemand. Ich meine, na ja ... nur ich. Also ... äh, Cordula.«

»Was für eine Überraschung. Komm rein, ich wollte gerade noch ein Bad nehmen.«

»Ja, ich auch.«

»Dafür müßtest du dich aber ausziehen.«

»Das hatte ich ohnehin vor.«

»Du machst mich zum glücklichsten Mann von Mallorca.« Nicht von der ganzen Welt?

»Du bist ein Snob«, hallten Cordulas Vorwürfe in meinem Kopf wieder. Und: »Du machst dir und den anderen das Leben zur Hölle mit deinen Träumen vom perfekten Leben. Scheiß endlich auf deine Illusionen.«

Okay, dann also auf zum perfekten Sex mit einem Bademeister.

19. Kapitel

Zunächst verpaßte ich die schwer erkennbare Einmündung zu dem Felspfad. Jaume schimpfte und fuchtelte wild mit den Händen. Die Stimmung zwischen uns war immer noch sehr angespannt. Ich fuhr die schmale Straße bis zur Bergkuppe hinauf und wendete. Angestrengt starrte ich ins Dunkel, bis Jaume laut: »Da, da, da verflucht!« schrie.

Ich entdeckte das wettergegerbte Holzschild, das auf die »Casa Mirador« verwies. Vorsichtig lenkte ich den Van in die Einmündung und erkannte rechter Hand auf einer Kiesfläche das gemietete Cabrio von Carolin und zwei andere Autos.

»Er ist auch da«, murmelte Jaume leicht geistesabwesend.

»Wer ist auch da?« fragte ich scharf.

»Señor Karsten, es wäre nett, wenn Sie Ihren Tonfall würden end-e-lich mäßigen. Ich hab-e keine Verhältnis mit Ihre Frau. Maria ist-e eine Biest, wenn sie so etwas behauptet. Sie ist-e wirklich eine Biest, basta.«

Ich schnaubte und öffnete die Wagentür. »Maria ein Biest? Ihr Vater behauptet das, Sie behaupten das, nur ich habe sie bislang als reizende junge Frau kennengelernt.«

»Die Ihr eigener Sohn vorhin beinahe in die Swimmingpool ertränkt hat. Er hat eine gute Instinkt-e.«

»Ach was«, erwiderte ich ärgerlich und schlug mit Wucht die Tür des Vans zu. »Das war nur wieder so ein unsinniger Streich von ihm. Janosch ist einfach in diesem entsetzlichen Lausbubenalter. Gott sei Dank hat Maria keinen Aufstand deshalb gemacht und paßt trotzdem auf die Kinder auf.«

»Ah, sie wird noch eine Aufstand machen, bestimmt«, warf Jaume ein und sprang aus dem Auto.

»Ich muß dringend mal etwas mit Janosch unternehmen, so eine Vater-Sohn-Geschichte, irgendwas, das ihm imponiert, damit er Respekt vor Erwachsenen bekommt.«

»Respekt? Dann hören Sie auf, ständig andere Menschen mit Prügel zu bedrohen. Vor allem Menschen, die Janosch mag, wie mich-e.« Jaume teilte mit der lässigen Geste eines siegriechen Toreros ein Gebüsch und beleuchtete mit einer Taschenlampe einen schmalen, ansteigenden Pfad. »Hier-e entlang. Und-e wenn Sie dabei sind, Ihre Sohn Respekt-e zu machen, machen Sie es direkt-e mit Maria, falls Sie wollen sie haben als Frau.«

Ich blieb auf Jaumes Höhe stehen und blitzte ihn wütend an. »Sagen Sie mal, wie kommen Sie darauf? Ich habe bereits eine Frau, das langt vollauf.«

Jaume grinste – wie ich fand – dreckig. »Si. Sie haben ja schon Schwierigkeiten, auf die eine aufzupassen. Also, Sie lassen besser die Finger von die anderen.« Er ging leichtfüßig voraus, ich starrte konzentriert auf den mit spitzen Steinen und kleinen Felsbrocken übersäten Weg.

»Ihr Interesse für mich und Maria ist wirklich erstaunlich«, brummte ich.

Jaume seufzte. »Ich habe bereits erklärt, der Papa – Señor Grönert – hat mich gebeten ...«

»Den Spitzel zu spielen. Ziemlich dreckige Angelegenheit.«

Jaume schüttelte energisch den Kopf, während wir weiter hügelan kletterten. »No, no, nix dreckig. Ist sein Recht als die Papa. Er macht sich Sorgen, daß Maria wildert herum in seine Geschäfte und in fremde Herzen, verstehen?«

»Nee, nix verstehen«, erwiderte ich immer noch wütend. Diese Verdächtigungen Grönerts waren wirklich lächerlich.

Wahrscheinlich hatte Maria Consuelo recht, und ihr Vater war plemplem. Auf dem besten Wege, so abzudrehen wie mein Vater.

»Aber Sie haben Maria umarmt auf die Kirch-e-platze.«

Wir erreichten ein kleines Plateau, und ich verschnaufte. Unter uns lag das Tal von Calvia, ein glitzerndes, blinkendes Meer von Lichtern. In der Ferne schimmerte unter silbernem Mondlicht das Meer. Recht hübsch alles in allem, aber war das ein ausreichender Grund, seine gesamte Familie im Stich zu lassen, wie Carolin es getan hatte?

»Ich«, verteidigte ich mich und rang nach Atem, »ich habe Maria nur trösten wollen. Sie tun ja geradezu so, als hätte ich ihr einen Heiratsantrag gemacht. Kirchplatz! Pff.« Die Situation war wirklich allzu grotesk, was dachte Jaume nur von mir? Man flog doch nicht mal eben nach Mallorca und verliebte sich in das nächstbeste hübsche Mädchen. Schon gar nicht, wenn man seine komplette Familie im Schlepptau hatte. Lächerlich. Lächerlich? Ich dachte wieder an Carolin. »Kommen Sie, ich will jetzt endlich zu meiner Frau«, sagte ich und ging an Jaume vorbei weiter aufwärts.

»Stopp-e!« rief Jaume mich zurück. »Sie sind auf die Weg zu die falsche Haus, das da oben gehört nicht-e mir, sondern Señor Grönert. Zu der Finca geht es hier entlang.« Er wies nach rechts.

Ein Stückchen hangabwärts schimmerte das Licht einer Laterne. Wir stiegen hinab und standen vor der Haustür. Plötzlich kam ich mir ein wenig lächerlich vor. Was machte ich hier mitten in der Nacht? Lief meiner kurzfristig unzurechnungsfähigen Frau hinterher! Ich machte es ihr ziemlich einfach, wenn genau das das Ziel ihrer Aktion gewesen war: mich zum Trottel zu machen. »Jaume, ich glaub', ich möchte das doch nicht. Das sieht ja jetzt aus wie ein Überfall.«

»No. Jetzt wir sind-e hier. Jetzt wir mache fertig. Ich will beweise, daß ich nix bin Liebhaber von die Frau hier drin.«

Er klopfte rhythmisch gegen das Holz. Einmal, noch einmal, endlich so laut und drängend, daß niemand im Haus es überhören konnte. Hoffentlich würde Carolin hinterher nicht glauben, daß ich so geklopft hatte. Geklopft wie ein liebeskranker Trottel.

Schlurfende Schritte und ein unverständliches Grummeln wurden laut. Jemand schob zwei Türriegel zur Seite, und im Hintergrund wuffte Brownie. Den verfluchten Köter hatte sie natürlich lieber als den ganzen Rest der Familie. Dieses Weibsstück, der würde ich einmal ordentlich die Meinung sagen, diese verflixte ...

»Cordula!« Ich prallte zurück und glaubte zu träumen. Traum? Nun ja, es fühlte sich eher an wie ein beschwipstes Trugbild, und so roch es auch, ich meine Cordula. Eine leichte Sherryfahne wehte uns entgegen.

»Ah, du«, sagte sie und tat kein bißchen verblüfft. »Ich dachte, Carolin.«

Ich drängte mich an Cordula vorbei ins Haus, das nur aus einem Raum unten und einem Raum oben zu bestehen schien. »Wo ist Carolin?« fragte ich mit der Autorität eines Serienkommissars – wie ich hoffte. Brownie untergrub die Autorität kurzfristig, indem er schwanzwedelnd an mir emporsprang. Ich streichelte ihn und schaute mich mißtrauisch um. Hierhin also hatte Carolin sich zurückgezogen. Perfektes Versteck, so etwas fand man nicht leicht, schon gar nicht als Fremder. Mein Verdacht ging nun dahin, daß Cordula – eine von diesen halbfeministischen Psychotanten – Carolins Flucht mitausgeheckt hatte. Wahrscheinlich steckten die beiden schon lange unter einer Decke. Wahrscheinlich war Cordula die Anstifterin gewesen. Von Anfang an. Dieser ganze Frauenmagazin-Unsinn war beiden zu Kopf gestiegen, die Schminktips, die Dauerdiäten, der Fitneßknall, die ewig gleichen Stories über »Mehr Romantik in der Ehe«.

Drohend ging ich auf Cordula zu, die in eine Art silbernen Vorhang gewickelt war und auf Hollywoodgöttin zu machen schien. Reichlich albern. »Du sagst mir jetzt *sofort*, wo Carolin ist.«

Jaume trat zwischen uns und legte den Kopf leicht schief. »Was für ein-e bezaubernde Kleid Sie tragen, señora.«

Cordula setzte ein strahlendes Lächeln auf. »Nicht wahr?«

So eine elende Angeberin! Jaume hingegen schien ganz angetan und verwickelte Cordula ein Gespräch, während ich flüchtig den Raum durchsuchte, indem ich unter den Tisch schaute und die Sofakissen anhob.

»Sie sind eine Freundin von Frau Carolin?«

»Ja, kann man so sagen. Die beste Freundin.«

»Ah ja, was würden die Weiblichen tun ohne die besten Freundinnen? Darf ich mich trotzdem auch vorstellen, meine Name ist Jaume.« Er verbeugte sich übertrieben.

»Und meine Name ist Cordula«, kicherte sie und reichte ihm die Hand zum Kuß.

»Jetzt langt's aber mit diesem Unsinn«, donnerte ich dazwischen. »Cordula, setz dich dahin, werde nüchtern und erklär mir mal, was hier vor sich geht.«

Die Freundin meiner Frau warf mir einen ihrer arroganten Silberblicke zu – der Jaume ebenfalls zu entzücken schien – setzte sich hoheitsvoll wie Kleopatra in einen Korbstuhl und drapierte ihren silbernen Schlauch um ihre Beine, so daß alles aussah wie ein Fischschwanz. Dann gewährte sie mir Audienz.

»Du bist gekommen, um dich mit Carolin zu unterhalten?« Ich nickte energisch. »Reichlich spät, mein Lieber, findest du nicht?«

»Ich warne dich, treib hier keine Psychospielchen mit mir. Ich bin keine von deinen Magazin-Trullas.«

»Ich hoffe überhaupt, daß du keine Trulla bist. Was ich sagen wollte, ist, daß du schon vor ziemlich langer Zeit mit deiner Frau, dem dir unbekannten Wesen, hättest sprechen sollen. Dann wären wir nämlich jetzt nicht hier, sondern du säßest mit deiner Angebeteten in einer Bodega beim Kloster San Francesc in Palma und würdest neue Luftschlösser auf Servietten malen.«

Das verschlug mir die Sprache. »Carolin hat dir davon erzählt? Von einem so intimen Moment?« stieß ich leicht verärgert hervor.

»Alle Frauen erzählen sich, wie es war, als sie sich unsterblich verliebt haben. Und zwar bis hin zu der Farbe der Unterhose, die sie beim ersten Rendezvous trugen – und er. Soviel zu intimen Momenten.«

»Soso«, ärgerte ich mich weiter, weil ich mich jetzt zu allem Überfluß auch noch nackt fühlte. »Es war aber keine Serviette, die ich bemalt habe, sondern ein Tischtuch.«

»Genau! Darin korrigiert Carolin mich auch immer.«

Das saß. »Ihr habt also schon oft über mich gesprochen. Okay, Cordula, dann mal los, lies mir die Leviten, und dann verrat mir, wo Carolin ist. Ich hole sie dann und hör mir den ganzen Seelen-Senf noch mal von ihr an. Ich schwöre.«

Cordula schlug elegant die Beine übereinander und ließ sich von Jaume einen Sherry reichen. »Danke, Jaume, trinken Sie nichts?«

»Nicht-e diese Duty-free-Punsch-e.«

»Ist der so schlecht?«

»Grrrrauenhaft-e.« Cordula prüfte das Glas und gab es zurück. Jaume lächelte anerkennend. »Ich-e werde Ihnen einschenken eine bessere, wenn Sie kommen in die Hotel Galatzo bei Paguera.«

»Wann?«

»Morgen?«

»Okay.«

»Bon!«

»Entschuldigung«, unterbrach ich die beiden Turteltauben. »Ich habe eben einen Vorschlag gemacht.«

Cordula wandte mir unverschämt langsam ihr Gesicht zu. »Ich weiß, aber so einfach ist das nicht, mein Lieber. Erstens verbreite ich keinen Seelensenf. Zweitens mußt du schon selber darauf kommen, was in eurer Ehe schiefläuft und wie du Carolin zurückeroberst, und drittens weiß ich nicht, wo sie ist. Sie treibt sich herum.« Sie wandte ihr Gesicht wieder ab, um zu lächeln, um Jaume anzulächeln. Cordula war nun mal der Typ »männermordende Schlampe«. Sie ließ keine Gelegenheit aus. Nicht auszudenken, was passierte, wenn meine sanfte, gute, alte Carolin sich diese Frau plötzlich zum Vorbild nehmen würde.

»Du ... du hast keine Ahnung, wo Carolin steckt?« stammelte ich ungläubig. »W-wie kannst du so verantwortungslos sein?«

Cordula richtete sich auf, straffte die Schultern und schien mit dieser Bewegung alle Maskeraden von sich abzuschütteln. »Für einen Ehemann stellst du reichlich seltsame Fragen, findest du nicht?« Sie schaute mich streng an, nein, nicht streng, nur sehr ernst. »So, wie du fragst, mein lieber Karsten, hat man das Gefühl, daß Carolin ein alter Hut ist, den du dummerweise irgendwo an einem Haken vergessen hast, was dir aber erst Tage später auffällt.«

»Nun mach aber mal einen Punkt!« protestierte ich.

»Eine alte Hut«, lachte Jaume, »das ist gut, sehrr gut. Eine Hut!«

»Ich finde das nicht komisch«, unterbrach ich ihn wütend.

»Das ist auch keineswegs komisch, Karsten«, fuhr Cordula fort, »aber genauso fühlt Caro sich. Seit Jahren.«

»Da-, davon weiß ich nichts. Sie hat nie so was gesagt.«

»Nie? Nun ja, zumindest hast du es nicht gehört. Du hast ja nicht einmal hingehört, als sie mit dir ihre zweiten Flitterwochen plante.«

»Mit mir? Davon weiß ich nichts. Wann war das denn? Ich kann mich nicht daran erinnern, mit ihr darüber gesprochen zu haben?« Ich war ehrlich verblüfft. Nein, von Flitterwochen hatte Carolin nie etwas erzählt. Sie hatte auch nie Anstalten gemacht, also nichts, was ich wahrgenommen ... Außer die Dessous, der neue Look, verflucht und diese Mallorcareise.

»Ich bin ein Trottel. Ich bin ein echter Trottel.«

»Si, señor.«

»Und dann auch noch die Sache mit Carolins Zeichnungen.«

Ich blickte Cordula fragend an, noch immer damit beschäftigt, mich als Volltrottel zu fühlen. »Wa-was für Zeichnungen?«

»Carolin hat erzählt, daß sie kürzlich für ihre Zeichnungen im *›Badprofi‹* gelobt worden ist, und daß du behauptet hast, sie stammten von dir.«

Ich richtete mich jäh auf. »So etwas würde ich nie tun!« rief ich empört.

»Du meinst, Carolin hat das frei erfunden? Sie sagte, es sei während eines Geschäftstermins passiert.«

Ich stützte mein Gesicht in meine Hände und dachte angestrengt nach. Mir lag plötzlich daran, mehr über meine Frau zu wissen, sie zu begreifen, aber diese Geschichte gab mir Rätsel auf. Geschäftstermin? Ich nahm meine Frau doch nicht mit auf Geschäftstermine. Und wann hatte jemand anderer als ich Carolin gelobt? Ihre Zeichnungen? Der *»Badprofi«*?

»Du mußt ganz schön lange nachdenken, Freundchen, scheint, als ob du wirklich wenig von Carolin wahrnimmst.«

»Grönert!« stieß ich hervor.

»Wer, zum Teufel, ist Grönert?« fragte nun Cordula.

»Ein möglicher neuer Geschäftspartner hier auf Mallorca. Schwerreich, will auf der Insel Wellness-Center bauen, hat mich als Architekt und Ausstatter eingeladen, mitzumachen. Und zwar, weil ...« Ich zögerte kurz. Die Freude über meinen Geistesblitz wich einem Gefühl von Scham. Es nutzte nichts, da mußte ich durch. Und wenn ich die Beichte erst einmal vor Cordula abgelegt hatte, vielleicht würde sie mir dann bei Carolin leichter fallen. Ich räusperte mich verlegen. »Also, dieser Grönert hat mich deshalb auf eine Zusammenarbeit angesprochen, weil ihm die Zeichnungen im ›*Badprofi*‹ so ausgesprochen gut gefallen.«

»Carolins Zeichnungen.«

»Genau.«

»Und du hast nicht gesagt, von wem sie stammen?«

Ich schüttelte den Kopf. »Aber ich schwöre dir, Cordula, ich habe in diesem Moment einfach nicht daran gedacht, ich dachte nur an den Auftrag, das Geld und Carolin, na ja ...«

»Warr ein-e alte, vergessene Hut«, schloß Jaume.

»Verflucht, ich muß sofort zu ihr.«

Cordula schaute mich forschend an, dann sagte sie langsam: »Laß Carolin für eine Weile ihre Freiheit. Sie braucht sie.«

»Freiheit, wozu?«

20. Kapitel

»Cordula! Cordula!« Ich rief lauthals den Namen meiner Freundin, während ich den Weg zu unserer Finca hinablief. In viel zu großen Adiletten, die ich dem Hünen aus seinem Badparadies stiebitzt hatte. Zärtlich streichelte ich einen Lavendelbusch, führte danach die Hand an meine Nase und atmete den köstlichen Duft. Das Leben war wunderbar! »Cordula, ich hab's getan. Wir haben's getan. Ich und Gundar hatten eine unbeschreibliche Nacht. Mit Eiswürfeln.«

Mit einem Ruck riß meine Freundin die Tür unserer Finca auf. »Ruf doch den örtlichen Radiosender an und bitte darum, es in den Nachrichten zu bringen.« Cordula sah übernächtigt aus und blinzelte heftig gegen das Licht der Morgensonne.

»Puh, wohl neidisch, was?« sagte ich voller Schwung und sprang fast ins Haus.

»Keineswegs«, muffte Cordula und erinnerte mich ein wenig an Zoey. Zoey! Ich seufzte leise und drehte mich ein paarmal im Kreis, bis mir schwindelig war. Sehr viel anders fühlte sich die erste Verliebtheit eines Teenagers sicher auch nicht an. Ich würde demnächst mehr Verständnis für sie und Fresse aufbringen.

Das alles war so unwiderstehlich belebend, elektrisierend, die ganze Welt hatte intensivere Farben. Noch intensiver, als sie auf Mallorca ohnehin schon waren. Ich lief zur Balkontür und tänzelte durch die geöffneten Türflügel nach draußen bis zur Brüstung. Ich breitete die Arme aus und rief mit glockenheller Mädchenstimme: »Guten Morgen! Guten Morgen! Guten Morgen!« in das Tal hinab.

»Gutten Morrgen«, kam im nächsten Moment ein sehr spanisches Echo aus meinem Rücken. Mit einem kleinen Kiekser des Entsetzens drehte ich mich um. Da saß Jaume und rührte gemächlich in einer Tasse Kaffee.

»Was machen Sie denn hier?« fragte ich völlig verdutzt.

»Ich habe nur eben vorbeigeschaut, um-e zu wissen, ob auch alles in die Haus ist. Kaffee, spanische Brotschen, Sie, Señora Carolin.«

»Äh ... ich, ja, da bin ich also. War nur kurz draußen.«

»Draußen. In die Sonn'?«

»Genau, in der Sonne. Den Tag begrüßen und einen Nachbarn.«

»Sehrr interessante Schuhe, die Sie da haben an. Hat die geschenkt der Nachbar?«

Ich betrachtete verlegen meine Füße in den Adiletten. Schwamm drüber, dachte ich, gar nicht draufeingehen. Hastig lenkte ich von meinen Füßen ab. »Nett, Sie zu sehen. Wie geht es meinem Mann und den Kindern?« Ich schlug mir vor Schreck die Hand vor den Mund. »O je, die Kinder. Ist etwas passiert? Sind Sie deshalb hier?« Mein Herz klopfte auf Alarmstufe rot.

Cordula trat mit einer Kaffeekanne auf den Balkon. »Noch einen Schluck, Jaume?«

Jaume war für einen Moment vollends von mir abgelenkt. Strahlend nickte er zu Cordula hinauf. Unverbesserlich, sie ließ einfach keinen Mann aus, und egal, wie kurz eine Bekanntschaft war, sie zog sofort alle Register.

»Was ist mit meinen Kindern?« fragte ich drängender.

»Nichts, señora, es ist alles in Ordnung.«

Ich atmete erleichtert auf und schaute mich suchend um. »Und wo ist Brownie?«

Cordula schaute kurz auf. »Och, den hat Karsten gestern mitgenommen.«

»Ach so. *Was? Karsten? Karsten? Karsten!*«

»Sag mal, mußt du den Morgen damit beginnen, wechselnde Männernamen durch die Gegend zu brüllen?« Cordula sah sehr ärgerlich aus.

Etwas leiser, aber nicht weniger aufgeregt fragte ich: »Karsten war hier? Wann?«

»Kurz, nachdem du gestern nacht gegangen bist. Er hat Jaume unter Androhung von Prügeln gezwungen, ihn hierher zu fahren.«

»Kurz, nachdem ich gegangen war?« Vor Schreck klappte mir das Kinn herunter. Meine Güte, mein Mann hatte mich verpaßt, weil ich zu Gundar gegangen war. Ich fühlte mich schäbig, ausgesprochen schäbig.

»Sie sind-e sehrr blaß, señora Carolin, ist-e etwas nicht gut?«

»D-doch, ausgezeichnet. Und wo ist Karsten jetzt?«

Cordula schnappte sich ein Croissant und stippte es genüßlich in ihren Kaffee. »Na, zurück im Hotel. Er konnte die Kinder schließlich nicht die ganze Nacht Maria überlassen.«

»Maria?«

»Ja, Maria Consuelo, señora.«

»Aber es sind meine Kinder. Er kann sie doch nicht einfach dieser wildfremden, bildhübschen Frau geben.«

»Es sind auch seine Kinder.«

Ich rang nach Luft, mir wurde blaß um die Nase, schrecklich blaß, wie ich überhaupt die ganze Insel auf einmal blaß fand. »Cordula, ich muß mit dir reden. Ich glaube, du mußt mir einiges erklären.«

»Hallo. Hallo, jemand zu Hause? Ah, Cordula, da bist du ja.« Gundar spazierte durchs Wohnzimmer auf den Balkon hinaus, öffnete die Arme und riß mich an sich. Über seine Schulter hinweg sah ich Cordulas sehr amüsiertes Lächeln, und Jaume, der mit seinem Kaffeelöffel die Luft umrührte.

»Corrrdula?« stieß er fragend hervor und blickte von mir zu meiner Freundin. »Ich-e glaube, *Sie* müssen einiges erklären, señora Carolin!«

Gundar ließ mich los und wirbelte beim Klang von Jaumes Stimme herum. »Was machst du hier?« fragte er scharf. »Wenn mein Vater dich schickt, sag ihm, ich werde ihn demnächst besuchen, wegen der Ausstellung. Ansonsten soll er mich in Ruhe lassen. Ich kann tun und lassen, was ich will.«

Jaumes Miene verfinsterte sich bei diesen Worten. Er sprang auf und fuchtelte mit dem Kaffeelöffel wilde Muster in die Luft. Ich glaube, er verwechselte den Kaffeelöffel mit einem Messer. »Du kannst also tun-e und-e lassen, was du willst, ja? Auch mit eine verheiratete Frau und-e Mutter ... Du ...«

»Du bist ja vollkommen verrückt, Jaume. Dich geht es genausowenig wie meinen Vater an, was ich tue.«

»Mit seine Geld!«

»Na und? Er hat das Geld auch nur von meiner Mutter.«

»Aberr er hat gemacht damit nicht nur Schrott-e wie du. Du sogenannte Künstler! Du elender Casanova.«

In diesem Moment griff Cordula ins Geschehen ein. »Jaume, ich glaube, es ist besser, wenn Sie jetzt gehen.« Der sanfte, aber bestimmte Ton ihrer Stimme vertrug keinen Widerspruch.

Manchmal ist es wirklich von Nutzen, daß Cordula Psychologin ist, ich glaube sie würde auch einen fünffachen Geiselnehmer und Bankräuber zur Aufgabe überreden. Jaume jedenfalls gehorchte nach kurzem Murren und folgte Cordula, nachdem sie ihn noch an »heute abend, zehn Uhr« erinnert hatte. Junge, Junge, gerade eine Nacht auf Mallorca und schon hatte meine beste Freundin zwei Verabredungen mit aufregenden Männern: eine mit Jaume am

Abend und eine mit Gundar zur morgendlichen Massage. An die mein Hüne mich und sie ausgerechnet jetzt erinnern mußte. Cordula versprach zu kommen und komplimentierte auch Gundar hinaus.

Endlich hatten wir freie Bahn. Ich ließ mich in Jaumes Sessel fallen und trank einen Schluck seines Kaffees. »Puh, starkes Stück!« entfuhr es mir, und ich meinte den Kaffee.

»Allerdings«, lachte Cordula und meinte die Situation.

»Scheiße, das mit Karsten«, stieß ich hervor und begann wieder, mich zu schämen.

»Liebes, da mußt du jetzt durch, Schuldgefühle gehören zu einem Seitensprung einfach dazu. Du kannst nicht durch den Regen gehen, ohne naß zu werden. Mach dir ruhig mal die Finger schmutzig, schließlich willst du nicht mehr die gute, sanfte, alte Carolin sein.«

Ich fühlte, wie ich erbleichte. »Sag mal, du hast Karsten doch nicht erzählt, wo ich war?«

Cordula spuckte andeutungsweise auf Zeige- und Mittelfinger und hob sie zum Schwur. »So wahr mir Gott helfe, ich bin keine doofe Petze. Und Gundar ist soviel Schmerz und Aufregung nicht wert. Oder?«

Ich tunkte verlegen den Löffel in meine Kaffeetasse. »Was ... was hast du Karsten dann über mich gesagt?«

»Das du ein alter Hut bist.«

Ich machte es wie Jaume und rührte auch ein bißchen in der Luft herum, so baff machte mich diese Unverschämtheit.

Cordula streckte die Hand vor und legte sie auf meinen Unterarm. »Nichts für ungut, Liebes. Ich habe Karsten nur ziemlich eindringlich klargemacht, daß er dich wie einen vergessenen Hut behandelt. Er macht sich zu wenig Gedanken über dich, und dann die Sache mit deinen Zeichnungen, ich sage dir, das saß!«

»Du meinst, er hat sich geschämt?«

Cordula nickte wie eine dieser Buddhafiguren, die die

Wahrsager-Automaten auf der Kirmes schmücken. »Er ist voller aufrichtiger Reue. Bereit, dir zuzuhören, dich zu achten und zu ehren, zu hegen und zu pflegen, in guten wie in schlechten Tagen.«

»Hör auf!« flehte ich verzweifelt. »Ich schäme mich gleich tot. Wie soll ich Karsten das nur erklären?«

»Am besten überhaupt nicht. Einen dämlichen kleinen Seitensprung behält man gefälligst für sich.«

»Aber das geht doch nicht.«

»Na klar geht das, solange das übrige Leben nicht davon berührt wird. Erwähnenswert wird eine Affäre erst, wenn du mit Gundar eine Art Alltag entwickelst. Wenn du dich an ihn gewöhnst, an seine Art, wie er sich rasiert, sich etwas zu trinken bestellt und abends in der Nase bohrt oder seine Socken verlegt. Willst du das?«

»Natürlich nicht«, sagte ich ärgerlich.

»Na also. War's denn wenigstens schön heute nacht?«

Ich jaulte auf. »Was soll ich denn jetzt machen? Und was ist mit Karsten? Kommt er wieder?«

Cordula zupfte an ihrem Croissant herum. »Vorerst nicht.«

»Wie bitte?«

»Na, so einfach wollte ich es ihm nicht machen. Er hatte gestern zwar das erste Mal Ansätze von Reue, aber er ist noch nicht reif für eine echte und vor allem romantische Versöhnung. Du übrigens auch nicht.«

Es langte. Mit voller Wucht schlug ich auf den kleinen Tisch, die Tassen tanzten Polka, die Kanne hüpfte mit entsetztem Klirren. »Sag mal, was fällt dir eigentlich ein, hier Schicksal zu spielen? Gestern schickst du mich zu Gundar, dann schickst du meinen Mann in die Wüste und faselst davon, daß ich nicht reif bin ...«

»Womit ich hundertprozentig recht habe. Hörst du dir eigentlich auch mal selber zu, Fräulein? Ich habe dich gestern nicht zu Gundar geschickt. Im Gegenteil, ich habe den ganzen Abend versucht, dir klarzumachen, was für ein

Hallodri und Lumpi das ist. Ich habe auch deinen Mann nicht in die Wüste geschickt, sondern dir den Rücken für deine Dummheiten freigehalten. Übrigens mit tatkräftiger Hilfe von Jaume, der sehr genau wußte, wo du dich herumtriebst. Er hat Karsten schließlich dazu gebracht, ins Hotel zurückzukehren, sonst hätte der dich heute morgen hier empfangen. Dich, die mit ihren lauthals verkündeten »Gundar-Stories« das halbe Tal geweckt hat.«

Ich knickte unter ihren Worten ein wie ein zertretener Ast. Wieder einmal verdankte ich meiner besten Freundin das Leben. »Du findest mich ziemlich zum Kotzen, nicht wahr?«

Cordula stöhnte wie unter Zahnschmerzen. »Jetzt geht das schon wieder los! Ja, wenn es dich beruhigt, manchmal finde ich dich absolut zum Kotzen. Ich finde dich manchmal albern, naiv, viel zu schwärmerisch und noch einiges mehr. Meistens allerdings finde ich das nicht, und ehrlich gesagt, kenne ich keine Frau, mit der ich einen so lustigen Abend wie den gestrigen verbringen könnte. Und jetzt erzähl schon endlich! Wie war's mit Gundar, dem Mann mit den überaus göttlichen Händen? Taugt er was im Bett?«

Ich sah leicht verstört auf und blickte in Cordulas gespanntes Gesicht. Sie war ehrlich und aufrichtig neugierig. Ich biß mir kurz auf die Lippen. »Du bist wirklich unmöglich, Cordula, daß du in einem solchen Moment nur daran denkst.«

»Erzähl schon!«

»Also wirklich.«

»War's so langweilig?«

Ich kicherte. »Nöööö.«

»Na, komm schon, die Details.«

»Also, seine Hände sind wirklich einmalig. Jeder Mann sollte dazu verpflichtet werden, eine Masseursausbildung zu machen. Wie der einem den Nacken entlangfährt und dann die Wirbelsäule, Wirbel für Wirbel mit einem Eisstück.«

»Und weiter vorne?«

»Der weiß, wie man weibliche Brüste behandelt.«

»Und weiter unten?«

»Mmmmh.«

»Und wenn er nicht die Hände dafür benutzt?«

Ich riß die Augen wieder auf und kehrte ans Tageslicht zurück. »Na ja«, sagte ich mit dem gelangweilten Ton der erfahrenen – endlich erfahrenen Frau, »dann ist es eigentlich mehr so das Übliche.«

Cordula lehnte sich kopfschüttelnd zurück. »Das Übliche? Was meinst du denn damit?«

»Na ja, es hat mich halt nicht bis ins Weltall geschleudert, und außerdem mußte ich immer daran denken, mir keine Illusionen zu machen. Weshalb ich nicht wie üblich an Harrison Ford dachte oder Joschka Fischer.«

»Joschka Fischer?« schrillte Cordula und lachte röhrend wie eine Hyäne.

Scheiße, war mir das peinlich. Das hatte ich nun wirklich für mich behalten wollen. Ich beeilte mich weiterzureden: »Also, ich machte mir eben keine Illusionen und muß sagen, der Akt an sich ...«

»Mit Joschka Fischer?????«

»Haha, das muß ja wirklich brüllkomisch sein. Hast du keine sexuellen Phantasien?«

»Und ob! Aber keine mit Mitgliedern des Bundestages oder Jojojo-hahahah.«

Ich schwieg beleidigt und ließ noch einmal die Bilder der Nacht durch meinen Kopf gehen. So schlecht war es mit Gundar alles in allem nicht gewesen. Aber was viel besser als der Sex gewesen war ... »Joschka Fischer«, japste Cordula zum fünften Mal. Also, was besser gewesen war als der Sex, war dieses Gefühl, begehrt zu werden. Und für dieses Gefühl war ich Gundar sehr dankbar. Nicht dafür, daß er Gundar war. Das war mir ziemlich egal, er hätte auch jemand anderes sein können. »Joschka Fischer, hahahahaha.«

»Cordula, jetzt reicht's aber wirklich. Verrat mir lieber, wie ich das mit Karsten geradebiegen soll.«

Cordula lachte noch ein paarmal auf, dann wischte sie sich die Lachtränen aus den Augenwinkeln und bemühte sich um eine ernste Miene. »Der arme Gundar, das hat er wirklich nicht verdient! Langweiliger als Joschka Fischer. Puhahaha.«

Es ging schon wieder los. »Cordula!«

»Schon gut, schon gut. Mach dir keine Gedanken um Karsten. Ich habe dafür gesorgt, daß du den Rest der Ferien Zeit hast, um dich auszutoben.«

»Austoben? Was soll das heißen?« Ich schüttelte meine Freundin und überlegte kurz, sie zu ohrfeigen. Schließlich soll das bei hysterischen Anfällen hilfreich sein. Sie fing sich aber auch so.

»Karsten hat echt mit Format reagiert. Er hat versprochen, dich in Ruhe zu lassen. Du kannst dich hier, wie gesagt, voll austoben. Er hofft allerdings, daß du am Ende der Ferien zu ihm und den Kindern zurückkommst. Schließlich kann er sie nicht andauernd fremden Menschen überlassen, und deine liebe Schwiegermama kannst du in der Hinsicht knicken. Was Karsten übrigens auch endlich zu begreifen scheint. Der Muttersohn in ihm wird endlich erwachsen.«

Ich schluckte, so einen Mann hatte ich doch überhaupt nicht verdient. Der war ja nicht von dieser Welt. So gelassen, so großzügig, so verständnisvoll, bereit, zu lernen und zu wachsen. Moment mal, wir redeten hier von Karsten, dem Kloverkäufer, der seine Eltern mit in einen Romantikurlaub schleift, währenddessen Badewannen an den Mann bringt und sich mit wildfremden Madonnen in romantischen Bars trifft.

»Er hat echt gesagt, ich soll mich austoben?« Mir gefiel das nicht. Ganz und gar nicht.

Cordula knetete Männchen aus dem weichen Croissantteig. »Guck mal, sieht das hier nicht aus wie Joschka? Ich hatte kürzlich eine Kartoffel, die sah aus wie Gerhard Schröder. Wie findeste den eigentlich? Große Nase hat er ja.«

»Laß den Quatsch! Hat Karsten echt gesagt, ich soll mich mit anderen Männern austoben?«

»Nein, das hat er natürlich nicht gesagt, von anderen Männern war überhaupt nicht die Rede.«

»Überhaupt nicht?« Das ärgerte mich. Wie stellte sich mein Mann denn bitte vor, daß ich mich austobte? Mit Luftmatratzen und Wasserbällen? Überhaupt, einfach so abzuziehen und mich meinem Schicksal zu überlassen. Unverschämt! Dafür aber Brownie einpacken, den er angeblich gar nicht leiden konnte. Typisch Karsten, am Ende war ihm aus lauter Pflichtgefühl sogar der Hund wichtiger als ich! Meine Wut lenkte mich dankenswerterweise von meinen Schuldgefühlen ab.

»Na gut«, meinte ich entschlossen, »dann tobe ich mich mal aus.«

»Mit Gundar?«

»Erst mal mit dem Pinsel.«

»Also doch mit Gundar.«

»Cordula, du bist eine schmutzmäulige Schlampe.«

»Ganz genau. Darf ich übrigens den Massagetermin bei deinem Ersatz-Joschka in Anspruch nehmen? Ich möchte heute abend frisch und entspannt aussehen, wegen Jaume.«

»Von mir aus«, brummte ich und gähnte. »Machst ziemlich viel Aufhebens um ihn.«

»Wieso?« fragte Cordula spitz. »Findest du, er ist es nicht wert, weil er ein Hotelangestellter ist? Ich bin kein Snob wie du, Carolin. Ich nehme die Menschen als das, was sie sind. Egal, ob Kellner, Physiotherapeut oder eine Hausfrau, die von Sex mit Joschka Fischer träumt.«

Ich richtete mich ärgerlich in meinem Korbsessel auf, Cordula sprang durch die Balkontür ins Zimmer und wandte sich lachend um. »Und du, Carolin, versuche nicht, Picasso zu sein. Sei das, worin du unschlagbar bist, kapiert? Sei du selbst.«

21. Kapitel

Als ich wenig später in T-Shirt und Shorts vor dem Block saß, dachte ich über diesen letzten Satz nach. Der Mensch, der ich im Moment am wenigstens sein wollte, war ich selbst.

Verflucht, betrügt den eigenen Ehemann in der Nacht seiner reumütigen Rückkehr! Wenn Karsten etwas von Gundar erführe, wären die Folgen nicht auszudenken. Schon gar nicht, wo er diese Madonna Maria in Griffweite hatte.

Ich wog die kleine Kachel in der Hand, die Gundar mir gestohlen hatte und die ich so inspirierend fand. Nette Geste von Gundar. Ich lächelte kurz und schloß die Augen, um die letzte Nacht noch einmal durchzugehen. Aber irgendwie kam die Sache nicht richtig in Fahrt.

Schluß mit lustig! befahl ich mir und verbot mir weitere erotische Ausflüge. Schließlich konnte ich mir Kacheln auch selber klauen. Entschlossen stand ich auf, suchte mir den Wagenschlüssel und machte mich auf den Weg. Nein, nicht um eine Kachel zu klauen, sondern um mir meine Inspirationen von nun an selber und nicht im Bett irgendeines Kerls zu suchen. Ich war schließlich nicht nur so zum Vergnügen von meinem Mann weggelaufen, sondern um mit mir selber ins Reine zu kommen.

Den Rest der Woche verbrachte ich damit, die Insel zu erkunden und mich wirklich und leidenschaftlich zu verlieben – in Mallorca. Ich durchstreifte zunächst die fruchtbare

Ebene von Llucmajor, wo Pomeranzen und Feigen, Mandeln und Eukalyptus, die schnöde Zypresse neben dem Olivenbaum wuchsen und sammelte in meinem Kopf ein Meer von Farben und Formen. Mein Skizzenblock füllte sich mit botanischen Studien. Mein Herz mit der selbstverständlichen Heiterkeit des Südens.

In Sinéu, einem Marktfleck in der Mitte der Insel, schlenderte ich am frühen Mittwochmorgen über einen Viehmarkt, bewunderte den geflügelten Löwen vor der Freitreppe und die uralten Gesichter der Bauern, die um Küken, Kühe, Schafe und Schweine feilschten. Jedes Gesicht erzählte mir eine lange, verschlungene Geschichte von Lebensfreude und Lebensüberdruß, Lust und Langeweile, Sturheit und Sehnsucht, Erstarrung und Erlösung, erfüllten und unerfüllten Träumen. Es tat wohl, zu begreifen, daß meine eigene Geschichte eine von vielen war und nicht mehr, aber auch nicht weniger Würde besaß. Ich zeichnete nicht, sondern ließ mich treiben, nahm alles in mich auf, und alles belebte in mir Gefühle und Gedanken, die ich lange verschüttet geglaubt hatte. Nein, ich war nicht die Abenteurerin meiner Lebensliste, die in einem Fesselballon die Niagarafälle überfährt, aber ich war wieder wach, wach für die Welt und ihre alltäglichen und nicht alltäglichen Wunder.

Ich fuhr an jenem Mittwoch weiter über Inca ins nördliche Gebirge. Bei der Marmorstadt Selva empfingen mich silberne Pappelhaine, die eine unbestimmte Sehnsucht nach meiner niederrheinischen Heimat wachriefen. Wie würden mir die Pappeln fehlen, wenn ich immer auf Mallorca leben sollte? Auch diese Erfahrung war mir wichtig. Erst in der Ferne lernen wir die Heimat lieben.

Ein Stück weiter aufwärts, den Bergen bereits sehr nah, drehten sich bei Caimari einige uralte Olivenpressen. Der fruchtbare Hangboden war in kleine Terrassen unterteilt, die von kunstvoll geschichteten Kalksteinmauern befestigt waren. Diese Terrassen reichten bis hoch ins Gebirge und bis weit in die Geschichte zurück, die Araber hatten sie angelegt. Mich beeindruckte die sanfte, unaufdringliche Geometrie dieser Gärten. Eben darin lag ihre Schönheit, sie waren völlig künstlich und vermählten sich dennoch perfekt mit der Natur, der sie nicht mehr abtrotzten, als sie geben konnte. In der Schlichtheit lag die Meisterschaft dieser Gartenarchitektur.

Dann wechselte die Landschaft. Pinienwälder und Mastixsträuche sorgten für dunklere Grüntöne und erfrischenden Schatten. Je höher ich fuhr, um so felsiger, steiniger und grauer wurde die Landschaft und entfaltete dabei einen majestätischen Charakter. Je höher ich fuhr, um so alberner kam mir mein quietschrotes, vorlautes Cabrio vor. Umschlossen von massigen, krautig bewachsenen Felsgraten, erreichte ich das Tal von Lluc, wo im gleichnamigen Kloster die Schwarze Madonna der Berge verehrt wird. Ich hielt mich auf der Straße oberhalb des Wallfahrtsortes, von wo aus man den schönsten Blick auf den mittelalterlichen Bau hatte.

Wenige Straßenwindungen weiter tauchte am nördlichen Horizont ein fast völlig kahles, gewaltiges Felsmassiv auf. Es schien die letzte natürliche Mauer zwischen Land und Meer zu bilden. Ich hielt an, schaltete den Motor ab und atmete nichts als die Stille, kühle Bergluft und den Flügelschlag der Geier, der in der Luft zu liegen schien. Während Sinéu auf derbe und fröhliche Weise meine vitalsten Lebensinstinkte erweckt hatte, wurde ich hier mit feineren Empfindungen vertraut. Ehrfurcht, Demut, Läuterung. Im Tal wimmelte ungestüm, mitreißend und blind das Leben, hier oben suchte ich unwillkürlich nach seiner Erklärung. Kein Wunder, daß man hier Klöster gebaut hatte und daß hier die Eremiten lebten. Die ich sofort wieder vergaß, als ich in den touristischen Rummel von Sa Calobra eintauchte, einem der meistbesuchten Orte der Insel. Man erreicht ihn über eine atemberaubende Zick-Zack-Straße und nach zahllosen Spitzkehren.

Mit einem Anflug von Mißmut schlenderte ich an Souvenirshops und mäßigen Hostals vorbei. Wie der Rest der sich hier sammelnden Touristen zwängte ich mich durch einen mit Glühbirnen beleuchteten Tunnel zum Torrent de Pareis, einer vier Kilometer langen Schlucht, die hier ins Meer mündet und von bis zu vierhundert Meter hohen Steilwänden umschlossen ist. Wie die anderen Touristen war ich gekommen, um das zu zerstören, was ich hatte sehen und fühlen wollen: Stille, Einsamkeit und Größe. Dennoch blieb der Mittwoch der läuterndste Tag meiner Entdeckungsreise.

Ich erkannte, daß es Orte gab, die mich bereicherten, klärten, befruchteten und solche, die das Gegenteil taten, egal, wieviel Phantasie und Illusionen ich mir über sie machen würde, es blieben die falschen Orte. Und was für Orte galt, galt auch für Menschen. Ich wagte noch nicht, die Menschen, die ich kannte, schonungslos daraufhin zu überprüfen, ob sie zu mir paßten. Die Begegnung mit mir selbst nach so vielen Jahren der Hingabe an andere war noch zu frisch. Ich traute mir und meinen Urteilen noch nicht über den Weg, wo es um Karsten, Gundar oder meine Freundin Cordula ging.

Weiter durchfuhr ich die Insel. Besuchte die mittelalterliche Festungsstadt Alcudia mit ihrer strengen Eleganz und ihrem leicht vergeistigten, ein wenig bohèmehaften Flair, der mich an Cordula erinnerte. Ich fühlte mich seltsam fremd in den Gassen dieser Stadt, ihren Bars und Galerien. Fremd, aber angeregt, belebt und ja – erfrischt.

Das wilde Cap de Formentor mit seinen schroff ins Meer abfallenden Steilwänden und seinen atemberaubenden Ausblicken in gurgelnde, tosende Abgründe erinnerte mich an Karsten. Nicht nur, weil er mir jahrelang als mein Fels in der Brandung erschienen war, nein, auch deshalb, weil er mir in den letzten Jahren manchmal ebenso schroff und abweisend erschienen war wie diese grauschwarze Halbinsel, die einsam und allein bis weit ins kalte, feindliche Meer hinausragte. Stumm und stellenweise unzugänglich.

In Artá, einer streng bewehrten Bergstadt, versöhnte eine lustig lächelnde, dickliche Mutter Maria mit kugelrunden roten Bäckchen mich wieder mit Gott, der Welt und Artá. Ich fand sie in der freundlich hellen Wallfahrtskirche Sant Salvador, die den Ort krönte. Auf ihrem Arm saß ein verschmitzt und ziemlich unabhängig dreinschauendes Jesukind, das mich an Janosch denken ließ. Diese hölzerne Madonna war das Werk eines naiven Künstlers. Sie erinnerte mich in ihrer unerschütterlichen Zuversicht und ihrem einfältigen Glauben an mich selber.

Ja, sie erinnerte mich viel mehr an mich selber als die kinderlose, überirdische und letztlich kühle Mondmadonna von Galilea, die Gundar mir gezeigt hatte. Seufzend gestand ich es mir ein, während ich in einer der Kirchenbänke saß. Die Madonna vor mir lächelte jetzt so zufrieden wie eine Hausfrau nach ihrem wöchentlichen Aldi-Einkauf. Wahrscheinlich hatte sie sich soeben die letzte Brotbackmaschine mit 24-Stunden-Vorback-Automatik gesichert und einen preisgünstigen Pyjama fürs Jesulein. Ich kicherte.

Dann ließ ich meine Blicke weiter durch die Kirche schweifen. Ich entdeckte noch einen äußerst rebellischen Racheengel, in dessen Gesicht ich Züge von Zoey entdeckte, und einen mehrfach durchbohrten Märtyerer, von dem ich annahm, daß er eine gewisse Ähnlichkeit mit dem mehrfach gepiercten Fresse haben könnte. Selten habe ich mich in einer Kirche so gut amüsiert, vor allem, als zu guter Letzt noch Pfarrers Katz' hereinschlenderte, mit elegantem Sprung das Weihwasserbecken eroberte und hemmungslos ihren Durst stillte. Klar, daß ich bei diesem ungezähmten Haustier an meinen Brownie denken mußte.

Einen Gundar entdeckte ich nicht. Ich schämte mich dafür. So ging man nicht mit Menschen um, mit denen man immerhin eine Nacht verbracht hatte und die einem mit einer geklauten Kachel die Rückreise zum eigentlichen Ich ermöglicht hatten. Was war Gundar eigentlich für mich? Nur ein unbedeutender Flirt oder doch der Erlöser von allem Übel eines völlig vorhersehbaren Hausfrauendaseins? Ich zündete ein Licht an und stellte es zu Füßen der Madonna ab. Sie lächelte aufmunternd. Wie hatte Cordula noch geschimpft? »Du bemühst dich überhaupt nicht, herauszufinden, wer Gundar ist.« Im Angesicht der lustigen Mutter Maria nahm ich mir vor, genau das zu tun. Herauszufinden, wer Gundar war.

22. Kapitel

Ich brauchte nicht lange, um zu merken, daß er genau der Typ Mann war, für den ich ihn gehalten hatte. Durchaus amüsant, von belebendem Charme, oberflächlich und von sich selbst in einem Maße begeistert, daß er wie selbstverständlich annahm, daß man ihn mochte und – insofern man weiblich war – rasend begehrte. Was ich nicht tat. Den spitzbübischen Jaume mit seinem hinreißenden Akzent, den zwinkernden Augen und der grundehrlichen, etwas krummen Nase zog ich Gundar um Längen vor. Die Hübschesten sind nicht immer die Besten, soviel hatte ich in meinem erfahrungsreichen Liebesleben längst gelernt.

Meine Flirtanstrengungen des vorangegangenen Abends hatten vor allem das Ziel gehabt, meiner allerliebsten und leicht entflammbaren Freundin Carolin die Flausen aus dem Kopf zu treiben. Ich gönnte ihr einen Seitensprung von Herzen, schließlich kann eine Frau mit ungefähr dreieinhalb Liebesabenteuern nicht den Rest ihres erwachsenen Lebens bestreiten. Und was auch immer gegen diesen Hünen sprach: Seine Hände und die Massage, die er mir am Morgen nach Carolins Ausrutscher verabreichte, zeugten von erotischer Könnerschaft. Immerhin. Obwohl Carolin das wohl anders sah. Mir fiel die Sache mit Joschka Fischer wieder ein, und als ich mir vorstellte, daß dieses meistens verdrossen dreinschauende Gesicht Carolin zu erotischen Phantasien hinriß, mußte ich kichern. Das

Kichern schwoll zum Lachen an, das Lachen ließ meinen wehrlos daliegenden Körper auf und ab hüpfen.

»Das kitzelt doch gar nicht«, unterbrach Gundar mein Lachen und seine Massage beleidigt. Ich prustete noch einmal los, dann setzte ich mich auf. Gundar schaute natürlich nicht weg, als mein Handtuch verrutschte. So professionell er vielleicht als Masseur war, noch professioneller war er als Frauenheld.

»Nichts für ungut, Gundar«, sagte ich. »Ich mußte nur gerade an etwas denken, was Carolin mir erzählt hat.«

»Über mich?« Das war so typisch Gundar, daß ich noch herzhafter lachen mußte. Er hielt sich ganz selbstverständlich für den Mittelpunkt im Leben jeder Frau, mit der er geschlafen hatte.

Der Hüne hatte sich beleidigt abgewandt und drehte mit spitzen Fingern einen Wasserhahn auf. Ich lenkte ein. »Nein, Carolin hat nichts Komisches über Sie gesagt, sondern über Joschka Fischer, den deutschen Außenminister.«

»Was ist denn an dem so interessant?«

Ich schwieg lieber. Ausführlich wusch Gundar sich das rosenduftende Massageöl von den Händen. Ich schlüpfte in T-Shirt und leichte Leinenhose und schlenderte durch den Stall nach draußen. Im Innenhof schien die Sonne hoch und hell. Der Sommer wollte auf dieser Insel tatsächlich nicht enden. Schade, daß ich meinen Bikini nicht eingepackt hatte. Ich setzte mich auf den Rand eines alten Ziehbrunnens und sonnte mich.

»Na, wovon träumen Sie jetzt?« fragte plötzlich Gundar in der Tonlage erotischer Schmeichlerbaß neben mir. Er konnte es nicht lassen. Jede Frau war für ihn potentielle Beute. Ich hoffte nur, daß Caro ihm in ihrer grenzenlosen Naivität und Sucht nach Illusionen nicht verfiel oder ihn für etwas anderes als einen Bademeister mit deutlich erhöhtem Testosteronspiegel hielt.

»Ich bin keine Träumerin«, stellte ich klar. »Ich genieße lediglich die Sonne.«

Gundar warf sich plötzlich vor mir auf die Knie und spielte Operettenkönig. Er breitete die Arme aus und deklamierte: »Carolin, ich verspreche Ihnen, ein Tag mit mir und Sie werden eine Träumerin. Eine unverbesserliche Träumerin.«

Wieder stieg ein Kichern in mir hoch. Gundar konnte schließlich nicht ahnen, wie treffend er soeben Carolin, also die echte Carolin, beschrieben hatte. Mich hingegen hatte das Leben gelehrt, zu nehmen, was man kriegen konnte und sich damit aus dem Staub zu machen, bevor es einem jemand wegnahm. Um ehrlich zu sein, hätte ich mir aufgrund der Massage wahrscheinlich auch Gundar genommen, aber er war nun mal Carolins Schwarm und damit tabu.

Mein offensichtliches Zögern ärgerte den schönen Blonden. Er stand auf und klopfte sich den Staub von der Hose. »Sind Sie einfach nur prüde, oder finden Sie mich wirklich so abstoßend?«

»Vor allen Dingen finde ich Sie kokett. Sie wissen sehr gut, daß Sie alles andere als abstoßend sind.« Ich erhob mich vom Brunnenrand und schlug ihm kumpelhaft auf die Schulter. »Nichts für ungut, Gundar, aber bei mir zieht Ihre Masche einfach nicht. Ich gehöre nämlich zu den bösen Mädchen, die alle Tricks schon kennen und im Zweifelsfall selber anwenden. Außerdem bin ich ja jetzt glücklich verheiratet. Kapiert?«

Gundars Mund verzog sich zu einem filmreifen Grinsen. So nach Art von Jack Nicholson etwa. Der Junge hatte wirklich ein erstaunliches Repertoire. »Ein böses Mädchen? Und dabei treue, glückliche Ehefrau? Klingt sehr pikant. So nach ›nackte Frau steht in der Schürze am Küchenherd‹.«

Das war eine mindestens so dämliche Sexphantasie wie die von Carolin und verdiente eine entsprechende Antwort: »Genauso koche ich gewöhnlich, und dazu trage ich rote Stöckelschuhe an den Füßen, und wenn mein ungezogener Mann mir zu nahe kommt, versohle ich ihm den Po mit dem heißen Kochlöffel.«

»Au, au, au.« Gundar grinste dreckig. »Sind Sie denn auch böse genug, um, sagen wir, Ihre eigene Freundin zu betrügen?« Er scharwenzelte in der Manier eines Eintänzers auf mich zu, Hüftschwung links, Hüftschwung rechts. »Mit mir?«

Ich war stinksauer, krachsauer. Warum hatte ich jetzt keine Videokamera dabei, um das alles als Beweismaterial zu filmen? Falls Carolin weiterhin krause Gedanken bezüglich dieses Kerls hatte, wären diese Aufnahmen Gold wert. Gundar legte seine rosenduftenden Hände um meinen Nacken. Ich tauchte darunter herab und verpaßte ihm einen herzhaften Knuff in die Seite. Er knickte leicht zusammen, erinnerte sich aber rechtzeitig daran, daß er gerade der knallharte Zyniker Jack Nicholson war und unterdrückte einen Schmerzenslaut. »Sie sind eine ganz Harte, wie?«

»Im Gegenteil, bei richtiger Behandlung kusche ich wie ein Kätzchen. Miaumiau.« Ich machte mich auf den Rückweg, bevor dieser Depp durch seine dumme Anmache die entspannende Wirkung seiner Massage endgültig zunichte machen würde. Manche Männer wissen einfach nicht, wann sie aufhören sollten.

»Wo gehen Sie hin?«

»Zurück zur Finca am Fuß der blauen Berge.«

»Ich komme mit. Cordula ist doch sicher zu Hause, oder?«

»Sie können den Frauen auch lästig werden, schon mal gemerkt?«

»Das soll Cordula doch wohl für sich entscheiden.«

Daß Cordula – also ich – das schon lange für sich entschieden hatte, konnte er nicht wissen. Während wir den Pfad hinabstiegen, sagte er kein einziges Wort. Erst als wir bei der Haustür angelangten, faßte er mich kurz beim Arm.

»Hören Sie, Carolin, es wäre nett, wenn Sie Cordula nichts von unserem kleinen Geplänkel erzählen würden. Es war ja schließlich nur ein Scherz.«

Ich sah ihn über den Rand meiner Sonnenbrille ausgesprochen amüsiert an. »Sie wollen sich wohl jedes Türchen offenhalten, was? Aber fürchten Sie sich nicht. Cordula liebt Scherze. Sie wird sich halbtot lachen, wenn ich ihr von Ihren Annäherungsversuchen berichte.«

»Bitte, sagen Sie nichts. Cordula ist nicht wie Sie, Carolin. Cordula ist eine unverbesserliche Romantikerin. Das habe ich schon gemerkt, als ich ihr diese scheußlich kitschige Madonna von Galilea gezeigt habe.«

»Eine Madonna? Auweia, das erklärt einiges. Sie sind ein echter Mistkerl, Gundar.«

»Egal, was Sie von mir halten, eins müssen Sie mir glauben, ich will Cordula nicht verletzen. Ich laufe nicht durch die Gegend, um Frauenherzen zu brechen. Es geht doch nur um ein bißchen Spaß am Leben. Warum nehmen die meisten Frauen die Liebe und den Sex bloß so verdammt ernst?«

In diesem Moment machte Gundar mich zum erstenmal wirklich, wirklich wütend. »Was soll das denn heißen?« fragte ich scharf. »Zuerst spielen Sie den Sensiblen, der weiß, was Frauen wünschen, um sie rumzukriegen. Und dann gehen Sie hemmungslos darüber hinweg, um sich Ihr Vergnügen zu sichern. Und zuletzt weigern Sie sich, die Konsequenzen zu tragen.«

Gundar starrte mich verdattert an. »Werden Sie jetzt auf einmal moralisch? Ich verstehe Sie nicht.«

»Dann sind Sie dümmer als drei Reihen Feldsalat. Warum, zum Teufel, haben Sie nicht die Finger von Car ... äh, Cordula gelassen, wenn Sie genau wußten, was für eine verletzbare, zarte Seele sie hat.« Der Kerl hatte es mühelos fertiggebracht, meinen Beschützerinstinkt zu mobilisieren. Er ging zum Angriff über.

»Eine zarte Seele, die Sehnsucht nach einem bösen Buben hatte. So ist es doch immer mit den gefühlsbetonten Frauen. Gretchen wollte ihren herzlosen Faust, Anna Karenina ihren treulosen Vronskij und Effi Briest den leichtsinnigen Crampas. Die netten, anständigen Kerle langweilen gefühlsbetonte Frauen doch gemeinhin.«

»Danke für den literarischen Nachhilfeunterricht. Zu Ihrer Information: Alle von Ihnen zitierten Frauen wurden von Männern erfunden und stammen aus dem vorigen Jahrhundert.«

»Viel hat sich seither nicht geändert. Vergessen Sie nicht, daß Cordula gestern nacht *mir* nachgelaufen ist. Ich hatte sie bereits abgeschrieben und freute mich statt dessen – um ehrlich zu sein – auf Ihren Besuch heute morgen. Eine bodenständige Ehefrau und nüchtern denkende Familienmutter wie Sie, die nach dem Vergnügen erfrischt in den Schoß der Familie zurückkehrt. Das wäre endlich mal eine Abwechslung zu diesen überdrehten Karrierefrauen, die im Urlaub große Gefühle und ihren Traum vom ungestümen, perfekt inszenierten Sex mit einem Künstler ausleben wollen. Mit Eiswürfeln und solchem Schnickschnack. Sie wissen gar nicht, wie mich das langweilt.« Es hatte ihn nicht so sehr gelangweilt, daß er darauf verzichtet hatte.

»Sie eingebildetes Arschloch. Wenn phantasiebetonter Sex Sie im allgemeinen so anödet, warum baggern Sie dann bei einer Frau wie Carolin, die so gefühlsbetont ist und so voller Sehnsucht steckt, daß sie sogar einen dämlichen Bademeister wie Sie für Aschenputtels Prinzen hält. Suchen Sie sich Ihre Hausfrau für die Missionarsnummer gefälligst woanders.« Ich schnappte nach Luft. Immerhin, Gundar schien ehrlich betroffen. Er senkte den Kopf, so, als habe er die Antwort auf meine Fragen irgendwo verloren. Dann riß er jäh den Kopf hoch und mich so plötzlich an sich, daß ich keine Chance zur Gegenwehr hatte. Er plazierte einen groben Kuß auf meinem Mund. Dann ließ er mich ebenso plötzlich wieder los.

»Sie meinen eine Hausfrau wie Sie, nicht wahr?« Er drehte sich lachend um und lief den Pfad hinab in Richtung Straße. Kopfschüttelnd schaute ich ihm nach. Dieser Mann war so was von krank, so was von total krank. Warum hatte ich Carolin nicht eindringlicher vor ihm gewarnt? Ich seufzte und schüttelte widerwillig den Kopf. Es schmerzte mich immer wieder, daß Menschen – egal, wie sehr man sich um ihr Wohlergehen kümmert – doch dazu neigen, genau den Unfug zu machen, der ihnen nicht bekommt. Vor allem weibliche Menschen. Vor allem im Namen der Liebe. Insgeheim mußte ich Gundar recht geben, viel hatte sich seit dem vorigen Jahrhundert in dieser Hinsicht nicht geändert.

Ich betrat die Finca und rief laut nach Carolin. Keine Antwort. Die Lady war verschwunden. Und blieb es für den Rest der Woche, genau wie Gundar. Allerdings nicht gemeinsam.

Carolin sprang jeden Morgen in ihr Cabrio und düste los. Abends kehrte sie erst spät zurück oder dann, wenn ich nicht da war. Als ich sie fragte, ob ich sie nicht auf ihren einsamen Inselausflügen begleiten sollte, lehnte sie entrüstet ab.

»Nein, Cordula, ich bin doch nicht in diese einsame Finca gezogen, um mich selbst zu finden und dann dich die ganze Zeit ins Schlepptau zu nehmen.« Das hat man davon, wenn man Freundinnen bei der Suche nach Unabhängigkeit hilft. Sie brauchen einen irgendwann nicht mehr. Fast war ich ein wenig beleidigt. Was mich jedoch sehr beruhigte, war die Tatsache, daß Gundar Carolins Herz kaum geschrammt und ihren Verstand nicht nachhaltig benebelt hatte. Was sie suchte, waren tatsächlich heilsame Einsamkeit und Inspiration, und dabei schien sie voller Elan und recht zufrieden, zufriedener, als ich sie lange erlebt hatte.

»Soll ich wieder nach Deutschland zurückfliegen?« fragte ich.

»Nee, laß mal. Nachts störst du ja nicht groß.« Was vor allem in den Nächten zutraf, die ich mit dem wirklich amüsanten Jaume in Palma verbrachte. Hotelangestellter hin oder her – ich amüsierte mich königlich. Außerdem sprach er so einfühlsam und amüsant über Karstens Bemühungen, sein Familienleben und vor allem seine Mutter in den Griff zu bekommen, daß ich stundenlang zuhören konnte. Jaume war Karsten dabei mehr als behilflich, und ich half nach Kräften mit, um Carolin den Rücken freizuhalten. Mit wachsendem Vergnügen, auch wenn Zoey eine echte Nervensäge sein konnte, Fresse nicht immer leicht in Schach zu halten war und Janosch seinen Beinamen die »Plage« verdiente. Für mich bedeutete dieser Rollentausch eine willkommene Abwechslung.

Ich hätte nicht stolzer auf den besten Artikel von mir sein können als auf den Moment, in dem ich einen einigermaßen zufriedenen Janosch zu Bett und Zoey dazu gebracht hatte, mit Jaume, mir und Fresse gemeinsam die Poolbar aufzusuchen und – ausnahmsweise – einen Wein zu trinken, weil sie das cooler fand, als heimlich mit Fresse zu fummeln. Natürlich hatte ich bei dieser Nummer einen Vorteil gegenüber Carolin. Mich nahm Zoey als erwachsene Frau wahr, ihre Mutter war »nur« ihre Mutter, und als Tochter fühlte sich Zoey ab und an eben unwohl. Neben mir konnte sie eine andere Rolle ausprobieren, die der »fast« erwachsenen jungen Frau, und das schien ihr zu gefallen.

Natürlich machte ich mir keine Illusionen darüber, daß wir alle einen Ausnahmezustand erlebten und daß vor allem Janosch große Sehnsucht nach seiner Mutter hatte. Ich vermied es, zu lange darüber nachzudenken, und das Schöne an den Kindern war, daß sie einem nicht allzuviel Zeit zum Grübeln ließen. Ich glaube, darum beneidete ich

Carolin am meisten. Ihre Kinder zu betreuen, bedeutete irgendwie auch einen Urlaub von mir selbst und meinen Problemen, und überdies gefiel mir Jaume bei alledem.

Er war ein verbindlicher, gütiger und sehr aufmerksamer Mann mit erstaunlichem Familiensinn. Er war so einfühlsam und so amüsant bei der Sache, daß es mir fast ein wenig unheimlich wurde. So unheimlich, daß ich gerne mit meiner besten Freundin Carolin darüber geredet hätte. Schließlich kann ich schlecht meine eigene Analytikerin und Therapeutin sein. Im Gegenteil, was mich selbst und meine Gefühle anging, war ich blind wie eine hundert Jahre nicht geputzte Fensterscheibe – null Durchblick.

Am Samstagmorgen blieb Carolin endlich einmal zu Hause, und ich hatte sozusagen frei, weil Karsten und die Kinder auf ein Landgut bei Valdemossa eingeladen waren. Meine Freundin stellte ihre Staffelei auf und griff nach Pinsel und Zeichenstiften. Ich ließ sie ein, zwei Stunden in Ruhe gewähren, dann ergriff ich die Gelegenheit, mit ihr über Gundar, Karsten, mich, Jaume und völlig verwirrte Gefühle zu sprechen. Um es Carolin leichter zu machen, begann ich mit meiner eigenen Verwirrung.

»Wie findest du eigentlich Jaume?« fragte ich und schaute ihr über die Schulter, während sie eine Art Maria skizzierte, eine ziemlich fröhliche und dicke Madonna, die recht unheilig grinste. Das Bild paßte ganz ausgezeichnet zu Carolin.

»Jaume?« fragte sie geistesabwesend. »Nettes Schlitzohr.«

»Wieso Schlitzohr?«

»Na ja, kaum hat er gemerkt, daß unser Familienleben kriselt, hat er sich nach allen Seiten unentbehrlich gemacht, um sich daran eine goldene Nase zu verdienen.«

Ich runzelte die Stirn. Eine goldene Nase verdienen? Nein, nicht Jaume, seine Nase war grundehrlich. »Wie kommst du denn auf so einen Unsinn?«

»Weil er es mir gesagt hat. Was denkst du wohl, wieviel

Miete der für die Finca in Rechnung stellen wird, dazu die Kinderbetreuung und so weiter? Dafür hatte ihn die Hotelleitung schließlich nicht abgestellt, also berechnet er das alles extra, wahrscheinlich verdient er als Hotelangestellter nicht gerade viel.«

Ich betrachtete haßerfüllt die grinsende Madonna, an der Carolin malte. »Ich glaube nicht, daß Jaume das alles wegen des Geldes macht. Außerdem riskiert er seinen Job, wenn er sich nur um deine Familie kümmert. Was er mir über seine Arbeit erzählt hat, deutet darauf hin, daß er im Hotel noch eine Menge andere Pflichten hat.«

Carolin zuckte mit den Achseln. »Gundar sagt, er sei ein eitler Streber, der sich gerne wichtig macht. Ich hingegen glaube, daß Jaume, was die Arbeit angeht, eine sehr südländische Einstellung hat. Kommst du heut' nicht, kommst du morgen.«

»Also, bei mir war er bis jetzt immer pünktlich.«

»Wobei genau?« fragte Carolin und grinste so belustigt wie ihre Madonna. Ein Grinsen, das neu an ihr war.

»Nein, nicht was du denkst«, winkte ich ab.

»Was denke ich denn?« Carolin drehte sie auf ihrem Hokker zu mir um.

»Ich war nicht mit ihm im Bett, falls du das meinst.«

»Sag mal, Jaume scheint es dir wohl wirklich angetan zu haben. So kenne ich dich ja gar nicht.«

»Wie?«

»Na, so verzagt.«

»Ich? Verzagt? Nie!«

»Doch.«

»Nee.«

»Wohl.«

»Nee.«

»Cordula!«

»Okay, okay, okay. Ja, ich finde Jaume ziemlich nett. Sehr nett. Ausgesprochen nett.«

Carolin schaute mich so durchdringend an, als wollte sie mich röntgen. »Ich werd' verrückt, du bist verknallt.« Sie sprang auf und riß die Arme hoch. »Meine Freundin Cordula hat sich verknallt. Verknallt. Verknallt. Verknallt.« Carolin drehte sich wie eine von der Tarantel gestochene, hirnkranke Tänzerin um sich selbst.

»Kannst du jetzt mal zum Stillstand kommen?« fragte ich ärgerlich. »Ich weiß nicht, was so bemerkenswert ist.«

Atemlos blieb Carolin vor mir stehen. »Was bemerkenswert ist? Na, ganz einfach. Ich habe dich noch nie als verliebte Frau erlebt.«

»Ich bin eben eine nüchterne Realistin und mache nicht soviel Aufhebens um meine Gefühlswelt.«

»Quatsch, vor deiner Gefühlswelt stand einfach jahrelang das Schild ›Eintritt für Männer verboten.‹ Und nun ist es weg. Das muß an Mallorca liegen.«

Ich schaute meine durchgeknallte Freundin verwirrt an. »Was muß an Mallorca liegen?«

»Na, daß du dich verliebt hast. Auf Mallorca liebt sich's besser. Das ist eine Tatsache. Hier passieren Dinge, die dein Leben verändern können. Nimm mich. Ich weiß nun endlich, was ich will. Ich weiß, worum es mir geht. Nimm mich und Gundar. Das hat alles verändert, diese neue Leichtigkeit, die ich in mir habe, verdanke ich nur ihm.«

Endlich das erlösende Stichwort. Gundar. Meiner Klugheit als Therapeutin hatte ich es wieder einmal zu verdanken, daß mein Gegenüber automatisch zu dem wirklich wichtigen, zu seinem Thema fand. Und das wirklich wichtige Thema hieß nicht Jaume, mein harmloser Urlaubsflirt, sondern Gundar, Carolins verhängnisvolle Affäre, für die sie ihre Familie aufgeben wollte. Und das war Gundar weiß Gott nicht wert.

Ich verstand, daß meine Freundin ihres Lebens manchmal überdrüßig war, daß sie die Eintönigkeit des Alltags verabscheute, die Hast der Tage, in denen manches unterging, was hätte gesagt werden müssen und in der die Zärtlichkeit welkte und brüchig wurde wie ein totes Blatt. Sie suchte nach einer neuen Farbigkeit, sie wollte leben, atmen, lieben. Trotzdem: Gundar war nicht die Antwort auf ihre Sehnsüchte.

Zu seinem Glück hatte sich der Kerl seit der ersten und einzigen Nacht zwischen den beiden nicht mehr blicken lassen, denn was mich anging, spazierte er verdammt nah am Rande einer saftigen Ohrfeige entlang. Mehr noch, am liebsten hätte ich ihn zusammengeschlagen. Was dachte dieser Kerl sich nur?

23. Kapitel

Carolin war also in mich verliebt. Natürlich war sie verliebt, egal, was sie behauptete und wie abweisend sie sich verhielt. Daran gab es keine Zweifel. Egal, welche Vorwürfe sie mir wegen ihrer Freundin Cordula machte, ich war mir sicher. Einfach süß, wie wütend sie mir nachgestarrt hatte, nachdem ich sie einfach geküßt und dann stehengelassen hatte. Meine Devise ist: Behandele eine Feministin wie eine Friseuse und eine Friseuse wie eine Feministin, dann landest du garantiert bei beiden. Na ja, und die feministisch angehauchte Carolin brauchte eben eine besonders starke Dosis dummen Macho-Charme, während ich die sensible, häschenhafte Cordula wie eine Powerfrau der Extraklasse behandelt hatte, deren Können und Stärke mich umhauten. Immerhin, es hatte sich gelohnt, nicht nur wegen der netten Nacht, sondern auch wegen dem, was jetzt auf dem Rücksitz meines Autos lag.

Ich bedauerte ein wenig, das Geplänkel mit Carolin so abrupt unterbrochen zu haben, aber ich hatte zu tun. Um zwölf Uhr kam ich in Palma an und traf meinen Vater in seinem Büro in der Nähe des Yachthafens. Er residierte auf einer halben Hochhausetage mit Blick auf das Meer, was eine unsinnige Verschwendung war. Genausogut könnte er seine Geschäfte von der Fabrik aus führen, die in einem preiswerten Gewerbegebiet lag. Aber mein Vater gehörte zu der Generation von Geschäftsleuten, die dicke Spesenkonten und Schreibtische für Beweise ihres Erfolgs hielten.

Ich wünschte, er hätte nur einen Bruchteil der Summe, die er in seine Büroeinrichtung gesteckt hatte, zur Einrichtung eines anständigen Ateliers für mich locker gemacht. Aber leider gehörte mein Vater außerdem zu der Generation Geschäftsleute, die sich etwas darauf einbildeten, ihr Vermögen selbst erarbeitet zu haben. Er hing der altmodischen Vorstellung an, auch ich müsse von ganz unten anfangen und mit meiner Hände Arbeit. Was ich dann tat. Zu seinem Ärger als Masseur.

Natürlich hatte ich diese Ausbildung gewählt, weil sie kurz und glanzlos war, ihn ärgerte und nichts mit seiner Firma zu schaffen hatte. Es ärgerte ihn so sehr, daß er dabei war, eins draufzusetzen. Mein Vater, der Kachelkönig von Mallorca, wollte nun auch der Wellness-Papst werden und gigantische Bäder bauen. Für besser betuchte Touristen und den inzwischen massenhaft einströmenden Jetset-Pöbel. Und ganz sicher würde er mir in einem dieser Bäder dann einen Job als Masseur anbieten, um mich die Prominenz im Schweiße meines Angesichts durchkneten zu lassen. So war es nun mal zwischen uns. Er nahm mich als Künstler nicht ernst, und mir war sein Geschäft in der Regel schnurzpiepe.

Immerhin hatte ich ihn überreden können, als Sponsor einer Kunstausstellung in Palma aufzutreten, bei der auch eine meiner Installationen gezeigt werden sollte. Als Ehrenmann hatte Vater sich zunächst gegen diese Form der »Protektion« gesträubt, aber ich hatte ihm klargemacht, daß Ehre nicht immer das Geheimnis von Erfolg ist und daß außerdem mein Künstlername »Gundar« neben dem Werk stehen würde und nicht mein tatsächlicher: Günther Grönert. Ein Name, den ich hasse. Meine Mutter hatte mich Gonzales Jesu taufen wollen, aber mein Vater hatte sie davon überzeugt, daß dies bei einem so ausnehmend blonden Knaben, der ich war und der zudem die ersten achtzehn Jahre seines Lebens in Deutschland verbrachte, verfehlt sei. Leider sehe ich meinem Vater wirklich sehr ähnlich, während meine Schwester alle südländischen Merkmale auf sich vereint und darum Maria Consuelo heißt. Wir waren und sind wie Feuer und Wasser.

Ich trat aus dem Lift und warf einen leicht genervten Blick nach rechts, wo Maria ihr Büro hatte, sie nannte sich Assistentin des Geschäftsführers und war brummstolz darauf, obwohl Vater sie lediglich dabei sitzen ließ, wenn er bestimmte, was gemacht wurde. Wahrscheinlich war Maria wieder in das Spinnen irgendeiner Intrige verwickelt, mit der sie sich näher an den Chefsessel heranzupirschen hoffte. Das Interesse für die Firma, das mir so ziemlich völlig abging, war bei ihr ins Krankhafte gesteigert. Dabei hätte Vater ihr so ziemlich die verrücktesten Hobbies finanziert, wenn sie nur Piep gesagt hätte. Nun ja, heute hatte ich etwas bei mir, daß dem Wohl der Firma dienen könnte und meinen Vater ausnahmsweise mit mir versöhnen.

Fröhlich pfeifend öffnete ich die Glastür zum Vorzimmer meines Vaters, grüßte die beiden Sekretärinnen nach Bond-Manier – cool und sexy –, was sie kichern ließ. In bester Laune marschierte ich in Vaters Büro.

»Bona tarda, alter Herr, wie läuft's in Sachen Kacheln?«

»Wo hast du dich die letzten Wochen herumgetrieben? Wenigstens an einem der Wochenenden hättest du dich blicken lassen können. Oder hast du soviel Arbeit mit deiner Kunst? Ist es wirklich zuviel verlangt von mir, wenn ich dich wenigstens einmal im Monat sehen möchte?« Er setzte seinen Vortrag mit Eifer fort.

Ich halte mich auf die Schreibtischkante und genoß eine Weile schweigend die Aussicht auf weißglänzende Yachten und knatternde Wimpel an Seglermasten. »Fertig?« fragte ich schließlich.

»Fast. Hast du vergessen, daß ich deinetwegen am Sonntag eine Heidensumme rausschmeiße, um einen Haufen

Schrott von dir in einer der schönsten, alten Residenzen von Palma zu zeigen?«

»Und um dir einen Namen als Kunstfreund und Förderer zu machen, der dir Zutritt zu höchsten Kreisen und neue, sehr zahlungskräftige Kunden verschafft«, rückte ich seine egozentrische Weltsicht gerade.

»Papperlapapp. Kunst. Genausogut – oder sogar besser – hätte ich ins Sportsponsoring eintreten können. Golf, zum Beispiel, wird immer beliebter.«

»Nur daß Golfplätze selten gekachelt werden. Du weißt sehr genau, daß Kunst einfach näher dran ist an deinen kunsthandwerklichen Produkten. Außerdem sind alle Formen des Ballsports dir völlig zuwider. Gib doch zu, daß du selber nur allzugern eine Art Künstler wärst.«

Mein Vater richtete sich verärgert in seinem spanischen Stuhl mit geschnitztzten Armlehnen und majestätischem Rückenteil auf. »Wenn ich lieber ein Künstler geworden wäre, mein Sohn, dann säßest du nicht hier, sondern würdest irgendwelche fleischigen Touristenrücken im Akkord massieren, statt Tonnen von Schrott in die Landschaft zu setzen und ahnungslose Touristinnen zu verführen. In *meinem* Haus oder *meinen* Hotels, wobei ich in diesem Punkt nicht umhin kann, dir eine gewisse Könnerschaft zu bestätigen.«

Ich lächelte nur. Was sollte diese Predigt von einem Mann, der mehr Häuser besaß, als er bewohnen konnte? Aber ich wollte den Streit nicht weiter eskalieren lassen, öffnete die Papprolle, die ich unter dem Arm trug und zog die darin verwahrten Zeichungen hervor.

»Ich möchte, daß du dir das einmal ansiehst, Vater. Damit du nicht meinst, ich hätte nur Schrott und Frauen im Kopf. Ich dachte, das könnte dich interessieren.« Ich strich die Zeichnungen glatt. Vater wollte sich eben darüber beugen, als meine ausgesprochen lästige Schwester in sein Büro stürmte. Die Zeichnungen rollten sich mit schnappendem

Geräusch zusammen und waren im selben Augenblick vergessen.

»Du hier?« fragte Maria mit zornesblitzenden Augen. »Was willst du? Vater noch mehr Geld für unsinnige Kunstausstellungen aus dem Kreuz leiern? Wir brauchen keine Kunst, wir brauchen neue Aufträge, du Nichtsnutz.«

Ich grinste amüsiert. »Sei doch froh, daß ich ein Nichtsnutz bin, sonst hättest du vielleicht ernsthafte Konkurrenz in dem Laden hier. Soweit ich weiß, hast du die Ausstellung außerdem um eine hübsche Kachelschau erweitert. Was ich ein wenig offensichtlich und unpassend finde, aber sei's drum.«

Mein Vater erhob sich und stützte seine Hände auf den Schreibtisch. »Willst du damit sagen, daß meine Kacheln dem Vergleich mit Kunst – noch dazu Kunstwerken wie deinem Metallhaufen – nicht standhalten können?«

Na wunderbar, der alte Herr war mal wieder in seiner ganzen Kachelkönigswürde verletzt. In dieser Stimmung war er unerträglich. Einfach unerträglich. Ich trat deshalb den Rückzug an. »Hasta la vista, liebe Familie. Mir langt es wieder für eine Weile. Immerhin sehen wir uns schon am Sonntag, also in sechs Tagen, zur Ausstellungseröffnung wieder. Bis dahin muß ja noch ein bißchen was übrigbleiben, worüber wir uns streiten können – oder?« Ich war schon durch die Tür, als mein Vater seine Lungen aufgepumpt und die ersten Takte seines Lieblingsvortrages »Mein-Sohn-der-unverschämte-Versager« anstimmen konnte. Ich imitierte einen verzweifelten Gesichtsausdruck und erntete das beifällig-bemitleidende Gekicher der beiden Sekretärinnen.

Erst auf dem Weg zum Aufzug fiel mir ein, daß ich die Zeichnung auf dem Schreibtisch hatte liegen lassen. Auch egal. Ich war mir sicher, daß sie meinen Vater begeistern und es ihn dann ärgern würde, daß er mich hatte gehen lassen. Während der Lift nach unten fuhr, beschloß ich, mich eine Weile aufs Meer abzusetzen. Die Yachten hatten diese unbestimmte Sehnsucht nach Wasser in mir geweckt, die uns Inselbewohner manchmal befällt. Wahrscheinlich bedurften wir hin und wieder des Gefühls der Grenzenlosigkeit, da die Insel durchaus begrenzte Ausmaße hatte.

Ich überlegte, ob ich eine Frau mit an Bord nehmen sollte, vielleicht Carla, die Schauspielmaus aus dem Werbespot, bei der ich noch was gut hatte. Eben entschied ich, daß mir zur Abwechslung ein paar meiner männlichen Künstlerfreunde lieber waren, als sich die Fahrstuhltür öffnete und ich fast in einen Mann hineinlief, der nach oben wollte. Er trug eine Aktentasche unter dem Arm und guckte streng deutsch. Lästigerweise nahmen diese deutschen Geldscheffler auf der Insel immer mehr zu. Sie spielten gern die großen Immobilienhändler, verdarben sämtliche Preise und erinnerten mich daran, daß ich selbst sehr germanisch bin, zumindest so aussehe. Der Mann grüßte und entschuldigte sich dafür, daß ich ihn angerempelt hatte. Der immer überkorrekte Deutsche.

Ich musterte den Kerl flüchtig. Sein Gesicht erinnerte mich an jemanden. Irgendeinen Hollywoodschauspieler. Während ich die Uferpromenade entlangschlenderte, um in einer der Bars nahe der Llonja ein paar Tapas zu essen, fiel mir ein, wen ich meinte. Es war Harrison Ford, wobei die geschäftige Aktentasche und dieser überkorrekte Gesichtsausdruck das Bild störten. Ich zuckte die Schultern und nahm auf einer Barterrasse Platz. Was gingen mich die Aktentaschen und die überkorrekten Gesichter an? Davon hatte ich in meinen achtzehn Jugendjahren in Deutschland genug gehabt. Mein Ziel war seit meinen Kindertagen klar gewesen. Seit meinem ersten langen Aufenthalt auf der Heimatinsel meiner Mutter. Leben findet nicht in Aktentaschen statt, und für strenge Gesichter war das Leben viel zu heiter hier auf Mallorca. Vor allem, wenn man einen Vater mit klotzig viel Geld hatte, das er in immer neue lohnende Geschäfte steckte.

Einer mußte es schließlich verjubeln. Seufzend bestellte ich einen Campari Orange und dachte über die Größe der Yacht nach, die ich zu chartern gedachte.

Die Ähnlichkeit war eigentlich nicht zu übersehen gewesen, aber erst als Maria mich darauf hinwies, daß soeben ihr Bruder dagewesen war, wußte ich, daß es der Kerl gewesen sein mußte, der mich angerempelt hatte. Wahrscheinlich hatte mich sein lässiges Outfit, das halb nach Gigolo, halb nach Bohème aussah, davon abgelenkt, wie sehr er seinem Vater, dem Geschäftsmann, glich.

Maria schien sehr wütend und sah dabei wieder einmal sehr süß aus. Nicht, daß ich ihre Wut nicht ernst nahm, aber die steile Falte stand nun mal in so reizendem Gegensatz zu ihrem Madonnengesicht. Aufgebracht schürzte sie die Lippen. »Daß ist so typisch für ihn, taucht auf und ab, wie es ihm gerade gefällt. Dabei hätte er sich wenigstens um die Organisation der Ausstellung kümmern können, die er meinem Vater eingeredet hat. Aber was tut der Kerl? Nennt uns ein paar Künstler, die mitmachen würden und verschwindet. Ich telefoniere mir jetzt schon seit vier Wochen die Finger wund, um alles zu managen, den Transport der Kunstwerke, das Gebäude, die Beschriftungen, die Einladungen, die Pressearbeit, den Katalogdruck und, und, und.« Sie ließ sich in einen Freischwinger fallen, der hinter ihrem futuristischen Glas-Schreibtisch stand. Ein sehr strenges Büro, ein wenig zu streng für meinen Geschmack. Ich nahm an, sie wollte jeden allzu femininen Eindruck vermeiden.

»Das klingt wirklich nicht besonders nett. Vielleicht kann ich Sie zum Trost zum Mittagessen einladen. Ich bin Ihnen sowieso noch etwas schuldig, weil sie neulich nachts auf meine Kinder aufgepaßt haben. Wahrscheinlich werde ich am Ende der Ferien eine ganze Kompanie von freiwilligen Kindermädchen zum Essen einladen müssen. Eine Freundin meiner Frau ist jetzt noch dazugekommen.«

»Ich habe das wirklich gern getan.« Täuschte ich mich, oder paßte die leicht versteinerte Miene Marias nicht ganz zu diesem Satz?

»Trotzdem, es wäre mir eine wirkliche Freude, Sie einzuladen.«

Sie lächelte strahlend. »Wenn es Ihnen eine Freude ist, dann freue ich mich. Ich wollte nur nicht, daß Sie in mir bloß eine Art Kindermädchen sehen.«

Ich mußte lachen. »Keine Angst, Kindermädchen sehen bestimmt ganz anders aus als Sie und haben nicht so große Büros. Ich hole Sie ab, nachdem ich bei Ihrem Vater war.«

»Bei Vater? Worum geht es denn?« Sie straffte die Schultern und beugte sich vor.

»Nichts Besonderes, er hat mich nur gebeten, ihm einige unserer Firmenkataloge zu zeigen und Preisangebote für verschiedene Badausstattungen zu machen.«

»Ich nehme an, er will nur die Luxuskategorie?«

»Nun, ich habe auch einige Angebote der mittleren Preisklasse mitgebracht, was natürlich Abstriche in bezug auf Material, ästhetische Anmutung und Design bedeutet, was sich letztlich nur schlecht mit den hervorragenden Produkten Ihrer Firma verträgt.«

Maria seufzte. »Fangen Sie auch so an? Ich habe Ihnen doch gesagt, daß wir langsam von den zu hohen Standards, die mein Vater setzt, herunterkommen müssen. Er ist ein gefährlicher Träumer geworden. Nehmen Sie diese Idee mit den Wellness-Centern, ich weiß nicht, warum er so ein Risiko in Erwägung zieht. Es ist verrückt.« Sie drehte ungeduldig einen silbernen Stift in ihren Fingern. »Ich möchte, daß Sie meinem Vater das ausreden. Ich sehe die Zukunft unserer Firma in einer ganz anderen Richtung.«

Das war ziemlich direkt und lief meinen Interessen zuwider. Nachdenklich betrachtete ich die junge Frau. Ihr Gesichtsausdruck hatte sich jetzt verwandelt, sie schaute mich, ja, sie schaute mich irgendwie hypnotisch an.

»Und wenn Sie möchten, können auch Sie durchaus davon profitieren.« Sie lächelte nicht sehr geschäftsmäßig. Mir kam zum erstenmal ein unschöner Verdacht.

»Maria, ich verstehe Ihren Wunsch, bereits gestaltend an der Firmenarbeit mitzuwirken, aber ich bin nun einmal Verhandlungspartner Ihres Vaters, und mir gefällt sein Konzept von hohen Qualitätsstandards für eine neue Form von Qualitätstourismus. Der Massengeschmack wurde hinlänglich bedient. Es ist nicht die schlechteste Idee, sich auch auf diese andere, anspruchsvollere Klientel einzustellen. Dafür hat Ihr Vater genau die richtige Hand, wie mir scheint.«

Maria wollte eben zu einer Antwort ansetzen, als die Tür aufgerissen wurde und Herr Grönert hereinstürmte. Ohne mich zu grüßen, ging er auf mich zu. »Man hat mir gesagt, daß Sie hier sind. Sie müssen sofort zu mir in mein Büro kommen. Ich habe da etwas Wunderbares. Mein Sohn ... also, das hätte ich nie geglaubt, aber ... Also, ich brauche sofort einen Satz »Mediterrano«-Waschtische und einen Whirlpool aus der Serie. Die, über die Sie im letzten *›Badprofi‹* geschrieben haben. Haben Sie die in den Tönen Apricot und Resedagrün auf Lager? Und wie lange brauchen Sie, um davon – sagen wir zur Ansicht – zehn Stück herüberfliegen zu lassen?«

»Vater!« rief eine entsetzte Maria, bevor ich antworten konnte. »Was willst du mit der ›Mediterrano‹-Serie, das ist eine der teuersten Marken überhaupt, die ist doch für das Galatzo wirklich übertrieben.«

Ihr Vater schaute sie nicht an, sondern riß mich aufgeregt aus meinem Stuhl. »Kommen Sie, wir haben zu tun. Ich will, daß wir das noch bis Sonntag stehen haben. Maria, ruf in der Residencia an und mache denen dort klar, daß wir weniger Platz für die Kunst und mehr Platz für die Bäderausstellung brauchen.«

»Vater, das geht nicht, alle Räume sind verplant. Wo sollen wir noch mehr Platz herbekommen?«

»Sag einfach, sie sollen die Schrotthaufen von Günther rausschmeißen. Damit gewinnen wir einen ganzen Saal von ungefähr fünfzig Quadratmetern, damit läßt sich was anfangen. Auch wenn er leider ziemlich weit hinten liegt.«

Marias Gesichtsausdruck wechselte zwischen ungläubigem Staunen und Entsetzen. »Was hast du vor?«

»Ich zeige der Welt, daß mein Sohn doch ein Künstler ist. Ein fabelhafter Künstler. Hätte ich nie gedacht. Also, Herr Schaleen, wie schnell können Sie liefern?«

»Ich müßte mit dem Lager telefonieren und sofort ordern, die Luftfracht ließe sich wahrscheinlich rasch organisieren. Über Köln könnte ...«

»Dann ordern Sie, um Himmels willen, ordern Sie. Ich bin draußen in der Fabrik, Maria. Hoffentlich kann ich genug Fliesenleger von unseren Baustellen abziehen. Ramons Trupp müßte eigentlich verfügbar sein.«

»Vater, du kannst unmöglich Ramon von seiner Arbeit abziehen.«

»Wieso nicht? Er ist der Beste. Was stehst du hier rum und jammerst? Immer willst du mehr Verantwortung, mehr Tempo, mehr Pflichten. Jetzt biete ich sie dir. Besorge Ramons Truppe und bestell sie für heute abend sechs Uhr in die Fabrik. Planungs- und Baubesprechung.« Er wandte sich zur Tür. »Kommen Sie, Schaleen, kommen Sie! Sie können von unterwegs telefonieren, ich brauche Sie in der Fabrik. Da können Sie mir gleich zeigen, was für ein guter Architekt Sie sind und wie Sie diesen tollen Entwurf umsetzen.«

»Aber«, setzte ich an, »aber dafür habe ich in Deutschland meine Leute. Ich meine, ich habe seit Jahren nicht mehr als Architekt gearbeitet, mein Gebiet ist das Kaufmännische.«

Walter Grönert duldete keine Widerrede und drängte mich zur Tür. »Unsinn! Sie können – und Sie müssen. Ich habe da einen Entwurf vorliegen ... Toll! Genau das, was ich wollte. Verzeihen Sie, wenn ich es ganz offen sage, aber das ist sogar besser als das, was Sie im *›Badprofi‹* veröffentlicht haben.« Er zerrte mich über den Flur. »Hätte ich meinem Sohn gar nicht zugetraut«, betonte er mehrfach kopfschüttelnd.

Seine Begeisterung kannte keine Grenzen und war hochgradig ansteckend. Die nächsten Tage wurde ich wider Willen zweiter Chef – nach Grönert – auf einer kleinen innenarchitektonischen Baustelle. Ich mußte mich zugleich im Schnellverfahren mit den Bestimmungen des spanischen Luftfrachtverkehrs vertraut machen und nebenbei in irgendeiner Form meine Familie managen. Dabei war mir Gott sei Dank Jaume behilflich. Meine Eltern quartierte ich – trotz der Proteste meiner Mutter – zum Probewohnen in dem mehr als luxuriösen Altenheim von Santa Ponsa ein. Allerdings mußte ich Erika das Versprechen geben, sie am Sonntag »zum Freigang« – wie sie es nannte – abzuholen. Die reizende Schwester versprach mir, daß sie sich speziell um meinen Vater kümmern würde und drückte meiner Mutter ein Programm für die kommende Woche in die Hand, von Schönheitsfarm bis Golfausflug. Außerdem erwähnte sie den anstehenden Besuch eines deutschen Filmregisseurs und Frauenschwarms der 50er Jahre, der ebenfalls zum Probewohnen kam. Das gab den Ausschlag: Meine Mutter fügte sich in ihr Schicksal. Sie buchte einen Tag auf der Schönheitsfarm und den Golfausflug, nachdem sie erfahren hatte, daß besagter Filmregisseur vorhatte, sich dem Golfspiel zu widmen. Vater schien sich am Pool sehr wohl zu fühlen und erzählte der Wassernixe, die ihn wenige Tage zuvor gerettet hatte, allerlei über seine Jugend und seine Erfolge bei den Stadtschwimmeisterschaften in Wuppertal.

Mir blieb nicht viel Zeit, um mich darüber zu freuen. Ich mußte zurück in die Residencia. Am Samstagabend, darauf bestand Grönert, sollte die atemberaubende Badelandschaft stehen. Denn das Wochenende in Valdemossa war ihm heilig. Das hieß in diesem Falle wenigstens der Samstag, an dem er mit mir wandern wollte. Am Sonntag würde die Ausstellung eröffnet, zu der er meine ganze Familie einlud. Ich hoffte, daß mir bis dahin eine plausible Erklärung für Carolins Verschwinden einfallen würde, vergaß meine Bredouille jedoch über die Bauarbeiten in der Residencia. Sie lenkten mich zeitweise von meinen Gedanken an Carolin ab und dann auch wieder auf sie hin. Jedesmal, wenn ich auf die Zeichnungen von Grönerts Sohn blickte, mußte ich an sie denken. Der Strich des Zeichners ähnelte dem meiner Frau, doch insgesamt strahlte die Skizze eine warme Heiterkeit, reife Gelassenheit und gleichzeitig etwas unbekümmert Gewagtes aus. Dinge, die ich von den Zeichnungen meiner Frau so nicht kannte. Ich mußte Walter Grönert im nachhinein recht geben, wer so etwas zeichnen wollte, der mußte sich dieser Insel hingeben, sie in sich aufnehmen. Dazu wäre ich niemals der Richtige gewesen. Carolin hingegen ... Nein, ich wischte den Gedanken beiseite und legte mich wie alle anderen mächtig ins Zeug.

Die Kachelmaler und Handwerker legten Sonderschichten ein, und ich lernte soviel Neues über die Kunst des Fliesenlegens, daß ich mich wie zu meinen Studienzeiten und während meines ersten Baupraktikums fühlte. Es fühlte sich – nebenbei bemerkt – gut an, und am meisten Spaß machte es mir, die vorliegenden Entwürfe weiterzuentwikkeln, zur Baureife zu bringen, zu präzisieren und aus ihrer etwas zu phantastischen Verspieltheit in klarere und vor allem realisierbare Formen zu überführen. Am Ende – wir stießen mit Rotwein auf den letzten Handgriff an –, überkam mich noch einmal die Wehmut. Wie gerne hätte ich

Carolin das Werk gezeigt! Sie wäre gewiß stolz auf mich gewesen. Endlich hatte ich wieder einmal mehr als Architekt denn als Kaufmann gewirkt. War es nicht das, was sie immer gewollt hatte?

Ein wenig betrübt nahm ich einen Schluck Rotwein. Maria trat neben mich. Sie war zwar nach wie vor nicht von dem ungestümen Baueifer ihres Vaters begeistert, noch weniger von der Tatsache, daß das ausgestellte Modell seinem Wellness-Projekt Vorschub leisten sollte, aber sie wußte, was gute Arbeit war.

Sie hob ihr Glas und stieß mit mir an. »Auf ein Kunstwerk, salut«, toastete sie. »Ich dachte, Sie sind nicht besonders begeistert von teurer Kunstfertigkeit in bezug auf Badelandschaften.«

Maria hob die Augenbrauen und machte die Miene einer guten Verliererin. »Immerhin ist das hier eine bessere Werbung für uns als die Schrotthaufen meines Bruders.«

»Ich habe diese angeblichen Schrotthaufen nicht gesehen, aber die Entwürfe, die dem hier zugrunde liegen, waren ausgezeichnet.«

Maria hob ihr Glas und nahm einen tiefen Schluck, dann leckte sie sich die Lippen. »Für meinen Geschmack sogar zu ausgezeichnet.«

Ich starrte sie verwirrt an. »Was meinen Sie damit?« fragte ich erstaunt.

»Nun«, meinte Maria, »mein Bruder hat eine Menge wirkliche Künstler zu Freunden. Es wäre ihm wahrscheinlich ein leichtes, den einen oder anderen um einen kleinen Gefallen zu bitten.«

»Warum sollte er das tun?«

Maria schaute sich suchend nach ihrem Vater um, der mit großen Gesten und freudestrahlendem Gesicht auf Ramon einredete. »Sehen Sie, wie begeistert mein Vater ist. Eine paar Zeichnungen, ein paar Blätter Papier, und er baut einen ganzen Saal um, um diese Luftschlösser zu erschaffen. Mein Bruder wird ihm für einige weitere Zeichnungen das Geld für ein Atelier aus der Tasche ziehen. Und wenn er das hat, hat er alles, was er wollte.«

Das war doch sehr nett, mehr als nett, dachte ich und betrachtete Maria genauer. Zum erstenmal fiel mir auf, daß sie recht neiderfüllt aussah, wenn sie ihre Augen zu unzufriedenen Schlitzen verengte, so wie sie es jetzt tat. »Sie halten Ihren Bruder aber für mächtig verschlagen«, sagte ich vorsichtig.

Sie wandte mir langsam ihr Gesicht zu, sie sah jetzt sehr verletzt und hilflos aus. Fast so wie damals auf dem Friedhof bei der Kirche von Valdemossa.

»Nun«, gab ich betroffen zu, »vielleicht ist es ja so, wie Sie sagen. Aber dann wird es über kurz oder lang sicher herauskommen.« Ich brach ab, weil ich sehr dämlich klang.

Maria biß sich auf die Lippen. »Selbst wenn es irgendwann herauskommt, was spielt das für eine Rolle, außer daß mein Vater maßlos enttäuscht sein wird?«

»Um so mehr wird er Sie zu schätzen wissen, da bin ich mir sicher.«

»Karsten?«

»Ja.«

»Wird Ihre Frau morgen mit Ihnen hierher kommen?«

Ich zögerte kurz, sah Marias flehenden Blick und konnte nicht lügen. »Nein, ich glaube nicht.«

»Wären Sie so nett, mich dann morgen hierher zu begleiten? Es würde mir dann alles etwas leichterfallen. Vor allem, wenn mein Bruder sich selbst feiert und weitere Lügen auftischt. Ich meine, nur falls Ihre Frau nicht doch mitkommt.«

Ich nickte langsam. »Ich werde Sie begleiten, Maria. Meine Frau wird ganz sicher nicht hier auftauchen.«

24. Kapitel

Gundar war ziemlich unverfroren, soviel stand fest. Aber so war er eben, sein Charme war krisenerprobt und der eines Könners. Am Samstagmittag tauchte er plötzlich wieder in meinem Leben und der Bergfinca auf, riß mich vom Hocker vor meiner Staffelei und küßte mich. Leidenschaftlich. Woraufhin nicht ich, sondern Cordula, die eben mit einer Kanne Saft dazukam, ziemlich ungehalten reagierte. Sie hatte mir soeben einen langen Vortrag über Gundars Schlechtigkeit gehalten, den ich mittelmäßig interessant und wenig passend fand. Gundars Schlechtigkeit hatte ich es immerhin zu verdanken, daß ich eine ziemlich problemlose, nebenwirkungsfreie, aber erfrischende Liebesnacht verbringen konnte.

Cordula schien mir das nicht abzunehmen und keifte nun Gundar an: »Ist das eine Art, einfach so bei einer Frau hereinzuplatzen und sie in Art eines Neandertalers an sich zu reißen? Ich Tarzan, du Jane? So läuft das nicht unter zivilisierten Menschen.« Gundar grinste nur. Mit einem heftigen Knall stellte Cordula die Kanne auf den Tisch. »Wir wollten heute eigentlich einen gemütlichen Nachmittag verbringen – zu zweit«, fauchte sie.

Ich konnte ihre Unfreundlichkeit nicht länger ertragen: »Cor ... äh, Carolin, ich finde, du bist eine Spur zu unhöflich zu unserem Gast.«

»Mag sein, aber dafür ist er auch der unhöflichste und aufdringlichste Gast, den ich mir vorstellen kann.« Sie warf

Gundar einen Blick zu, den man unter die Kategorie »unmittelbar tödlich« einordnen mußte.

Ich hatte diese »Ich-beschütze-dich-wie-eine-Löwenmutter«-Nummer plötzlich satt. Nahm Cordula mich überhaupt ernst? Ohne lange nachzudenken, schlug ich Gundar vor, in der Bar am Kirchplatz etwas zu trinken.

»Ausgezeichnet!«, freute er sich und sah so unbekümmert aus, daß ich Cordulas Überreiztheit gar nicht mehr verstand.

»Sie können es wirklich nicht lassen, was?« zischte sie.

»Ich weiß nicht genau, was Sie meinen, Carolin, aber eins ist sicher, einer Frau wie Ihrer Freundin Cordula kann ich schlecht widerstehen.«

Ich kicherte ein bißchen. Cordulas Miene erstarrte: »Sie wissen gar nicht, wie nah Sie damit der ganzen Wahrheit kommen. Und wenn Sie jetzt nicht sofort verschwinden, erzähle ich alles. Hören Sie? *Alles*!«

Gundar nahm Platz und schenkte sich mit demonstrativer Gelassenheit einen Saft ein. Was Cordula völlig aus der Fassung zu bringen schien.

»Ich gebe Ihnen noch eine Gelegenheit, sich selber aus der Sache herauszubringen, Gundar. Also?« Auffordernd schaute sie ihn an. Er blickte zu ihr hoch und blinzelte ein wenig gegen die Sonne an, ansonsten wirkte er vollkommen ruhig. Im Gegensatz zu meiner Freundin. »Also gut, Gundar, Sie wollen es nicht anders.« Sie wandte sich mir zu und wirkte plötzlich ein bißchen müde. »Hör zu. An dem Morgen, nachdem ihr beide miteinander geschlafen habt, hat er mir vorgeschlagen, auch mit ihm ins Bett zu gehen.«

Ich schaute von Gundar zu Cordula und zurück. Und dann fragte ich mich ganz einfach: Warum nicht? Ja, warum nicht? Würde gut passen. Mit anderen Worten, es war mir egal. Je länger ich schwieg, um so bestürzter schaute Cordula drein und auch Gundar schien ein wenig unruhig zu werden. »Ich ...«, setzte er schließlich an.

»Halten Sie Ihren Mund, Sie Dreckskerl!« fuhr Cordula ihn an.

Der Hüne erhob sich langsam und schaute mich an. »Ich würde gerne mit dir etwas trinken gehen. Ich denke, wir sollten uns unterhalten.«

Ich zuckte die Achseln. »Von mir aus.«

»Car ... verflucht, Cordula, hast du denn gar keinen Stolz?«

Ich fuhr herum. »Doch, beste, teuerste Freundin, ich habe Stolz, und ich habe auch Verstand, und ich habe die Freiheit, zu tun und zu lassen, was ich will, mit wem ich will und wann ich will.«

»Aber du setzt eine wunderbare Fa ... dein wunderbares Leben aufs Spiel für einen ... einen, so einen«, endete sie lahm.

»Mein wunderbares Leben? Du kennst mein Leben doch überhaupt nicht! Überlaß es doch gefälligst mir, herauszufinden, wie wunderbar das Leben – mein Leben – ist. Ich habe es satt, daß andere mir sagen, wie und wann mein Leben wunderbar ist, hörst du?«

Meine Freundin zuckte zurück. Ich erkannte, daß ich sie verletzt hatte, aber ich spürte auch, daß das, was hier zwischen mir und ihr passierte, verflucht wichtig war. Wir hatten uns noch nie wirklich gestritten. Weil ich das nie gewollt hatte. Ich hatte Wert darauf gelegt, von Cordula beschützt, beraten und bevormundet zu werden. Das Komische ist, daß ich in dem Moment, als ich sie zum erstenmal wirklich anschrie, nicht sauer auf sie war. Anders als viele Male zuvor. Ich war nur froh, mich endlich einmal nach meiner Lust und Laune zu verhalten. Wahrscheinlich war sie nicht der einzige Mensch, den ich mit meiner jahrelang übertriebenen Sanftmut und Nachgiebigkeit in die Rolle hineingezwungen hatte, mir Entscheidungen abzunehmen, für mich zu denken, zu handeln und zu wissen, wie es mir zu gehen hatte. Schluß damit! Ich war längst über die sanfte, gute, verträumte Carolin hinausgewachsen. Nicht nur in der letzten Woche. Mein ganzes Leben lang, auch in den Zeiten, als ich nichts davon mitbekommen zu haben schien. Die Lebensliste galt nicht mehr, sie galt schon lange nicht, was zählte, war das Wissen, daß *ich* mein Leben in der Hand hatte. Jetzt und in Zukunft.

»Ich gehe«, verkündigte ich knapp. Es tat wohl, Cordula den Rücken zuzuwenden und einfach mit Gundar an meiner Seite zu verschwinden. Es war ein Gefühl, als würde ich zum zweitenmal erwachsen, und dabei war es ziemlich egal, ob und was für ein Lumpi da neben mir herwackelte. Ich hatte die Freiheit, zu tun, was ich wollte, auch die Freiheit, Fehler zu machen, sie zu wiederholen oder zu bereuen.

Während wir den staubigen Felspfad hinabschlenderten, genoß ich dieses Gefühl und fragte mich, ob es sich noch steigern ließe, indem ich auch Karsten so offen den Rükken zukehren würde. Wenigstens für eine Weile. Eine längere Weile als es die Woche auf Mallorca gewesen war. Eine Woche, in der er sich nicht hatte blicken lassen, in der er weder geklagt noch gekämpft hatte. Ich warf den Kopf zurück.

Natürlich würde ich die Kinder mitnehmen, wenn ich ihn verlassen würde. Sie fehlten mir. Wie schön es war, daß sie mir fehlten, dachte ich plötzlich. Alles andere wäre eine sehr viel schmerzhaftere Erkenntnis gewesen. Nun aber wußte ich, welch ein entscheidender Teil sie in meinem Leben waren. *Meinem* Leben.

Gundar legte seinen Arm um meine Schultern. »Ich habe dich sehr vermißt, meine Süße.«

»Wo hast du mich denn vermißt?«

»Auf hoher See, einsam und verlassen.«

»Soso.«

Gundar drehte mich zu sich hin. »Du glaubst doch nicht, was Carolin da eben gesagt hat. Ich meine, daß ich versucht habe, mit Carolin zu schlafen ...«

Ich mußte lächeln. »Doch, mein Lieber, ich glaube sehr wohl, daß du versucht hast, mit Carolin zu schlafen. Ich würde sogar sagen, du hast mit Carolin geschlafen.«

Der Hüne schaute mich verdattert an. »Und ... und das macht dir nichts?«

Ich schüttelte herzhaft den Kopf. »Das macht mir ganz und gar nichts. Ich glaube sogar, du solltest es wieder tun. Vielleicht.« Ich löste mich von ihm und hüpfte die letzten Schritte des Pfades hinab.

Gundar folgte mir langsam. Wir gingen die von Kiefern beschattete Straße entlang. »Ich glaube, ich habe mich vollständig in dir getäuscht, Cordula.«

Das Spiel mit einer fremden Identität begann mir Spaß zu machen. »Ja, das glaube ich auch, daß du dich in Cordula getäuscht hast.« Ich griff mir einen kleinen Ast und strich damit eine Natursteinmauer entlang.

»Du bist viel nüchterner, nicht so gefühlsbetont, wie ich annahm.«

»Ja, so bin ich wohl, die unsentimentale Realistin Cordula.« Die sich, so fügte ich im Geiste hinzu, soeben unsterblich und mit allen Zutaten von Geigenklang bis Gänseblümchen-Zupfen – »er liebt mich, er liebt mich nicht« – in Jaume verliebt hatte. Also die echte Cordula, nicht ich. Seltsam, wie alles sich verwandelte.

»Um ehrlich zu sein, ich hatte da neulich nachts einen ganz anderen Eindruck von dir«, forschte Gundar an meinem Charakter herum.

Ich verbiß mir ein Lachen und spielte weiter mit der Rolle meiner nüchternen Freundin. »Vergiß es. Ich dachte, du würdest Wert legen auf ein gewisses Rahmenprogramm. Ich meine, ich nehme an, du hast es schon mit einer Menge sehr aufregender Frauen zu tun gehabt?«

Gundar blieb stehen und zog mich wieder an sich. »Selten mit einer, die mir so viele Rätsel aufgegeben hat.«

Ich entwand mich seinen Armen. Das Ganze wurde mir

– ja, *mir* – ein wenig zu kitschig. »Laß mal, Gundar. Du mußt hier wirklich keine Spielchen mehr abziehen, von wegen ewiger Treue und im Himmel seufzen die Englein. Es war eine ganz nette Nacht, jeder hat sich genommen, was er brauchte – und Schluß.«

»Ich hatte dich ganz anders eingeschätzt.«

Ich seufzte. »Das scheint mein ewiges Schicksal. Eine Menge Menschen meinen, mich zu kennen, aber das tun sie nicht. Aber damit ist jetzt Schluß. Ein für allemal.«

Der Hüne schluckte, ich hatte ihn anscheinend wirklich aus dem Takt gebracht. Wirklich? Ich schaute ihn stirnrunzelnd an. Bis eben war es mir völlig abwegig erschienen, daß er tatsächlich einen Versuch bei meiner Freundin gestartet hatte. Doch jetzt begriff ich: Egal, was ich mir früher für Illusionen über Männer gemacht hatte. Früher war lange her. Ich mußte lernen, daß man aus einem Streuner keinen Hauskater machen konnte und daß Kühe keine Eier legen.

Dennoch sah der Streuner im Moment reichlich mitgenommen aus, so, als hätte ich ihn gezwungen, Eier zu legen. Wir bogen in den kleinen Kirchplatz ein und stiegen die Stufen zu der Barterrasse hoch. Gundar rückte mir einen Stuhl heran. Wir setzten uns.

»Weißt du noch, unsere Nacht da in der Kirche? Die Madonna?« Er sah mich an, als wolle er mir eine Geschichtsprüfung abnehmen.

»Klar«, nickte ich arglos, »ist ja erst eine Woche her.«

»Noch nicht mal, morgen ist erst wieder Sonntag.«

»Und du meinst«, sagte ich lachend, »wir sollten jetzt das einwöchige Jubiläum feiern?«

Er schüttelte den Kopf. Wir bestellten Kaffee und widerwärtig grünen Hjerbas, der nach Anis schmeckte. »Verrate mir dein Geheimnis, Cordula, was hat dich in nur einer Woche so verändert? Du bist nicht mehr diese alberne, überdrehte Frau, die da in der Kirche andächtig vor dieser Kitschmadonna stand.«

Ich ließ den Anislikör langsam meine Kehle hinabgleiten. Er übertönte mit seiner klebrigen Süße das leicht salzige Aroma von Tränen, die ich in diesem Moment hinunterschlucken mußte. Alberne, überdrehte Frau? War ich das? Hatte ich so ausgesehen?

Natürlich hatte Gundar recht, die Madonna von Galilea war eine Kitschmadonna. Ich würde auch sie trotzdem lieben. Als Erinnerung an meine Illusionen. Sie waren ein Teil von mir. Genau wie die dicke, lachende, erdverbundene Madonna von Artá. Ich war Carolin Schaleen, ein Mensch mit ebenso vielen widersprüchlichen Facetten wie andere Menschen auch. Und wem davon irgend etwas nicht paßte, der konnte mir gestohlen bleiben. Es war an der Zeit, Gundar die Wahrheit zu sagen.

»Du hast recht, Gundar, ich habe ein Geheimnis. Ein ziemlich lächerliches Geheimnis, aber nein, nicht lächerlich.« Ich nahm den letzten Schluck Likör, als eine andere Stimme mein Geheimnis lüftete.

»Mom, was machst du denn hier?« Es war Zoeys Stimme. Sie stand vor mir, einen Motorradhelm lässig über dem rechten Arm und Fresse am linken. O ja, dachte ich, sie sieht wirklich ein wenig aus wie der rebellische Racheengel aus der Kirche von Artá. Und was tat mein kleiner Racheengel? Er befahl den beiden männlichen Wesen, sich aus dem Staub zu machen, weil sie etwas mit ihrer Mutter zu bereden habe. Sofort. Was Fresse begriff, während Gundar noch eine Extraaufforderung brauchte.

Verwirrt stieg er die Stufen hinab, um sie sogleich wieder hinaufzuklettern. Er schaute mich mit bittendem Blick an. »Hör zu. Ich wollte dich fragen, ob du morgen mitkommst zu der Ausstellungseröffnung in Palma. Ich möchte, daß du dort jemanden kennenlernst. Es geht um deine Zeichnungen.«

»Meine Zeichnungen?« fragte ich verwirrt.

»Die Zeichnungen von diesem wundervollen Bad, das

du rund um die Kachel komponiert hast. Die Kachel, die ich dir gestohlen habe.«

Ich wußte nicht, was ich antworten sollte, denn neben mir saß Zoey und warf Gundar noch tödlichere Blicke zu, als es vorhin Cordula getan hatte. »Nun«, begann ich zaghaft.

»Ich hole dich ab. Morgen um zehn Uhr. Bitte, sei da. Ich, ich ...« Er warf meiner Tochter einen Blick zu, dann fügte er hinzu: »Es würde mir viel bedeuten.«

Ich schwieg, und er stieg die Stufen hinunter.

Zoey ergriff als erste das Wort: »Was 'n das für 'n Heiopei?«

»Was machst du hier?«

»Und du?«

»Hat dein Vater dir erlaubt, mit Fresse einen Motorradausflug zu machen?«

»Nö, Papa ist gar nicht da.«

»Wo ist er denn?«

»In Valde-Dingsda bei den Grönerts. Walter und Maria Grönert, kennste?«

Ich nickte. Maria Grönert. War das der Grund, warum Karsten nur einen einzigen schüchternen Versuch unternommen hatte, mich in der vergangenen Woche zu sehen?

»Ziemliche Ätzkuh!« Zoey schien meine Gedanken zu lesen.

»Wer?«

»Maria Grönert.«

»Woher willst du das wissen?«

»Vati hat sie uns mal dagelassen. Hysterische Zicke. Wenn Janosch nur Piep machte, drehte sie voll durch, von wegen wir wären total unerzogen und so.«

»Und warum bist du nicht mit in Valdemossa?«

»Kein Bock.«

»Also sollte Oma auf dich aufpassen, oder was?«

»Nö.«

»Und wo ist Jaume?«

Zoey grinste scheinheilig. »Scheint dich ja plötzlich mächtig zu interessieren, daß sich jemand um uns kümmert.« Sie warf mir einen prüfenden Seitenblick zu, bei dem mir ein wenig mulmig wurde. Ich drehte mich weg und bestellte ihr eine Cola und mir einen weiteren Kaffee. »Wenn du es genau wissen willst, Mom, Jaume sollte auf uns aufpassen. Hat er auch, bis 'n Anruf von Cordula kam. Dann isser weg, und wir sind ihm hinterher, weil ich mir dachte, daß du mit ihr unter einer Decke steckst. Er hat uns abgehängt, aber schwupps kommen wir hier an und finden dich doch.«

»Sehr clever, ich muß schon sagen.«

Zoey schnaubte. »War nicht so schwer. Haste Cordula herbestellt, um mit ihr Ferien zu machen?«

»Nicht direkt, Zoey. Sie ist einfach später dazugekommen.«

»Und zieht voll blöd so 'ne Mama-Masche ab.«

»Ich bin froh, daß sie sich um euch kümmert. Und immerhin ist sie ja auch deine Patentante.«

»Soll 'n das heißen? Muß ich die jetzt adoptieren? Nee, du, eine Mutter reicht mir volle Lotte.« Zoey starrte angestrengt in die Ferne, dahin, wo sich das Meer mit dem Horizont traf. Sie bemühte sich, sehr cool und sehr desinteressiert auszusehen.

»Zoey, ich weiß, daß ich mich in deinen Augen sehr merkwürdig verhalte. Aber vielleicht bist du alt genug, um zu verstehen, daß auch ich mal eine Pause von allem brauchte. Ich meine, dir geht Cordulas Mama-Masche auf die Nerven, ich gehe dir auf die Nerven, wenn ich an Fresse rumnörgele, Janosch geht dir manchmal auf die Nerven, mit Papa wolltest du heute nicht nach Valdemossa. Na ja, und so ging es mir vor einer Woche auch. Mir ging einfach alles auf die Nerven. Ich brauchte ein Time out.«

Zoey packte umständlich einen Kaugummi aus und schob ihn sich in den Mund, dann begann sie aus dem

Silberpapier einen kleinen Schwan zu falten, so wie ich es ihr vor Jahren gezeigt hatte.

»Kann ich auch einen haben?« fragte ich.

Wortlos packte Zoey einen weiteren Kaugummi aus und schob ihn zu mir herüber. Dann saßen wir schweigend nebeneinander, kauten Kaugummi und falteten Silberpapierschwäne. Ich fühlte mich meiner tapferen Teenagertochter so nahe wie seit langem nicht mehr.

»Wie lange noch?« wollte Zoey plötzlich unvermittelt wissen. »Wie, wie lange?«

»Na ja, wie lange glaubst du, gehen wir dir noch auf die Nerven? So ungefähr.«

Ich betrachtete meinen Schwan. »Ihr geht mir schon jetzt nicht mehr auf die Nerven. Ich meine, du und Janosch, ich habe euch vermißt, sehr sogar. Aber es gibt da ein paar Dinge, die ich noch klären muß, bevor ...« Ich brach ab, ich wollte keine falschen Versprechungen machen.

»Ist dieser Blondie von eben eins von den Dingen, die du klären mußt?«

»Quatsch!« sagte ich energisch. Ich hatte keine Lust, mit meiner knapp fünfzehnjährigen Tochter über Gundar und mein Liebesleben zu diskutieren. Egal, wie ich mich entscheiden würde, er sollte keinen wesentlichen Anteil an der Entscheidung haben.

»Triffste den denn morgen?« wollte meine Tochter wissen.

Ich zuckte mit den Achseln. »Vielleicht. Ist das wichtig für dich?«

»Weiß nicht, ich find's irgendwie echt Scheiße, Mom.«

Ich wandte mich ihr zu und lächelte ein wenig verlegen. »Und ich finde das mit Fresse echt Scheiße. Trotzdem habe ich bis jetzt nichts gesagt. Schon gemerkt?«

Zoey schwieg und starrte so angestrengt in die Ferne, daß ich befürchtete, ihre Augen würden schlapp machen.

»Hey, Zoey, was auch immer ich tue, ich werde immer

für dich und Janosch da sein. Hundertprozentig. Klar? Ich bin eure Mutter, und ihr seid das Beste, was ich in meinem Leben zustande gebracht habe. Ich bin verdammt stolz auf dich.«

»Okay.« Das war alles, was Zoey für eine Weile sagte. Dann tauchte Fresse vor der Bar auf und starrte verlegen auf seine Füße.

»Willste ihn kennenlernen?« fragte meine Tochter.

»Ja.« Ich nickte. »Wenn du mir sagst, wie er wirklich heißt.«

»Is' ihm peinlich.«

»Mir aber nicht. Mir ist es nur peinlich, wenn ich deinen ersten festen Freund mit Fresse anreden muß. Das ist mir zu unromantisch.«

Zoey schob nachdenklich den Kaugummi in ihrem Mund hin und her. »Okay. Er heißt Freddie.«

»Das ist doch ein ganz hübscher Name«, wunderte ich mich.

»Nicht, wenn man mit Nachnamen Krüger heißt. Seine Eltern stehen auf Horrorfilme.«

Ich lehnte mich zurück. »Na ja, nicht gerade sehr einfühlsam von seinen Eltern, ihn mit so einer Vorlage für blöde Bemerkungen ins Rennen zu schicken.«

»Und das ist längst nicht alles. Wenn du wüßtest, was Fresse noch so erlebt hat, du würdest echt abschnallen. Seine Kindheit war total endversaut.«

»Na, nun wink ihn schon rüber, deinen menschlichen Streuner, bevor er sich noch Löcher in die Schuhe schaut.«

»Echt?«

»Echt.«

»Cool, Mom! Ey Fresse, kannst kommen.« Das »Cool, Mom!« tröstete mich darüber hinweg, daß sich die Köpfe sämtlicher Künstler und Touristen, die gekommen waren, um zu zeichnen oder die gediegene Stille des Ortes zu genießen, zu uns hindrehten. Sollten sie nur gaffen. Hier saß eine ziemlich stolze Mutter mit ihrer ziemlich tollen Tochter, der es scheißegal war, was der Rest der Welt von ihrem bis zur Unkenntlichkeit tätowierten Begleiter dachte, der im übrigen so scheu wie Bambi war, wenn ich ihn ansprach und stolz wie ein Königstiger, wenn Zoey ihm zulächelte. Vielleicht hatte meine Tochter keine schlechte Wahl getroffen, sie wurde wenigstens ernsthaft respektiert.

Respekt war genau das, was auch ich mir von meinem Mann gewünscht hätte. Wenigstens den. Ich dachte an Gundars flehend vorgetragene Bitte und den Respekt, den er mir plötzlich entgegengebracht hatte. Aber legte ich auf seinen Respekt überhaupt Wert?

25. Kapitel

Ich hatte meine Vater-Sohn-Idee nach ungefähr vierzig Minuten auf einem alten Köhlerweg, der durch einen Wald von Steineichen führte, erstmals satt. Janosch, der sich mir, Walter Grönert und ein paar anderen Männern zunächst begeistert angeschlossen hatte, verlor nach knappen zwanzig Minuten die Lust an der Wanderung.

»Wo ist der Dinosaurier?« verlangte er zu wissen. Und: »Warum ist Jaume nicht mitgekommen? Er weiß, wo der Dinosaurier ist.« Außerdem war er immer noch wütend, daß ich ihn nicht mit einem Gewehr ausgestattet und Brownie im Haus von Grönert zurückgelassen hatte. Ich ärgerte mich zunehmend über Jaumes einfache Erfolge bei meinem Sohn, die ich nun auszubaden hatte und bemühte mich, unsere Diskussionen so zu führen, daß der Rest der Truppe nichts davon mitbekam.

Ich versprach meinem Sohn alle möglichen Tiere, um ihn auf dem Weg weiterzulocken, der uns in drei Stunden und fünfundzwanzig Minuten und bis kurz vor Sonnenuntergang in einer Runde durch einen Teil des Gebirges führen sollte, das Valdemossa umringt. Ich ließ mich dazu hinreißen, Janosch für zu Hause einen lebenden Leguan als Dinosaurier-Ersatz zu versprechen, damit er weiterlief, wenigstens ein kleines Stück noch. Grönert lag soviel am Gebirge und mir mir an unserem Geschäft. Nach einigen Abzweigen und Querfeldeinmärschen erreichten wir eine T-förmige Kreuzung und wanderten zu einem Aussichtspunkt, der siebenhundert Meter über dem Meer lag. Unter uns sahen wir die nördliche Ebene von Valdemossa, ein Anwesen des Herzogs Ludwig Salvator, das mich interessierte, und jede Menge seltener Seevögel, die Grönert begeisterten.

»Sehen Sie, lieber Schaleen, da drüben, ein Gelbschnabel-Sturmtaucher.«

»Sehr interessant.«

»Und da, eine Krähenscharbe. Das ist ein echter Glückstag heute. Wunderbar.«

Janosch griff sich einen Stein und begann mit Wurfübungen, die einige andere Vögel aufstörten.

»Äh, oh, und was ist das?« fragte ich, um von der Ungezogenheit meines Sohnes abzulenken.

»Das? Das sind gewöhnliche Möwen«, informierte Grönert mich abfällig. Und während er auf dem Weg in die Berge weitere seltene Vogelsorten entdeckte, blieb ich den Möwen treu oder wies ihn ab und an auf einen hundsgemeinen Spatz hin. Grönert amüsierte sich bald königlich – über mich. Von mir aus. Es gab allerdings nichts, was meinen Sohn auch nur im entferntesten interessierte. Bevor Janoschs Quengelei die Laune sämtlicher anderer Wanderer verderben konnte, entschloß ich mich in einer Schlucht zum geordneten Rückzug. Grönert reagierte freundlich, aber von oben herab, von der Höhe des erfahrenen Bergwanderers. »Glauben Sie denn, daß Sie zurückfinden?«

»Na sicher«, sagte ich. Diese Patriarchennummer ging mir inzwischen ziemlich gegen den Strich, egal, um wie viele Millionen es dabei ging.

Grönert nickte. »Ich kenne das noch von meinem Sohn, als er so klein war. Ihrer scheint auch ein ziemlicher Dickkopf zu sein. Von wem hat er das? Von Ihnen oder Ihrer Frau.«

Ich lächelte gequält. »Ich glaube, da kommt er eher auf meine Frau.«

Grönert schmuzelte. »Ja, wahrscheinlich haben Sie recht. Ihre Frau ist sehr eigenwillig. Zu schade, daß sie heute nicht hier sein kann, ich hatte mich so auf sie gefreut.« Täuschte ich mich, oder musterte Grönert mich kritisch? Dann sagte er langsam. »Zu dumm, so eine Salmonellenvergiftung.«

»Ja«, stimmte ich eifrig bei, »und die Ärzte meinen, es kann den ganzen Urlaub dauern.«

»Sie wären besser bei ihr geblieben.« Sein Ton bekam jetzt etwas Tadelndes.

»Nun ja«, versuchte ich meine scheinbare Herzlosigkeit wieder gutzumachen, »um ehrlich zu sein, will ich auch darum zurück. Ich würde meine Frau gerne anrufen, um zu wissen, wie es ihr geht.«

»Das können Sie sofort tun, ich habe doch ein Handy dabei.«

»Ein ... äh ... ach ja.« Ich nahm das Handy entgegen.

»Darf ich auch mit Mama sprechen«, bettelte Janosch, der das Gespräch über seine Mutter dummerweise mitbekommen hatte. Bislang hatte ich ihm nur erzählt, daß seine Mama mit Cordula zusammen Urlaub machte, um sich einmal ordentlich von uns allen auszuruhen.

Ich entfernte mich – mit meinem Sohn am Hosenzipfel – soweit von der Gruppe, daß mich niemand hören konnte, der nicht in ungehöriger Weise die Ohren spitzte. Dann wählte ich die Nummer der Bergfinca. Ich kannte sie auswendig, so oft hatte ich sie in der letzten Woche gewählt. Und immer vergeblich. Nicht einmal hatte Carolin abgehoben. Diesmal wählte ich die Nummer nur noch Janosch zuliebe. Diesmal hob jemand ab.

Es war Cordula. Sie schien überrascht, meine Stimme zu hören und schwieg einen Moment. Dann sprudelte sie plötzlich los: »Karsten, es ist an der Zeit, daß du etwas unternimmst. Carolin ist dabei, eine Riesendummheit zu begehen. Wegen eines anderen Mannes. Einer, der es nicht wert ist, meint auch Jaume. Ich hatte nicht gedacht, daß sie so weit geht.«

»Ein anderer Mann?« rief ich entsetzt, und ein Echo warf mein Entsetzen lautstark und deutlich von den Bergwänden zurück.

»Ist das Mami?« rief Janosch, und das Echo wiederholte seine Frage.

Ich wußte, daß die gesamte Wandergruppe mein Gespräch inzwischen sehr aufmerksam verfolgte, aber das war mir ziemlich egal. »Wer ist der Kerl?« brüllte ich nicht eben originell in den Hörer.

Cordula erklärte es knapp. Ich verstand soviel, daß es sich um einen ziemlich lockeren Vogel und örtlichen Künstler mit dem nordischen Namen Gundar handelte. Cordula bat mich, sofort zu ihr in die Finca zu kommen.

»Sofort geht nicht, ich bin leider mitten in der Wildnis unterwegs, um ein paar dämliche Vögel zu beobachten. Könnt ihr nichts tun?«

»Hör mal, Süßer, es geht darum, daß *du* endlich mal was tust, etwas, daß Carolin umhaut. Verstehst du? Dieser Gundar ist nur ein billiger Casanova ...«

Ich fuhr mir entnervt durch die Haare. »Nur ein Casanova? Na du bist gut, er ist immerhin ein Casanova, der meiner von mir frustrierten Frau hinterhersteigt. Soll mich das vielleicht beruhigen?«

»Ich wollte damit nur sagen, er ist keine echte Bedrohung für dich.«

Ich wühlte mir weiter in den Haaren herum und wehrte gleichzeitig Janosch ab, der um mich herumsprang und dringend nach seiner Mama verlangte. Seine Bitten waren herzzereißend und machten die Vorstellung eines Familiendramas in freier Wildbahn perfekt. Grönert hatte sozusagen in der Loge – auf einem Fels bei einem kleinen Bach – Platz genommen und bemühte sich nicht einmal mehr, so zu tun, als höre er nichts.

»Hör mal, Karsten, reg dich ab und komme so schnell wie möglich her. Noch ist Polen nicht verloren. Uns fällt schon etwas ein. Jaume kennt die Tricks und Schliche von Gundar, den booten wir locker aus.«

»Jaume kennt den Kerl?« schrie ich in den Hörer.

»Ja, und jetzt setze endlich deinen Arsch in Bewegung, wir warten.« Cordula hängte einfach ab und ließ mich mit meinem neuen Wissen einfach in der Wildnis stehen.

»Ich wollte mit Mama sprechen«, protestierte ein ziemlich verwirrter Janosch. Sein verhungerter Blick brachte mich zur Räson. Jetzt galt es, Ruhe zu demonstrieren.

»Ist schon gut, Janosch, das war nur Cordula. Wir gehen jetzt sofort zurück und suchen Mami.«

»Ist Mama bei dem anderen Mann?«

Ich räusperte mich verlegen. Grönert stand plötzlich neben mir, als sei er aus dem Boden geschossen wie ein Pilz nach dem Regen.

»Ziemlich gefährliche Salmonellenart, die Ihre Frau da befallen hat, scheint mir. Kann ich helfen?«

Ich überlegte kurz. »Wenn Sie vielleicht meinen Sohn ...«

Janosch ließ mich nicht ausreden. »Ich will nicht hierbleiben! Ich will mit dir mit! Ich will mit dir mit!«

»Okay, Janosch, aber wir müssen so schnell gehen, wie du eben kannst.«

»Ich gehe ganz schnell. Superschnell. Mit Turbospin, siehst du?«

Er flitzte los, ich warf Grönert noch einen letzten Blick zu. »Tut mir leid, ich weiß nicht, ob ich es morgen zur Ausstellungs-Eröffnung schaffe.«

Grönert winkte ab. »Gehen Sie und kümmern Sie sich um diese elende Salmonelle, die Ihre Frau befallen hat. Das ist jetzt das einzig Wichtige.«

Ich wandte mich ab, nahm Janosch bei der Hand und marschierte los. Und marschierte, und marschierte und marschierte bis ich bemerkte, daß ich mich an irgendeiner

Stelle hoffnungslos verfranst haben mußte. Ungefähr zu dem Zeitpunkt, als ich mir das eingestand, bemerkte wohl auch Janosch, daß etwas nicht stimmen konnte, und zu allem Überfluß setzte dann auch noch der Regen ein. Regen, ausgerechnet in diesem Moment! Regen aus eben noch heiterem Himmel. Regen, nachdem wir fünf Tage lang einen perfekten Sommer erlebt hatten.

Ich kramte unsere Anoraks aus dem Rucksack. »Da müssen wir durch, Janosch, ziemlich unangenehm, aber da müssen wir durch«, sagte ich so unaufgeregt wie möglich.

»Meinst du, wir schaffen es?« fragte mein Sprößling zaghaft.

»Klar, schaffen wir das, wir sind doch schon so gut wie am Ziel.«

»Ehrlich?«

»Aber sicher. Nur noch ein paar Ecken, und wir haben es geschafft.« Aber egal, ob es nur noch ein paar Ecken mehr oder weniger waren, der Regen setzte nun so heftig ein, daß an ein Weitergehen vorerst nicht zu denken war. Der Pfad vor uns verwandelte sich in Windeseile zu einem reißenden kleinen Bach, ich nahm Janosch auf die Arme und watete durch das Wasser.

»Wie viele Ecken sind es denn noch?« rief Janosch in den brausenden Regen hinein.

»Neunzehn oder dreiundzwanzig, kommt drauf an, ob ich die Abkürzung finde«, log ich mit fester Donnerstimme.

Janosch drückte sich enger an mich. Ich klopfte ihm kameradschaftlich auf den Rücken. Tatsächlich entdeckte ich dann auch eine weitere Abbiegung, ich nahm sie, und so stießen wir immerhin zu einer alten, restaurierten Köhlerhütte, die wahrscheinlich eine beliebte Attraktion für Wanderer war. Wir fanden also einen trockenen Unterschlupf mit restaurierter Feuerstelle, in der sogar einige Holzscheite und Reisig aufgeschichtet waren. Zum Glück hatte ich ein Feuerzeug dabei und konnte meinem Sohn eine einigermaßen gelungene Vorstellung als Pfadfinder geben, der ich natürlich nicht war.

Mit einem Anflug echter Besorgnis trat ich vor die Hütte und sah, daß nicht nur die geballten Regenwolken den Himmel verdunkelten. Die Dämmerung setzte langsam ein. Es würde unmöglich sein, den Weg bei Nacht weiterzugehen. Weg? Welchen Weg überhaupt? Und wie brachte ich Janosch bei, daß ich mich hoffnungslos verirrt hatte? Ausgerechnet jetzt. In einem solchen Moment.

Es half nichts. Ich atmete tief durch, ging zurück in die Hütte und packte den Rucksack aus. Der Proviant war mager und bestand nur aus Keksen, ein paar Orangen und Wasser.

»Mein Junge«, begann ich mit fester Stimme, »wir müssen uns das gut einteilen. Bei dem Regen können wir vorerst nicht weiter, und vielleicht müssen wir die Nacht hierbleiben.«

Janosch riß die Augen so weit auf, daß seine Wimpern seine Brauen zu berühren schienen. »Allein? Im Wald?«

Ich legte meinen Arm um ihn und drückte ihn an mich. »Keine Angst, du bist nicht allein. Ich bin ja bei dir.«

Janosch schwieg eine Weile, dann sagte er leise. »Und was ist mit dem Dinosaurier? Was ist, wenn der hierherkommt?«

Ich schaute ihn sehr ernst an. »Ich glaube, ich muß dich jetzt sehr enttäuschen, Junior. Das mit den Dinosauriern stimmt gar nicht. Jaume hat gelogen.«

Janosch schaute nachdenklich in die Flammen, die inzwischen recht munter prasselten. Ich sah, daß er einen schweren inneren Kampf mit sich ausfocht. »Du meinst, Jaume hat das nur so erzählt?«

»Ja«, antwortete ich knapp.

»Ach so.« Janosch klang sehr erleichtert.

»Ich finde übrigens, wir sollten es jetzt machen wie die Eskimos.«

»Die Eskimos?« Mein Sohn schaute mich mit großen, staunenden Augen an.

»Ja. Wenn es kalt wird bei den Eskimos, rücken sie ganz dicht zusammen, um sich gegenseitig Wärme zu spenden. Körperwärme ist nämlich reine Energie, und wenn man sich ganz eng aneinanderdrückt, geht diese Energie nicht verloren. Verstehst du?«

Janosch nickte, ich zog ihn in meinen Schoß und legte meine Arme um ihn, und dann machte ich etwas, das ich seit Jahren nicht mehr getan hatte. Ich sang ihm etwas vor. Weil ich mich an Schlaf- oder Kinderlieder partout nicht erinnern konnte, war es nur ein albernes Karnevalslied. »Die Karawane zieht weiter, dä Sultan hät Duursch.«

Es hatte den Vorteil, daß Janosch es nach drei Strophen mitsingen konnte. Und ich muß sagen, es beruhigte mich, mit meinem Sohn in einer museumsartigen Köhlerhütte im Wald zu sitzen und gegen die hereinfallende Nacht anzusingen. Es lenkte mich ab von meinen Gedanken an Carolin. Gedanken? Es war ein Wirbelsturm der Gefühle, der in meiner Brust zu toben begann, sobald ich mich näher auf die Bilder einließ, die sich mir aufdrängten. Carolin in den Armen eines anderen Mannes. Carolin, die kalt lächelnd den Ehering vom Finger zieht und mir vor die Füße wirft. Carolin! Lange hatte ich nicht mehr so intensiv über sie nachgedacht, nein, so deutlich gespürt, daß ich sie brauchte, wirklich brauchte.

Ich wiegte Janosch hin und her und sang von der Karawane und betete insgeheim, daß Carolin nicht weiterziehen würde, obwohl sie allen Grund dafür hatte.

»Ich glaube nicht, daß er heute noch kommt. Er wird sicher über Nacht dort bleiben.« Wegen Maria nahm ich an und fügte meinen Worten insgeheim deftige Flüche hinzu. »Elender Bastard« und »gemeiner Ehebrecher« etwa. Tatsächlich lächelte ich tapfer in die Runde. Zoey, Fresse und ich saßen auf dem Balkon unserer Suite im Galatzo. Brownie, der uns an der Tür schwanzwedelnd begrüßt hatte, lag auf meinen Füßen und sah so aus, als wolle er mich nie mehr weglassen. Kunststück, ich hatte ihn erst mal ausgiebig spazierengeführt und dann mit einem Steak gefüttert, das wahrscheinlich für meinen Mann gedacht war.

Wir hatten dem Regen zugeschaut und beobachteten nun, wie sich die Sonne immer röter färbte und auf ihren Weg in den Westen, Richtung Untergang machte.

»Wart's ab, Mom. Ich meine, Papa hätte so was gesagt, von wegen, bin heute abend wieder da.«

Fresse stand schweigend auf und holte einen Sixpack Bier aus unserem Kühlschrank.

»Kannste keine Cola trinken?« ranzte Zoey ihn an.

»Keine da«, meinte Fresse entschuldigend.

»Dann hol welche an der Bar.« Fresse gehorchte. »Ich kann es nich' leiden, wenn er Bier trinkt«, erklärte meine Tochter.

Ich schaute sie nachdenklich an. »Liebst du Freddie wirklich so sehr?«

Zoey stützte ihr Kinn auf und machte einen zustimmenden Laut. »Du hast dir damit einen ganz schön schwierigen Freund ausgesucht, das weißt du, oder?«

Zoey zuckte die Schultern. »Hab' ihn gut im Griff. Ich mach's jetzt wie du, ich halt den Kerl einfach auf Distanz, so, wie du im Moment Papa. Dann werden die Männer romantisch. Sogar Dad.«

»Was heißt das, Papa ist romantisch geworden?«

»Er hat Jaume schon zweimal Prügel wegen dir angedroht.« Ich schluckte, Zoey dachte angestrengt nach und fügte dann noch hinzu: »Weißt du, ich glaube, ein Mann muß eine Frau ein bißchen mehr lieben als die Frau den Mann. So funktioniert das.«

Meine Güte, war das Kind realistisch! Das hatte ich so noch nie gesehen.

Zoey wandte mir ihr Gesicht zu und schaute mich nachdenklich an. »Und Papa?«

Ich schaute fragend zurück. »Was meinst du mit Papa?«

»Na ja, liebt er dich mehr als du ihn?«

Ich mußte nach Luft schnappen. Der Vergleich schien mir nun doch etwas weit hergeholt. »Also, weißt du, Zoey, das ist doch was ganz anderes. Dein Vater und ich führen einen Ehe, wir haben euch, wir sind erwachsen.«

»Wart ihr aber doch nich' immer. Ich meine, du warst nur drei Jahre älter als ich jetzt, als du Papa kennengelernt hast. War der da auch immer so?«

»Immer wie?« Ich begann zu frieren, die Sonne war jetzt abgetaucht und der Himmel von jenem tiefen, perfekten Nachtblau, das der Finsternis vorangeht.

»Na, immer so geschäftsmäßig und so. Kein bißchen romantisch und all der Kram.«

»Natürlich war dein Vater romantisch«, protestierte ich. »Viel romantischer als dein Freddie Fresse. Das kannst du mir glauben.«

Wie aufs Stichwort und wie um mich direkt zu widerlegen, erschien jetzt Fresse mit einem Sektkühler, in dem drei Colaflaschen auf Eis lagen und mit einer Hibiskusblüte zwischen den Zähnen. Er stellte den Kübel auf einem Hokker ab, überreichte Zoey die Hibiskusblüte und öffnete die Colaflaschen.

»Hab gedacht, 'n Sektkühler findste irgendwie stilvoller. Schließlich geht der Mond gerade auf. Direkt überm Pool, da mußte ich an dich denken, Süße.« Er beugte sich zu meiner Tochter herab und küßte sie ganz sanft auf die Wange. So sanft, daß ich nicht dagegen protestieren mußte.

Zoey steckte sich die Blume ins Haar und lächelte mich an. »Ist er nicht romantisch, Mom?«

»So romantisch war dein Vater schon lange.«

Fresse schaute verdutzt zwischen uns hin und her.

»War«, bemerkte Zoey kalt. Fresse räumte das Feld, er

hatte eine gute Antenne für schlechte Atmosphären, wahrscheinlich hatte er eine Menge Erfahrung damit.

»Mom, ich will doch nur wissen, wie ernst dir das mit diesem Blondie aus dem Kaff in den Bergen ist.«

»Galilea.«

»Heißt der so?«

»Nein, das Dorf. Er heißt Gundar und ist ein Künstler.«

»Für was?«

»Zoey ich finde nicht, daß wir dieses Gespräch fortsetzen sollten. Das Ganze geht dich nichts an. Ist auch unwichtig.«

Zoey stellte mit einem Knall ihre Colaflasche auf den weißen Plastiktisch. »Es geht mich nichts an, wenn meine Mutter dabei ist, das Feld zu räumen, einfach die Düse zu machen und weg? He, ich hab' keinen Bock auf eine zerrüttelte Kindheit, klar?«

»Es heißt zerrüttet.«

»Egal, jedenfalls finde ich Scheiße, wenn du abhaust, gerade jetzt, wo Papa anfängt, romantisch zu werden.«

»Indem er anderen Leuten Prügel androht, na danke. Eins jedenfalls ist klar: Euch lasse ich auf gar keinen Fall im Stich.«

»Ach, erzähl nix! Ich hab' genug Scheidungen mitgekriegt, das gibt immer Ärger, und die Kinder werden schlechter in der Schule, prügeln sich mit anderen, nehmen Drogen.«

Ich setzte mich jäh auf. »Soll das eine Drohung sein, Zoey?«

»Nö, nur meine Zukunft.«

»Ja, falls du irgendwann Frau Zoey Fresse wirst vielleicht. Aber ansonsten ist das doch ein riesiger Blödsinn. Ich kümmer' mich schon um euch, das habe ich fünfzehn Jahre lang getan, und das werde ich auch weiterhin tun.«

»So, wie in der letzten Woche?«

»Da kannst du dich ja wohl nicht beklagen, immerhin hast du bekommen, was du wolltest: Ferien mit Fresse.«

Zoey dachte einen Moment nach. »Ja, aber so wollte ich das nicht. So, als ob es jedem scheißegal ist, was ich mache. Vor allem dir.« Sie sprang auf und rannte hinaus.

»Zoey!« rief ich hinter ihr her. Und sprang ebenfalls auf. Ich holte sie noch vor dem Aufzug ein und brachte sie auf den Balkon zurück. »Okay, Süße«, versprach ich ihr, »ich warte auf Papa. Ich werde mit ihm reden, wenn er wiederkommt.«

Aber Karsten kam nicht wieder. Nicht bis Mitternacht und nicht bis ein Uhr morgens, als Fresse längst auf sein Zimmer gegangen und Zoey auf dem Sofa tief und fest eingeschlafen war. Ich hatte das Licht gelöscht und ging ärgerlich im Eß-und Wohnraum auf und ab. Brownie folgte mir auf Schritt und Tritt und machte ein sehr ernstes Hundegesicht. Was fiel diesem Kerl eigentlich ein? Also, meinem Mann. War ich so leicht verzichtbar für ihn? Er verließ sich seit einer Woche schlicht und einfach auf die Gutmütigkeit anderer, wo es um seine Familie ging. Jaume und Cordula etwa – die allerdings immer noch nicht wieder aufgetaucht waren, pflichtvergessene Bande. Was fiel all diesen Idioten nur ein? Wie stellten sie sich das alle denn vor mit Kindern? Man kümmerte sich nur um sie, wenn man gerade Lust dazu hatte und wenn Zeit dafür war? Karsten jedenfalls schien es so zu halten.

Auch seine Eltern steckte er plötzlich ohne viel Federlesens in ein Altenheim. Jetzt, da sie *ihm* endlich einmal zur Last fielen. Ansonsten ging er seiner Arbeit nach wie immer. Und seinem Vergnügen – nicht wie immer. Nein, sondern ganz erfrischt und verjüngt. Warum sonst blieb er über Nacht bei Grönerts? Ganz einfach – die Verjüngungskur hieß Maria.

Daß er Janosch, meinen niedlichen kleinen Janosch, mit auf seine Extratour genommen hatte, ärgerte mich maßlos. Sollte Maria direkt die Mutterstelle bei ihm übernehmen? Wäre ganz schön bequem, so ein fast fertiges Kind zu bekommen. Da konnte man sich dann nebenher prachtvoll der Karriere widmen und ab und an einen auf Familie machen. Der Dreck würde dann weiterhin mir überlassen bleiben.

Endlich hörte ich Geräusche an der Tür. Ein Schlüssel wurde ins Schloß gesteckt und sofort wieder hinausgezogen, als die Person vor der Tür bemerkte, daß die Suite nicht verschlossen war. Die Tür öffnete sich, und das Licht des Flures fiel hell ins Zimmer. Draußen standen ein Mann und eine Frau. Das war nun wirklich der Gipfel von Karstens Unverschämtheiten!

26. Kapitel

Der Mond hatte zwar bereits abgenommen, dennoch folgte auf den Wolkenbruch ein so klarer Nachthimmel, daß mich das Mondlicht ermutigte, einen weiteren Versuch zu unternehmen. In der Nacht hatten wir den Vorteil, daß die Lichter Valdemossas oder eines Gehöfts oder einer Siedlung besonders deutlich zu erkennen sein würden, außerdem war der Wald jenseits der Lichtung nicht sehr dicht. Es war ein Steineichenwald, auch das gab mir Hoffnung, denn in einem Steineichenwald hatten wir am Nachmittag unsere Wanderung begonnen.

All das teilte ich Janosch mit ruhiger Stimme und sehr viel mehr Überzeugung mit, als ich in Wahrheit hatte. Mein Junior betrachtete mich mit einer Art stummer Ehrfurcht, die fast ein bißchen peinlich war, schließlich hatte ich mich eben erst als großer Pfadfinder erfunden. Wir krempelten unsere Hosenbeine hoch, wobei es rührend war zu sehen, wie dünn Janoschs Beine waren, und stapften über den morastigen Weg auf den Wald zu. Der Weg, der zwischen den Bäumen entlang führte, war ein wenig felsiger und trockener, dafür verschwand der Mond nun lästigerweise hinter einer übriggebliebenen Regenwolke.

»Glaubst du, daß wir hier richtig sind?« fragte Janosch mit einem leichten Anflug von Angst in der Stimme.

»Goldrichtig«, sagte ich fest. »Eben, bevor der Mond verschwand, habe ich ganz deutlich unsere Fußspuren von heute nachmittag gesehen. Da war so ein trockenes Stück

Weg, und ich hab' deine Fußspuren genau neben meinen gesehen. Klar?«

Janosch nickte und schluckte mein Geschwätz tapfer. Genau wie das leise Rascheln in einem Mastixgebüsch vor uns. »Was ist das, Papa?« fragte er wie beiläufig.

»Och«, antwortete ich, »das ist eine«, ich überlegte fieberhaft, während das Rascheln immer lauter wurde und ein Fauchen hinzukam, »das ist eine mallorquinische Wildkatze.«

»Eine gefährliche Wildkatze?«

»Nein, eine ganz harmlose Wildkatze. Sehr ängstlich übrigens und sehr menschenscheu. Wir können ganz schön stolz darauf sein, wenn wir eine zu Gesicht bekommen.«

»Und es ist bestimmt kein Dinosaurier?«

»Nein, ich zeig's dir.« Ich schnippte mein Feuerzeug an, schließlich hieß es, daß man wilde Tiere mit offenen Feuer vertreiben konnte. Endlich flammte das Mistding auf, ich hielt es in Richtung des Gebüschs, in dem jetzt zwei Augen aufglühten. Es waren übrigens tatsächlich Katzenaugen, nur daß sie in einer Art Affengesicht zu sitzen schienen. »O Janosch, was für ein Glück! Das ist sogar eine ganz seltene Affenkatze.«

Mein Junior stand starr neben mir und krallte sich in mein Hosenbein. Das Tier im Gebüsch reagierte auf die Feuerzeugflamme mit einem ärgerlichen Zischlaut, sprang heraus und verschwand wie ein Blitz im Wald.

»Du, du hast sie vertrieben, Papa«, seufzte Janosch deutlich erleichtert.

»Tja, Junior, tut mir leid, jetzt habe ich dir den ganzen Spaß verdorben. Aber vielleicht haben wir ja Glück und finden noch eine andere.«

Janosch griff nach meiner Hand und drückte sie ganz fest, während wir weitergingen. »Ja«, sagte er schließlich mit ganz lauter Stimme, einer Stimme, mit der man wilde Tiere verscheuchen konnte, »vielleicht haben wir ja Glück.«

»Ja«, schrie ich jetzt, »vielleicht finden wir ja noch eine riesige mallorquinische Elefantenkatze. Das sind die mit der rüsselartigen Nase, sehen sehr lustig aus. Wir müssen nur ganz laut rufen.«

»Was denn?« schrie mein Sohn.

»Na, Miez, Miez, Miez.«

Und so stolperten wir weiter über jetzt abschüssigen Boden durch den Wald, der Mond tauchte wieder auf, und wir schrien »Miez, Miez, Miez«, bis uns der Hals weh tat und bis wir endlich in der Ferne, ein gutes Stück unter uns, einige vage Lichtpunkte entdeckten.

Janosch riß mich ganz aufgeregt an der Hand. »Papa, da unten!«

Ich drückte ihn. »Ja, Janosch, jetzt sieht es doch tatsächlich so aus, als würden wir heute nacht leider keine mallorquinischen Affen- und Elefantenkatzen mehr zu Gesicht bekommen, denn so nah an menschliche Behausungen wagen Wildkatzen sich nicht heran.«

»Nein?«

»Nein, Junior.«

Wir gingen auf die Lichtpunkte zu. »Papa?«

»Ja, mein Junge.«

»Jetzt kann ich es dir ja sagen. Ich hatte eben Angst.« Er atmete hörbar aus, als habe ihn dieses Geständnis viel Mühe gekostet.

Ich drückte seine Hand ganz fest, dann sagte ich. »Dann verrate ich dir jetzt auch ein Geheimis, Junior. Ich hatte auch Angst.«

Die Lichtpunkte wurden allmählich größer, ich vermutete, daß es sich um erleuchtete Fenster hielt und hoffte, daß es die Fenster des kleinen Landgutes waren, das den Ausgangspunkt unserer nachmittäglichen Wanderung gebildet hatte. Von dort aus war es nur noch eine gute halbe Stunde bergabwärts bis zu den ersten Häusern von Valdemossa. Aber gewiß würde man uns vom Gehöft aus auch mit dem

Auto zurückbringen können, denn mein Sohn zeigte nun, nachdem die Angst und Anspannung von ihm abgefallen waren, deutliche Anzeichen von Müdigkeit, lehnte es aber ab, getragen zu werden. Ich glaube, er genoß das Gefühl, mir nachzueifern, vor allem, seit wir uns gegenseitig unsere Angst eingestanden hatten.

Der Weg wurde nun breiter, und noch bevor wir das Haus am Ende des Weges deutlich erkennen konnten, tauchten die Scheinwerfer eines Autos auf, das langsam den Weg heraufkroch. Als es noch zwanzig Meter von uns entfernt war, wurden die Lichter abgeblendet. Ich erkannte einen kleinen Jeep. Der Fahrer mußte uns ebenfalls gesehen haben, zog die Handbremse an und sprang hinaus. Es war Maria, sie rannte laut rufend auf uns zu.

»Karsten! Mein Gott, wo haben Sie nur gesteckt?«

»Na, im Wald«, war meine Antwort.

»Aber bei dem Regen und dann noch in der Nacht, das ist doch lebens ...«

Ich warf ihr einen warnenden Blick zu und deutete mit dem Kopf auf Janosch, dem vor Müdigkeit beinahe die Augen zufielen.

Maria schien zu begreifen. »Vater hatte mich per Handy informiert, daß sie auf dem Rückweg ins Tal seien. Ich habe Sie natürlich so gegen sieben Uhr erwartet, aber als dann der Regen kam, begann ich, mir Sorgen zu machen.«

»Wir waren in einer Hütte. Vati hat mir Affenkatzen gezeigt«, erklärte Janosch.

»Affenkatzen?«

»Ja«, Janosch nickte stolz, »gibt es nur hier.«

Maria sah mich verständnislos an.

»Wie spät ist es denn jetzt?« wollte ich wissen.

»Beinahe Mitternacht. Ich bin fast krank gewesen vor Sorgen, deshalb habe ich mich mit dem Auto auf den Weg gemacht, um Sie zu suchen.«

Es tat gut, von einem Menschen so herzlich begrüßt zu

werden, vor allem, wenn der Mensch, um dessentwillen man sich in Lebensgefahr begeben hatte, kilometerweit entfernt soeben dabei war, in den Armen eines anderen ...

»Ich muß sofort weiter«, knurrte ich leise, während wir zum Wagen gingen.

»Weiter?« fragte Maria.

»Ich erkläre es Ihnen, wenn wir Janosch zu Bett gebracht haben.«

Sie startete den Wagen und lenkte ihn in Richtung von Grönerts Haus nahe der Pfarrkirche von Valdemossa. Mein Junior schlief inzwischen auf der Rückbank, und ich konnte offen mit Maria reden. »Ich muß sofort nach Galilea.«

»Was wollen Sie denn da?«

»Mein Frau abholen«, sagte ich grimmig, »bevor sie eine Riesendummheit macht, daß heißt, eine Dummheit hat sie wahrscheinlich bereits hinter sich, vielleicht auch zwei, drei, aber daß sie ganz abhaut ...« Ich brach ab und wandte mich zu meinem Sohn um.

»Haben Sie deshalb die Wanderung so abrupt abgebrochen?«

Ich nickte. »Ich rief Jaume an, und er meinte, ich müsse sofort zurückkommen, bevor dieser andere Kerl und meine Frau ... na ja, Sie wissen schon.«

Maria konzentrierte sich auf den Weg durch steinige, holprige Gassen, die nur spärlich beleuchtet waren. Als sie eine Hügelkuppe erreichte, stoppte sie kurz.

»Jaume neigt zu Übertreibungen. Ich kenne ihn seit langem. Glauben Sie ihm kein Wort.«

»Das würde ich nur zu gern, aber leider ist meiner Frau seit kurzem so ziemlich alles zuzutrauen.«

Maria schaute mich im trüben Licht einer Laterne, das durch die Windschutzscheibe schien an. »Sie glauben, Ihre Frau würde wirklich die Familie im Stich lassen, wegen eines Urlaubsflirts?«

Ich sackte in mir zusammen. »Nicht wegen eines Urlaubsflirts, sondern wegen mir. Ich war nicht eben der aufmerksamste Ehemann in den letzten Jahren. Wissen Sie, das Geschäft war einfach immer wichtiger.«

Maria streckte die rechte Hand aus und legte sie mir auf den Arm. »Zum Scheitern einer Ehe gehören immer zwei«, sagte sie. »Gab es denn nichts, das Sie an Ihrer Frau auszusetzen hatten?«

Ich dachte angestrengt nach, so angestrengt, wie ich in den letzten Jahren nie über unsere Ehe nachgedacht hatte, und kam zu dem Schluß, daß eben darin mein größtes Versagen lag.

»Es ist lieb, daß Sie mich trösten wollen, Maria, aber nein, es gibt nicht viel, was ich Carolin vorwerfen könnte, außer vielleicht, daß sie immer mehr in mir gesehen hat, als ich bin. Sie wollte immer den wundervollen Architekten, den hochbegabten Kreativen in mir sehen. Eine Illusion, in die sie sich einmal verliebt hat.« Ich legte die Hand vor die Augen und spürte wie müde ich plötzlich war.

Maria legte wortlos einen Gang ein und überfuhr die Hügelkuppe. »Sie sind ein wundervoller Architekt und begabter Kreativer«, sagte sie bestimmt. »Denken Sie nur an diesen Raum, den Sie für die Ausstellung gestaltet haben.«

»In Carolins Augen wäre das nicht mehr als ein Badezimmer. Und außerdem ist es nach einem Entwurf Ihres Bruders entstanden.«

»Nie und nimmer, das glaube ich einfach nicht.«

»Nun, wessen Entwurf es auch immer ist, von mir stammt er jedenfalls nicht. Um ehrlich zu sein, bin ich durch meine jahrelange Tätigkeit als Kaufmann auch mehr ein praktischer Mensch, ein Realist, ein Zahlenfanatiker oder eben Kloverkäufer, wie Carolin mich in ihren sarkastischen Momenten nennt.« Maria bog links ab, passierte die Kartause, dann nahm sie eine gewundene Bergstraße in Richtung von Esporlas. »Wo fahren Sie hin? Das Haus Ihres Vaters liegt in der anderen Richtung.«

»Das Haus meines Vaters, ja, aber Galilea liegt in dieser Richtung. Ich bringe Sie hin. Sie müssen das mit Ihrer Frau klären.«

»Aber was ist mit Janosch?«

»Wir bringen ihn ins Galatzo, und ich passe auf ihn auf, falls Jaume nicht da ist.«

»Ich kann das unmöglich von Ihnen verlangen, ich will nur mein Auto bei Ihnen abholen, und dann bin ich weg.«

Maria gab Gas und fuhr in eleganten Kurven bergaufwärts, die Scheinwerfer glitten sanft über die weiß aufschimmernden Felsabhänge.

»Sie verstehen mich nicht, Karsten. Es liegt mir daran, daß Sie die Sache mit Ihrer Frau klären, denn ich halte Sie nicht für einen simplen Kloverkäufer, sondern für einen tüchtigen Geschäftsmann. Und ...«, sie brach ab und schaltete einen Gang herunter, »wir beide könnten es zusammen weit bringen. Verstehen Sie?«

Ich schwieg verdutzt. Was das ein eindeutiges Angebot für mehr als eine geschäftliche Zusammenarbeit? Ich musterte die Fahrerin so unauffällig wie möglich und wurde doch nicht schlau aus ihr. Konnte es sein, daß diese junge Frau mich wirklich interessant fand? Sie mußte mindestens fünfzehn Jahre jünger sein als ich. Noch dazu war sie bildhübsch, nicht auf den Kopf gefallen und begabt, wie war es möglich, daß sie sich für mich interessierte? Obwohl, überlegte ich weiter, warum nicht? Die Beschreibung Marias traf genausogut auf Carolin zu, die immerhin auch elf Jahre jünger als ich, bildhübsch, nicht auf den Kopf gefallen und eben dabei war, sich einem anderen hinzugeben oder gerade damit fertig. Ich unterbrach meinen Gedankengang. Was tat ich hier eigentlich? Ich ließ mich von einer Frau, die Interesse an mir zu haben schien, zu der Frau fahren, an der ich Interesse zu haben glaubte, die wiederum Interesse an einem mir unbekannten Rivalen zu haben schien.

Mit einemmal wurde ich mächtig wütend auf Carolin. Warum torpedierte sie ohne Vorwarnung unser gesamtes Leben? Warum hatte sie nicht einfach den Mund aufgemacht, als noch Zeit dafür war? Warum hatte sie – wie es schien – jahrelang ganz anders gedacht und gefühlt als gehandelt. War ich vielleicht ein Hellseher? Hatte ich nicht alles getan, damit es ihr gutging? Hatte sie wirklich so wenig von meinen Sorgen wahrgenommen? Meinen Bedenken, meinen Problemen.

»Ich glaube«, mischte sich Maria mit sanfter Stimme in meine Gedanken, »Ihre Frau weiß Sie nicht wirklich zu würdigen, Karsten.« Dann schwieg sie wieder.

Einen Moment lang trösteten mich diese Worte, doch es gab da eine andere Stimme in mir, eine, die sich in der Köhlerhütte zu Wort gemeldet hatte. Die Stimme der Reue, und ich konnte sie nicht mehr einfach zum Schweigen bringen. Selbst wenn, so wandte diese Stimme ein, Carolin deine Sorgen, Probleme und Bedenken wahrgenommen hätte, war das ein Grund dafür, dich – Karsten – zu lieben? Leidenschaftlich zu lieben? Für deine Sorgen, deine Probleme, deine Bedenken? Die Stimme wurde mir unheimlich.

Hilfesuchend wandte ich mich an Maria. »Finden Sie mich nicht reichlich verknöchert und viel zu ernst?«

»Verknöchert?« Sie schüttelte den Kopf. »Wenn ich an Ihre Begeisterung bei der Arbeit der vergangenen Woche denke, an Sie und Janosch, wie Sie da eben den Berg herabkamen, dann finde ich Sie alles andere als verknöchert und zu ernst.«

Ich beugte mich zu ihr herüber und drückte ihr einen Kuß auf die Wange. Einen dankbaren, kleinen Freundschaftskuß. Der Wagen geriet kurzzeitig ins Schlingern, doch danach sagte sie deutlich, daß sie gerne noch öfters mit mir von der Bahn abgeraten würde. Ich würde lügen, wenn ich behaupten würde, daß das meinem Seelenhaushalt nicht gutgetan hätte.

Der Lichtschein beleuchtete das Sofa, auf dem meine Tochter schlief und weckte sie.

»Mom?« rief Zoey krächzend und rieb sich schlaftrunken die Augen. Ich schlich mich in Richtung Balkon, um die folgende Szene erst einmal aus sicherem Abstand zu beobachten.

»Schatz, ich bin's, Vati«, sagte Karsten in die Dunkelheit hinein.

»Ey, stark, habt ihr euch wieder versöhnt?«

»Was meinst du damit?« fragte Karsten verwirrt.

»Na, du und Mom.«

Karsten trat in den Raum und suchte nach dem Lichtschalter. Ich machte einen Satz auf den Balkon. Das Dekkenlicht flammte auf, und ich crkannte Maria, die hinter meinem Mann ins Zimmer trat. Ich war sprachlos vor Wut. Wie konnte er es wagen? Vor den Augen meiner Tochter. In unserem ehelichen, na ja fast, Schlafzimmer.

»Zoey, das ist Maria. Wir haben eben Janosch ins Bett gebracht. Wegen deiner Mom.«

Zoey war aufgesprungen und sah sich suchend im Zimmer um. Aber da war nur Brownie, der gähnend aus seinem Körbchen hüpfte und wuffte.

Karsten machte eine Pause. »Also, das ist so ...«

»Das ist so, daß du ein Riesenarschloch bist«, platzte Zoey heraus, drängte an ihm vor bei und lief in den Flur. »Mom?« rief sie so laut, daß sich wahrscheinlich das ganze Hotel angesprochen fühlte. Brownie sauste hinterher und untermalte den Weckruf mit Gekläff.

»Zoey, komm zurück, verdammt noch mal!«, rief mein Mann und lief hinter ihr her. »Was soll denn der Unsinn? Und stell gefälligst den Köter ab.«

Ich atmete kurz und tief durch, straffte die Schultern und betrat die Suite. Maria stand mit dem Rücken zu mir. Schnurstracks durchquerte ich den Raum, schlug ihr hart meine Hand auf die Schulter, so daß sie einen netten kleinen Hopser Richtung Decke tat und Hitchcockreif schrie. Nachdem der Schrei getan war, schaute ich sie an und zischte kalt: »Wenn mein Mann zurückkommt, teilen Sie ihm mit, daß ich mit ihm endgültig fertig bin und meine Kinder morgen mittag abholen komme.«

»Mehr ... mehr nicht?« Maria riß die Augen auf.

»Nein, mehr nicht. Er hat es nicht anders verdient.«

Ich drehte mich zur Tür und trat ebenfalls in den Flur, der nach beiden Richtungen hin leer war. Ich hoffte, daß Zoey und Brownie meinen Mann kräftig durch die Anlage scheuchen würde, bevor er einen von beiden einholte. Ein letztes Mal wandte ich mich an Maria: »Ich nehme an, daß Sie sehr gute Tortillas mit Zwiebeln backen? Wenn nicht, gebe ich Ihnen gerne das Rezept.« Maria sah aus wie eine sehr dumme Madonna, als ich das sagte.

»Ich kann nicht kochen«, antwortete sie langsam und mit mißtrauisch gerunzelter Stirn, wahrscheinlich rechnete sie noch mit einem tätlichen Angriff durch die Irre, die ich sein mußte.

»Na, macht nichts«, meinte ich gönnerhaft. »Dafür haben Sie sicher eine Menge Ahnung von Klos und Waschbekken.« Ich eilte in Richtung des Lifts davon.

»Warten Sie!« rief Maria hinter mir her. Ich sah sie an, sie schien einen Kampf mit sich auszufechten. »Ich wollte nur sagen, daß Sie einen Riesenfehler machen.« Sie schwieg und schien zu überlegen, ob sie noch mehr sagen sollte. Aber was wohl? Was sollte sie mir sagen? In dieser Situation, kurz vor dem Inflagranti im Bett.

»Ach ja?« entgegnete ich so arrogant ich eben konnte. »Ich glaube eher, Maria, daß Sie einen Riesenfehler machen. Aber vielleicht haben Sie Glück und bemerken es eher als ich.« Ich holte Luft und kämpfte gegen die aufsteigenden Tränen an. »Nach fünfzehn Jahren tut das nämlich verdammt weh. Zu weh, um es zu ertragen.«

»Pling« öffneten sich die Lifttüren. Eben noch rechtzeitig.

Ich sprang fast durch die sich öffnenden Türen und drückte den Türschließer so fest, als wolle ich eine Rakete starten. Endlich schoben sich die Metallflügel vor meinem Gesicht zusammen, endlich konnte ich meine starre Maske fallen lassen, endlich konnte ich hemmungslos losheulen. Für etwa sechs Etagen, dann stoppte der Lift, federte kurz aus, die Türen öffneten sich, und ich lief Jaume und Cordula in die Arme. Für einen Moment waren beide sprachlos. Ich heulte einfach weiter.

»Du hier?« stieß Cordula hervor und schien geradezu entsetzt. Hatte sie etwa gewußt, daß ich hier in mein Unglück rannte? Nämlich in die Arme der Geliebten meines Mannes?

»Wo ist-c Karsten?« fragte Jaume. »Er ist verschwunden aus die Berge. Herrr Grönert ist voll von die Sorge, was sein passiert? Und wo ist Gundar?«

Ich sah ihn an, meine Augen waren blind vor Tränen, wütend zog ich die Nase hoch. »Mir doch egal, wo Gundar ist.«

»Carolin«, beschwor mich Cordula sanft, »hat dir dieser Unmensch von Gundar irgendwas getan?«

»Gundar? Nein, Gundar nicht«, rief ich schrill, »aber Karsten.«

»Wo ist-e Karsten?«

»In unserem Zimmer. Mit Maria.«

»Maria?« fragte Jaume.

»Ja«, sagte ich kläglich.

»Ah, ich-e werde ihr versohlen die Po, dieser weiblichen kleinen Biest, ich habe gewarnt davor, hier aufzutauchen und Ehe kaputtmachen. Ich habe gewarnt, laß die Finger bei dir.«

Das langte. Er wußte also Bescheid, alle wußten scheinbar Bescheid, und ich wußte jetzt also auch Bescheid.

»Carolin, soll ich dich zurück zur Finca bringen? Wir sollten über alles reden. Ich bin sicher, alles klärt sich auf.

Karsten hatte einen vorübergehenden Aussetzer. So was passiert.« Sie sah mich eindringlich an. »Denk an Gundar.«

»Ach, laßt mich einfach alle in Ruhe!« keifte ich. »Ich will jetzt nur allein sein, okay?« Ich lehnte jede Begleitung ab und verschwand. An der Rezeption bat ich so herzzerreißend flehend um ein Taxi, daß der erschrockene Rezeptionist den Nichtenschwager oder Neffenonkel seines Großvaters zweiten Grades oder wen auch immer aus dem Bett telefonierte, der jedenfalls einen Taxifahrer kannte, den er hoffte, klopfenderweise aus dem Bett werfen zu können. Ich und der Rezeptionist hofften vergebens mit, bis ich seufzend die Nummer von Gundar anwählte. Gundar war da, Gundar war bereit, den Taxifahrer zu spielen und noch viel, viel mehr, aber das wollte ich nicht. Nicht in dieser Nacht. Ich wollte nur schlafen, schlafen, schlafen. Am liebsten bis in ein ewiges Übermorgen hinein.

Es gab in dieser Nacht keine Lebensbeichten oder Liebeserklärungen, für Gundar nicht und auch für sonst niemanden. Da war einfach keine Liebe mehr in mir und nur wenig Leben. Ich gab Gundar nur einen kurzen Dankeskuß vor meiner Finca und das Versprechen, ihn morgen mit nach Palma zu der Ausstellung eines seiner Werke zu begleiten.

»Du wirst sehen, Carolin, das haut dich um, und außerdem möchte ich dich jemandem vorstellen, der in deinem Leben einiges ändern könnte.«

»Danke«, sagte ich müde, »ändern kann ich mein Leben selber. Du weißt gar nicht, *wie* gut ich das kann.«

27. Kapitel

Ich erwachte mit den ersten Vögeln, lauschte ihrem erbarmungslos heiteren Gesang und stand auf. Der Schock saß so tief, daß ich gar nichts fühlte. Nichts, da war einfach nichts. Nichts Trauriges und nichts Tröstliches, nichts Schönes und nichts Häßliches. Meine Seele war einfach blank.

Mechanisch wusch ich mich, putzte die Zähne, bereitete ich mir einen Kaffee und setzte ich mich auf den Balkon, um der Sonne beim Aufgehen zuzuschauen. Was sie tat. Einfach so, als ob nichts geschehen wäre, dabei war ich im Laufe der Nacht 35 Jahre alt geworden und hatte meinen Mann verloren. Da war er, mein Geburtstag, der mich seit Monaten nervös gemacht hatte. Mit Recht, denn dieser Geburtstag war eine Katastrophe. Kein Kuchen, keine Kerzen, keine rätselhaften Geschenke von meinen Kindern und kein Kuß von Karsten.

Ich blieb sitzen. Ich wartete ganz einfach. Worauf, das wußte ich allerdings nicht. Nachdem ich ungefähr eine Stunde gewartet hatte, es war jetzt neun Uhr, klingelte es an der Tür. Mein Herz meldete sich mit einem kurzen Hüpfer. Ich schalt mich albern. Er konnte es nicht sein. Er hätte doch schon längst auftauchen können, wenn er das gewollt hätte. Ach was, wenn. Nichts da. Kein Wenn und Aber mehr. Die Sache war doch klar.

Draußen war Gundar, der mich zu der verfluchten Kunstausstellung abholen wollte, um mir einen seiner Schrotthaufen vorzuführen, die er für großartige Kunst hielt. Warum auch nicht? Es war alles eins. Also fuhren wir durch die graue Landschaft, die neben ihren Farben auch ihre Gerüche verloren zu haben schien, bogen auf die Autobahn ein, gelangten nach Palma und in ein Parkhaus unter dem Parc de Mar, in dessen Wassern sich die Kathedrale spiegelte.

Als auch sie mich völlig kalt ließ, wußte ich, daß in mir alles zu Bruch gegangen war, was ich für mein Leben gehalten hatte. Alles, was blieb, waren die Kinder. Die ich heute mittag abholen würde. Mit Gundar? Ich warf ihm einen verstohlenen Blick zu, während wir durch die Gassen der Altstadt in Richtung der arabischen Bäder schlenderten und er mir die Schönheiten Palmas – ganz vergeblich – erläuterte. Das hatte schon mal einer getan. Das mußte ich nicht noch einmal haben.

Wir passierten schmale Gäßchen, in denen über unseren Köpfen grazile Brückchen die Häuser verbanden und kunstvolle Schmiedegitter den Blick auf schattige Patios freigaben. Segnende, lächelnde, leidende Madonnen und Heilige begleiteten unseren Weg von Mauererkern und kleinen Piedestalen aus. Ich würdigte sie keines Blicks. Wir kamen sogar am Convent Sant Francesc vorbei. Es rührte mich nicht. Genausowenig wie die Erinnerung an den ersten Kuß, den Karsten mir hier im Kreuzgang gegeben hatte. Der uralte Platz vor dem Konvent atmete sonntägliche Stille. Unschuldig und frisch wie ein gestärkter Nonnenschleier. Welch ein trügerischer Frieden.

Gundar gab irgendwelche Anekdoten über das halb mittelalterliche, halb barocke Gotteshauses zum besten. Ich hörte erst hin, als er meinte: »Die Kirche war 1490 Schauplatz einer blutigen Fehde. Während des Gottesdienstes am Allerseelentag brach ein offener Streit zwischen zwei Adelsfamilien aus. Über dreihundert Tote und Verletzte sollen zwischen den Kirchenbänken und auf dem Vorplatz gelegen haben, am Ende schwamm alles in Blut. Und weißt du, worum der Streit ging?« Ich schüttelte den Kopf. »Ein Mitglied der einen Familie soll beim Passieren des Hauses der anderen Familie durch herabtropfendes Blumenwasser bespritzt worden sein.«

»So ist es doch meistens. Alles zerbricht an Kleinigkeiten«, erwiderte ich müde. »Das Leben wäre einfach, wenn es nicht von Menschen gelebt würde.«

Gundar schaute fragend auf mich herab. »Ziemlich tiefe Sinnkrise, in der du da steckst, Cordula. Das heißt, wenn du überhaupt Cordula heißt?«

Ich hielt seinem Blick stand und sagte: »Ich werde es dir später erklären, ich hab' es ja versprochen.«

»Ich finde, ich habe ein Recht darauf, weißt du. Ich meine, wie soll ich denn unser Aufgebot bestellen, wenn ich nicht mal deinen Namen weiß? Ich weiß ja nicht mal, ob du noch verheiratet bist.«

»Gundar«, meinte ich ungeduldig, »laß den Unsinn und stell keine Fangfragen! Stell gar keine Fragen und schwätz bitte auch nicht vom Heiraten.«

»Du bist aber eine Frau, mit der man vom Heiraten schwätzen muß.«

»Ach ja?« erwiderte ich gereizt. »Das Thema Heirat ist mir zuwider, es liegt so verdammt nah am Thema Langeweile, Seitensprung und Scheidung.«

»Wow, da habe ich ja wohl einen Volltreffer gelandet.«

Ich ging wortlos weiter auf eine dunkle Gasse zu, in der zerzauste Katzen unter zerzausten Autos lagen.

»Ist es noch weit?« fragte ich.

»Nein«, Gundar wollte mir den Weg erklären, doch ich hörte nicht mehr hin, denn vor uns entdeckte ich einen Mann, der mal mein Mann gewesen war. Vor mir entdeckte ich Karsten Schaleen und neben ihm Maria Grönert. Sie gingen zwar nicht Hand in Hand, aber Seite an Seite, und das war mehr als genug.

Gundar faßte mich beim Arm und wollte mich in einer

andere Richtung führen. »Hier entlang gibt es einen entzükkenden kleinen Brunnen, in dem übrigens im vorigen Jahrhundert ein Politiker ertränkt worden ist, weil er ...«

Ich schüttelte Gundars Arm ab, wartete, bis Karsten und Maria hinter einer Ecke verschwunden waren, und sagte dann: »Gundar, ich möchte lieber hier entlang.«

»Da? Aber da kommen wir doch gerade her. Das führt uns direkt zurück zum Convent Sant Francesc.«

Eben, dachte ich. Das wollte ich nämlich doch genauer wissen, ob mein Mann sogar *so* dreist war, eine andere an den Schauplatz unseres ersten Kusses zu führen. Laut sagte ich: »Ich habe dir eben nicht genau zugehört, ich würde das alles gerne noch mal hören, okay?«

Wenn Karsten wirklich so dreist war, dann ... Dann was? Verlassen hatte ich ihn schließlich schon. Er konnte tun und lassen, was er wollte. Mit mir hatte das nichts zu tun.

Mein Mut sank, während ich Gundar zurück zum Platz am Konvent lotste. Was stellte ich mir eigentlich vor? »Sag mal«, fragte ich schließlich, »wie vielen Frauen hast du eigentlich die Madonna von Galilea gezeigt, bevor du mit ihnen ins Bett gestiegen bist?«

Gundar grinste. »Ist meine kleine Sphinx am Ende eifersüchtig?«

Ja, dachte ich, allerdings nicht deinetwegen. Langsam spürte ich, daß Leben in mich zurückkehrte. »Ich frage nur so aus allgemeinem Interesse«, log ich, während wir wieder in den Platz einbogen, der leer war. »Ich wollte wissen, ob Männer sehr phantasievoll sind, was das Umwerben einer Frau angeht.«

»Das müßtest du doch wissen, oder?«

»Danke für das Kompliment, aber ich habe darin weniger Erfahrung, als du glaubst.«

Gundar streckte seine Hand vor und streichelte mein Haar. »Du bist süß, weißt du das, auch wenn du im Moment alles andere als süß aussiehst, eher schon bitter.«

Ich bog den Kopf zurück. »Ich habe dich etwas gefragt.«

Gundar trat ganz nah an mich heran, obwohl von seinem Sockel ein sehr gestrenger Geistlicher auf uns herabblickte. Ein Missionar. Auf Gundar machte das keinen Eindruck. Er legte die Arme um meine Hüften.

»Du willst also eine Antwort? Nun, die meisten Männer sind wohl sehr phantasielos, was das Umwerben einer Frau angeht, sonst hätte ich nicht so oft leichtes Spiel gehabt.« Er zog mich noch näher an sich heran und guckte erstaunlich ernst, so ernst, daß ich ihn nicht wegstieß. »Ein leichteres Spiel jedenfalls als bei dir.«

»Wieso?« sagte ich müde. »Viel schneller bist du bei den anderen wohl auch nicht gelandet.«

Gundar schüttelte den Kopf. »Ich bin doch noch überhaupt nicht bei dir gelandet, oder? Das vor einer Woche, in der Nacht, warst ja gar nicht du.« Er zog mein Gesicht zu sich heran und küßte mich sehr vorsichtig, sehr zart. Es war beinahe angenehm und in keinem Falle zu aufdringlich. Er schaute mich ernst an. »Nein, das warst nicht du in dieser Nacht.«

Sie war es. Kein Zweifel! Da stand Carolin mit einem anderen Mann mitten auf dem Kirchenplatz und küßte ihren Liebhaber. Und das ausgerechnet an ihrem 35. Geburtstag! Noch dazu auf unserem Platz! Und so eine Frau hielt mir Vorträge über meinen Mangel an romantischen Anwandlungen. Dabei war ich so albern und nannte diesen stillen, sonntäglichen Ort »unseren Platz«. Ehrlich gesagt, fand ich das gar nicht albern. Schließlich hatte hier alles begonnen zwischen uns. Glaubte Carolin wirklich, daß man das einfach so wiederholen konnte? Mit einem anderen?

Sie löste sich von dem Mann, der eindrucksvoll groß und in den Augen einer Frau wahrscheinlich gut gebaut war. Er versuchte nach ihrer Hand zu greifen, aber sie lief einfach weg, bog um eine Ecke. Neckische Spiele unter frisch Verliebten, so nahm ich an. Der Blonde hatte es jedenfalls sehr eilig, meine Frau einzuholen.

Maria trat hinter mir aus der Tür zum Kreuzgang. »Nun?« fragte sie. »Genug Vergangenheitsbewältigung für heute?«

Ihr Ton war ein wenig spitz. Ich mußte es ihr verzeihen, für sie war es sicher nicht einfach, mit mir all diese Orte wehmütiger Erinnerungen aufzusuchen. Ich gebe zu, ich zerfloß seit der vergangenen Nacht in Selbstmitleid, seit dem Zeitpunkt, an dem mir Maria gesagt hatte, daß meine Frau sich für ihren Geliebten entschieden hatte und nur noch einmal zurückkehren wollte, um die Kinder zu holen.

Jaume und Cordula saßen nun im Hotel bei den Kindern. Ich hatte sie darum gebeten. Ich wollte nicht zugegen sein, wenn Carolin kam. Moment mal! Ich schreckte aus meinen Gedanken hoch. »Was machen die eigentlich hier? Es ist doch bald Mittag!« Meine Empörung war unüberhörbar. Ich hatte Janosch fest versprochen, daß seine Mutter ihn heute besuchen und mitnehmen würde, für eine gewisse Zeit, für eine Weile – für wie lange?

Maria kicherte. »Was die hier machen? Na, beten, Liebster, was sonst?«

Mein Blick fiel auf die Schar Gläubiger, die auf die Kirche zuströmte. Glockengeläut setzte ein und erweckte den Platz gleichsam zum Leben.

»Komm«, forderte Maria, »wir müssen uns beeilen, wenn wir pünktlich zur Eröffnung da sein wollen.«

Sie leitete mich in die Richtung, in der Carolin und ihr Liebhaber verschwunden waren. Zögernd ging ich mit. Zwei, drei Ecken später, wir konnten nicht mehr weit von der Placa Major entfernt sein, tauchten meine Frau und der Hüne wieder vor uns auf. Maria erklärte mir gerade irgendeine Baumaßnahme zur Rettung einer Jugendstilfassade, als ich Carolins blond leuchtendes Haar entdeckte. Sie sah sehr zerbrechlich aus neben dem Hünen. Oder andersherum, der Hüne wirkte neben der feinen, schlanken Gestalt meiner Frau wie ein stolzer Krieger, ein Beschützer, ein Kämpfer und sie wie etwas sehr, sehr Kostbares. Die beiden verschwanden im Torbogen eines prachtvollen Palazzos. Des Palazzos, in dem unsere Ausstellung untergebracht war. Was, zum Teufel, wollte Carolin nur dort? Wußte sie vielleicht, daß ich hier gearbeitet hatte? Hatte Cordula etwas davon erzählt?

»Was starrst du denn so?«

»Wie bitte?« Ertappt drehte ich mich zu Maria um, die wieder einmal diese Steilfalte zwischen den Augenbrauen hatte. Aus einem mir unerklärlichen Grund fand ich diese Steilfalte an diesem Morgen nicht niedlich. Und dafür schämte ich mich. Schließlich war Maria mit mir die ganze Nacht wachgeblieben, während ich gerätselt hatte, ob meine Frau tatsächlich einen Liebhaber hatte, und wenn ja, ob sie wirklich bereit war, dafür ihre Ehe zu riskieren, und was für ein Mann das wohl war und ob die beiden ... und ob ich und die Kinder ... Es tat alles so weh, und Maria hatte sich alles angehört. Nein, nicht nur angehört. Sie hatte mich auch angefaßt. Rein tröstend, versteht sich. Ihr Arm hatte leicht wie eine Feder auf dem meinen gelegen.

Sie hatte sich allerdings angewöhnt, mich nur noch Liebster statt Herr Schaleen oder meinetwegen Karsten zu nennen. Zunächst fand ich das nicht weiter störend, sogar ganz nett, aber inzwischen, inzwischen fand ich es aufdringlich. Oder besser gesagt: unpassend. Schließlich suchte ich – voller Selbstmitleid, Klagegeheul und Wehmut – die Plätze meiner großen Liebe Carolin auf. Mehr noch, ich verfolgte – ohne Marias Wissen – meine große Liebe durch die Gassen Palmas und war bereit, alle Albernheiten zu begehen, die man begeht, wenn man hoffnungslos vernarrt ist.

»Komm«, forderte ich entschlossen und faßte Maria der Einfachheit halber bei der Hand. Ich riß sie förmlich in Richtung des Palazzo, in dem Carolin mit ihrem Hünen verschwunden war. Und aus dem sie nun wieder auftauchte, um sich zu bücken, um ihre Sonnenbrille aufzuheben, die sie verloren zu haben schien. Ich glaube, ich starrte so intensiv zu ihr hinüber, daß sie ihren Blick instinktiv zu mir lenkte, so, als vernähme sie mein stummes Flehen.

Unsere Blicke trafen sich, versanken für einen Moment ineinander. Wir waren ganz eins in diesem Moment, das vollkommene Paar. Es war einer dieser Momente im Leben, der wenigen Momente, die perfekt sind wie ein Regentropfen: rund und glatt, dicht und doch voller Bewegung, vollkommen vergänglich, aber in sich vollendet. In der nächsten Sekunde, so dachte ich, mußte sie einfach anfangen zu lächeln. Sie mußte. Dieses zuversichtliche, sanfte, manchmal etwas spöttische Carolin-Lächeln.

Aber sie tat es nicht. Der Regentopfen war gelandet und zerstoben. Sie öffnete die Augen nur ein wenig weiter, so, wie Tiere es tun, wenn sie Gefahr wittern. Sie blicken ihr kurz ins Auge und dann entscheiden sie sich für Angriff oder Flucht. Carolin entschied sich für letzteres und verschwand wieder in dem Palazzo.

Mein Herz raste vor Aufregung, daß es schmerzte. Es war genau der Schmerz, den ich seit einer kleinen Weile kannte. Dieses Herbstgefühl. Ein wehes Gefühl. Und plötzlich wußte ich, daß ich Carolin nicht verlieren wollte, um nichts auf der Welt, denn sie war ein Teil meines Lebens, das nur dann seinen Sinn und sein Ziel behalten würde, wenn sie ein Teil davon bliebe.

Ich kümmerte mich nicht weiter um Maria, ließ ihre Hand einfach los und lief zu dem Palazzo hinüber, als liefe ich um mein Leben.

28. Kapitel

Da war sie wieder, diese innere Erstarrung. Ich war unter Karstens Blick zu Stein geworden. Diese Augen, dieser Blick, diese ganze Sinnlichkeit, die wieder darin lag, seit er Maria kennengelernt hatte.

Nur nichts mehr fühlen, ich will nichts mehr fühlen! betete ich und wurde erhört. Gundar parlierte in elegantem Katalan mit einigen hochoffiziellen Menschen, die auf die Eröffnung der Ausstellung zu warten schienen. Er nickte kurz in diese Richtung, dann in jene, zog mich an sehr vornehm aussehenden Gästen vorbei und hob die rote Kordel, die die Wartenden von einem pompös geschwungenen Treppenaufgang trennte, der aus einem lichten Innenhof in die oberen Etagen des Palazzo führte.

»Ich gebe dir eine kleine Privatführung, bevor der Pöbel heranstürmt.«

Ich verzog den Mund zu einem höflichen Lächeln. Pöbel. Da unten stand bestimmt ein Teil der vornehmsten Bürger Palmas. Ich erinnerte mich, daß Gundar erzählt hatte, sein Vater habe die Ausstellung organisiert. Er mußte wirklich ein mächtig hohes Tier sein, erst recht für einen Deutschen. Ich wußte soviel, daß die besseren Mallorquiner eine gewisse Reserviertheit gegenüber Fremden an den Tag legen, es sei denn, man traf genau den Ton aus Ehrerbietung und aufrichtigem Respekt, den sie sich wünschten.

Gundar führte mich durch einige mit Marmor geflieste Säle. An den Wänden hingen großformatige abstrakte Gemälde von mittelmäßiger bis großer Artistik, farblich atemberaubende Landschaftsimpressionen, die das Licht Mallorcas ausstrahlten, hingeworfene, leicht überspannte Stilleben voll toter Fische neben verrottenden Autoreifen und dazwischen immer wieder Skulpturen, Installationen, Büsten.

Ich war zu versteinert, um mich begeistern zu können, ich nahm nur mit dem Verstand auf, was ich sah und glaubte zu registrieren, daß es sich um ein interessante Ausstellung handelte. Die dann allerdings in eine Werbeschau für Kacheln und Fliesen überging. Sehr schöne Kacheln und sehr kunstvolle Fliesen.

Trotzdem wollte ich hier raus. Mir fehlte die Luft zum Atmen, ich glaubte an meinen Gefühlen, die ich mühsam unterdrückte, langsam zu ersticken. Das hier war Folter für mich.

Endlich entdeckte ich auch noch den Namen Grönert, der sich auf einer dezenten, aber nicht zu dezenten Messingtafel als einer der Sponsoren dieser Ausstellung feiern ließ.

»Nur noch ein paar kleine, unbedeutende Sälchen, Liebling, dann sind wir in meinem Raum, dann werde ich dir beweisen, was für ein Künstler ich bin. Mach dich auf etwas Gigantisches gefaßt. So, Augen zu! Nicht schummeln! So ist es brav, und jetzt hier entlang.« Gundar schob mich über eine Schwelle und schien im Hintergrund zu bleiben. Was nun? Warum sagte er nichts? Endlich sagte er was. Allerdings nicht »Augen auf!«, sondern »Das gibt's doch gar nicht.«

Genau dieser Satz lag mir auf den Lippen, als ich die Augen schließlich aufriß.

Und das gab es doch! Ich stand in einem meiner Träume. Mittendrin. Keine Bange, ich meine einen meiner unbemannten Träume. Ich stand in dem Badezimmer, das ich aufgrund einer kleinen Kachel vor nur einer Woche in der

Einsamkeit meiner Bergfinca auf meinem Block skizziert hatte. Badezimmer? Von wegen. Das hier war ein gefliester Dschungel, ein funkelnder, phantastischer Raum, der alle Sinne beanspruchte. Er leuchtete – dank unzähliger versteckter Lichter und einiger Kerzenleuchter – er duftete – dank mild glühender Aromalampen – und berauschte mich – dank der wundervollen Fliesenmosaike. Man fühlte sich der Welt enthoben und in ein türkisches Dampfbad oder den geheimsten Teil eines Märchenharems entführt. Dieser Raum war so prachtvoll und in seiner Atmosphäre bezwingend, daß ich für einen Moment nichts anderes mehr wahrnehmen konnte als ihn.

Dann lief ich – glücklich wie ein Kind am Weihnachtsabend – von einer Attraktion zur nächsten: der mannshohen Palme, deren Fächer vom feinen Dampf eines Badeofens umkräuselt waren, den gefliesten Sitzbänken, die feine Wassertropfen benetzten, bis hin zu den Spiegeln, die durch raffinierte Belüftung stetig vom Dampf befreit wurden und den Raum bis ins Unendliche widerspiegelten und wiederholten und ausdehnten, genau, wie ich es mir ausgemalt hatte.

Ich schaute mich an in einem dieser Spiegel und sah, wie ernst ich war trotz aller Freude. Ich drehte mich um und suchte Gundar. Er stand bei der Palme und schien irgendwie wütend. Warum? O Gott, ich hatte ihn einfach links liegen lassen, obwohl er mir das hier, obwohl er mir diesen Traum gebaut hatte. Ich ging zu ihm herüber und suchte nach seinen Händen, die er in den Achselhöhlen versteckt hatte.

»Gundar«, sagte ich leise, während er seine Blicke durch den Raum schweifen ließ, als suche er noch etwas. »Gundar«, begann ich noch einmal und schluckte, »das alles ist wirklich perfekt, nichts fehlt! Es ist sogar besser als meine Zeichnungen, viel klarer. Es ist – na ja, also Karsten hat immer gesagt, ein bißchen weniger ist mehr, und genau so ist das hier geworden. Ich kann dir nicht sagen, wie dankbar ich dir dafür bin.«

Ich brach verwirrt ab, denn Gundar schien mich gar nicht zu hören. Er mahlte nur mit den Kiefern und schien sprachlos vor Wut.

»Mich so zu behandeln!« stieß er zwischen den Zähnen hervor. »Einfach meine Installation abzubauen für so etwas.«

Ich verstand nicht, was er damit meinte, bemerkte nur, wie zornig er war und strich ihm über die Wange. »Noch nie hat ein Mann so etwas Hinreißendes für mich getan! Du hast meinen Traum Wirklichkeit werden lassen.« Ich stellte mich auf die Zehenspitzen und küßte ihn, er reagierte kaum, also schlang ich meine Arme ganz fest um ihn. Jetzt packte er mich bei den Oberarmen, und ich hatte das Gefühl, daß er mich von sich wegschieben wollte.

»Lassen Sie sofort meine Frau los! Was fällt Ihnen ein? Und das auch noch in meinem Badezimmer!«

Das konnte nicht wahr sein! Das durfte nicht wahr sein! Aber das war wahr. Mein Mann stand mitten in meinem Traum und faselte was von Badezimmern. Seinen Badezimmern. Wütend wie eine Wespe wirbelte ich herum. In meinen Träumen hatte mein Mann, der Kloverkäufer, noch nie etwas zu suchen gehabt, und inzwischen hatte er sich das Recht dazu nun wirklich gründlich verspielt.

»Was fällt dir eigentlich ein, so mit Gundar zu reden?« fuhr ich ihn an.

»Oho, Gundar heißt dieser behaarte Fleischberg also.«

»Du begibst dich weit unter dein Niveau, Karsten Schaleen.«

»Wo du recht hast, hast du recht. Ich finde, er sieht eher aus wie Blondie – deine Tochter Zoey hat völlig recht.«

»Er heißt Gundar und ...«

»Heißt er nicht«, mischte sich eine Frauenstimme ein. Die dazugehörige Figur tauchte plötzlich aus dem dichter werden Nebel in der Badestube auf. Es war Maria. »Er heißt Günther«, sagte sie mit einer gewissen Genugtuung, »und ist mein nichtsnutziger Bruder. Ich hoffe nur nicht, daß Sie auf ihn hereingefallen sind, Frau Schaleen. Obwohl Sie weiß Gott nicht die erste wären.«

Karsten schaute wie in Zeitlupe von einem zum anderen und erholte sich noch mühsamer als ich von dieser Überraschung. Mit einem hatte Gundar recht gehabt, als er mich einlud, die Ausstellung zu besuchen, ich erlebte tatsächlich etwas, das mich umhaute. Und nicht nur mich.

»Sie«, brachte Karsten endlich mühsam stammelnd hervor, »Sie sind Günther Grönert?«

Mein Gundar, nein, Günther, nickte mechanisch und murmelte irgendwas von »seinen Vater umbringen«. Gundar, besser Günther, war eine maßlose Enttäuschung für mich.

»Dann haben Sie also die Entwürfe gemacht, nach denen ich und die Leute Ihres Vaters diesen Raum gebaut haben?« fragte mein Mann.

Er hatte diesen Raum gebaut? Unfaßbar!

»So ist es, so ist es«, mischte sich dröhnend vor Freude der stolze Herr Papa ein, Gundars Papa. Walter Grönert war mit einigen special guests – unter denen ich auch Erika und meinen Schwiegervater entdeckte – über die Schwelle getreten. Nach seinem kurzen Einwurf beachtete er uns nun nicht weiter, sondern fing an, eine Rede zu halten, eine Lobrede. Auf den Entwurf für dieses Badewunderland. Auf den Zeichner dieses Entwurfs. Auf Gundar, pardon, Günther Grönert. Und mein Mann stand einfach da und sagte nix, und Gundar sagte auch nix – und ich? Ich sagte was. Ganz laut, denn ich wollte gehört werden.

»Herr Grönert, ich meine Walter, Sie irren sich. Die Zeichnungen für dieses Bad stammen von mir. Ich kann es beweisen.«

Grönert drehte sich verdattert um. »Aber meine liebe

Carolin, mein Sohn hat sie mir doch selber vorbeigebracht. Das kann ich beweisen, da hinten hängen sie.«

»Wo sie hängen, ist wurscht, die Entwürfe sind von mir«, beharrte ich.

»Carolin, so spricht man nicht mit wichtigen Geschäftspartnern.«

Nein, das war nicht Karsten. Das war Erika, die sich nach vorne drängelte und weitermachen wollte, doch ihr Sohn erlaubte es nicht.

»Halt den Mund«, knurrte Karsten nur scharf. »Carolin hat ein Recht, auf ihre Zeichnungen stolz zu sein. Herr Grönert, ich möchte bei dieser Gelegenheit klarstellen, daß auch die Zeichnungen im *›Badprofi‹* allesamt von meiner Frau stammen, genau wie die dazugehörigen Artikel.«

Walter Grönert öffnete nur den Mund. Maria lachte hell auf. »Ich wußte doch, daß mein Bruder die Skizze geklaut hat. Ich wußte es.« Sie applaudierte, der Rest der Runde schwieg und gaffte und kam in den Genuß der nächsten Sensation, und die hieß Karsten.

Karsten, der Deutsche, der sich entschieden im feinen Ton der vornehmen Gesellschaft vergriff. Gegen Gundar! »Sie unverschämter Dieb! Erst meine Frau und dann auch noch ihre Ideen klauen. Sie lächerlicher Clown!«

»Halt, halt!« wehrte Gundar sich. »Ich habe die Zeichnungen Ihrer Frau nicht geklaut. Und wenn ich gewußt hätte, daß mein Vater für ein blödes Badezimmer meine Installationen abbaut, hätte ich sie ihm auch nicht gezeigt.«

»Ein blödes Badezimmer nennen Sie das? Sie Möchtegern-Playboy?« Karsten kam so richtig schön in Schwung, so sehr, daß er am Ende einer ausführlichen Gundar-Beschimpfung ordentlich ausholte und ihm eine Backpfeife verpaßte, die den Hünen fällte und mit dem Hünen die Palme und mit der Palme drei bis vier Spiegel und mit den Spiegeln die Aromalampen und die Kerzenleuchter und das ganze schöne Brimbamborium. Jetzt duftete und leuchtete mein Traum nicht mehr, sondern er fing Feuer und stank nach angesengten Palmwedeln. Teile von Palmas vornehmer Gesellschaft spritzten auseinander, ein Oberkellner in Frack servierte einen Feuerlöscher, und Grönert ließ seine Vorstellung von einer perfekten Badelandschaft in Löschschaum versinken. Endlich wußte ich, von wem mein Janosch seinen Hang zu destruktiven Streichen hatte.

»Carolin«, zischte mein Mann verschwörerisch, »ich denke, wir sollten die Biege machen, was meinst du?«

Wir liefen los. »Das schöne Bad«, bedauerte ich atemlos. »Ich bau' dir ein neues.«

»Warst du das wirklich?«

»Ja, aber vergiß nicht, es war dein Entwurf. Der Künstler in unserer Familie bin nämlich nicht ich, sondern du. Ich bin nur ein schnöder, langweiliger, unsensibler Realist. Ohne deine Phantasie wäre ich vollkommen aufgeschmissen.«

Mir war es bis dahin vorgekommen, als seien wir durch die Säle geschwebt, jetzt kehrte ich auf den Boden zurück. »Hör mal, Herr Realist, wir haben Teile unserer Familie auf feindlichem Territorium zurückgelassen.«

»Wie?«

»Na, deinen Vater und deine Mutter.«

»Daß ausgerechnet du an sie denkst!«

»Moment mal, das habe ich immer getan, du hast es nur nie bemerkt.«

Karsten blieb stehen und nahm mich in den Arm. »Sag mal, habe ich dich eigentlich überhaupt schon zu deinem heutigen Geburtstag geküßt?«

»Nein.«

»Na, dann wird es aber höchste Zeit.« Eine Sekunde später, glaubte ich mich wieder im Kreuzgang von Sant Francesc, aber das zählte nicht. »Glaub nicht, daß die Sache damit erledigt ist.«

Diesmal entführte mich Karsten mit einem unverschämt guten zweiten Kuß in den Beichtstuhl der nebenanliegenden Kirche. Die, wo es mal ein Blutbad gegeben hatte.

»Sag mal, Karsten, ist dir klar, daß du dir eben einen Millionenauftrag versaut hast, indem du den Sohn deines Geschäftspartners verhauen hast. Dem lief das Blut aus der Nase.«

Mit seinem nächsten Kuß knipste Karsten den Mond wieder an über der Placa Sant Francesc. »Ach, meine süße Carolin, Geld ist nicht alles. Außerdem ist Papa Grönert mir vielleicht sogar dankbar. Schließlich ist sein Sohn wirklich ein kompletter Schwachkopf, oder?«

Ich küßte die Antwort, das schien mir am sichersten.

»Und außerdem hat Jaume bei den ganzen Geschäften ja auch noch ein Wort mitzureden.«

Ich küßte jetzt ein paar Sterne zum Mond über dem Konvent dazu. So zehn bis zwölf, Ordnung muß sein.

»Wieso Jaume?« unterbrach ich mich kurz. »Was hat ein Kellner damit zu schaffen?«

Es gab noch eine Menge Sterne, Myriaden von Sternen, die danach verlangten, am Firmament zu erscheinen, bevor wir uns weiter über Jaume austauschen konnten. Karsten und ich küßten uns wie damals, als ich achtzehn war, nein, nicht wie damals, sondern sehr viel gieriger und schmutziger und schöner und aufregender und unanständiger und ... uns fehlte wirklich ein Bett.

»Jaume, meine Süße, ist kein Kellner, sondern zum einen Haupteigentümer des Galatzo, zum anderen Mitbesitzer der Firma Grönert & Co. Gestern hat er mir alles gebeichtet, auch, daß er für Grönert ausspionieren sollte, wie verläßlich ich denn so als Mensch und Familienvater bin. Das hält er für eine entscheidende Geschäftsgrundlage.«

»Schweinerei. Grönert hat's nötig, der soll erst mal seine eigene Brut in den Griff bekommen. Hast du dem Verräter Jaume wenigstens auch eins auf die Nase gegeben?«

»Das ging schlecht, schließlich ist er der zukünftige Verlobte deiner allerbesten Freundin.«

Ich vergaß das Küssen. »Cordulas Verlobter?«

Mein Mann erinnerte mich wieder an Mond und Sterne, und ich malte den Kreuzgang dazu. Bis Erika uns fand. Erika mit ihrer schrillen Stimme, bei der sofort alle Sterne vom Himmel fallen und der Mond zerplatzt wie eine altersschwache Glühbirne. Ich straffte die Schultern, aber Karsten straffte sie auch. »Mutter, du störst!«

»Aber ich wollte doch nur ...«

»Mutter, du hast einen Mann, um den du dich kümmern solltest.«

»Aber das ist es ja. Er ist weg.«

»Dann such ihn gefälligst. Ich habe hier alle Hände voll mit meiner Frau zu tun, die heute übrigens Geburtstag hast. Ach so, Liebling, was wünschst du dir denn so? Ich hatte keine Zeit, dir etwas zu kaufen, weil ich dein herrliches Bad bauen mußte. Also?«

Erika ließ mir keine Zeit zum Nachdenken, sondern keifte munter drauflos: »Geschenke? Hast du schon vergessen, was sie dir alles angetan hat? Soweit ich weiß, hat sie sich sogar mit diesem Gundar ...«

Ich nahm die Gelegenheit wahr und betrachtete die Kunstwerke im anstoßenden Raum. Sehr hübsche Kunstwerke. Ein Bild hieß »Sommer auf Mallorca«, es bestand aus pastellfarbenen, hauchdünnen Strichen, Kreisen und Flächen und sah ein bißchen aus wie von Paul Klee, unbeschwert und heiter. So heiter wie nur einer malen kann, der die Abgründe kennt, die im Leben alle Nase lang auf einen lauern.

Dann fand ich eine Büste mit Stierkopf – das war ein echter Picasso, ungestüm, ursprünglich, voller Vitalität – so, wie die Tramuntana, die Gebirgskette von Mallorca. Und dahinter stand eine verknitterte Gestalt mit Hut. Das war mein Schwiegervater.

»Hallo Fräulein«, grüßte er mich. »Wissen Sie vielleicht, wie ich von hier aus zurück nach Wuppertal komme? Im Schwimmbad wartet da ein nettes Mädchen auf mich.«

»Na sicher«, sagte ich. »Sie kommen einfach mit mir mit. Ich kenne eine Menge Wege nach Wuppertal.«

»Na, das ist aber sehr praktisch.«

»Genau.« Und während ich meinen Schwiegervater zu seiner Frau zurückführte, machte ich eine Wunschliste für meinen Geburtstag. Nein, nicht nur.

Es war auch eine Liste von den Dingen, die ich in meinem Leben künftig zu tun gedachte:

1. Die Kinder umarmen.
2. Am Nachmittag – allein mit Karsten – die Kathedrale von San Seu besichtigen. Danach genaue Lichtverhältnisse im Kreuzgang von Sant Francesc überprüfen. Neue Bodega suchen, in der es *keine* Tortillas mit Zwiebeln, aber riesige Papiertischtücher gibt.
3. Karsten keine Lieblosig- und Nachlässigkeiten mehr durchgehen lassen (Unterliste dazu machen!)
4. Mehr mit Karsten unternehmen.
5. Noch mehr Badezimmer zeichnen.
6. In Deutschland Zoey und Fresse so oft zu uns einladen und auf Janosch aufpassen lassen, bis es nicht mehr romantisch für die beiden ist.
7. Janosch öfters mit Karsten losschicken und allein am Rhein rumjoggen.
8. Cordula davon abbringen, sich für immer auf Mallorca niederzulassen, wg. der Telefonkosten
9. oder: selber öfter nach Mallorca fahren
10. und: Jaume fragen, wieviel er für seine Bergfinca verlangt – meine »Casa Carolin«.

Guck mal, wer da fremdgeht ...

Alexandras Geschäft boomt. Mit ihrer Treue-Test-Agentur verleitet sie im Auftrag eifersüchtiger Frauen fremde Männer zum Seitensprung. Und tatsächlich – kein Mann kann der langbeinigen Versuchung widerstehen! Doch dann verliebt sich Alexandra Hals über Kopf in Johannes, einen ihrer »Auftragsmänner«. Ganz gegen ihre eisernen Prinzipien landet sie mit ihm im Bett, denn der charmante Gourmet-Koch ist wirklich jede Sünde wert. Nur ist er leider auch so gut wie verlobt, und zwar mit einer Frau, die keinen Spaß versteht. Als sich dann auch noch einer der von Alexandra geleimten Typen als rachesüchtiger Psychopath mit ungewöhnlichem Waffenarsenal entpuppt, wird es bald so turbulent, dass Alexandra ziemlich tief in die Trickkiste greifen muss ...

Temporeich und ungemein witzig!

ISBN 3-404-16226-9

BASTEI LÜBBE